UMA PROMESSA
PARA TODA A VIDA

NICHOLAS SPARKS

UMA PROMESSA
PARA TODA A VIDA

Tradução de Saul Barata

FICHA TÉCNICA

Título original: *A Bend in the Road*
Autor: *Nicholas Sparks*
Copyright © 2001 by Nicholas Sparks Enterprises, Inc.
Tradução © Editorial Presença, Lisboa, 2001
Tradução: *Saul Barata*
Capa: *Fernando Felgueiras*
Fotocomposição, impressão e acabamento: *Multitipo — Artes Gráficas, Lda.*
1.ª edição, Lisboa, Novembro, 2001
2.ª edição, Lisboa, Novembro, 2001
3.ª edição, Lisboa, Novembro, 2001
4.ª edição, Lisboa, Novembro, 2001
5.ª edição, Lisboa, Fevereiro, 2002
6.ª edição, Lisboa, Maio, 2002
7.ª edição, Lisboa, Julho, 2002
8.ª edição, Lisboa, Agosto, 2002
9.ª edição, Lisboa, Novembro, 2002
10.ª edição, Lisboa, Março, 2003
Depósito legal n.º 192 390/03

Reservados todos os direitos
para Portugal à
EDITORIAL PRESENÇA
Estrada das Palmeiras, 59
Queluz de Baixo
2745-578 BARCARENA
Email: info@editpresenca.pt
Internet: http://www.editpresenca.pt

Este romance é dedicado a Theresa Park e a Jamie Raab.

Eles sabem porquê.

Agradecimentos

Como em todos os meus romances, seria imperdoável que não agradecesse a Cathy, uma esposa maravilhosa. Um casamento de doze anos que se mantém sólido. Amo-te.

Também tenho de agradecer aos meus cinco filhos — Miles, Ryan, Landon, Lexie e Savannah. Mantêm-me motivado e, ainda mais importante, são um verdadeiro encanto.

Larry Kirshbaum e Maureen Egen têm sido maravilhosos e dois apoios constantes em toda a minha carreira. Obrigado a ambos. (P. S. Procurem os vossos nomes neste romance!)

Richard Green e Howie Sanders, os meus agentes de Hollywood, são os melhores na sua profissão. Obrigado, rapazes!

Denise Di Novi, produtora de *As Palavras que Nunca te Direi* e *Um Momento Inesquecível*, não se limita a ser extraordinária naquilo que faz, pois tornou-se também uma grande amiga.

Scott Schwimer, o meu advogado, merece o meu agradecimento e a minha gratidão. És o maior.

Micah e Christine, meu irmão e minha cunhada. Adoro-vos, a ambos.

Gostaria também de agradecer a Jennifer Romanello, Emi Battaglia e Edna Farley pela promoção, a Flag, que concebe as capas dos meus romances, a Courtenay Valenti e Lorenzo Di Bonaventura, da Warner Brothers, a Hunt Lowry, da Gaylord Films, a Mark Johnson e Lynn Harris da New Line Cinema. Cheguei aonde estou graças a todos vós.

Prólogo

Onde é que uma história começa verdadeiramente? Na vida, não abundam os começos bem definidos, os momentos em que se pode dizer que tudo começou quando os recordamos. Contudo, há ocasiões em que o destino cruza a nossa vida, desencadeando uma sequência de acontecimentos cujo resultado nunca poderíamos ter previsto.

Estou acordado, devem ser 2 horas da manhã. Depois de me ter arrastado para a cama, de ter andado aos saltos e às voltas durante quase uma hora, acabei por desistir de dormir. Agora estou sentado à secretária, de caneta na mão, a tentar alinhavar umas ideias acerca do meu próprio encontro com o destino. Nada que não tenha acontecido antes. Dá a impressão de que nos últimos tempos não tenho conseguido pensar em mais nada.

A casa está silenciosa, só se ouve o tiquetique compassado do relógio que está numa das prateleiras da estante. A minha mulher está no andar de cima, a dormir, e eu não tiro os olhos do bloco de folhas amarelas, apercebendo-me agora de que não sei por onde começar. Não é que tenha dúvidas acerca da minha história mas, em primeiro lugar, não percebo porque é que me sinto compelido a contá-la. Qual a utilidade de desenterrar o passado? Afinal, os acontecimentos que pretendo descrever aconteceram há treze anos, mas até se poderá dizer que tudo começou dois longos anos antes disso. Mas, aqui sentado, sinto que tenho de tentar dizer o que se passou e, mesmo que não encontre melhores razões, para conseguir pôr tudo para trás das costas.

Há umas quantas coisas que me ajudam na recordação deste período: o diário que mantinha desde criança, uma pasta com artigos de jornais, a minha própria investigação e, certamente, os registos oficiais. Há ainda o facto de eu ter recordado mentalmente, centenas de vezes, todos os passos desta história; tenho tudo gravado na memória. Mas, baseada apenas nesses factos, esta história ficaria incompleta. Houve outras pessoas envolvidas, e embora eu tivesse testemunhado alguns dos acontecimentos, não estive presente em todos. Compreendo que é impossível recriar cada sensação, cada pensamento da vida de outra pessoa mas, para o melhor e para o pior, é isso mesmo que vou tentar fazer.

Esta é, acima de tudo, uma história de amor e, como já aconteceu com muitas histórias do género, a história de amor entre Miles Ryan e Sarah Andrews assenta numa tragédia. Não deixa também de ser uma história de perdão e espero que os leitores, depois de a lerem até ao fim, se apercebam das dificuldades que Miles Ryan e Sarah Andrews tiveram de enfrentar. Espero que compreendam as decisões que eles tomaram, as boas e as más, tal como espero que acabem por entender as minhas.

Porém, para deixar as coisas claras, direi que não se trata apenas da história de Sarah Andrews e Miles Ryan. Se esta história tem um começo, teremos de falar de Missy Ryan, que na escola secundária foi namorada de um ajudante do xerife de uma pequena cidade do Sul.

Missy Ryan, tal como o marido, Miles, foi criada em New Bern. Na opinião das pessoas, ela era atraente e simpática; durante toda a sua vida de adulto, Miles nunca deixara de a amar. Missy Ryan tinha cabelo castanho-escuro e olhos ainda mais escuros, e disseram-me que falava com um sotaque que fazia tremer os joelhos dos homens de outras partes do país. Ria com facilidade, era boa ouvinte e tinha um tique que a levava muitas vezes a agarrar o braço da pessoa com quem estava a falar, como que a convidá-la para ser parte do seu mundo. E, como sucede com a maioria das mulheres do Sul, a sua vontade era mais forte do que parecia à primeira vista. Era ela, e não Miles, quem dirigia a casa; em regra, os amigos de Miles eram os maridos das amigas de Missy e a vida do casal girava à volta da família de ambos.

Missy dirigia a claque da escola secundária. No segundo ano, já era popular e adorável e, embora conhecesse Miles, este era um ano mais velho e nunca tiveram aulas juntos. Não teve importância. Apresentados por amigos, passaram a estar juntos durante os intervalos, a falar dos jogos de futebol, ou a combinar encontros durante os fins-de-semana. Não tardou que se tornassem inseparáveis e, meses depois, aquando da realização do baile da escola, estavam apaixonados.

Sei que muita gente faz chacota destes namoros juvenis, não os considerando fruto de um verdadeiro amor. Mas, no caso de Miles e Missy, o amor existia e, em muitos aspectos, era bem mais forte do que o amor experimentado por pessoas de mais idade, pois ainda não tinha sido condicionado pelas realidades da vida. Namoraram os anos que faltavam para Miles terminar o secundário; permaneceram fiéis um ao outro, mesmo quando ele saiu da terra para frequentar a universidade estadual da Carolina do Norte e Missy também se aproximava do final do curso. No ano seguinte, juntou-se a ele na universidade e quando, três anos mais tarde, Miles lhe propôs casamento durante um jantar, ela chorou, disse que sim e passou a hora seguinte ao telefone, a dar a boa-nova à família, enquanto o noivo ficou sozinho a terminar a refeição. Miles deixou-se ficar em Raleigh até Missy completar o curso. O casamento, em New Bern, encheu a igreja.

Missy empregou-se no departamento de crédito do Wachovia Bank e Miles começou a formação para o lugar de ajudante do xerife. Missy estava grávida de dois meses quando Miles começou a trabalhar no distrito de Craven, a patrulhar as ruas da terra onde ambos tinham crescido. Compraram a primeira casa, como muitos outros jovens casais e, em Janeiro de 1981, quando nasceu o primeiro filho, Jonah, Missy olhou o recém-nascido e decidiu que ser mãe era a melhor coisa que lhe sucedera até então. Embora Jonah não dormisse durante a noite até aos 6 meses, e houvesse alturas em que Missy desejaria gritar-lhe como ele gritava, ela amava o filho mais do que alguma vez julgara ser possível.

Era uma mãe maravilhosa. Deixou o emprego para dedicar todo o seu tempo a Jonah, lia-lhe histórias, brincava com ele e levava-o a brincar com outras crianças. Podia ficar horas a observá-lo, sem fazer mais nada. Quando ele chegou aos 5 anos, Missy percebeu que desejava outro filho, pelo que ela e Miles recomeçaram as tentativas. Os sete anos que levavam de casados tinham sido os mais felizes das suas vidas.

Porém, em Agosto de 1986, quando tinha 29 anos de idade, Missy Ryan morreu.

A sua morte roubou o brilho aos olhos de Jonah; perseguiu Miles durante dois anos. Abriu o caminho a tudo o que viria a seguir.

Por isso, como eu disse, esta é a história de Missy, sem deixar de ser a história de Miles e de Sarah. E também a minha história.

É que eu também tive o meu papel em tudo o que aconteceu.

1

Na manhã de 29 de Agosto de 1988, pouco mais de dois anos depois da morte da mulher, Miles Ryan estava no alpendre da sua casa, a fumar um cigarro e a observar como o Sol nascente estava a mudar a cor do céu, de cinzento-escuro para cor de laranja. O rio Trent estendia-se à sua frente, com as águas sujas parcialmente encobertas pelos ciprestes alinhados ao longo das margens.

O fumo do cigarro de Miles volteava para cima e ele sentia a humidade a aumentar, a tornar o ar mais espesso. Chegada a altura, os pássaros começaram os trinados matinais, os seus assobios agudos encheram o ar. Passou um pequeno barco de pesca, o pescador acenou a Miles e este retribuiu com um ligeiro aceno de cabeça. Parecia-lhe não ter energia para mais.

Precisava de um café. Um pouco de cafeína e sentir-se-ia pronto a enfrentar o dia — levar Jonah à escola, manter a rédea curta aos habitantes que infringiam a lei, colocar ordens de despejo por todo o distrito, bem como resolver todos os problemas que não deixariam de acontecer, como o encontro com a professora de Jonah, marcado para o fim da tarde. E isto era apenas o princípio. Se assim se podia dizer, os finais de dia eram ainda mais trabalhosos. Só para manter a casa a funcionar sem sobressaltos havia inúmeras tarefas que exigiam atenção constante: contas a pagar, coisas a comprar, limpezas a fazer, reparações por toda a casa. Mesmo nos raros momentos em que parecia dispor de um pouco de tempo, Miles sentia que era melhor aproveitá-lo de imediato para não deixar fugir a oportunidade. Depressa, arranja qualquer coisa para leres.

Despacha-te, tens apenas uns minutos de descanso. Fecha os olhos, o tempo de que dispões escoa-se rapidamente. Uma vida capaz de esgotar qualquer pessoa em pouco tempo; mas o que é que ele podia fazer?

Estava mesmo a precisar de um café. A nicotina já tinha deixado de fazer efeito, pensou deitar o cigarro fora, mas decidiu que tanto fazia fumá-lo como não. No fundo, não era um verdadeiro fumador. É verdade que fumava alguns cigarros durante o dia, mas não se tratava de um verdadeiro vício de fumar. Não era o mesmo que queimar um maço por dia, nem era o mesmo que fazê-lo desde há muito tempo; tinha começado depois da morte de Missy e podia parar sempre que quisesse. Mas, para quê preocupar-se? Que diabo, tinha os pulmões em bom estado — ainda na semana anterior tivera de correr atrás de um ladrão de lojas e não tinha sentido qualquer dificuldade para agarrar o miúdo. Um verdadeiro fumador não o poderia ter feito.

Mesmo assim, não fora tão fácil como quando tinha 22 anos. Mas tinham passado dez anos e, embora aos 32 ainda fosse muito cedo para começar à procura de uma casa de repouso, ele estava a envelhecer. E sentia a passagem dos anos — quantas vezes, ele e os colegas da faculdade começavam o serão por volta das 11 horas e conseguiam prossegui-lo durante toda a noite. Nos anos mais recentes, a menos que estivesse a trabalhar, às 11 horas já era *tarde* e ia para a cama, mesmo que não tivesse sono. Não conseguia imaginar nenhuma situação que o levasse a querer ficar a pé. A exaustão tinha-se tornado uma constante da sua vida. Mesmo nas noites em que Jonah não tinha pesadelos — e tinha-os com certa regularidade desde que Missy morreu — Miles acordava a sentir--se... cansado. Desconcentrado. Lento, como se caminhasse debaixo de água. Na maioria das vezes atribuía o cansaço à vida movimentada que tinha; mas havia momentos em que perguntava a si próprio se não haveria algo de mais complicado. Tinha lido algures que um dos sintomas da depressão era uma «profunda letargia, sem razão ou causa». O certo é que ele conhecia a causa...

De facto, ele estava a precisar de passar um tempo descansado, numa casa pequena de frente para o mar, em qualquer praia de Key West, num lugar onde pudesse pescar uns rodovalhos ou simplesmente descansar numa rede de baloiço, a beber uma cerveja bem fresca, sem ter de tomar decisões mais sérias do que escolher entre calçar sandálias ou ir descalço para a praia, com uma mulher bonita a fazer-lhe companhia.

Essa era uma parte do problema. Solidão. Estava cansado de viver só, de acordar numa cama vazia, embora a sensação continuasse a surpreendê-lo. Era uma sensação recente. No ano que se seguira à morte de Missy nem conseguia encarar a hipótese de vir a amar outra mulher. Nunca mais. Era como se não sentisse qualquer necessidade de ter companhia feminina, como se o desejo, o prazer e o amor fossem meras possibilidades teóricas sem qualquer impacte no mundo real. Mesmo quando o choque e o desgosto diminuíram a ponto de não o fazerem chorar todas as noites, continuou a pensar que na sua vida havia qualquer coisa que não batia certo — como se tivesse saído por momentos da pista e esperasse voltar a encontrá-la dentro de pouco, não havendo, portanto, nenhuma necessidade de se preocupar demasiado.

Afinal, poucas coisas se tinham alterado depois do funeral. As facturas continuaram a chegar, Jonah necessitava de comer, a relva tinha de ser aparada. Continuava a ter um emprego. Uma vez, depois de beberem demasiadas cervejas, Charlie, o seu melhor amigo e seu chefe, tinha-lhe perguntado o que significava ficar sem a mulher; respondera-lhe que não sentia que Missy tivesse desaparecido para sempre. Parecia-lhe que fora passar o fim-de-semana com uma amiga e o tinha encarregado de tratar do Jonah, enquanto estivesse fora.

Os meses passaram e o mesmo acabou por acontecer com o torpor a que se tinha habituado. A dormência foi substituída pelo peso da realidade. Por mais que tentasse seguir em frente, Miles não conseguia deixar de pensar em Missy. Tudo lhe parecia recordá-la. Especialmente Jonah, que ficava mais parecido com ela à medida que ia crescendo. Por vezes, encostado à porta depois de trazer Jonah para casa, ficava a ver as feições da mulher nos traços finos das faces do filho e tinha de voltar a cara para que ele não lhe visse as lágrimas. Mas a imagem não desaparecia durante horas; sempre adorara a imagem de Missy adormecida, os longos cabelos castanhos espalhados pela almofada, com um braço sempre apoiado por cima da cabeça, os lábios ligeiramente abertos, o subtil subir e descer do peito, provocado pela respiração. E o cheiro dela — algo que Miles nunca poderia esquecer. No primeiro dia de Natal depois da morte de Missy, sentado na igreja durante a missa, apercebeu-se de um vestígio do perfume que ela usava e ficou preso a essa sensação, como um náufrago que se agarra a uma tábua, até muito depois de a missa acabar.

Havia outras coisas a que se sentia apegado. No princípio da vida de casados, eles gostavam de almoçar no Fred & Clara, um restaurante pequeno, na vizinhança do banco onde Missy trabalhava. Ficava afastado do centro, sossegado, o acolhimento caloroso fazia-os sentir que nada mudaria entre eles, nunca. Quase não voltaram lá depois do nascimento de Jonah, mas Miles voltou a frequentá-lo depois da morte da mulher, como se esperasse encontrar vestígios daqueles sentimentos ainda embebidos nos painéis de madeira das paredes. Em casa, continuou a fazer as coisas da maneira como ela as costumava fazer. Como Missy gostava de comprar os artigos de mercearia à quinta-feira, Miles continuou a comprá-los nesse dia. Como Missy gostava de cultivar tomates à volta da casa, Miles também os cultivava. Missy usava sempre o mesmo detergente para a cozinha, pelo que ele não viu razão nenhuma para usar qualquer outro produto. Missy continuava sempre presente, em tudo o que ele fazia.

Mas, num qualquer momento da última Primavera, o sentimento começou a modificar-se. A modificação aconteceu sem aviso e Miles sentiu-a logo que ela apareceu. Ao passar pela baixa, de carro, deu consigo a observar um casal jovem, que caminhava de mãos dadas pelo passeio. E, por momentos, Miles imaginou que o homem era ele, e que a mulher ia com ele. Ou, se não era ela, podia ser *alguém*... alguém que o amasse, a ele e a Jonah. Alguém que o pudesse fazer rir, alguém que partilhasse uma garrafa de vinho com ele, durante uma refeição descansada, alguém a quem abraçar e tocar, com quem falar em murmúrios depois de as luzes terem sido apagadas. Alguém como a Missy, pensou, e imediatamente a imagem dela lhe provocou sentimentos de culpa e de traição, tão fortes que o levaram a varrer da mente o jovem casal, para sempre.

Foi o que pensou.

Nessa noite, logo depois de se ter deitado, deu consigo a pensar neles de novo. E, mesmo que os sentimentos de culpa e de traição continuassem presentes, tinham perdido muita da força que haviam revelado horas antes. Miles soube que, a partir daquele momento, tinha dado o primeiro passo, por pequeno que fosse, para, finalmente, ultrapassar a desgraça que o atingira.

Começou por encontrar justificações para a nova realidade, a dizer a si mesmo que era viúvo, que tais pensamentos não tinham nada de mal, que sabia que toda a gente concordaria que ele os tivesse. Ninguém esperava que ele fosse passar o resto da vida sem companhia; nos últimos meses alguns amigos tinham chegado ao ponto de lhe proporcionar encontros com mulheres. Além disso, sabia que Missy gostaria de vê-lo novamente casado. Tinha-lo dito mais do que uma vez, pois, como acontece com muitos casais, também eles se tinham entretido com o jogo do «que aconteceria se» e, embora nenhum deles tivesse encarado a hipótese de uma desgraça, ambos tinham concordado que não seria correcto que Jonah fosse criado só por um dos pais. Não seria correcto para o cônjuge sobrevivente. De qualquer maneira, parecia-lhe ser ainda muito cedo para resolver a questão.

Com o decorrer do Verão, a ideia de encontrar alguém começou a manifestar-se com maior frequência e com intensidade redobrada. Missy continuava presente. Missy continuaria sempre presente... mas Miles começou a pensar mais seriamente em procurar uma mulher com quem pudesse partilhar a vida. De noite, já tarde, enquanto confortava Jonah na cama de baloiço colocada nas traseiras — parecia ser a única coisa que o ajudava a afastar os pesadelos — aqueles sentimentos pareciam ter mais força e seguiam sempre o mesmo padrão. O *provavelmente podia* encontrar alguém mudava para *provavelmente encontraria* alguém; acabava por se tornar *provavelmente devia* procurar. Contudo, chegado a este ponto — por mais que desejasse que as coisas se passassem de maneira diferente — os pensamentos regressavam a um *provavelmente não vai acontecer.*

A razão estava no quarto de dormir.

Na sua mesa-de-cabeceira, num grosso sobrescrito, estava o processo sobre a morte de Missy, uma cópia que fizera para si próprio nos meses que se seguiram ao funeral da esposa. Tinha-o

consigo para não se esquecer do que tinha acontecido, guardava-o para se recordar do trabalho que ainda tinha a fazer.
Guardava-o para se recordar do seu fracasso.

Minutos mais tarde, depois de apagar a beata no corrimão do alpendre e de ir para dentro de casa, Miles estava a saborear o café de que precisava e a encaminhar-se para o quarto do filho. Jonah ainda dormia quando ele abriu a porta e ficou a observá-lo. Óptimo, ainda dispunha de algum tempo. Encaminhou-se para a casa de banho.
Aberta a torneira, o chuveiro gemeu e soprou por um momento, antes de a água jorrar, finalmente. Tomou o duche, barbeou-se e lavou os dentes. Passou uma escova pelo cabelo, notando outra vez que lhe parecia ter menos cabelo do que antes. Enfiou à pressa o uniforme de polícia; pegou no coldre, guardado no armário fechado que estava acima da porta do quarto e colocou-o no cinturão. Do corredor, sentiu Jonah mexer-se. Desta vez, o filho olhou-o com olhos inchados, logo que Miles entrou no quarto. Continuava sentado na cama, com os cabelos desalinhados. Não estava acordado há muitos minutos.
Miles sorriu. — Bom-dia, campeão.
Sentado na cama, Jonah olhou para cima, como num filme em câmara lenta. — Olá, papá.
— Pronto para o pequeno-almoço?
O miúdo esticou os braços, gemendo ligeiramente. — Posso comer panquecas?
— E se forem torradas? Estamos um bocado atrasados.
Jonah dobrou-se para apanhar as calças. Miles tinha-as estendido na véspera, à noite. — Dizes isso todas as manhãs.
Miles encolheu os ombros. — Tu atrasas-te todas as manhãs.
— Então acorda-me mais cedo.
— Tenho uma ideia melhor. Passas a ir para a cama quando eu te mandar.
— Nessa altura não estou cansado. Só estou cansado pela manhã.
— Já somos dois.
— Hã?

— Deixa — respondeu Miles. Apontou para a casa de banho.
— Não te esqueças de te penteares com a escova depois de estares vestido.
— Não me esqueço — respondeu Jonah.
Era esta a rotina, quase todas as manhãs. Colocou as fatias de pão na torradeira e encheu outra chávena de café. Quando Jonah apareceu na cozinha, já vestido, tinha a torrada à sua espera no prato, com um copo de leite ao lado. Miles já a tinha barrado de manteiga, mas Jonah gostava de ser ele mesmo a acrescentar o doce. Miles concentrou-se na sua própria torrada e, durante um bocado, nenhum deles falou. Jonah parecia continuar no seu pequeno mundo, e embora Miles necessitasse de conversar com o filho, resolveu dar-lhe mais algum tempo para que ficasse bem acordado.

Finalmente, depois de uns minutos de silêncio cúmplice, Miles clareou a garganta.

— Então, como vai a escola? — perguntou.

Jonah encolheu os ombros. — Vai bem, penso.

A pergunta também fazia parte da rotina. Miles perguntava sempre como ia a escola; Jonah respondia sempre que estava tudo bem. Mas, naquela manhã, ao aprontar a mochila do filho, Miles tinha encontrado um bilhete da professora, a perguntar-lhe se podiam conversar nessa tarde. Algo no modo como estava redigido o recado tinha deixado nele a sensação de que não se tratava de uma conversa típica entre pai e professora, que desta vez era algo de mais grave.

— Estás a ir bem na aula?

Jonah acenou que sim. — Uh-Uh.

— Gostas da professora?

Jonah acenou que sim, sem deixar de mastigar. — Uh-Uh — respondeu de novo.

Miles ficou a ver se o filho dizia mais qualquer coisa, mas ele calou-se. Inclinou-se um pouco mais para ele.

— Então por que é que não disseste nada sobre o bilhete que a professora te mandou trazer para casa?

— Qual bilhete? — perguntou, com ar inocente.

— O bilhete que estava na tua mochila, o que a professora queria que eu lesse.

Jonah voltou a não se dar por achado, levantava e baixava os ombros como as torradas na torradeira. — Acho que me esqueci.
— Como é pudeste esquecer-te de uma coisa dessas?
— Não sei.
— Sabes a razão de ela querer falar comigo?
— Não... — Jonah hesitou e Miles viu imediatamente que o filho não estava a dizer a verdade.
— Filho, estás com problemas na escola?
Ao ouvir aquilo Jonah pestanejou e olhou para cima. O pai nunca o tratava por «filho» a menos que ele tivesse feito qualquer asneira. — Não, papá. Eu nunca me porto mal. Juro.
— Então, o que é que se passa?
— Não sei.
— Pensa bem.
Jonah agitou-se na cadeira, sabendo que a paciência do pai estava a chegar ao fim. — Bem, penso que pode haver um pequeno problema com os trabalhos.
— Pensei ouvir dizer-te que estava tudo bem na escola.
— Está tudo bem com a escola. A Miss Andrews é mesmo simpática e isso tudo, e eu gosto de lá estar.
Fez uma pausa.
— É que algumas vezes não percebo tudo o que se passa na aula.
— Por isso é que vais para a escola. Para aprenderes.
— Eu sei — respondeu Jonah —, mas não é como no ano passado, com Mr. Hayes. Ela manda fazer trabalhos *difíceis*. Há alguns que não consigo fazer.
Jonah parecia simultaneamente assustado e embaraçado. Miles estendeu o braço e pôs-lhe a mão no ombro.
— Por que é que não me disseste que tinha problemas?
Jonah levou muito tempo a responder.
— Porque — disse, finalmente — não quero que te zangues comigo.

Depois do pequeno-almoço, verificando que Jonah estava preparado para ir, Miles ajudou-o a pôr a mochila e levou-o até à porta da frente. O filho quase não falara desde que tinham acabado de comer. Dobrando-se pela cintura, Miles beijou-o numa das faces.

— Não te preocupes com o que se vai passar à tarde. Vai tudo correr bem, certo?

— Está bem — resmungou Jonah.

— E não te esqueças de que te vou buscar, não venhas no autocarro.

— Está bem — respondeu de novo.

— Adoro-te, campeão.

— Também te adoro, papá.

Miles ficou a ver o filho dirigir-se à paragem do autocarro, no fim do quarteirão. Missy não teria ficado surpreendida com o que tinha acontecido naquela manhã, mas ele ficou. Missy já teria descoberto que Jonah estava a ter dificuldades na escola. Missy estava sempre a par daquele tipo de coisas.

Missy estava sempre a par de tudo.

2

Ao princípio da noite, no dia anterior ao encontro com Miles Ryan, Sarah Andrews andava pela parte histórica de New Bern, fazendo o possível para manter uma passada uniforme. Embora quisesse tirar todo o partido possível do exercício, e fosse uma caminhante ávida desde há cinco anos, desde que se mudara para a cidade o exercício tinha-se tornado mais difícil. Todas as vezes que saía encontrava qualquer coisa nova que lhe prendia a atenção e a obrigava a parar.

New Bern, fundada em 1710, está situada nas margens dos rios Neuse e Trent, na parte oriental do estado da Carolina do Norte. Sendo a segunda cidade mais antiga do estado, chegou a servir de capital e tem o Tryon Palace, que serviu de residência do governador colonial. Destruído por um incêndio em 1798, o palácio foi reconstruído em 1954, juntamente com os jardins mais completos e requintados de todo o Sul. Chegada a Primavera, as túlipas e as azáleas floriam em todos os canteiros; no Outono, era a vez dos crisântemos. Sarah tinha-os percorrido quando se mudara para a cidade. Depois da primeira visita, embora naquela altura do ano os jardins estivessem sem flores, tinha saído do palácio com o desejo de se instalar nas redondezas, de forma a poder passar por ali todos os dias.

Tinha encontrado um apartamento fantástico em Middle Street, perto dali, no coração da baixa. O apartamento ficava no cimo das escadas, afastado três portas da farmácia onde, em 1898, Caleb Bradham tinha vendido a primeira garrafa da «bebida do Brad», que todo o mundo veio a conhecer com a marca de *Pepsi-Cola*.

Junto à esquina havia a igreja episcopal inaugurada em 1718, uma imponente estrutura de tijolos a que as magnólias, altas como torres, davam sombra. Quando saía do apartamento, para o treino de marcha, passava pelos dois locais, a caminho de Front Street, onde as grandes mansões antigas se tinham erguido graciosamente durante os últimos dois séculos.

Porém, o que ela mais admirava era o facto de as casas terem sido minuciosamente restauradas durante os últimos cinquenta anos, uma casa de cada vez. Ao contrário do que sucedeu em Williamsburg, na Virgínia, que em grande parte foi restaurada graças a um subsídio da Fundação Rockefeller, New Bern tinha apelado aos cidadãos e estes responderam. Este sentimento de comunidade tinha atraído os pais de Sarah, quatro anos antes; quanto a ela, não sabia nada acerca de New Bern até se mudar para lá no mês de Junho anterior.

Ia caminhando, a reflectir nas grandes diferenças que existiam entre New Bern e Baltimore, onde tinha nascido e fora criada, só deixando de lá morar havia poucos meses. Embora Baltimore também se orgulhasse de um rico passado, era uma grande cidade de progresso. New Bern era, por sua vez, uma pequena cidade sulista, relativamente isolada e não muito interessada em imitar o ritmo de vida cada vez mais rápido de outros lugares. Aqui, as pessoas ainda tinham tempo para se cumprimentarem quando andavam pelas ruas, e qualquer que fosse a pergunta que fizesse, recebia uma resposta longa, dita com calma e geralmente apimentada com referências a pessoas ou a acontecimentos de que nunca tinha ouvido falar, como se todas as coisas e todas as pessoas estivessem de certo modo ligadas. Era quase sempre agradável, mas havia alturas em que aquelas conversas a punham maluca.

Os pais tinham-se mudado para lá quando o pai aceitou um lugar de administrador hospitalar no Craven Regional Medical Center. Uma vez consumado o divórcio da filha, começaram a incitá-la a mudar-se também para a cidade. Conhecendo a mãe, Sarah tinha-se escusado durante um ano. Não se tratava de não gostar da mãe, mas acontecia que, muitas vezes, ela conseguia deixar a filha... *esgotada*, na falta de um termo mais apropriado. Mesmo assim, necessitando de paz de espírito, tinha acabado por seguir o conselho e, pelo menos até agora, estava contente com a decisão que tinha tomado. A cidade correspondia exactamente àquilo de que ela precisava mas, por mais encantadora que fosse, não lhe passava pela cabeça viver ali para sempre.

New Bern, como tinha aprendido de imediato, não era cidade para solteiros. Não havia muitos lugares onde se pudesse conhecer pessoas, os homens da sua própria idade que conhecera eram todos casados, viviam rodeados pela família. Como em outras cidades do Sul, ainda existia uma ordem social que definia a maneira de viver citadina. Como, na sua maioria, as pessoas eram casadas, uma mulher solteira tinha dificuldade em encontrar um lugar onde se sentisse integrada, ou mesmo em iniciar relações de amizade.

Era, contudo, o lugar ideal para criar filhos e muitas vezes, durante as suas marchas, Sarah punha-se a imaginar como seria se a vida lhe tivesse corrido de maneira diferente. Quando era rapariga, partia sempre do princípio de que iria ter o tipo de vida que desejava: casar, ter filhos e morar num bairro onde as famílias se juntassem no quintal nos serões de sexta-feira, depois de terminado o trabalho da semana. Era o tipo de vida que conhecera em criança, era o tipo de vida que queria ter como adulta. Mas nada aconteceu como ela esperava. Como quase sempre sucede na vida real, como veio a perceber.

Mas, durante algum tempo, especialmente depois de ter conhecido Michael, pensara que tudo era possível. Tinha acabado a licenciatura que lhe permitia dedicar-se ao ensino; Michael tinha acabado o mestrado na Universidade de Georgetown. A família dele, uma das mais importantes de Baltimore, tinha feito fortuna na banca, era imensamente rica e formava um clã, o tipo de família que tinha lugar em diversos conselhos de administração e definia políticas nos *country clubs*, que serviam para excluir todas as pessoas consideradas inferiores. Todavia, Michael parecia rejeitar os valores da sua família e era considerado o solteiro mais apetecível da sociedade local. As cabeças voltavam-se quando ele entrava numa sala e, embora soubesse o efeito que produzia, a sua qualidade mais simpática consistia em fingir que a ideia que as outras pessoas faziam dele não o interessava minimamente.

Fingir era, sem dúvida, a palavra-chave.

Sarah, como todas as suas amigas, sabia de quem se tratava quando ele apareceu numa festa, e ficou surpreendida quando um pouco mais tarde ele se chegou junto dela para meter conversa. Ambos acertaram em cheio. Aquela pequena conversa provocou outra no dia seguinte, um pouco mais demorada, sentados à mesa de um café, e um convite para jantar. Não tardou que começassem a sair com regularidade; estava apaixonada. Um ano depois, Michael pediu-a em casamento.

A mãe ficou encantada com a notícia, mas o pai falou pouco, limitou-se a dizer que esperava que ela fosse feliz. Talvez suspeitasse de qualquer coisa, talvez conhecesse suficientemente o mundo para saber que os contos de fadas raramente acontecem na vida real. Quaisquer que fossem as suas dúvidas, o pai não lhe disse nada na altura e, na verdade, Sarah não se preocupou em esclarecer as reservas dele, pelo menos até ao momento em que Michael lhe pediu que assinasse um acordo pré-nupcial. Explicou que a família tinha insistido no acordo mas, embora ele tivesse feito o possível para atribuir as culpas todas aos pais, uma parte dela suspeitou que, na ausência dos pais, o próprio Michael teria insistido no acordo. Mesmo assim, assinou os papéis. Nesse dia, ao serão, os pais de Michael deram uma festa magnífica, onde o noivado foi formalmente anunciado.

Casaram sete meses mais tarde. Passaram a lua-de-mel na Grécia e na Turquia; quando regressaram a Baltimore instalaram-se numa casa a menos de dois quarteirões de distância da casa onde viviam os pais de Michael. Embora não tivesse necessidade de trabalhar, Sarah começou a leccionar a segunda classe numa escola elementar urbana. Para surpresa dela, o marido apoiou inteiramente a decisão, mas isso era típico do relacionamento que eles cultivavam na altura. Tudo parecia perfeito durante os dois primeiros anos de casamento: os dois passavam horas na cama durante os fins-de-semana, a conversar ou a fazer amor, e ele confiava-lhes os sonhos que alimentava de um dia entrar na política. Tinham um amplo círculo de amigos, quase todos pessoas que Michael conhecia desde pequeno, havia sempre uma festa aonde ir ou um fim-de-semana passado fora da cidade. O tempo livre que lhes restava era passado na cidade de Washington, em visitas a museus, idas ao teatro e passeios pela zona monumental de Capitol Mall. Foi aí, quando se encontravam no interior do Lincoln Memorial, que Michael disse a Sarah que era chegada a altura de terem filhos. Sarah lançou-lhe os braços à volta do pescoço mal o ouviu dizer aquilo, sabendo que ele nunca lhe poderia dizer outras palavras que a conseguissem tornar mais feliz.

Quem poderá explicar o que se passou de seguida? Passaram vários meses depois daquele dia feliz no Lincoln Memorial, mas Sarah continuava por engravidar. O médico disse-lhe que não se preocupasse, que por vezes a gravidez tardava algum tempo a aparecer em mulheres que deixavam de tomar a pílula, mas sugeriu nova consulta, para o final do ano, se o problema se mantivesse.

Manteve-se e decidiram fazer exames. Uns dias mais tarde, depois de recebidos os resultados, encontraram-se no consultório do médico. Sentados em frente dele, bastou um olhar para ela se convencer de que algo de grave se passava.

Foi então que Sarah foi informada de que os seus ovários eram incapazes de produzir óvulos.

Um semana depois, Sarah e Michael tiveram a primeira briga. Michael não regressou do trabalho e ela ficou, durante horas, a andar nervosamente de um lado para o outro, à espera, a arranjar razões para ele não ter telefonado e a imaginar que algo de terrível lhe tivesse acontecido. Estava histérica quando o marido chegou a casa; quanto a Michael, estava bêbado.

— Tu não és a minha dona — foi a única explicação que ele conseguiu encontrar e, a partir daí, a discussão só podia piorar, e depressa. No calor do momento, disseram coisas terríveis um ao outro. Passadas uma horas, Sarah estava arrependida de tudo; Michael pediu desculpa. Contudo, a partir desse dia, Michael tornou-se mais distante, mais reservado. Quando pressionado, negava que sentisse qualquer diferença em relação a ela.

— Não se passa nada — dizia —, vamos ultrapassar tudo isto.

Mas as relações entre eles foram-se deteriorando progressivamente. As discussões tornavam-se mais acaloradas em cada mês que passava. Uma noite, depois de ela repetir a sugestão de adoptarem uma criança, Michael repeliu a ideia de uma vez por todas:

— Os meus pais nunca aceitariam isso.

Uma parte dela percebeu que naquela noite a relação tomara uma direcção irreversível. Não foram as palavras dele que alteraram a situação, nem o facto de ele parecer tomar o partido dos pais. Foi aquela expressão no seu rosto — a que lhe dizia que, de um momento para o outro, ele parecia ter decidido que o problema era exclusivamente dela, não deles.

Menos de uma semana depois, encontrou-o na sala de jantar com um copo de brande ao alcance da mão. Pelo olhar vago dele, percebeu que já teria despejado outros. Começou por dizer que queria o divórcio; tinha a certeza de que ela compreendia. Quando ele acabou, Sarah não conseguiu dar-lhe qualquer resposta, nem tinha vontade nenhuma de a dar.

O casamento estava acabado. Tinha durado menos de três anos. Sarah tinha 27 anos de idade.

Os doze meses seguintes foram um período para esquecer. Toda a gente queria saber o que tinha corrido mal; fora da própria família, Sarah não deu satisfações a ninguém.

— Não resultou, mais nada — era a resposta única, para todos.

Como não sabia que mais podia fazer, Sarah continuou a ensinar. Também passava duas horas por semana em conversa com Sylvia, uma conselheira extraordinária. Quando Sylvia lhe recomendou um grupo de apoio, ainda foi a algumas reuniões. Mas, muitas vezes, quando se deixava ficar sentada, sozinha, no pequeno apartamento que habitava, a realidade da situação tornava-se um fardo insuportável e recomeçava a chorar, durante horas, sem conseguir parar. Durante um destes períodos mais negros, chegou a considerar a hipótese de suicídio, embora ninguém — nem a conselheira, nem a família — chegasse a saber disso. Foi então que percebeu que tinha de deixar Baltimore; precisava de um sítio para recomeçar. Precisava de uma terra em que as memórias não fossem tão dolorosas, um sítio onde nunca tivesse estado.

Agora, a pisar as ruas de New Bern, Sarah fazia o possível para pensar o futuro. Ainda tinha momentos difíceis, mas já não eram, nem de longe, tão maus como tinham sido. Os pais ajudavam, à sua maneira — o pai sem nunca se referir ao assunto; a mãe juntava artigos de revistas e jornais em que eram descritos os mais recentes avanços da medicina — mas o irmão, Brian, antes de ir para Raleigh, para frequentar o primeiro ano da Universidade da Carolina do Norte, tinha sido uma bóia de salvação.

Como muitos adolescentes, mostrava-se muitas vezes distante e isolado, mas era um ouvinte capaz de revelar verdadeira simpatia pelos outros. Estava disponível sempre que ela sentia necessidade de falar; sentia a falta dele, agora que estava longe. Sempre existira uma ligação forte entre eles; como irmã mais velha, tinha ajudado a mudar-lhe as fraldas e dava-lhe de comer sempre que a mãe deixava. Mais tarde, quando ele foi para a escola, ajudava-o nos trabalhos de casa e foi ao ajudá-lo que se apercebeu de que queria ser professora.

Essa foi uma decisão de que nunca se arrependeu. Adorava ensinar; adorava o trabalho com crianças. Sempre que entrava numa sala de aulas e via trinta rostos miúdos a olhar para ela, percebia que tinha escolhido a carreira certa. De início, como sucede com a maioria dos professores jovens, fora uma idealista, alguém convencido de que qualquer criança obteria bons resultados se a professora se esforçasse o suficiente. Depois, com tristeza, aprendeu que isso não era possível. Algumas crianças, por quaisquer razões, fechavam-se a tudo o que ela tentava, por mais que ela se esforçasse. Era a parte pior daquele trabalho, a única parte que lhe provocava algumas insónias, mas nunca foi razão para evitar que fizesse uma nova tentativa.

Sarah limpou a transpiração da testa, aliviada por o ar estar finalmente a ficar mais fresco. O Sol já ia baixo no horizonte e as sombras alongavam-se. Quando passou em frente do quartel dos bombeiros, dois dos homens que estavam sentados em cadeiras de repouso cumprimentaram-na. Sorriu-lhes. Tanto quanto se recordava, fogos no final da tarde eram coisa desconhecida naquela cidade. Nos dois meses passados, tinha-se habituado a ver os bombeiros todos os dias, à mesma hora, sentados exactamente nos mesmos lugares.

New Bern.

Pensando bem, a sua vida tinha adquirido uma estranha simplicidade desde que se mudara para ali. Embora por vezes sentisse falta da energia da cidade grande, tinha de admitir que o abrandamento do ritmo tinha os seus benefícios. Durante aquele Verão tinha passado muitas horas a vasculhar as lojas de antiguidades da baixa ou apenas a olhar para os barcos atracados por detrás do Sheraton. Mesmo agora que as aulas tinham recomeçado, não tinha de correr para lado nenhum. Trabalhava e passeava e, quando não ia visitar os pais, passava a maior parte dos serões em casa, a ouvir música clássica e a refazer os planos de lições que tinha trazido de Baltimore. E sentia-se muito bem assim.

Como era nova na escola, os seus planos ainda careciam de pequenas alterações. Verificara que muitos dos alunos da classe não estavam tão adiantados quanto deviam na maioria das matérias essenciais, pelo que tinha tido necessidade de atrasar um pouco os avanços nas matérias e de incorporar mais trabalhos de revisão. Não que tivesse ficado surpreendida; cada escola tinha um ritmo próprio de progressão. Mas pensava que, chegado o final do ano, os alunos, ou pelo menos a maioria deles, estariam onde era necessário que estivessem. Havia, contudo, um aluno que a preocupava especialmente.

Jonah Ryan.

Era um miúdo bastante simpático; tímido e modesto, o tipo de criança que passa facilmente despercebida. No primeiro dia de aulas sentou-se na última fila e respondeu-lhe com delicadeza sempre que o interrogou; mas o tempo em que trabalhara em Baltimore tinha-a ensinado a dar atenção especial àquelas crianças. Por vezes, não havia problema nenhum; outras, queria dizer que elas tentavam esconder qualquer coisa. Depois de ter pedido aos alunos que entregassem o primeiro trabalho, tomara mentalmente nota de que devia analisar cuidadosamente o trabalho de Jonah. Tal não seria necessário.

O trabalho — uma pequena redacção sobre o que tinham feito durante as férias de Verão — era uma maneira de Sarah fazer uma avaliação rápida da capacidade de redigir dos miúdos. Em muitas das redacções havia o sortido habitual de erros de ortografia, ideias incompletas e má caligrafia, mas Jonah destacava-se; simplesmente, não fez o que lhe foi pedido. Tinha escrito o nome no canto superior esquerdo da folha, mas em vez de escrever um parágrafo, fez um desenho de si próprio dentro de um pequeno barco, a pescar. Quando lhe perguntou a razão de não ter feito o que ela mandara, Jonah tinha explicado que Mr. Hayes o deixava sempre desenhar, em vez de escrever, porque «a minha letra não é muito boa».

A resposta fez soar todos os alarmes na cabeça dela. Tinha-lhe sorrido e dobrara-se de forma a ficar mais perto dele.

— Podes mostrar-me como é a tua letra? — perguntou. — Passou bastante tempo até que Jonah acenasse que sim, mas com relutância.

Enquanto os outros alunos se entregavam a actividades diferentes, Sarah sentou-se junto de Jonah, que tentava fazer o seu melhor. Não levou tempo a aperceber-se de que aquilo não fazia sentido; Jonah não sabia escrever. Mais tarde, nesse mesmo dia, verificou que ele mal sabia ler. E na aritmética não estava melhor. Se não o conhecesse e tivesse de avaliar a que classe é que ele pertencia, teria pensado que Jonah tinha acabado de entrar no jardim de infância.

Começara por pensar numa deficiência de aprendizagem, de algo semelhante à dislexia. Mas, passada uma semana, deixou de crer que fosse essa a causa. Ele não misturava letras ou palavras, percebia tudo o que ela lhe dizia. Uma vez que lhe fosse ensinada uma coisa, tinha tendência para a fazer sempre bem a partir daí. Segundo cria, o problema advinha de nunca ter sido obrigado a fazer os trabalhos de casa, porque os professores não lhos tinham exigido.

Quando fez algumas perguntas acerca dele aos outros professores, ficou a saber o que tinha acontecido à mãe do miúdo, mas por muita simpatia que o caso suscitasse, sabia que não interessava a ninguém — e muito menos a Jonah — deixar o miúdo entregue a si mesmo, como tinham feito os professores dos anos antecedentes. Por outro lado, para não prejudicar os outros alunos, não podia dispensar ao Jonah toda a atenção de que ele carecia. Por fim, decidira encontrar-se com o pai do miúdo para o pôr ao corrente da situação, na esperança de que conseguissem encontrar uma forma de resolver o problema.

Tinha ouvido falar de Miles Ryan.

Não muito, mas sabia que ele era respeitado pela maioria das pessoas, que os vizinhos gostavam dele e, mais importante ainda, parecia interessar-se verdadeiramente pelo filho. Isso era bom. Mesmo com o pouco tempo que tinha na profissão, já tinha encontrado pais que não se preocupavam com os filhos, considerando-os mais como um fardo do que como uma bênção, mas também já encontrara pais que não acreditavam que os filhos pudessem fazer qualquer coisa malfeita. Em ambos os casos, eram pessoas com quem o diálogo era impossível. De acordo com o que ouvira dizer, Miles Ryan não era assim.

Por fim, no cruzamento seguinte, Sarah começou a abrandar e ficou a dar passagem a alguns carros. Atravessou a rua, acenou para o homem que estava ao balcão da farmácia e pegou no correio, antes de subir as escadas que levavam ao seu apartamento. Depois de abrir a porta, deu uma olhadela aos sobrescritos e pousou-os na mesa que estava junto da porta.

Foi à cozinha buscar um copo de água gelada e levou-o para o quarto. Estava a despir-se e a atirar a roupa para o cesto, a antecipar o gozo do chuveiro frio, quando notou o piscar do atendedor de chamadas. Carregou no botão para ouvir e reconheceu a voz da mãe, a dizer-lhe que gostava que ela mais tarde passasse lá por casa, se não tivesse outros planos. Como era habitual, a voz da mãe soava ligeiramente ansiosa.

Na mesa-de-cabeceira, junto do atendedor de chamadas, havia uma fotografia da família de Sarah: Maureen e Larry no meio, Sarah e Brian de cada um dos lados. A máquina piscou de novo; havia uma segunda mensagem da mãe: «Ó, pensei que nesta altura já estarias em casa...», dizia a mãe, «espero que esteja tudo bem...»

Devia ir, ou não? Estaria com disposição para ir?

Acabou por decidir que ia. Afinal, não tinha mais nada que fazer.

Miles Ryan desceu a Madame Moore's Lane, uma vereda estreita e ventosa que corria ao longo do rio Trent e também de Brices Creek, desde a baixa de New Bern até Pollocksville, uma pequena povoação situada vinte quilómetros a sul. Originalmente baptizada com o nome da mulher que tinha dirigido um dos bordéis mais famosos de toda a Carolina do Norte, passava junto da casa de campo e do sarcófago de Richard Dobbs Spaight, um herói do Sul e um dos signatários da Declaração de Independência. Durante a Guerra Civil os soldados nortistas exumaram o corpo e colocaram a caveira num portão de ferro, um aviso aos cidadãos e um conselho para que não resistissem à ocupação. Graças a esta história, Miles não se aproximou daquele portão durante toda a sua infância.

Apesar da sua beleza e relativo isolamento, a estrada por onde seguia não era própria para crianças. Era percorrida, de noite e de dia, por enormes camiões carregados de troncos e os condutores tinham tendência para se esquecerem de que as curvas eram apertadas. Como proprietário de uma casa numa das comunidades situadas quase à beira da estrada, há anos que Miles tentava impor limites de velocidade mais baixos.

Ninguém, com excepção de Missy, alguma vez lhe dera ouvidos. Esta estrada levava-o sempre a pensar nela.

Miles tirou outro cigarro, acendeu-o e desceu o vidro lateral. As imagens simples dos anos que tinham vivido juntos pareceram entrar no carro juntamente com o ar quente; porém, como acontecia sempre, aquelas imagens conduziam inexoravelmente às recordações do seu último dia de casados.

Ironicamente, ele tinha estado fora a maior parte do dia, um domingo. Tinha saído de casa de manhã, muito cedo, para ir à pesca com Charlie Curtis. E embora nesse dia a pescaria fosse rendosa, tanto para ele como para Charlie, isso não fora suficiente para apaziguar a mulher. No momento em que chegou a casa deparou com Missy, com a cara suja de terra, de mãos nas ilhargas, a olhar para ele de frente. A mulher não disse uma única palavra mas, de facto, não teve necessidade de o fazer. A maneira como o olhou disse tudo.

O irmão dela e a mulher estavam para chegar no dia seguinte, vindos de Atlanta, e Sarah tinha estado ocupada a trabalhar nos canteiros à volta da casa, tentando prepará-la para a recepção das visitas. Jonah tinha gripe e estava de cama, o que não tornava as coisas nada fáceis, pois tinha também de tratar dele. Mas não era por isso que estava zangada; o motivo da fúria era o próprio Miles.

Embora tivesse dito que não se importava que Miles fosse à pesca, tinha-lhe pedido que tratasse do jardim no sábado, de maneira a que ela não tivesse mais essa preocupação. Contudo, o trabalho dele tinha-lhe estragado os planos e, em vez de telefonar a Charlie a pedir desculpa por não o acompanhar, Miles decidiu ir à pesca no domingo, como tinham combinado. Charlie tinha-o massacrado durante todo o dia — «Esta noite vais dormir no sofá» — e Miles achava muito provável que ele tivesse razão. Mas arranjar o jardim era trabalho de jardineiro e a pesca era a pesca. Sabia que nem o irmão de Missy nem a mulher dele se iam preocupar minimamente com os canteiros à volta da casa, que não iam ligar ao facto de haver uma quantas plantas e ervas um pouco mais crescidas.

Além disso, prometera a si próprio que se encarregaria de tudo quando chegasse a casa e pensava cumprir a promessa. Não tivera intenção de estar fora de casa o dia todo mas, como acontecia em muitas das suas pescarias, uma coisa tinha levado a outra e perdera a noção do tempo. Trazia, no entanto, todo o discurso preparado:

— *Não te preocupes, eu trato de tudo, mesmo que o trabalho dure toda a noite e tenha de trabalhar à luz da lanterna.*

Também não teria sido má ideia se, antes de se esgueirar para fora da cama nessa manhã, ele lhe tivesse dito o que contava fazer. Mas não tinha dito nada e quando chegou a casa a mulher já tinha feito o trabalho quase todo. A relva estava aparada, os bordos do caminho limpos, Sarah tinha plantado alguns amores-perfeitos à volta da caixa do correio. Devia ter levado horas; dizer que ela estava zangada era subestimar a situação. Nem furiosa seria suficiente. Era algo mais forte do que isso, a diferença entre um fósforo aceso e uma mata a arder, e ele sabia isso. Nos anos que já levavam de casados já tinha visto, embora poucas vezes, aquele olhar. Engoliu em seco. Vamos a isto!

— Olá doçura — disse timidamente —, desculpa por vir tão tarde. Mas perdemos a noção do tempo.

Quando se preparava para debitar o discurso principal, Missy voltou-lhe as costas e falou-lhe por cima do ombro.

— Vou dar um passeio. Podes tomar conta disto, não podes?

Tinha estado a preparar-se para varrer a relva dos caminhos de acesso à casa e à garagem; a máquina estava no relvado.

Miles tinha esperteza suficiente para não responder.

Depois de ela ter ido mudar de roupa, Miles tirou a caixa frigorífica da mala do carro e levou-a para a cozinha. Missy saiu do quarto quando ele ainda estava a pôr o peixe no frigorífico.

— Estava só a guardar o peixe... — começou, mas Missy olhou-o com cara de poucos amigos.

— E se fosses fazer aquilo que te pedi?

— Já vou, deixa-me só guardar o peixe para evitar que se estrague.

Missy desviou os olhos. — Esquece. Eu termino o trabalho quando voltar.

O ar de martírio, isso é que Miles não estava disposto a suportar.

— Eu faço — disse. — Eu disse que fazia, não disse?

— Tal como disseste que acabavas o relvado antes de saíres para a pesca?

Ele deveria ter mordido o lábio e ficar calado. Claro, ele preferia passar o dia a pescar do que a trabalhar nos canteiros à roda da casa; era óbvio que a tinha deixado mal. Mas, avaliando as coisas todas em conjunto, aquilo não era assim tão importante, pois não? Ao cabo e ao resto, tratava-se apenas do irmão e da cunhada dela. Não estavam à espera da visita do presidente. Não havia nenhuma razão para tratar o caso daquela forma irracional.

Sim, devia ter ficado calado. Teria sido melhor para ambos, a julgar pelo olhar que ela lhe deitou depois de ele ter dito aquilo. Miles ouviu as janelas estremecer quando ela saiu, batendo com a porta.

Contudo, pouco depois de a mulher ter saído, caiu em si, reconheceu que tinha agido mal e arrependeu-se disso. Tinha-se portado como um palerma e ela tivera razão ao fazer-lhe ver isso mesmo.

Mas nunca iria ter oportunidade de lhe pedir desculpa.

— Então ainda fumas?

Charlie Curtis, chefe da polícia do distrito, estava do outro lado, a olhar para o amigo que acabava de tomar lugar à mesa.

A resposta foi rápida: — Eu não fumo.

Charlie levantou as mãos em sinal de paz. — Eu sei, eu sei, já me disseste. Se queres continuar a iludir-te, não tenho nada com isso. Mas não me vou esquecer de pôr aí um cinzeiro sempre que estiveres para chegar.

Miles riu-se. Charlie era das poucas pessoas daquela cidade que continuava a tratá-lo como sempre fizera. Há anos que eram amigos; foi Charlie quem lhe sugeriu a entrada para a polícia, foi Charlie quem lhe estendeu as asas protectoras logo que ele acabou a formação. Era mais velho — fazia 65, em Março — e tinha o cabelo salpicado de cinzento. Tinha aumentado dez quilos nos últimos anos, com quase todo esse peso extra a concentrar-se na parte média do corpo. Não era um daqueles polícias que intimidava as pessoas com o aspecto, mas era esperto e diligente, e tinha um certo jeito para encontrar as respostas de que necessitava. Nas últimas três eleições, ninguém se dera ao trabalho de concorrer contra ele.

— Deixo de vir — disse Miles —, a menos que deixes de me fazer essas acusações ridículas.

Estavam ambos sentados na mesa do canto e a criada, apressada para atender a multidão da hora de almoço, deixou ficar um bule de chá e dois copos com gelo em cima da mesa, e seguiu. Miles encheu os copos de chá e empurrou um na direcção de Charlie.

— Brenda ficará desapontada — disse Charlie. — Sabes que ela começa a sentir a vossa falta se não trouxeres o Jonah de vez em quando.

Tomou um golo de chá. — Então, estás ansioso por ires encontrar-te hoje com a Sarah?

Miles olhou para ele. — Quem?

— A professora do Jonah.

— Foi a tua mulher quem te disse?

Charlie sorriu. A mulher dele trabalhava na escola, no gabinete do director, e parecia estar a par de tudo o que acontecia por lá.

— Pois foi.

— Repete lá o nome?

— Brenda — respondeu Charlie, muito sério.

Miles olhou-o do outro lado da mesa e Charlie fez uma cara de quem acabava de compreender. — Ó, estás a referir-te à professora? Chama-se Sarah. Sarah Andrews.

Miles bebeu um gole. — É boa professora?

— Acho que sim. Brenda diz que é óptima e que os miúdos a adoram, mas tu sabes que Brenda acha que as pessoas são todas óptimas.

Inclinou-se para a frente, como se fosse dizer um segredo. — Mas também disse que Sarah é atraente. Um espanto, se me faço entender.

— E o que é que isso tem a ver com o resto?

— Também me disse que a professora é solteira.

— E?

— E nada.

Charlie abriu um pacote de açúcar e despejou-se no chá já adoçado. Deu de ombros. — Só te estou a contar o que Brenda me disse.

— Pois, muito bem — disse Miles. — Fico-te agradecido. Nem sei como conseguiria passar o resto do dia sem essas opiniões da Brenda.

— Tem calma, Miles. Sabes que ela anda sempre à espreita de uma namorada para ti.

— Diz-lhe que estou a safar-me muito bem.

— Bolas, eu sei isso. Mas Brenda preocupa-se contigo. E fica sabendo que ela sabe que andas a fumar.

— Então, vamos ficar aqui a investigar os meus engates ou tiveste outra razão para me mandares chamar?

— Por acaso, até tive. Mas houve necessidade de te preparar para aceitares o que vou dizer sem explodires.

— Mas, estás a falar de quê?

Na altura em que fez a pergunta, a criada deixou cair dois pratos em cima da mesa, com carne grelhada e salada de repolho cru, a refeição habitual dos dois homens, e Charlie aproveitou a pausa para preparar a resposta, pôs mais molho de vinagre na carne e acrescentou um pouco de pimenta à salada. Convencido de que não conseguia encontrar uma maneira airosa de dizer aquilo, decidiu-se por uma informação seca.

— O Harvey Wellman decidiu arquivar a queixa contra o Otis Timson.

Harvey Wellman era o delegado do procurador no distrito de Craven. Tinha falado com Charlie nessa manhã e oferecera-se para ser ele a informar Miles, mas Charlie decidira que talvez fosse preferível encarregar-se ele mesmo da tarefa.

Miles olhou para ele. — O quê?

— Não tem provas. De repente, Beck Swanson teve um ataque de amnésia acerca do que aconteceu.
— Mas eu estava lá ...
— Chegaste lá depois de acontecer. Não viste *como* as coisas se passaram.
— Mas vi o sangue. Vi a cadeira partida e a mesa no meio do bar. Vi a multidão que se tinha juntado.
— Eu sei, eu sei. Mas o que é queres que Harvey faça? Beck jurou que caiu e que Otis nunca lhe tocou. Disse que nessa noite estava confuso, mas que agora, de mente desanuviada, se recordou de tudo.
Miles pôs o prato de lado; de súbito, ficou sem vontade de comer. — Se eu for até lá outra vez, tenho a certeza de que encontro alguém que tenha visto o que se passou.
Charlie abanou a cabeça. — Sei que isso mexe contigo, mas que interesse é que isso teria? Sabes quantos irmãos de Otis estavam lá nessa noite. Eles também declararam que não se passou nada e, quem sabe, talvez fossem eles que fizeram aquilo. Sem o testemunho de Beck, Harvey tem o quê? Além disso, tu conheces o Otis. Vai meter-se noutra alhada. Só precisamos de lhe dar tempo.
— É isso que me preocupa.
Miles e Otis Timson conheciam-se de longa data. Os problemas tinham começado quando Miles entrou para a polícia, oito anos antes. Foi nessa altura que prendeu Clyde Timson, o pai de Otis, por agressão, depois de ele ter atirado a mulher através da janela da caravana em que moravam. Clyde passou algum tempo na prisão — embora não tanto quanto merecia — e, com o passar dos anos, cinco dos seus seis filhos também cumpriram penas de prisão por diversos crimes: agressão, tráfico de drogas, assalto e roubo.
Para Miles, o mais perigoso deles todos era Otis, de longe o mais esperto. Estava convencido de que Otis não enfileirava entre os criminosos sem importância, como os restantes familiares. E tinha uma razão: ele não assumia esse papel. Ao contrário dos irmãos, não era adepto de tatuagens e cortava o cabelo curto; de facto, em diversas alturas aceitara trabalhos menores, tarefas puramente manuais. Não tinha aspecto de criminoso, mas o aspecto pode ser enganador. O seu nome estava vagamente associado a

vários crimes, na cidade especulava-se com frequência que ele dirigia o fluxo de drogas que entravam no distrito, mas Miles não tinha meios de provar a acusação. Para sua frustração, todas as investigações tinham deixado Miles de mãos a abanar.

Otis também alimentava um rancor antigo. Miles só se apercebera bem disso depois do nascimento de Jonah. Um dia, teve de prender três dos irmãos de Otis, em resultado de uma zaragata que tinha começado numa reunião da família. Uma semana depois, Missy encontrava-se na sala de estar a embalar Jonah, então com quatro meses, quando um tijolo foi atirado da rua e estilhaçou a janela. O tijolo não os atingiu por pouco, mas Jonah ficou com um golpe na face, feito por uma lasca de vidro. Embora não o pudesse provar, Miles sabia que Otis tinha alguma responsabilidade no sucedido e apresentou-se no acampamento dos Stimson — uma série de caravanas decrépitas dispostas em semicírculo nos arredores da cidade — acompanhado de três outros adjuntos, todos de armas na mão. Os Stimson não ofereceram resistência e, sem uma palavra, estenderam as mãos para serem algemados e levados para a esquadra.

Por fim, não houve acusações, por falta de provas. Miles ficou furioso e enfrentou Harvey Wellman, fora do seu gabinete, depois de os Stimson terem sido soltos. Discutiram e quase chegaram a vias de facto, antes de alguém conseguir arrastar Miles dali para fora.

Houve outros episódios nos anos seguintes: disparos nas proximidades da casa, um fogo misterioso na garagem de Miles, incidentes que pareciam obra de adolescentes irrequietos. Mas, como sempre, Miles não tinha testemunhas e não pôde fazer nada. A situação manteve-se relativamente calma depois da morte de Missy.

Até à prisão mais recente.

De expressão fechada, Charlie levantou os olhos da comida.

— Ouve lá, eu e tu sabemos que ele é culpado como o diabo, mas nem penses em tratar do caso à tua maneira. Não queres que esta coisa aqueça como sucedeu da outra vez. Agora tens de te preocupar com o bem-estar do teu filho; e nem sempre podes estar junto dele para o defender.

Miles olhava pela janela e Charlie continuou a falar.

— Olha lá, ele não vai deixar de fazer outra coisa estúpida e, desde que tenhamos provas, eu serei o primeiro a saltar sobre ele. Tu sabes isso. Mas não vás arranjar sarilhos, ele não vale isso. Mantém-te longe dele.

Miles continuava a não responder.

— Deixa andar, percebeste?

Charlie estava agora a falar não só como amigo mas também como chefe de Miles.

— Por que é que me estás a dizer isso?

— Ainda há pouco te disse a razão.

Miles olhou para Charlie mais de perto. — Mas há mais qualquer coisa, não há?

Charlie aguentou o olhar de Miles por um longo momento.

— Olha... Otis diz que foste um bocado rude quando o prendeste; apresentou queixa.

Miles deu um enorme murro na mesa, o barulho ficou a reverberar por todo o restaurante. As pessoas da mesa mais próxima deram um salto e voltaram-se para olhar, mas ele nem deu por nada.

— Isso é uma mentira nojenta...

Charlie levantou as mãos para o obrigar a parar. — C'os diabos, eu sei isso e já o disse ao Harvey, e o Harvey não vai fazer nada com a queixa. Mas tu e ele não são propriamente amigos, ele sabe como tu és quando te irritam. Embora não tencione seguir com a queixa, não rejeita a possibilidade de Otis estar a dizer a verdade e disse-me que te ordenasse que te afastes dele.

— Nesse caso, o que é que tenho de fazer se vir Otis cometer um crime? Viro as costas?

— Raios, não. Não sejas estúpido. Tinhas-me à perna se fizesses uma coisa dessas. Só não te deves aproximar dele durante uns tempos, até isto assentar, a menos que não tenhas escolha. O que estou a dizer-te é para teu bem, percebes?

Miles não respondeu logo de seguida. Finalmente, respirou fundo e limitou-se a dizer: — Óptimo.

Contudo, quando o disse, sabia perfeitamente que os problemas entre ele e Otis ainda não tinham terminado.

3

Três horas depois da conversa com Charlie, Miles arrumou o carro num parque de estacionamento em frente da Grayton Elementary School, no momento exacto em que os alunos estavam a ser mandados sair. Havia três autocarros escolares estacionados e os alunos começaram a dirigir-se para eles, juntando-se em grupos de quatro ou seis. Miles e o filho avistaram-se quase simultaneamente. Jonah acenou com alegria e correu para o carro; Miles sabia que dentro de uns anos, uma vez entrado na adolescência, Jonah deixaria de fazer aquilo. O filho saltou-lhe para os braços abertos e Miles apertou-o muito, gozando daquela proximidade enquanto era possível.

— Olá campeão, como foi a escola?

Jonah afastou-se um pouco. — Tudo bem. E o trabalho?

— Estou melhor agora por já ter acabado.

— Hoje prendeste alguém?

Miles abanou a cabeça. — Hoje não. Talvez amanhã. Ouve, não queres ir comer um gelado quando eu acabar o que tenho de fazer aqui?

Jonah fez acenos entusiásticos de concordância e Miles pô-lo no chão. — Também acho bem. Vamos fazer isso.

Baixou-se e olhou o filho de frente. — Achas que ficas bem aqui no recreio enquanto eu vou falar com a professora? Ou preferes esperar lá dentro?

— Ó papá, eu já não sou nenhum miúdo. Além disso, o Mark também cá fica. A mãe dele está no gabinete do médico.

Miles olhou para cima e viu o melhor amigo do filho, que o esperava com impaciência junto de um cesto de basquetebol. Ajeitou a fralda da camisa do filho.

— Bem, ficam os dois juntos, está bem? E não se afastem daqui, nem um nem o outro.

— Não nos afastamos.

— Então, está bem. Mas tenham cuidado.

Jonah entregou a mochila ao pai e afastou-se a correr. Miles atirou com ela para o banco da frente e começou a percorrer o parque de estacionamento, às curvas, por entre os carros. Alguns miúdos gritaram saudações, o mesmo acontecendo com algumas mães que tinham vindo buscar os filhos. Miles parou e ficou a conversar com alguns deles, à espera que a confusão no exterior da escola começasse a amainar. Logo que os autocarros arrancaram e a maioria dos carros também desapareceu, os professores regressaram ao interior da escola. Miles deu uma última olhada na direcção de Jonah, antes de entrar também.

Foi atingido por uma baforada de ar quente mal entrou no edifício. A escola tinha cerca de quarenta anos, e embora o sistema de ar condicionado tivesse sido substituído mais de uma vez, não estava à altura das necessidades durante as primeiras semanas do ano escolar, quando o Verão ainda fazia sentir a sua força. Quase de imediato, Miles sentiu-se a transpirar por todos os poros, abanando-se com o chapéu enquanto percorria o corredor. Sabia que a sala de Jonah ficava no canto mais afastado. Quando lá chegou, a sala estava deserta.

Por momentos pensou que a sala não era aquela, mas o nome das crianças, que constava da folha de chamada, confirmou-lhe que estava no sítio certo. Consultou o relógio, percebeu que estava adiantado alguns minutos e deu uma volta pela sala. Viu vestígios da lição no quadro negro, as carteiras alinhadas em filas, uma mesa redonda cheia de papel e boiões de cola para construções. Nas paredes havia algumas redacções curtas e Miles estava a tentar localizar a de Jonah quando ouviu uma voz atrás de si.

— Desculpe, estou atrasada. Tive de levar umas coisas à secretaria.

Foi então que Miles viu Sarah Andrews pela primeira vez.

Naquela altura, não sentiu os cabelos do pescoço arrepiarem-se, nenhuma premonição de relações futuras; não teve nenhum pressentimento e, mais tarde, tendo em vista tudo o que sucedeu depois, mostrou-se sempre espantado com aquela primeira reacção. Contudo, nunca mais se esqueceria da surpresa que tinha sentido quando verificou que Charlie tinha razão. Ela era atraente. Nada de espampanante, mas seguramente uma mulher que fazia os homens voltar a cabeça por onde passasse. Tinha cabelo louro, bem cortado um pouco acima dos ombros e um penteado simultaneamente elegante e prático. Vestia saia comprida e uma blusa amarela; embora a cara estivesse corada por causa do calor, os olhos azuis pareciam irradiar frescura, como se tivesse passado todo o dia a descansar na praia.

— Não tem importância — respondeu. — Eu é que cheguei um pouco adiantado.

Estendeu a mão. — Sou o Miles Ryan.

Enquanto ele falava, Sarah lançou um olhar furtivo para o coldre. Não era a primeira vez que Miles observava aquele olhar — um olhar de apreensão — mas, antes que pudesse dizer alguma coisa, ela olhou-o nos olhos e sorriu. Aceitou-lhe a mão, como se o coldre não a afectasse minimamente. — Sou a Sarah Andrews. Obrigada por ter conseguido vir hoje. Depois de mandar o bilhete para sua casa, lembrei-me de que não lhe tinha dado a hipótese de marcar outra data mais conveniente para si.

— Não houve problema nenhum. O meu chefe conseguiu resolver as coisas.

Ela acenou, sem desviar os olhos dele. — Charlie Curtis, não é? Conheço a mulher dele, a Brenda. Tem-me ajudado a perceber como é que as coisas funcionam por cá.

— Tenha cuidado; se a deixar, consegue pôr-lhe as orelhas a arder.

Sarah riu-se. — Já percebi que sim. Mas não há dúvida de que me tem ajudado imenso. Não sermos conhecidos num lugar é sempre um pouco assustador, mas ela tem feito tudo o que é possível para que eu me sinta bem, como se esta fosse a minha terra.

— É uma senhora amorosa.

Ficaram ali, perto um do outro, mas mantiveram-se calados durante algum tempo. Miles sentiu que agora, acabada a conversa trivial, ela se sentia bem menos à vontade. Deu uma volta à secretária, como que a preparar-se para falar de coisas sérias. Começou a mudar papéis de uns lugares para outros, a examinar as pilhas, à procura daquilo que precisava. Lá fora, o Sol espreitou por detrás de uma nuvem e começou a lançar raios oblíquos através da janela. A temperatura pareceu subir de imediato e Miles voltou a agitar o tecido da camisa. Sarah olhou para ele.

— Sei que está calor... Já quis trazer uma ventoinha, mas ainda não tive oportunidade de a ir comprar.

— Não tem importância.

Ao dizer isto, sentiu o suor começar a escorrer pelo peito e pelas costas.

— Bem, vou apresentar-lhe uma série de opções. Pode puxar uma cadeira e falarmos aqui, com a possibilidade de ambos desmaiarmos, ou podemos fazer isto lá fora, onde está um pouco mais fresco. Há mesas de piquenique à sombra.

— Acha bem?

— Se não se importa.

— Não, não me importo nada. Além disso, como Jonah ficou no recreio, posso ficar de olho nele enquanto falamos.

Ela concordou. — Muito bem. Deixe-se só confirmar se tenho tudo o que quero...

Um minuto mais tarde deixaram a sala, encaminharam-se para o vestíbulo e abriram a porta principal.

— Então, há quanto tempo é que vive na cidade? — acabou Miles por perguntar.

— Desde Junho.

— E qual é a sua impressão?

Olhou para ele. — Isto é um bocado parado, mas é interessante.

— De onde é que veio?

— De Baltimore. Cresci lá, mas... — fez uma pausa. — Precisava de mudar.

Miles acenou que sim. — Percebo. Por vezes, também me sinto tentado a sair daqui.

Logo que disse aquilo, a cara dela mostrou sinais de compreensão, pelo que Miles percebeu imediatamente que ela tinha ouvido falar de Missy. Não fez, contudo, nenhum comentário.

Ao sentarem-se à mesa de piquenique, Miles olhou-a disfarçadamente. Assim de perto, com a luz a penetrar por entre as folhas, a pele dela parecia macia, quase luminosa. Sarah Andrews, segundo ele decidiu de imediato, nunca tinha tido borbulhas durante a adolescência.

— Ora bem... — começou —, devo tratá-la por Miss Andrews?
— Não, Sarah serve perfeitamente.
— Muito bem, Sarah...

Calou-se e passado um momento Sarah acabou a frase por ele.
— Qual será a causa da minha necessidade de falar consigo?
— Tenho andado a pensar nisso.

Sarah olhou para a pasta que tinha na frente, depois voltou a olhar para ele. — Bem, deixe que comece por dizer que gosto muito de ter o Jonah na minha classe. É um miúdo maravilhoso; é sempre o primeiro a oferecer-se se eu preciso que me façam qualquer coisa, também é verdadeiramente amigo dos outros alunos. Também é educado e, para a idade, fala muito bem.

Miles observou-a com todo o cuidado. — Por que será que tenho a impressão de que me está a preparar para as más notícias?
— É assim tão evidente?
— Bem.. em parte — admitiu Miles, e Sarah fez um sorriso tímido.
— Desculpe, mas não queria que ficasse com a ideia de que tudo é mau. Diga-me uma coisa: Jonah alguma vez lhe falou do que se está a passar?
— Não, até esta manhã. Quando lhe perguntei por que é que a professora queria falar comigo, limitou-se a dizer que tinha dificuldades com alguns dos trabalhos.
— Percebo.

Fez uma pausa, como se tentasse pôr as ideias em ordem.

Miles acabou por dizer: — Está a pôr-me nervoso. Não pensa que haja qualquer problema grave, pois não?
— Bem — hesitou. — Odeio ter de lhe dizer isto, mas penso que há. Jonah não está a ter dificuldades com alguns dos trabalhos escolares, Jonah está a ter dificuldades com *todos* os trabalhos.

Miles ficou carrancudo. — Com todos?

— Jonah — disse ela calmamente — está atrasado na leitura, na escrita, na ortografia e na matemática, em tudo, praticamente. Para lhe ser franca, não acho que ele estivesse preparado para passar para a segunda classe.
Miles ficou a olhar para ela, sem saber o que havia de dizer. Sarah continuou. — Sei que ouvir isto é doloroso para si. Acredite, se ele fosse meu filho, eu também não gostaria de ouvir nada de semelhante. Por isso é que quis ter a certeza antes de falar consigo. Veja...
Sarah abriu a pasta e entregou-lhe um maço de papéis. Os trabalhos escolares de Jonah. Miles deu uma vista de olhos pelas páginas: dois testes de matemática sem uma única resposta certa, uma série de páginas em que devia estar um exercício de composição (Jonah não tinha conseguido melhor do que rabiscar umas palavras ininteligíveis) e três exercícios curtos de interpretação que o miúdo também não conseguira fazer. Depois de uma longa pausa, ela empurrou toda a pasta na direcção de Miles.
— Pode ficar com o dossier completo. Já analisei tudo.
— Nem sei se quero ficar com isto — respondeu ele, ainda sob o efeito do choque.
Sarah inclinou-se um pouco para diante. — Algum dos antigos professores lhe disse que o seu filho estava com dificuldades?
— Não. Nunca.
— Nada?
Miles desviou os olhos. Do outro lado do jardim viu Jonah a descer o escorrega, logo seguido de Mark. Juntou as mãos.
— A mãe do Jonah morreu antes de ele entrar para o jardim de infância. Soube que costumava deixar cair a cabeça em cima da mesa e que por vezes chorava; todos estávamos muito preocupados com isso. Mas o professor nunca me mencionou dificuldades de aprendizagem. Os relatórios diziam que ele estava a sair-se bem. O ano passado sucedeu exactamente a mesma coisa.
— Alguma vez viu se ele levava trabalhos para fazer em casa?
— Nunca tinha nenhuns. Excepto para projectos que ele fazia.
Sem dúvida agora tudo aquilo parecia ridículo, mesmo para ele. Então, como é que não tinha dado por isso antes? *Demasiado absorvido na sua vida, hã?*, sussurrou-lhe uma voz interior.

Miles respirou fundo, furioso consigo próprio, zangado com a escola. Sarah pareceu ler-lhe o pensamento.

— Vejo que se atormenta a perguntar como é que isto pôde acontecer e tem todo o direito de se sentir furioso. Os professores de Jonah tinham a responsabilidade de o ensinar, mas não o fizeram. Tenho a certeza de que não agiram por maldade, talvez tenha acontecido porque as pessoas não queriam pressioná-lo demasiado.

Miles ficou muito tempo a pensar, antes de responder. — Que grande favor me fizeram — murmurou.

— Muito bem — disse Sarah, não lhe pedi que viesse cá só para lhe dar más notícias. Se assim fosse, estaria a esquecer-me da *minha* responsabilidade. Quis falar consigo acerca da melhor forma de ajudarmos o Jonah. Não quero que ele perca o ano e, com um ligeiro esforço, não creio que tenha de o perder. Ainda está a tempo de recuperar.

A ideia levou algum tempo a assentar, e quando ele a olhou, Sarah fez que sim com a cabeça.

— O Jonah é muito inteligente. Nunca se esquece de nada que aprenda. Mas precisa de mais atenção do que a que lhe posso dispensar durante as aulas.

— E o que é que isso quer dizer?

— Precisa de ajuda, para além do horário normal.

— Uma espécie de explicador?

Sarah alisou a longa saia. — O explicador é uma solução, mas pode tornar-se cara, especialmente se tivermos em conta que Jonah precisa de aprender tudo, desde o início. Não estamos a falar de álgebra, pois de momento estou preocupada com uma simples soma de dois dígitos, algo como 2 + 3. Quanto à leitura, só precisa de a praticar. O mesmo que se passa com a escrita, é apenas uma questão de o pôr a escrever. A menos que tenha dinheiro para desperdiçar, talvez fosse uma boa ideia que fosse você mesmo a fazer isso.

— Eu?

— Não é assim tão difícil. Lê com ele, obriga-o a ler para si, ajuda-o a fazer os trabalhos, coisas deste género. Não penso que venha a ter problemas com os trabalhos que dou aos meus alunos.

— Devia ver as cadernetas de quando eu era miúdo.
Sarah sorriu, antes de continuar. — Estabelecer um horário também não seria má ideia. Aprendi que os miúdos recordam as coisas com mais facilidade quando há uma rotina. E, além disso, uma rotina quase sempre obriga a que sejamos consistentes. E isso é o que Jonah precisa, mais do que tudo.
Miles mexeu-se na cadeira. — Não é tão fácil como parece. Os meus horários são variáveis. Por vezes, estou em casa às 4 da tarde, outras não chego a casa a tempo de ver o Jonah acordado.
— Quem é que toma conta dele depois da escola?
— Mrs. Knowlson, a nossa vizinha. É uma pessoa formidável mas não sei se estará à altura de fazer os trabalhos juntamente com ele, todos os dias. Já está na casa dos 80.
— E não há mais ninguém? Um avô, ou outro familiar?
Miles abanou a cabeça. — Os pais de Missy mudaram-se para a Florida depois da morte dela. A minha mãe morreu quando eu estava a acabar o curso secundário. O meu pai levantou voo logo que fui para a universidade. Metade do tempo, nem sei onde ele pára. Pode dizer-se que Jonah e eu temos estado entregues a nós próprios nestes últimos anos. Não me interprete mal... é um miúdo estupendo e por vezes sinto-me feliz por o ter só para mim. Mas, em certas alturas, não posso deixar de pensar que tudo seria mais fácil se os pais de Missy tivessem continuado a viver na cidade, ou se o meu pai estivesse um pouco mais disponível.
— Para uma situação destas, não é?
— Exactamente — respondeu ele e Sarah riu-se de novo. — Gostava do riso dela. Tinha um toque de inocência, do tipo que associamos com crianças que ainda têm de aprender que a vida não é apenas brincadeira e jogos.
— Pelo menos está a levar isto a sério — disse Sarah. — Nem lhe sei dizer quantas vezes é que tive conversas destas com pais, que ou não quiseram acreditar ou me atribuíram as culpas.
— Isso acontece muitas vezes?
— Mais do que imagina. Antes de enviar o bilhete para sua casa, até cheguei a discutir com Brenda a melhor forma de lhe comunicar isto.
— E ela disse-lhe o quê?

— Disse que não estivesse preocupada, que você não ia explodir. Que, antes de mais nada, ficaria preocupado por causa de Jonah e que mostraria abertura para o que eu tinha de lhe dizer. Depois disse-me que não me preocupasse absolutamente nada, mesmo que você trouxesse a pistola consigo.

Miles mostrou-se horrorizado. — Não disse nada disso.

— Disse, mas havia de lá estar quando ela mo disse.

— Vou ter uma conversa com ela.

— Não, isso é que não. É óbvio que ela gosta de si. Essa foi outra das coisas que me disse.

— A Brenda gosta de toda a gente.

Nesse momento, Miles ouviu Jonah desafiar Mark para o apanhar. Apesar do calor, os dois rapazes corriam pelo recinto de recreio, rodando junto dos postes, antes de se lançarem em corrida noutra direcção.

— Nem posso crer que tenham toda aquela energia — maravilhou-se Sarah. — Já hoje fizeram o mesmo, à hora do almoço.

— Eu percebo-a. Já nem me lembro da última vez que me senti capaz de correr daquela maneira.

— Deixe-se disso, não é assim tão velho. Tem quantos, 40, 45?

Miles mostrou-se novamente horrorizado e Sarah sorriu. — Estava a brincar — acrescentou.

Ele limpou a testa, a fingir alívio, surpreendido por estar a gostar da conversa. Por vezes, até parecia que ela estava a namoriscá-lo, e também gostava disso, mais do que tinha julgado possível.

— Penso que é de agradecer.

— Não há problema — respondeu Sarah, a tentar, sem ser bem sucedida, esconder o sorriso. — Ora bem... — fez uma pausa. — Onde é que nós íamos?

— Estava a dizer-me que estou muito marcado pela idade.

— Antes disso... Já sei, estávamos a falar do seu horário e estava a dizer-me que lhe era impossível estabelecer uma rotina.

— Não disse que era impossível. Mas não vai ser fácil.

— Em que dias é que tem as tardes livres?

— Habitualmente às quartas e sextas.

Enquanto Miles pensava o que fazer, Sarah parecia ter tomado uma decisão.

— Ora bem, não faço isto por hábito, mas pretendo estabelecer um acordo consigo — afirmou, lentamente. — Se quiser, bem entendido.

Miles enrugou a testa. — Que espécie de acordo?

— Depois do horário, ficarei a trabalhar com o Jonah nos outros três dias da semana, se me prometer que faz o mesmo nos dois dias em que tem a tarde disponível.

Ele não conseguiu esconder o espanto. — É capaz de fazer isso?

— Com todos os alunos, certamente não. Mas, como já lhe disse, Jonah é um amor, além de nos últimos anos ter passado por momentos muito difíceis. Terei muito gosto em o ajudar.

— Verdade?

— Não fique tão surpreendido. Os professores, na sua maioria, são bastante dedicados ao seu trabalho. Além disso, fico aqui quase sempre até às quatro horas, de modo que o incómodo não será muito grande.

Miles não respondeu logo de seguida e Sarah aguardou em silêncio.

— Só faço esta oferta uma vez; por isso, é pegar ou largar — acabou por dizer.

Miles pareceu embaraçado. — Obrigado — disse com ar grave. — Nem tenho palavras para lhe exprimir o meu agradecimento.

— Não tem que agradecer. No entanto, há uma coisa de que vou precisar para obtermos bons resultados. Faça de conta que são os meus honorários.

— O que é?

— Uma ventoinha. E que seja das boas.

Apontou a escola com um movimento de cabeça. — Aquilo é um verdadeiro forno.

— Acabámos de estabelecer um acordo.

Vinte minutos mais tarde, depois de se ter despedido de Miles, Sarah regressou à sala de aula. Quando estava a reunir as suas coisas, deu consigo a pensar em Jonah e na melhor maneira de o ajudar. Disse para si própria que fazer a oferta tinha sido uma boa ideia. Tinha a virtude de a manter mais sintonizada com os seus progressos na aula, além de lhe permitir dar melhores indicações a

Miles quando ele tivesse de trabalhar com o filho. Era, sem dúvida, uma ligeira sobrecarga de trabalho, mas era a melhor maneira de ser útil ao Jonah, mesmo que não tivesse sido planeada. E não fora, até ao momento em que as palavras lhe saíram.

Ainda estava a tentar perceber porque é que tinha feito aquilo.

Mesmo sem querer, estava também a pensar em Miles. Ele não era o que ela esperava que fosse, mas essa era a única certeza. Quando Brenda lhe dissera que ele era ajudante do xerife, tinha imaginado de imediato a caricatura do polícia sulista: com peso a mais, as calças presas muito abaixo da cintura, óculos pequenos de lentes espelhadas, a boca cheia de tabaco de mascar. Tinha-o imaginado a entrar na sala com ares de valentão, de polegares enfiados no cós das calças, a falar com um sotaque arrastado: *Ora bem, pequena, diga-me lá o assunto que a leva a querer falar comigo?* Mas Miles não se parecia absolutamente nada com a caricatura.

Além disso, era atraente. Não como Michael tinha sido — moreno e elegante, com tudo perfeitamente no lugar — mas simpático, de uma simpatia mais natural e menos refinada. Mostrava uma certa rudeza de feições, como se tivesse passado muitas horas ao sol quando era rapaz. No entanto, ao contrário do que ela dissera, não parecia ter 40 anos, e essa fora uma das surpresas dela.

Não devia ter sido. Afinal, Jonah tinha apenas 7 anos, além de que ela sabia que Missy Ryan tinha morrido jovem. Pensou que o erro se deveria *somente* ao facto de a mulher dele ter morrido. Não conseguia imaginar que tal coisa pudesse acontecer a uma pessoa da sua idade. Não estava certo; parecia-lhe ser uma coisa contrária à ordem natural da vida.

Ainda a matutar nestas coisas, deu uma última vista de olhos pela sala, para ter a certeza de que não se esquecia de nada. Tirou a mala da gaveta mais baixa da secretária, pendurou-a no ombro, pôs todas as outras coisas debaixo do braço e fechou as luzes quando saiu.

Ao dirigir-se para o carro sentiu-se algo desapontada, pois verificou que Miles já se tinha ido embora. A repreender-se intimamente por causa de tais pensamentos, recordou a si mesma que um viúvo como Miles não estaria certamente a alimentar ideias semelhantes acerca da professora do seu filho pequeno.

Sarah Andrews nem fazia ideia de quanto estava enganada.

4

À *luz fraca do meu candeeiro de secretária, os recortes de jornais parecem mais velhos do que são.* Mesmo amarelos e amarrotados, têm para mim um aspecto estranhamente pesado, como se recaísse sobre eles toda a carga da minha responsabilidade no caso.

Na vida há umas quantas verdades simples e esta é uma delas. Quando uma jovem tem uma morte trágica, a história desperta sempre interesse, especialmente numa cidade pequena, em que as pessoas parecem conhecer-se todas.

A morte de Missy Ryan foi assunto de primeira página e, quando os jornais foram abertos na manhã do dia seguinte, ouviram-se soluços nas cozinhas de toda a cidade de New Bern. Havia um artigo de fundo e três fotografias: uma do acidente e outras duas que mostravam Missy como a bela mulher que ela tinha sido. Nos dias seguintes foram publicados mais dois artigos extensos e, de início, toda a gente estava confiante de que o caso havia de ser resolvido.

Mais ou menos um mês depois, apareceu outro artigo na primeira página, onde era indicada uma recompensa, oferecida pelo conselho municipal, para qualquer informação sobre o caso; e, com ele, a confiança começou a desvanecer-se. Como é normal com todas as notícias, também a do acidente perdeu interesse. Os habitantes da cidade deixaram de comentar o caso com tanta frequência, o nome de Missy passou a ser cada vez menos pronunciado. Mais tarde, ainda apareceu outro artigo, desta vez na terceira página, onde se repetia tudo o que havia sido afirmado nas prosas precedentes e se voltava a pedir a todos os membros da comunidade que informassem as autoridades de qualquer pormenor que julgassem de interesse. Depois deste artigo, não houve mais nada.

Todos os artigos tinham seguido o mesmo padrão: resumo de tudo o que tinha sido apurado como verdadeiro e apresentação dos factos numa prosa simples e directa. No final da tarde de um quente dia do Verão de 1986, Missy Ryan — que desde os tempos do liceu tinha sido o amor da vida de um polícia da cidade e era mãe de um filho pequeno — foi correr um pouco, perto do anoitecer. Minutos depois de ter começado, foi vista por duas testemunhas a correr pela Madame Moore's Lane; cada uma delas tinha sido mais tarde interrogada pela polícia de trânsito. O resto dos artigos referia-se aos acontecimentos daquela noite. Contudo, nenhum deles fazia menção à forma como Miles passou as últimas horas até que, finalmente, o informaram do que tinha acontecido.

Nunca tive dúvidas de que Miles nunca mais poderá esquecer aquelas horas, pois foram as últimas horas de normalidade de que se pôde mais tarde recordar. Limpou os caminhos que conduziam à entrada e à garagem, como Missy lhe tinha pedido, e entrou em casa. Andou a cirandar pela cozinha, passou algum tempo com Jonah e acabou por se deitar. O mais provável é que olhasse para o relógio quase de minuto a minuto, passada que foi a hora em que Missy devia ter regressado a casa. De início, poderá ter suspeitado de que a mulher teria ido visitar alguém que conhecesse do emprego, uma coisa que fazia com frequência, e repreendeu-se a si próprio por estar a imaginar o pior.

Os minutos transformaram-se numa hora, depois em duas, e Missy sem ter regressado. Por essa altura, Miles estava suficientemente preocupado para telefonar a Charlie. Pediu-lhe que mandasse investigar o percurso habitual das corridas de Missy, pois Jonah já estava a dormir e não queria deixá-lo sozinho, a menos que a saída fosse imprescindível. Charlie prontificou-se a agir de imediato.

Passada uma hora — durante a qual Miles só parecia ouvir evasivas das pessoas a quem ia pedindo informações — Charlie bateu-lhe à porta. A mulher, Brenda, tinha vindo com ele, para poder ficar com Jonah; deixou-se ficar atrás do marido, com os olhos vermelhos de choro.

— É melhor vires comigo — disse Charlie com calma. — Houve um acidente.

Tenho a certeza de que Miles, pela expressão do chefe, soube logo o que Charlie estava a tentar dizer-lhe. O resto da noite foi um terrível pesadelo.

O que nem Miles nem Charlie sabiam, o que as investigações acabariam por revelar, era que não havia testemunhas do atropelamento, seguido de fuga, que tinha roubado a vida a Missy. E também não apareceu ninguém que se confessasse culpado. A polícia de trânsito passou o mês seguinte a interrogar e a investigar todas as pessoas residentes na zona; procuraram qualquer prova que pudesse conduzir a uma pista, espreitaram por baixo de todo os arbustos, avaliaram todas provas recolhidas no local do acidente, andaram pelos bares e restaurantes locais a perguntar se algum cliente parecera embriagado e tinha saído por altura do acidente. No final, o acidente deu lugar a um dossier pesado e volumoso, que registava tudo o que tinha sido averiguado e que, no essencial, pouco acrescentava àquilo que Miles tinha sabido no momento em que tinha aberto a porta e vira Charlie na entrada da casa.

Com 30 anos de idade, Miles Ryan estava viúvo.

5

No carro, as recordações do dia em que Missy morreu voltaram ao espírito de Miles, em pequenos pedaços soltos, como tinha acontecido antes, quando tinha percorrido a Madame Moore's Lane para ir almoçar com Charlie. Porém, desta vez, em vez de o fazerem dar voltas infinitas ao mesmo tema — o dia passado na pesca e a discussão subsequente com Missy — as memórias levaram-no a pensar em Jonah e em Sarah Andrews.

Com a mente assim ocupada, nem saberia dizer quanto tempo rodaram em silêncio, mas foi o suficiente para Jonah ficar nervoso. Enquanto esperava que o pai se decidisse a falar, começou a imaginar os castigos que poderia ter de suportar, cada um pior do que o precedente. Continuou a fechar e a abrir o fecho de correr da mochila até que, finalmente, Miles estendeu o braço e poisou a mão na cabeça para o obrigar a parar com aquilo. Contudo, o pai continuava calado e, quando acabou por reunir a coragem suficiente, Jonah olhou para Miles com os olhos bem abertos que pareciam prestes a encher-se de lágrimas.

— Papá, estou metido num sarilho?
— Não.
— Estiveste muito tempo a falar com Miss Andrews.
— Tínhamos muitas coisas a dizer.
Jonah engoliu em seco. — Falaram da escola?
Miles acenou que sim e Jonah voltou a concentrar-se na mochila, sentindo um nó no estômago e com vontade de ter as mãos novamente ocupadas. — Estou metido num grande sarilho — murmurou.

Minutos depois, sentado num banco da esplanada da Dairy Queen, Jonah estava a acabar um cone de gelado, com o braço do pai a rodear-lhe os ombros. Já estavam a falar há dez minutos e, pelo menos naquilo que preocupava Jonah, a situação não era, nem de perto, tão má como ele tinha pensado que fosse. O pai não tinha levantado a voz, não o tinha ameaçado, não tinha sido repreendido, o que era o melhor de tudo. Em vez disso, Miles tinha-se limitado a fazer-lhe perguntas acerca dos antigos professores e dos trabalhos escolares que eles lhe mandavam — ou não mandavam — fazer; Jonah foi honesto e explicou que, uma vez que se tinha atrasado, a vergonha não lhe permitia pedir ajuda. Falaram das matérias em que ele tinha dificuldades — praticamente todas, como Sarah tinha dito — e Jonah prometeu que a partir dali ia esforçar-se mais. Miles também disse que o ia ajudar e que se tudo corresse bem, ele recuperaria em pouco tempo. No geral, Jonah estava feliz com o que se tinha passado.

Só não percebera que o pai ainda não tinha acabado.

— Mas, como estás tão atrasado — continuou Miles, com voz calma —, tens de passar a ficar na escola em certos dias da semana, para que Miss Andrews te possa dar uma ajuda.

Jonah precisou de algum tempo para perceber todo o alcance da ideia.

— Depois da hora de saída?

Miles acenou que sim. — Ela diz que assim podes recuperar mais depressa.

— Pensei ouvir que eras tu que me ias ajudar.

— Ouviste bem, mas não posso ajudar-te todos os dias. Tenho de trabalhar, por isso Miss Andrews decidiu ajudar também.

— Mas, depois da saída? — perguntou de novo, com um certo ar de vítima.

— Três dias por semana.

— Mas... papá — deitou o resto do cone de gelado no recipiente do lixo. — Mão quero lá ficar depois da hora de saída.

— Não te perguntei se querias. Além disso, já me devias ter informado de que estavas a sentir dificuldades. Se mo tivesses dito, bem poderias ter evitado uma situação como esta.

Jonah franziu a testa. — Mas, papá...

— Ouve lá, eu sei que há um milhão de coisas que preferias fazer, mas vais ter de fazer isto durante um tempo. Não tens escolha, pensa apenas que as coisas podiam ser bem piores.

— Cooomo? — perguntou, como se estivesse a cantar a primeira sílaba, o que fazia sempre que não queria acreditar naquilo que Miles lhe estava a dizer.

— Bem, ela podia ter decidido que também queria trabalhar contigo durante os fins-de-semana. Se tivesse decidido isso, não conseguirias tempo para ires jogar futebol.

Jonah inclinou-se para diante, a descansar o queixo nas mãos.

— Está bem — acabou por dizer, suspirando, mal-humorado —, eu faço isso.

Miles sorriu, a pensar que ele também não tinha outro remédio.

— Obrigado, campeão.

Mais tarde, no final do serão, Miles estava inclinado por cima da cama do filho, a ajeitar-lhe a roupa. Jonah tinha os olhos pesados de sono e o pai alisou-lhe o cabelo com a mão antes de lhe beijar a face.

— É tarde. Vê se dormes.

Parecia tão pequeno ali na cama, tão contente. Miles verificou se a luz nocturna do filho estava acesa e levou a mão ao interruptor que estava ao lado da cama. Jonah abriu os olhos com esforço, embora fosse evidente que não os teria abertos por muito tempo.

— Papá?

— O que é?

— Obrigado por hoje não te teres zangado muito comigo.

Miles sorriu. — Não tens de quê.

— E, papá?

— O que é agora?

Jonah destapou a mão para limpar o nariz. O urso de pelúcia que Missy lhe tinha dado quando fez três anos estava perto da almofada. Continuava a dormir com ele todas as noites.

— Estou feliz por a Miss Andrews me querer ajudar.

— Ai estás? — perguntou, surpreendido.

— Ela é simpática.

Miles apagou a luz. — Também acho que sim. Agora vais dormir, está bem?

— Está bem. E, papá?
— O que foi?
— Adoro-te.
Miles sentiu um nó na garganta. — Jonah, eu também te adoro.

Horas mais tarde, um pouco antes das 4 da manhã, Jonah voltou a ter pesadelos. Semelhante ao grito de alguém que se desequilibrou de um penhasco, o lamento dolorido de Jonah provocou o despertar imediato de Miles. Meio cego de sono, saiu do quarto aos tropeções, quase se estatelou por causa de um brinquedo abandonado e ainda estava a tentar concentrar-se quando estendeu os braços para levantar o rapaz, que continuava a dormir. Começou a falar com ele de mansinho e a dirigir-se para o alpendre das traseiras, o único lugar onde sabia que ele se acalmava. Passados uns momentos, os soluços deram lugar a uma espécie de lamúria e Miles deu graças não só por a casa estar implantada num hectare de terreno como também por a vizinha mais próxima — Mrs. Knowlson — ser um bocado dura de ouvido.

No ar nevoento e húmido da manhã, Miles continuou a embalar o filho e a falar-lhe de mansinho ao ouvido. A Lua projectava a sua luminosidade baça sobre a corrente lenta do rio, que parecia uma estrada de luz reflectida. Com as ramadas baixas dos carvalhos e os troncos dos ciprestes com uma faixa branca pintada alinhados ao longo das margens, o ambiente era calmante, de uma beleza sem idade. O esvoaçar das cantáridas era mais um elemento para reforçar a ideia de que esta parte do mundo não tinha mudado muito no decurso dos últimos milhares de anos.

Quando Jonah recomeçou a dormir normalmente, quase às 5 horas da manhã, Miles convenceu-se de que não ia conseguir adormecer de novo. Em vez de voltar para a cama, foi à cozinha e começou a fazer café. Sentado à mesa, esfregou os olhos e a cara, para restabelecer a circulação sanguínea depois do frio que apanhara lá fora, e olhou pela janela. No horizonte, o céu começava a apresentar o brilho acinzentado do amanhecer, cujos raios eram coados através da ramaria das árvores.

Começou uma vez mais a pensar em Sarah Andrews.
Não lhe restavam dúvidas de que se sentia atraído por ela. Até onde podia recordar-se, não reagira daquela forma perante nenhu-

ma outra mulher. Certamente que se sentira atraído por Missy, mas isso tinha sido há quinze anos. Numa outra vida. E nem se dera o caso de não se sentir apaixonado por Missy durante os poucos anos que durara o seu casamento, porque existia amor entre eles. Mas, por qualquer motivo, a atracção que agora sentia era diferente. A paixão que tinha sentido quando viu Missy pela primeira vez — o desejo desesperado do adolescente de saber tudo acerca dela — fora, ao longo dos anos, substituído por sentimentos mais profundos e mais amadurecidos. Com Missy, não houve surpresas nenhumas. Conhecia o aspecto dela quando saía da cama pela manhã, tinha visto a exaustão vincada em cada um dos seus traços depois de dar o filho à luz. Conhecia-a — os sentimentos, os medos, as coisas de que gostava e as de que não gostava. Mas esta atracção por Sarah sabia a... *novo*, além de o fazer sentir-se também novo, com a sensação de que tudo era possível. Nunca se tinha apercebido da falta que aquele sentimento lhe estava a fazer.

E agora, ia suceder o quê? Essa era a parte onde ele não tinha certeza de nada. Não podia prever o que se ia passar com Sarah, se é que se ia passar alguma coisa. Não sabia nada dela; no fundo, podiam nem ser compatíveis. Estava perfeitamente consciente de que havia mil coisas capazes de matar uma relação.

Mesmo assim, tinha-se sentido atraído por ela...

Miles abanou a cabeça, tentando afastar aqueles pensamentos para longe. Não havia razão para esgrimir com eles, excepto na parte em que lhe tinham vindo recordar uma vez mais que queria começar tudo outra vez. Estava novamente desejoso de encontrar alguém; não queria viver sozinho para o resto da vida. Havia pessoas, sabia-o, capazes de viverem assim. Havia pessoas, ali na cidade, que haviam perdido o cônjuge e não tinham voltado a casar, mas ele não era assim, nunca fora. Durante o tempo em que esteve casado nunca teve a sensação de estar a perder coisa nenhuma. Não olhava para os seus amigos solteiros com inveja, não desejava a vida que eles levavam — namorar, andar no engate, começar e acabar namoros, com a mesma regularidade do início e do fim das estações do ano. Ele não era assim. Adorava a situação de marido, adorava ser pai, adorava a estabilidade da vida de família e queria desfrutá-la de novo.

Mas provavelmente não iria conseguir...
Miles respirou fundo e voltou a olhar pela janela. Mais luz no céu baixo, mas ainda escuro nas alturas. Levantou-se e passou pela sala, para ir espreitar o filho, ainda adormecido, e abriu a porta do seu próprio quarto. A semiobscuridade da madrugada já dava para ver as fotografias, que ele mesmo tinha emoldurado, em cima da cómoda e da mesa-de-cabeceira. Embora a luz não permitisse distinguir as feições, não precisava de as ver claramente para saber quem eram os fotografados: Missy, sentada no alpendre das traseiras, a segurar um ramo de flores silvestres; Missy e Jonah, em grande plano, rindo abertamente; Missy e Miles a descerem a vereda...

Entrou e sentou-se na cama. Perto da fotografia estava o dossier cheio de informações que tinha compilado sozinho, fora das horas normais de serviço. Como a polícia local não tinha jurisdição sobre acidentes de trânsito — e mesmo que tivesse ele não seria autorizado a tomar parte nas investigações — tinha seguido as pegadas da polícia de trânsito, entrevistara as mesmas pessoas, tinha feito as mesmas perguntas, à procura de pistas no emaranhado das informações. Conhecedores do sofrimento dele, as pessoas não se tinham recusado a cooperar, mas no final não ficou a saber mais do que os investigadores oficiais. Mesmo sem conclusões, o dossier nunca saíra da mesa-de-cabeceira, como a desafiar Miles a descobrir quem guiava o automóvel fatal naquela noite.

Mas não era provável que o viesse a descobrir, nunca mais, por muito que ele quisesse punir a pessoa que lhe tinha arruinado a vida. E não tinha dúvidas nenhumas: era exactamente isso que pretendia fazer. Queria fazer tudo para que o culpado fosse duramente castigado pelo crime que tinha cometido; era o seu dever, como marido e como pessoa que tinha jurado fazer cumprir a lei. Olho por olho — não é o que a Bíblia diz?

No momento, como sucedia em muitas manhãs, Miles ficou a olhar o dossier sem se dar ao trabalho de o abrir, mas imaginando como seria o culpado, recordando sempre os mesmos cenários e começando sempre pela mesma pergunta.

Se fora um acidente, porquê fugir se não tinha feito nada de ilegal?

A única razão que lhe ocorria era o estado de embriaguez do condutor, alguém que teria estado numa festa, ou alguém que tinha o hábito de beber demasiado nos fins-de-semana. Um homem, provavelmente na casa dos 30 anos, ou dos 40. Embora não dispusesse de provas que sustentassem esta tese, era assim que ele via sempre o quadro. Em espírito, Miles via-o estrada fora aos ziguezagues, com velocidade excessiva e a torturar o volante, a cabeça a processar tudo em câmara lenta. Quando avistou Missy, no segundo anterior ao atropelamento, talvez estivesse a tentar abrir outra lata de cerveja, ou a querer agarrar a sanduíche que levava presa nas pernas. Ou talvez nem chegasse a vê-la. Talvez só tivesse ouvido a pancada e sentisse o carro desviar-se com o choque. Mesmo então, o condutor não entrou em pânico. Não deixou marcas de travagem no pavimento, mesmo que tenha parado o carro para ver o que tinha acontecido. As provas — informação que nunca apareceu em qualquer dos artigos de jornal — mostravam isso.

Nada feito.

Ninguém viu coisa nenhuma. Não circulavam outros carros naquele troço de estrada, nem apareceram luzes em nenhuma das casas ali à volta, não estava ninguém fora de casa, ninguém a passear o cão ou a regar o jardim. Mesmo embriagado, o condutor tinha tido conhecimento de que Missy estava morta e de que se arriscava a ser acusado de homicídio não premeditado, pelo menos, talvez até de homicídio de segundo grau, se já tivesse cadastro. Acusação. Pena de prisão. A vida atrás das grades. Devem ter-lhe passado pela cabeça estes e outros pensamentos ainda mais assustadores, levando-o a fugir dali, antes que alguém o visse. E assim fizera, sem se preocupar sequer com os desgostos que teria provocado.

Tinha sido assim, ou alguém tinha atropelado Missy de propósito.

Algum psicopata, daqueles que matam por prazer. Tinha ouvido falar de pessoas assim.

Ou alguém que matara para se vingar de Miles Ryan?

Era polícia, tinha feito inimigos. Prendera pessoas e testemunhara contra elas. Tinha ajudado a meter muita gente na prisão.

Um de entre eles?

A lista não tinha fim, era um exercício de paranóia.

Havia um detalhe no acidente que parecia não se encaixar em nenhuma teoria e, com o passar dos anos, Miles colocou-lhe uma boa meia dúzia de pontos de interrogação. Tinha sabido dele quando o levaram ao local do acidente.

O estranho é que, quem quer que fosse ao volante daquele carro, tinha tapado o corpo de Missy com um cobertor.

Este facto nunca chegara ao conhecimento dos jornalistas.

Os investigadores ainda alimentaram a esperança de poderem saber a identidade do motorista através do cobertor. Não conseguiram nada. Era o tipo de cobertores que se encontram nos *kits* de emergência, vendido em embalagens estandardizadas, com artigos diversos, em quase todos os fornecedores de peças para automóveis e supermercados espalhados pela região. O cobertor não conduzira a qualquer pista.

Mas... *porquê?*

Este era o pormenor que continuava a intrigar Miles.

Porquê cobrir o corpo, para fugir de seguida? Não fazia sentido. Quando falara com Charlie sobre o assunto, este tinha feito uma afirmação que nunca mais deixara de perseguir Miles: — Foi como se o condutor estivesse a tentar pedir desculpa.

Ou a querer fazer-nos seguir uma pista errada?

Miles não sabia em que acreditar.

Mas, por mais impossível que parecesse, e porque não tencionava desistir, ia acabar por descobrir o condutor. Então, e só então, poderia superar aquele desgosto.

6

No serão de sexta-feira, três dias depois do encontro com Miles Ryan, Sarah Andrews encontrava-se sozinha na sala de estar, a saborear o seu segundo copo de vinho, sentindo-se tão em baixo quanto uma pessoa se pode sentir. Mesmo sabendo que o vinho não podia fazer nada para a ajudar, também sabia que haveria um terceiro copo, que se seguiria a este segundo quando estivesse vazio. Nunca fora grande bebedora, mas o dia tinha sido arrasante.

De momento, queria apenas esquecer.

Por estranho que pudesse parecer, o dia nem havia começado mal. Tinha acordado bem-disposta e continuou bem-disposta durante o pequeno-almoço mas, depois disso, o dia tinha-se complicado rapidamente. Durante a noite, houve uma avaria no sistema de aquecimento de água do apartamento, pelo que tivera de tomar um duche frio antes de seguir para a escola. Chegada ali, verificou que três dos quatro alunos da fila da frente estavam constipados. Passaram o dia a tossir e a respirar na direcção dela, embora por vezes a tosse e os espirros fossem fingidos. Como o resto da turma pareceu querer imitá-los, não conseguiu fazer nem metade do que tinha planeado. Depois da saída dos alunos, tinha ficado a pôr em ordem algum do seu trabalho, mas quando, finalmente, chegou a altura de ir para casa, viu que um dos pneus do seu carro estava furado. Teve de pedir a ajuda do American Automobile Club, ficando uma hora à espera que eles aparecessem; por fim, quando se dirigia para casa, viu que o trânsito tinha sido cortado em algumas ruas e assim iria ficar durante todo o fim-de-semana; teve de ir arrumar o carro longe do apartamento. Depois, para culminar aquele dia glorioso, recebeu a chamada de uma conhecida de Baltimore, para lhe comunicar que Michael tinha o novo casamento marcado para Dezembro.

Foi então que resolveu abrir a garrafa de vinho.

Agora que, finalmente, estava a sentir os efeitos do álcool, Sarah deu consigo a desejar que os homens do AAC se tivessem demorado um pouco mais a mudar a roda do carro, de modo que não estivesse em casa quando o telefone tocou. Não fizera amizade pessoal com aquela mulher — tinham-se encontrado em diversas festas, pois tratava-se de uma amiga da família de Michael — e não fazia ideia da razão que a levou a informar Sarah do que se estava a passar. E conquanto tivesse dado a informação com a conveniente mistura de simpatia e incredulidade, Sarah não pôde deixar de suspeitar que, mal acabasse de a avisar, a mulher ligaria logo para Michael para o informar da forma como Sarah tinha reagido. Graças a Deus, soubera manter a compostura.

Mas isso tinha acontecido dois copos de vinho antes, agora não estava a ser tão fácil. Não estava interessada em notícias sobre o Michael. Estavam divorciados, separados pela lei e por vontade mútua; ao contrário do que acontece com alguns casais divorciados, nunca mais falaram um com o outro, depois da última reunião no escritório do advogado, um ano antes. Na altura, tinha-se considerado feliz por se ver livre dele e assinara os papéis, sem uma palavra. Aquela espécie de apatia, originada por uma vaga sensação de que nunca tinha conhecido bem o marido, já tinha substituído a dor e a fúria iniciais. Depois disso, ele não telefonou nem escreveu; nem ela. Perdeu o contacto com a família dele, ele não mostrou interesse na dela. Em muitos aspectos, era como se nunca tivessem estado casados. Pelo menos, era disso que procurava convencer-se.

E agora ele ia casar-se outra vez.

Não devia ser coisa que a incomodasse. Não devia ter nada a ver com aquilo.

Mas tinha, além de também se incomodar. Dir-se-ia que estava mais triste pelo facto de se sentir incomodada com o casamento iminente do que aborrecida pelo facto de o ex-marido se ir casar novamente. Sempre soubera que Michael voltaria a casar-se; ele próprio lho tinha dito.

Foi a primeira fez que odiou alguém verdadeiramente.

Mas o ódio a sério, do tipo que faz o estômago revoltar-se, não era possível sem que existisse um laço emocional. Michael não seria tão odiado se, antes, não tivesse sido amado. Tinha imaginado, talvez ingenuamente, que seriam um casal eterno. Afinal, tinham feito os seus votos e prometido amar-se para sempre, além de ela descender de uma longa linha de casais que tinham feito isso mesmo. Os pais dela estavam casados há mais de trinta e cinco anos; cada um dos casais de avós já andavam perto dos sessenta anos de matrimónio. Mesmo depois de começarem a ter problemas, Sarah acreditou que ela e Michael podiam seguir o exemplo dos pais e dos avós. Sabia que a tarefa não era fácil, mas, em toda a sua vida, nunca se sentira tão insignificante como no dia em que ele pusera de lado todos os seus votos, para se conformar com a opinião da família.

Mas, se já não se interessava nada por ele, também não deveria estar agora aborrecida...

Sarah bebeu o vinho que restava no copo e levantou-se do sofá, não querendo acreditar no que lhe estava a suceder. Já tinha virado aquela página. Se ele se arrastasse até junto dela, a implorar perdão, não o quereria de volta. Nada do que ele pudesse dizer ou fazer a levaria a amá-lo de novo. Podia casar-se com quem lhe apetecesse; a ela, não fazia diferença nenhuma.

Já na cozinha encheu o copo pela terceira vez.

Michael ia voltar a casar-se.

Contra a sua vontade, sentiu que ia chorar. Não queria chorar mais, mas os sonhos antigos são persistentes. Quando pousou o copo, tentando recompor-se, colocou-o demasiado perto do lava-loiças; o copo tombou e caiu na bacia, de imediato reduzido a cacos. Inclinou-se para apanhar os cacos, picou-se e começou a sangrar de um dedo.

Um contratempo mais, num dia para esquecer.

Soltou um profundo suspiro e pressionou os olhos com força, usando as costas da mão, disposta a tudo para não chorar.

— Sentes-te bem, de certeza?

Com a multidão a empurrar de todos os lados, as palavras ora aumentavam ora diminuíam de volume, como se Sarah tentasse ouvir alguém colocado muito longe dela.

— Mamã, digo-te, pela terceira vez, que estou bem.

Maureen estendeu a mão e afastou os cabelos da cara da filha.

— É que te acho um pouco pálida, parece que estás a chocar uma doença qualquer.

— Só estou um bocado cansada, mais nada. Ontem trabalhei até tarde.

Por muito que não gostasse de mentir à mãe, Sarah não estava nada interessada em falar-lhe da garrafa de vinho da noite anterior. A mãe sentia e mostrava alguma dificuldade em perceber o que levava as pessoas a beber, especialmente as mulheres, e se Sarah lhe dissesse que ainda por cima estivera sozinha, a mãe ficaria ainda mais preocupada, morderia o lábio e começaria a fazer uma série de perguntas a que Sarah não se sentia com disposição para responder.

Estava um belo dia de sábado e a zona da baixa abarrotava de gente. O Festival das Mães continuava a todo o vapor, pelo que Maureen decidira passar o dia a vasculhar as tendas e as lojas de antiguidades de Middle Street. Como Larry preferia assistir ao jogo de futebol entre as selecções dos estados da Carolina do Norte e do Michigan, Sarah tinha-se oferecido para fazer companhia à mãe. Pensou que poderia ter a sua piada, e provavelmente teria tido, não fosse uma dor de cabeça terrível, que nem a aspirina conseguiu aliviar. Enquanto falavam, Sarah esteve a inspeccionar uma moldura antiga que tinha sido restaurada com esmero, embora não suficiente para justificar o preço que pediam por ela.

— Numa sexta-feira? — perguntou a mãe.

— Tinha andado a adiar umas coisas e a noite passada pareceu-me tão adequada como outra qualquer.

A mãe inclinou-se um pouco mais, a fingir que estava a admirar a moldura. — Estiveste em casa toda a noite?

— Claro. Porquê?

— Porque eu liguei para ti umas poucas de vezes e o telefone tocou, tocou.

— Tirei o telefone da ficha.

— Então foi isso. Ontem, cheguei a pensar que tivesses saído com alguém.

— Quem?

Maureen encolheu os ombros. — Sei lá... com alguém.

Sarah olhou-a por cima dos óculos de sol. — Mamã, não vamos começar com isso de novo.

— Não estou a começar coisa nenhuma — respondeu, na defensiva. Depois, baixando a voz como se falasse para si mesma, continuou. — Só parti do princípio de que tinhas decidido sair. Costumavas sair muito, sabes isso muito bem...

Para além de ser capaz de se debater num poço sem fundo de preocupações, a mãe de Sarah também conseguia representar na perfeição o papel de mãe atormentada por sentimentos de culpa. Havia alturas em que Sarah precisava daquilo — uma pequena dose de pena nunca fez mal a ninguém —, mas aquele não era um desses dias. A proprietária da tenda, uma mulher idosa sentada à sombra de um grande chapéu-de-sol, ergueu as sobrancelhas, obviamente a gozar a cena. A expressão de Sarah tornou-se mais sombria. Afastou-se da moldura e a mãe continuou a apreciação e, passado um momento, Maureen seguiu atrás dela.

— O que é que se passa?

O tom com que disse aquilo obrigou Sarah a parar e a olhar a mãe de frente. — Não se passa nada. Acontece apenas que não estou com disposição para ouvir as tuas preocupações a meu respeito. Para lá de um certo ponto, fico farta delas.

A boca da mãe entreabriu-se um pouco mas manteve-se assim. Vendo o olhar de desgosto dela, Sarah lamentou ter dito aquilo, mas já não havia nada a fazer. Pelo menos hoje.

— Olha, mamã. Não te devia ter respondido daquela maneira.

Maureen estendeu o braço e pegou na mão da filha. — Sarah, o que é que te preocupa? E, por esta vez, conta-me a verdade, pois eu conheço-te bem de mais. Aconteceu qualquer coisa, não foi?

Apertou ligeiramente a mão da filha e Sarah teve de desviar o olhar. Estavam rodeadas de pessoas estranhas, todas a tratarem das suas vidas, perdidas nas suas próprias conversas.

— Michael vai casar-se outra vez — disse, em voz baixa.

Quando se convenceu de que tinha ouvido bem, Maureen envolveu a filha num abraço prolongado, mas firme. — Ó Sarah... Lamento muito — murmurou.

Não havia mais nada a dizer.

Minutos depois, estavam sentadas no parque, num banco de onde se avistava a marina, situada no fim da rua onde as multidões continuavam a acotovelar-se. Tinham caminhado até ali, ao acaso; limitaram-se a caminhar até não poderem prosseguir, até arranjarem um lugar para se sentarem.

Falaram durante muito tempo, ou melhor, Sarah falou. Maureen disse pouco e ouviu muito, incapaz de disfarçar a preocupação que sentia. Abria muito os olhos, que ocasionalmente se enchiam de lágrimas; foi apertando a mão da filha, uma e muitas vezes.

— Ó... que coisa *terrível* — dizia, ao que parece pela centésima vez. — Que dia *terrível*.

— Foi o que me pareceu.

— Bom... ajudará alguma coisa se te disser que tentes ver o lado bom disso tudo?

— Mamã, não há nenhum lado bom.

— Com certeza que há.

Sarah olhou-a com cepticismo. — O quê?

— Bem, tens a certeza de que eles não vão viver aqui depois de casados. O teu pai enchia-os de alcatrão e penas.

Apesar da péssima disposição, Sarah não pôde deixar de rir.

— Obrigadinha. Se o voltar a ver, podes ter a certeza de que o informo disso.

Maureen esperou um pouco. — Não estás a pensar nisso, pois não? Em vê-lo, quero dizer.

Sarah abanou a cabeça. — Não, a menos que não possa evitá-lo.

— Óptimo. Depois do que ele te fez, não devias.

Recostando-se no banco, a filha limitou-se a acenar com a cabeça.

— Olha lá, tens notícias recentes do Brian? — perguntou, para mudar de assunto. — Nunca está em casa quando telefono.

Maureen fez que não notou o desvio da conversa. — Falei com ele há uns dias, mas já te contei a conversa. Há ocasiões em que a última coisa que queremos é falar com os nossos pais. Não perde muito tempo ao telefone.

— Está a conseguir arranjar amigos?

— Certamente que sim.

Sarah olhou por cima da água, a pensar no irmão durante uns momentos. Acabou por perguntar: — E o papá, como é que está?

— Na mesma. Fez diversos exames no princípio da semana e parece-me bem. E não anda tão cansado como costumava.

— Continua a fazer exercício?

— Não tanto quanto devia, mas continua a prometer-me que vai levar as coisas a sério.

— Diz-lhe que eu disse que o exercício é indispensável.

— Eu digo-lhe. Mas sabes como ele é teimoso. Seria melhor que fosses tu a dizer-lhe. Se for eu, pensa logo que estou a resmungar com ele.

— E estás?

— É claro que não — apressou-se a dizer. — Mas preocupo-me com ele.

Lá em baixo, na marina, um grande barco à vela dirigia-se lentamente para o rio Neuse, pelo que ambas ficaram em silêncio, a observar a manobra. Dentro de um minuto, a ponte seria levantada para lhe permitir a passagem e as filas de carros de um e do outro lado começariam a alongar-se. Sarah já tinha aprendido a lição: se chegasse tarde a um encontro, podia sempre dizer que «tinha ficado presa na bicha da ponte». Todos os habitantes da cidade, dos médicos aos juízes, aceitariam a desculpa sem a porem em dúvida, só pelo facto de já lhes ter acontecido o mesmo.

— É bom ouvir-te rir de novo — murmurou Maureen passado um bocado.

A filha olhou-a de lado.

— Não fiques tão surpreendida. Houve um tempo em que não te rias. Muito tempo.

Tocou meigamente o joelho de Sarah. — Não deixes que o Michael te magoe mais, está bem? Não te esqueças de que voltaste essa página.

Sarah acenou de forma quase imperceptível e Maureen continuou o monólogo que, de tão repetido, a filha já conhecia quase de cor.

— Além disso, a vida continua. Um dia encontrarás alguém que te ame como tu...

— Mamãããã...

Sarah interrompeu-a, alongando a palavra e a abanar a cabeça. Desde há muito que as conversas entre elas pareciam ter de acabar sempre assim.

Por uma vez, a mãe conteve-se. Voltou a agarrar a mão de Sarah e, embora a filha começasse por fugir dela, persistiu até conseguir os seus intentos.

— Como é que posso conter-me se só desejo ver-te feliz? Não consegues perceber isso?

Sarah forçou um sorriso, com a esperança de que assim a mãe ficasse por ali.

— Claro, mamã. Eu compreendo.

7

Na segunda-feira, Jonah começou o processo de integração numa rotina que iria dominar a maior parte da sua vida durante os meses seguintes. Quando a campainha tocou, assinalando o fim oficial das aulas do dia, Jonah saiu juntamente com os amigos mas deixou a mochila dentro da sala. Sarah, como todos os outros professores, foi lá fora para ter a certeza de que os miúdos entravam nos automóveis e nos autocarros certos. Logo que todos os alunos entraram nos autocarros e depois de todos os automóveis partirem, Sarah dirigiu-se para o sítio onde Jonah estava. Olhava com olhos magoados a partida dos amigos.

— Está a parecer-me que preferias não ter ficado. É verdade?

Jonah acenou que sim.

— Não vai ser assim tão mau. Trouxe uns bolinhos de casa para tornar as coisas um pouco mais fáceis.

Ele ponderou o assunto. — Que espécie de bolinhos? — perguntou com ares cépticos.

— De chocolate. Quando andava na escola, a minha mãe dava-se dois ou três logo que eu chegava a casa. Dizia que era a minha recompensa por me portar tão bem.

— Mrs. Knowlson costuma dar-me fatias de tarte de maçã.

— Preferes que amanhã traga tarte?

— Nem pensar — disse com ar muito sério. — Os de chocolate são muito melhores.

Ela apontou na direcção da escola. — 'Bora. Pronto para começares?

— Acho que sim — murmurou. — Sarah estendeu-lhe a mão. Jonah foi até junto dela. — Espere; também há leite?
— Se queres, posso ir buscá-lo à cafetaria.

Satisfeito com a resposta, Jonah pegou-lhe na mão, ficou um momento a olhá-la e a sorrir, antes de se encaminharem para o edifício da escola.

À mesma hora em que Sarah e Jonah se encaminhavam de mãos dadas para a sala de aula, Miles Ryan abrigava-se por detrás do carro a empunhar o revólver de serviço, mesmo ainda antes de o eco do último disparo se deixar de ouvir. E tencionava ficar ali até perceber o que estava a passar-se.

Nada como um tiroteio para pôr a velha bomba a bater mais depressa. O instinto de sobrevivência nunca deixava de surpreender Miles, tanto pela sua intensidade como pela rapidez. A adrenalina pareceu entrar-lhe no sistema como se estivesse contida num frasco de soro gigante e invisível. Conseguia ouvir o bater do coração, tinha as palmas das mãos a escorrer em suor.

Em caso de necessidade, podia fazer uma chamada através do telefone da polícia e dizer que estava em dificuldades; num abrir e fechar de olhos, o local estaria cercado por todos os polícias do distrito. Mas, por enquanto, aguardava. Não tinha dúvidas sobre o que ouvira, mas o som pareceu abafado, como se tivesse vindo do fundo da casa.

Se estivesse em frente de uma casa que soubesse habitada teria chamado, a calcular que as pessoas podiam ter perdido o domínio sobre qualquer questão doméstica. Mas à sua frente erguia-se a casa do Gregory, uma estrutura de madeira a cair de podre, nos arrabaldes de New Bern. Tinha vindo a decair ao longo dos anos e estava em completo abandono, como já estava no tempo em que Miles era garoto. Na maior parte do tempo, ninguém parecia preocupar-se com o velho casarão. O chão era tão velho e estava tão podre que podia desabar a qualquer momento, a chuva entrava à vontade pelos buracos do telhado. A estrutura já estava um pouco inclinada, como que à espera de uma rabanada de vento que a pudesse derrubar em qualquer altura. Embora New Bern não tivesse problemas graves com vadios, mesmo os que existiam sabiam o suficiente para evitarem aquele lugar, pelo perigo que representava.

Mas hoje, e em pleno dia, ouviu o tiroteio recomeçar — não se tratava de uma arma de grande calibre, o mais certo era ser um .22 — e suspeitou que a explicação era simples, que não havia perigo para a sua integridade física.

Mesmo assim, não era estúpido ao ponto de arriscar. Abrindo a porta do seu lado, deslizou para o assento da frente e ligou o rádio, de modo que a sua voz soasse amplificada, suficientemente alta para que quem estivesse dentro da casa o pudesse ouvir.

Falou com voz calma, lentamente: — É a polícia. Se já acabaram, gostaria que saíssem cá para fora para podermos conversar. E ficaria agradecido se atirassem as armas cá para fora.

Com este discurso, o tiroteio parou. Passados uns minutos, Miles viu uma cabeça espreitar por uma das janelas da frente. O rapaz não tinha mais de 12 anos.

— Não vai fazer fogo sobre nós, pois não? — gritou, obviamente assustado.

— Não, não faço. Mas ponham as armas à porta e saiam de maneira que eu os possa ver.

Durante cerca de um minuto, não se ouviu mais nada, como se os miúdos estivessem a ponderar a hipótese de fugirem dali. Não deviam ser maus, pensava Miles, apenas um pouco broncos para o mundo de hoje. Estava convencido de que prefeririam fugir a deixar que ele os levasse para casa, onde teriam de enfrentar os pais.

— Cá para fora — disse Miles para o microfone. — Só quero conversar.

Finalmente, passado outro longo minuto, dois rapazes — o segundo uns anos mais novo do que o primeiro — espreitaram para fora da abertura onde antes era a porta principal. Movendo-se com lentidão exagerada, pousaram as armas do lado de fora e, de mãos levantadas bem alto, saíram. Miles teve de reprimir o riso. Trémulos e pálidos, pareciam acreditar que de um momento para o outro iam servir de alvos para prática de tiro. Logo que eles desceram os degraus partidos, Miles levantou-se, saiu do abrigo proporcionado pelo carro e pôs a arma no coldre. Quando o viram, os rapazes hesitaram por um momento e depois recomeçaram a avançar lentamente. Estavam ambos vestidos com calças de ganga muito usadas, usavam sapatilhas rotas, e os braços e a cara precisavam de uma boa lavagem. Miúdos do campo. Mantinham os braços levantados bem acima da cabeça, de ombros rígidos, e moviam os pés com todas as cautelas. Era evidente que viam filmes em demasia.

Quando estavam mais perto, Miles viu que estavam praticamente a chorar.

Encostou-se ao carro e cruzou os braços. — Então, os meninos andam à caça?

O mais novo — 10 anos, pensou Miles — olhou para o mais velho, que retribuiu o olhar. Eram certamente irmãos.

— Sim, senhor — responderam em uníssono.

— Que há para caçar naquela casa?

Voltaram a olhar um para o outro.

— Pardais — acabaram por responder; Miles acenou, a fingir que estava de acordo.

— Podem pôr as mãos para baixo.

Nova troca de olhares entre os dois. Baixaram lentamente os braços.

— Têm a certeza de que não andavam atrás dos mochos?

O mais velho respondeu de imediato. — Não, senhor. Só pardais, aquilo está cheio deles.

Miles acenou de novo. — Pardais, tens a certeza?

— Sim, senhor.

Apontou para as caçadeiras. — São de calibre 22?

— Sim, senhor.

— Um bocado fortes para pardais, não são?

Desta vez trocaram olhares de culpa. Miles encarou-os com ar severo.

— Ouçam bem... se andavam à caça de mochos, não fico nada satisfeito. Gosto de mochos. Comem ratazanas e ratinhos, até cobras, bicharada de que não gosto nada, especialmente no meu quintal. Mas com aqueles tiros todos que vocês dispararam, estou certo de que ainda não caçaram nenhum, pois não?

Passado um longo momento, o mais novo disse que não com a cabeça.

— Então não voltam a tentar, está bem?

A voz dele não admitia qualquer tipo de resposta. — Não é seguro andar por aqui aos tiros, tão perto da estrada. Além disso, é proibido. E aquilo não é lugar para miúdos. Pode cair de um momento para o outro e magoar quem estiver lá dentro. Ora, vocês não querem que eu vá falar com os vossos pais, ou querem?
— Não, senhor.
— Então, vão deixar aquele mocho em paz? Quer dizer, se eu os deixar ir embora?
— Sim, senhor.
Miles ficou calado, a olhar para os dois, para mostrar que acreditava neles e depois acenou na direcção das casas mais próximas.
— Vocês vivem ali?
— Sim, senhor.
— Vieram a pé ou trouxeram as bicicletas?
— Viemos a pé.
— Então, vamos fazer assim: vou buscar as vossas caçadeiras e vocês entram para o banco de trás. Dou-vos boleia até perto das casas e deixo-vos na rua. Não faço nada, por esta vez, mas se vos voltar a apanhar por aqui, vou dizer aos vossos pais que já vos tinha apanhado neste sítio e que vão ambos presos. Estamos entendidos?
Embora a ameaça os fizesse esbugalhar os olhos, ambos acenaram a mostrar-se agradecidos.
Depois de os largar, Miles encaminhou-se para a escola, desejoso de ver o filho. O rapaz gostaria de ouvi-lo contar o que se tinha passado, embora Miles estivesse, antes de mais, interessado em saber como é que tinha decorrido o dia.
E, embora não o confessasse, não deixava de se sentir entusiasmado com a perspectiva de ver outra vez Sarah Andrews.

— Papá — gritou Jonah, correndo para Miles. — O pai baixou-se para se pôr em posição de o agarrar quando ele saltou. Pelo canto do olho, viu que Sarah vinha a caminhar na direcção deles, mas de modo mais calmo. Jonah afastou-se um pouco para olhar o pai.
— Prendeste alguém hoje?
Miles sorriu e abanou a cabeça. — Até agora não, mas o dia ainda não acabou. Como é que correram as coisas aqui na escola?

— Bem. Miss Andrews deu-me bolinhos.

— Verdade? — perguntou, tentando não mostrar demasiada alegria por vê-la a aproximar-se.

— De chocolate. Dos bons.

— Óptimo, que mais podias tu desejar? — disse. — Mas como é que foi a explicação?

Jonah franziu a testa. — A quê?

— A ajuda que Miss Andrews te deu nos trabalhos escolares?

— Foi giro, fizemos jogos.

— Jogos?

— Eu depois explico — disse Sarah, juntando-se a eles —, mas pode dizer-se que começámos bem.

O som daquela voz fez Miles virar a cabeça, para a olhar de frente e voltar a sentir a mesma agradável surpresa. Vestia outra vez saia comprida e blusa, tudo simples, mas quando ela sorriu Miles sentiu a mesma sensação esquisita que já havia sentido durante o primeiro encontro entre ambos. Admirou-se por, da primeira vez, não se ter apercebido totalmente de como ela era bonita. Claro, tinha visto que era atraente e as mesmas feições que o tinham atraído ressaltaram de novo — o sedoso cabelo da cor do trigo maduro, a cara finamente esculpida, os olhos cor de turquesa — mas, por qualquer razão, hoje pareciam-lhe mais suaves, de expressão mais calorosa e quase familiar.

Pôs o filho no chão.

— Jonah, importas-te de esperar uns minutos no carro, para eu poder falar com Miss Andrews?

— Está bem — respondeu, bem-disposto. Então, para surpresa de Miles, Jonah voltou-se e abraçou Sarah — que correspondeu também com um abraço — e só então correu para o carro.

Depois de ele se ter afastado, Miles olhou-a com curiosidade.

— Parece que os dois se estão a entender muito bem.

— Hoje passámos um bom bocado juntos.

— Bem me parece. Se soubesse que estavam a comer bolinhos e entretidos com jogos, não me teria preocupado tanto com ele.

— Tudo o que resulta é bom — respondeu ela. — Mas, antes que isso o preocupe demasiado, quero que saiba que os jogos envolvem leitura. Banda desenhada, *Flash Gordon*.

— Sabia que teria de haver mais qualquer coisa. Como é que ele vai?

— Bem. Tem muito que progredir, mas vai bem.

Fez uma pausa. — É um miúdo fantástico, sem dúvida nenhuma. Sei que já o tinha dito antes, mas não quero que pense isso pelo que está a suceder entre mim e ele. E é evidente que ele o adora.

Miles, comovido, limitou-se a responder: — Obrigado.

— Não tem de quê.

Quando Sarah voltou a sorrir, Miles voltou a cabeça, esperando que ela não percebesse o que ele estivera a pensar pouco antes e, ao mesmo tempo, com a esperança que ela percebesse.

— Eh, antes que me esqueça, obrigada pela ventoinha — disse ela, depois de uma ligeira pausa, a referir-se à enorme ventoinha de tamanho industrial que ele tinha instalado na sala de aulas nesse dia, logo pela manhã.

— Não é para agradecer — murmurou, dividido entre o desejo de ficar e a vontade de escapar ao nervosismo que pareceu assaltá-lo bruscamente.

Mas, por momentos, nenhum deles disse nada. O silêncio embaraçoso persistiu até que Miles finalmente mexeu os pés e tartamudeou: — Bem... Parece que devo ir indo para casa.

— Muito bem.

— Temos que fazer.

— Muito bem — respondeu ela novamente.

— Tem mais alguma coisa para me dizer?

— De momento, não me ocorre mais nada.

— Então, está bem.

Parou, remexendo as mãos dentro dos bolsos. — Acho melhor levar o Jonah para casa.

Ela assentiu, muito séria. — Já tinha dito isso.

— Já nem me lembrava.

— Pois não.

Sarah ajeitou uma madeixa por detrás da orelha. Por razões que teria dificuldade em explicar, achava a despedida dele adorável, quase encantadora. Este era um homem diferente dos que conhecera em Baltimore, aqueles que se abasteciam nos Brooks Brothers e nunca pareciam sentir dificuldades para encontrarem as palavras certas. Nos meses que se seguiram ao seu divórcio, pareciam ter-se tornado quase todos iguais, como cópias de cartão do homem perfeito.

— Bem, então obrigado — disse Miles, esquecido de tudo, excepto da necessidade de se pôr a andar dali. — Uma vez mais, obrigado.

Dito isto, voltou e dirigiu-se para o carro, chamando Jonah enquanto caminhava.

A última imagem que reteve foi a de Sarah de pé, no pátio da escola, com um sorriso levemente trocista nos lábios, a acenar um adeus na direcção do carro.

Nas semanas seguintes, Miles começou a desejar que as aulas terminassem para poder ver Sarah, a desejar esse momento com um entusiasmo que não sentia desde os seus dias de adolescente. Pensava nela com frequência e por vezes nas situações mais estranhas — no supermercado a escolher embalagens de costeletas de porco, parado nos semáforos, ao cortar a relva do jardim. Uma ou duas vezes, pensou nela enquanto tomava o duche da manhã e ficou a magicar quais seriam os seus hábitos matinais. Coisa mais ridícula. Comeria papas de aveia ou torradas com doce? Depois do chuveiro, embrulhava-se numa toalha para se maquilhar ou vestia-se logo de seguida?

Por vezes tentava imaginá-la na sala de aulas, de pé, em frente dos alunos e com um giz na mão; outras vezes perguntava-se como é que ela passaria o tempo depois de cumprido o horário na escola. As conversas de circunstância a que se entregavam sempre que se viam não eram suficientes para satisfazer a curiosidade que sentia acerca dela. Não sabia nada do seu passado e, embora houvesse alturas em que desejava fazer-lhes perguntas, sentia-se intimidado pela simples razão de não saber como começar. Conversas como: «Hoje estivemos mais a aperfeiçoar a ortografia e Jonah saiu-se muito bem», diria ela, e o que é que Miles podia dizer em seguida? *«Que bom. E a propósito de ortografia, diga: quando sai do banho costuma envolver a cabeça numa toalha?»*

Havia homens para quem aquelas coisas eram fáceis, mas o diabo é que ele não sabia nada do assunto. Uma vez, num momento de coragem facilitado por umas cervejas, tinha estado quase a telefonar-lhe. Não tinha nenhuma razão para o fazer e, embora não fizesse a mais pequena ideia do que ia dizer, esperava ter uma inspiração qualquer, um clarão vindo do céu que o imbuísse de perspicácia e de simpatia. Imaginava-a a rir-se com o que ele diria, positivamente rendida ao seu encanto. Fora ao ponto de procurar o nome dela na lista telefónica e de marcar os três primeiros números, mas tinha desligado depois que os nervos o impediram de prosseguir.

E se ela não estivesse em casa? Não podia fazer nada para a deslumbrar se nem sequer estivesse em casa para atender o telefone, nem estava disposto a deixar as suas divagações registadas para a posteridade no atendedor de chamadas de Sarah. Podia, é claro, desligar antes que a chamada fosse encaminhada para o sistema de *voice-mail*, mas não seria essa uma reacção mais própria de um adolescente? E se acontecesse, longe fosse o agoiro, que ela estivesse em casa mas tivesse companhia? Bem sabia que essa era uma possibilidade que nunca podia ser posta de parte. Tinha ouvido coisas entre os outros homens solteiros do seu departamento que também se tinham apercebido do facto de ela não ser casada e, se eles sabiam, quantos outros saberiam também? Ali, as notícias corriam depressa e não passaria muito tempo sem que os solteiros começassem a rondar-lhe a porta, recorrendo à esperteza e à simpatia. Se não o tinham já feito.

Deus do Céu, estava a perder demasiado tempo.

Da próxima vez que pegasse no telefone não o largaria antes de marcar os dígitos todos.

Nessa noite, deitado na cama, dava voltas ao miolo, a tentar saber o que se passava consigo.

Numa manhã de sábado de finais de Setembro, cerca de um mês depois de ter conhecido Sarah Andrews, Miles encontrava-se no campo de jogos da H. J. Macdonald Junior High School a ver Jonah a jogar futebol. Com a possível excepção da pesca, Jonah gostava mais de futebol do que de qualquer outro divertimento. E tinha jeito. Missy sempre fora boa desportista, melhor do que Miles, e o filho herdara a agilidade e a coordenação de movimentos da mãe. Do pai, como ele diria em jeito casual a qualquer pessoa, tinha herdado a velocidade. Em resultado destas heranças, Jonah era o terror do relvado. Dada a sua idade, Jonah não jogava mais do que metade do tempo, pois exigia-se que todos os jogadores da equipa jogassem o mesmo número de minutos. Contudo, Jonah marcava a maioria, quando não eram todos, dos golos de cada jogo. É certo que cada equipa era composta apenas de três jogadores, não era autorizada a presença de guarda-redes e metade dos miúdos não sabiam em que direcção é que deviam chutar a bola, mas, mesmo assim, a marca de 27 golos era excepcional. Em quase todas as vezes que Jonah conseguia a bola, corria a todo o comprimento do campo e atirava para a rede.

Todavia, o sentimento de orgulho que Miles experimentava quando via o filho jogar era perfeitamente ridículo. Adorava estar a ver, saltava interiormente de alegria de cada vez que Jonah marcava, embora soubesse que aquilo não passava de um fenómeno passageiro e que não se podia deixar enganar. As crianças evoluem segundo ritmos diferentes e alguns dos miúdos treinavam com mais afinco. Jonah estava fisicamente mais evoluído e não gostava de treinar, pelo que ser apanhado pelos outros era apenas uma questão de tempo.

Mas, naquele dia, terminado o primeiro período de jogo, Jonah já tinha marcado quatro golos. No segundo período de jogo, com Jonah no banco, a equipa contrária marcou quatro golos e passou para a frente. Na terceira parte, Jonah marcou mais dois (o que elevou o seu total anual para 33) e um companheiro de equipa marcou outro. No início do quarto período de jogo, a equipa de Jonah estava a perder por 8-7, o que fez com que Miles cruzasse os braços e observasse a assistência, fazendo tudo para dar a entender que, sem a presença de Jonah em campo, a equipa não tinha quaisquer hipóteses de vencer.

Com os diabos, aquilo tinha a sua piada.

Miles estava tão imerso nos seus sonhos, que nem ouviu logo a voz vinda de perto do sítio onde ele estava.

— Fez alguma aposta para este jogo, ajudante Ryan? — perguntou Sarah enquanto se dirigia para ele, a sorrir abertamente. — Parece que está um pouco nervoso.

— Não, não há aposta nenhuma. Só estou a apreciar o jogo.

— Pois bem, tenha cuidado. Já quase não tem unhas. Não me agradava nada que desse uma dentada num dedo; por acidente, sem dúvida.

— Não estava a roer as unhas.

— Agora não está — disse Sarah — mas estava.

— Penso que está a imaginar coisas — contrapôs ele, a tentar descobrir se ela estava outra vez a meter-se com ele. — Muito bem... — disse, levantando a pala do boné de basebol. — Não esperava vê-la por aqui.

De calções e óculos escuros, parecia mais jovem do que habitualmente.

— Jonah disse-me que tinha um jogo neste fim-de-semana e pediu-me que viesse vê-lo jogar.

— Há sim? — perguntou Miles, cheio de curiosidade.

— Na quinta-feira. Disse que eu ia gostar do jogo, mas fiquei com a impressão de que queria que eu o visse fazer uma coisa em que é bom.

Abençoado Jonah.

— Está quase a terminar. Perdeu a maior parte.

— Não sabia qual era o campo. Nunca imaginei que houvesse tantos jogos por aqui. Vistos de longe, todos estes miúdos se parecem uns com os outros.

— Eu sei. Por vezes até nós temos dificuldades para saber em que campo é que estamos a jogar.

O apito soou e Jonah chutou a bola para um companheiro de equipa. Mas a bola passou-lhe ao lado e saiu do campo. Alguém da outra equipa correu atrás dela e Jonah olhou na direcção do pai. Quando viu Sarah, fez-lhe um aceno entusiástico, que ela retribuiu. Então, colocando-se em posição, com um olhar determinado, Jonah esperou que a bola fosse recolocada em campo. Um momento depois, ele e todos os outros que estavam no campo corriam atrás da bola.

— E como é que ele vai? — perguntou Sarah.

— Está a fazer um bom jogo.

— O Mark diz que ele é o melhor jogador.

— Bem... — Miles não respondeu logo, fazendo o que podia para parecer modesto.

Sarah soltou uma gargalhada. — Mark não estava a falar de si. Jonah é que está ali a jogar.
— Eu sei isso — assentiu Miles.
— Mas pensa que ele é um ramo saído do velho tronco, não é?
— Bem... — repetiu ele, na falta de melhor resposta. — Sarah levantou uma sobrancelha, nitidamente a gozar a cena. *Onde é que estaria aquele ser espirituoso e carismático com que ele tinha sonhado?*
— Diga-me uma coisa. Jogou futebol em miúdo? — perguntou.
— Quando eu era miúdo nem se jogava futebol por estas bandas. Nesse tempo praticava os desportos tradicionais: futebol [americano], basquetebol, basebol. Mas, mesmo que houvesse futebol, não penso que o tivesse escolhido. Alimento preconceitos contra desportos em que exigem que também se jogue a bola com a cabeça.
— Mas para o Jonah está bem, não é?
— É óbvio, desde que ele goste. Já alguma vez jogou?
— Não. Nunca fui grande atleta, mas na universidade comecei a praticar marcha. Fui aliciada pela minha colega de quarto.
Ele lançou-lhe um olhar de descrença. — Marcha?
— É mais difícil do que parece, desde que se mantenha uma passada forte.
— Ainda pratica?
— Todos os dias. Faço um percurso com quase cinco quilómetros. É um bom exercício e permite que me descontraia. Devia experimentar.
— Com todo aquele tempo livre de que disponho?
— Claro. Por que não?
— Se fizesse cinco quilómetros, provavelmente estaria tão partido que nem conseguia sair da cama no dia seguinte. Isto é, se conseguisse chegar ao fim.
Ela olhou-o com ares de quem estava a avaliar-lhe as possibilidades. — Você consegue. Devia ter de deixar de fumar, mas deve conseguir.
— Eu não fumo — protestou Miles.
— Eu sei. Brenda disse-me.
Sorriu e passados momentos Miles não conseguiu resistir e sorriu também. Porém, antes que pudessem dizer mais alguma coisa, ouviram um rugido enorme e ambos se voltaram, a tempo de verem Jonah

sair do molho de jogadores, correr pelo campo e marcar outro golo, empatando o resultado. Enquanto os companheiros de equipa o rodeavam, em ruidosa comemoração, Miles e Sarah deixaram-se ficar de lado, ambos a baterem palmas e a gritarem o nome do mesmo miúdo.

— Gostou? — perguntou Miles. — Acompanhava Sarah ao carro, enquanto Jonah mais os amigos estavam na bicha para o balcão do bar. O jogo foi ganho pela equipa de Jonah e, terminada a partida, ele tinha corrido para Sarah a perguntar se ela tinha visto o golo dele. Quando ela disse que sim, Jonah ficou radiante e abraçou-a, antes de correr a juntar-se aos amigos. Para sua surpresa, Miles viu-se completamente ignorado, embora o facto de Jonah gostar de Sarah, e vice-versa, o deixasse estranhamente satisfeito.

— Foi engraçado — admitiu ela. — Tenho pena de não ter assistido ao jogo todo.

À luz do sol da tarde, a pele dela brilhava graças ao bronzeado que tinha conservado do Verão.

— Não faz mal. Jonah ficou positivamente deliciado por ter vindo.

Olhou-a de lado. — Então, o que é que vai fazer no resto do dia?

— Vou à baixa, lanchar com a minha mãe.

— Onde?

— No Fred & Clara's, um pequeno café ao virar da esquina da rua onde vivo.

— Conheço o restaurante. É óptimo.

Chegaram junto do carro, um *Nissan Sentra*, e Sarah começou a remexer a mala, à procura das chaves. Durante a procura das chaves, Miles deu consigo a observá-la. Com os óculos de sol bem assentes no nariz, parecia-se mais com a rapariga da cidade, que era, do que com uma rapariga da província. Acrescentando a isso os calções de ganga bastante usados e as pernas compridas, Miles não tinha dúvidas em afirmar que ela não se parecia com nenhuma das professoras que tivera quando estava a crescer.

Por detrás deles, uma carrinha branca de caixa aberta começou a recuar. O condutor acenou e, depois de Miles ter devolvido o cumprimento, viu que Sarah estava a olhar para ele.

— Conhece aquele sujeito?

— Vivemos numa cidade pequena. Parece-me que conheço toda a gente.
— Deve ser reconfortante.
— Umas vezes é, outras vezes não. Não é lugar para quem tenha segredos. Disso podemos ter a certeza.
Por momentos, Sarah ficou a pensar se estaria a falar dele. Antes de poder chegar a uma conclusão, Miles continuou.
— Olhe, quero agradecer-lhe novamente tudo o que está a fazer pelo meu filho.
— Não tem que me agradecer em todas as ocasiões em que nos encontramos.
— Eu sei. É que nas últimas semanas tenho notado uma grande mudança nele.
— Eu também. Está a recuperar com apreciável rapidez, ainda mais depressa do que eu tinha pensado. De facto, nesta semana começou a ler alto durante as aulas.
— Não estou surpreendido. Tem uma boa professora.
Para surpresa de Miles, Sarah enrubesceu. — E tem também um bom pai.
Gostou daquilo.
E gostou da forma como ela o olhou ao dizer aquilo.
Como se não soubesse o que havia de fazer a seguir, Sarah entretinha-se com as chaves. Acabou por escolher uma e abriu a porta da frente. Quando a porta se abriu, Miles recuou um pouco.
— Nesse caso, durante quanto tempo é que pensa que ele precisa de ficar na escola depois de a turma sair? — perguntou, só para dizer alguma coisa.
Continua a falar. Não a deixes ir-se já embora.
— Quanto a isso, ainda não sei. Certamente ainda vai levar algum tempo. Porquê? Pretende que se reduza um pouco o horário?
— Não — continuou ele. — Simples curiosidade.
Sarah fez um aceno de cabeça, como que à espera de ele acrescentar mais qualquer coisa, mas ele calou-se. — Pois bem — acabou por dizer. — Vamos manter tudo como está e analisamos os progressos passado mais um mês. Concorda?
Mais um mês. Ia continuar a vê-la durante mais um mês, pelo menos. Óptimo.

— Parece um bom plano — concordou.

Durante um longo momento nenhum deles disse nada, até que Sarah olhou o relógio: — Oiça, estou a ficar atrasada — desculpou-se. E Miles fez um aceno de cabeça.

— Sei que tem de se ir embora — anuiu, sem vontade de nenhuma de a ver partir, justamente agora. Queria saber tudo o que pudesse acerca dela.

O que queres dizer é que chegou a hora de a convidares para sair.

E nada de batotas desta vez. Sem desligar o telefone, sem inventar desculpas.

Atira-te de cabeça!

Sê homem!

Avança!

Inteiriçou-se, sabendo que estava pronto... mas... mas... como é que havia de fazer? Céus, tinha passado muito tempo desde a última vez em que se vira numa situação daquelas. Devia propor um jantar ou um almoço? Ou, talvez, uma ida ao cinema? Ou...? Enquanto Sarah se preparava para entrar no carro, ele continuava o trabalho mental de pesquisa da forma, a tentar que ela ficasse o tempo suficiente para ele conseguir encontrar a resposta. — Espere; antes de ir, gostava de lhe perguntar uma coisa — conseguiu dizer.

— Com certeza — respondeu, a olhá-lo com ar interrogativo.

Miles enfiou as mãos nos bolsos, como se tivesse um peso no estômago, a sentir-se de novo com 17 anos. Engoliu em seco.

— É que... — começou. A mente numa correria louca, com o motor na máxima rotação.

— O que é?

Sarah viu imediatamente o que viria a seguir.

Miles inspirou profundamente e disse a primeira, e a única, coisa que lhe ocorreu

— A ventoinha está a funcionar bem?

Ficou a olhar para ele, de expressão perplexa. — A ventoinha? — repetiu.

Miles sentiu-se mal, como se tivesse engolido uma tonelada de chumbo. *A ventoinha? Que raio é que ele estava a pensar? Aquilo era tudo o que conseguia dizer?*

Era como se, de súbito, o seu cérebro tivesse ido de férias, mas não era agora que iria parar, já não conseguia.

— Sim. Não está a ver... a ventoinha que comprei para a sala de aulas.

Ela nem conseguiu disfarçar a incredulidade da voz. — Está óptima.

— É que se não gostar dessa, posso arranjar uma outra.

Ela estendeu a mão e tocou-o num braço, com expressão preocupada. — Está a sentir-se bem?

— Estou, estou óptimo — disse com ar sério. — Só quis ter a certeza de que estava contente com ela.

— Pois estou. Arranjou uma boa ventoinha.

— Bom — concluiu, quase a rezar para que um raio descesse subitamente dos céus para o fulminar.

A ventoinha?

Ficou petrificado, a vê-la sair do parque de estacionamento, desejando poder atrasar o relógio e riscar da memória tudo o que tinha acontecido nos últimos minutos. Pretendia encontrar uma pedra bem grande, debaixo da qual pudesse desaparecer, um lugar suficientemente escuro onde pudesse esconder-se das pessoas para todo o sempre. Graças a Deus, ninguém tinha ouvido a conversa!

Com a excepção de Sarah.

O final da conversa não lhe saiu da cabeça durante o resto do dia, como se fosse uma daquelas canções que se ouve na rádio logo pela manhã.

Como é que a ventoinha está a funcionar?... Porque posso arranjar-lhe uma outra... Só queria ter a certeza de que estava contente com ela...

Que lembrança mais dolorosa, fisicamente dolorosa. E, por mais que tentasse fazer coisas muito diferentes durante aquela tarde, a recordação estava sempre lá, à espera de reaparecer para o humilhar. E no dia seguinte aconteceu a mesma coisa. Acordou com a sensação de haver qualquer coisa que não batia certo... qualquer coisa.... e zás! Lá voltou a recordação, para o torturar. Contraiu-se, a sentir outra vez aquele chumbo nas entranhas. E escondeu a cabeça debaixo da almofada.

8

— Então? Continua a gostar de cá estar? — perguntou Brenda.
Era uma segunda-feira; Sarah e Brenda estavam sentadas à mesa de piquenique, a mesma onde, um mês antes, Miles e Sarah tinham estado a conversar. Brenda tinha trazido o almoço do Deli, na Rua Pollock, que, na opinião dela, fazia as melhores sanduíches de toda a cidade. — Assim, poderemos fazer uma visita — tinha dito, a fazer uma careta, antes de se dirigir apressadamente para o caramanchão.

Embora não fosse a primeira vez que tinham oportunidade de fazerem uma «visita», como Brenda chamava a estes encontros, as suas conversas haviam sido sempre relativamente breves e impessoais: onde estavam guardados os materiais, a quem é que precisava de se dirigir para conseguir um par de carteiras novas, coisas desse género. É certo que Brenda fora a primeira pessoa a quem Sarah pedira informações acerca de Jonah e Miles, e como sabia que Brenda era amiga deles, percebia também que este almoço era uma tentativa da parte de Brenda para saber o que se estava a passar, se é que estava a passar-se alguma coisa.

— Está a perguntar em relação ao trabalho na escola? Tenho uma turma diferente em relação às que ensinei em Baltimore, mas estou a gostar.

— Ensinava no centro da cidade, não era?

— Trabalhei no centro de Baltimore durante quatro anos.

— E como foi?

Sarah desembrulhou a sanduíche. — Não tão mau como é provável que pense. Miúdos são miúdos, pouco interessando a terra

onde estão, especialmente quando são pequenos. A vizinhança podia ser difícil, mas há uma espécie de habituação e aprendemos a ser cautelosos. Nunca me vi metida em quaisquer sarilhos. E as pessoas com quem trabalhava eram magníficas. É fácil olhar para as pautas e pensar que os professores não se interessam, mas as coisas não são assim. Houve muitas pessoas que estimei deveras.
— Como é que decidiu vir trabalhar para aqui? O seu ex-marido também é professor?
A resposta foi breve: — Não.
Brenda viu a dor estampada nos olhos de Sarah por um fugaz momento; mas mal reparou nela, já a expressão se estava a desvanecer.
Sarah abriu a sua lata de *Diet Pepsi*. — É banqueiro de investimentos. Ou era... Não sei o que está agora a fazer. O nosso divórcio não foi exactamente amigável, se me faço entender.
— Lamento ouvir isso — respondeu —, e ainda fico mais aborrecida por ter trazido o assunto à baila.
— Não fique. Não sabia.
Fez uma pausa, antes de esboçar um sorriso lento, e perguntar:
— Ou sabia?
Brenda arregalou os olhos. — Não. Não sabia nada disso.
Sarah fico a olhá-la, a avaliar até que ponto podia confiar na negativa.
— Não sabia. De verdade — repetiu Brenda.
— Mesmo nada?
Brenda mexeu-se um pouco na cadeira. — Bem, talvez tenha ouvido uma coisa ou outra — admitiu timidamente, e Sarah riu-se com vontade.
— Bem me parecia. A primeira coisa que me disseram quando cheguei foi que a Brenda sabia tudo o que se passava por cá.
— Não sei *tudo* — disse a outra, a fingir-se indignada. — E, seja o que for que lhe tenham dito a meu respeito, eu não repito *tudo* o que sei. Se alguém me pedir que guarde um segredo, a minha boca não se abre.
Bateu com o dedo numa orelha e baixou a voz. — Sei coisas a respeito das pessoas que lhe fariam andar a cabeça à roda como se estivesse possessa e precisasse de um exorcismo. Mas o que me for dito como um segredo, permanece em segredo.

— Está a dizer-me isso para que eu tenha confiança em si?

— Pois é — respondeu. — Olhou à volta e inclinou-se um pouco mais. — Ora, diga lá.

Sarah sorriu e Brenda agitou uma das mãos no ar. — Estou a brincar; de verdade. E para o futuro, como trabalhamos juntas, não ficarei nada ofendida se me disser que fui demasiado longe. Por vezes, deixo escapar algumas perguntas sem pensar, mas não o faço para magoar as pessoas. Pode ter a certeza do que lhe digo.

— Isso para mim é suficiente — disse Sarah, satisfeita.

Brenda pegou na sua sanduíche. — E como é nova na cidade e ainda não nos conhecemos bem, não lhe vou perguntar nada que pareça demasiado pessoal.

— Fico-lhe grata por isso.

— Além disso, de qualquer maneira, não tenho nada a ver com o assunto.

— Certo.

Brenda fez uma pausa, entre duas dentadas. — Mas se quiser saber alguma coisa acerca de qualquer pessoa, não se acanhe de perguntar.

— Muito bem — disse Sarah, a sentir-se muito à vontade.

— Quer dizer, eu sei o que custa ir morar para outra cidade e sentirmo-nos como se a olhássemos de fora.

— Tenho a certeza que sabe.

Por momentos, mantiveram-se caladas.

— Portanto... — Brenda deixou escapar a palavra e ficou na expectativa.

— Portanto... — respondeu Sarah, a saber exactamente onde a outra queria chegar.

Novo período de silêncio.

— Portanto... tem alguma pergunta a fazer-me sobre... alguém? — avançou Brenda.

Sarah fingiu que estava a pensar profundamente. Depois, abanando a cabeça, respondeu: — Na verdade, não tenho.

Brenda não conseguiu disfarçar o desapontamento. — Ó!

Sarah sorriu perante aquela tentativa de Brenda se mostrar subtil.

— Bom, talvez haja uma pessoa sobre quem gostaria de lhe fazer umas perguntas — admitiu.

As faces de Brenda iluminaram-se. — Isso é que é falar — disse apressadamente. — O que é que quer saber?
— Bem, tenho estado a pensar sobre...
Parou, fez marcha atrás, deixando Brenda a olhar para ela como uma criança a desembrulhar os presentes de Natal.
— Então? — sussurrou, parecendo quase desesperada.
— Bem... — Sarah olhou em volta. — O que é que me pode dizer sobre... Bob Bostrum?
Brenda deixou cair o queixo. — Bob... o porteiro?
Sarah acenou que sim. — Não o acha bonito?
Como que atingida por um raio, Brenda respondeu: — Ele tem 74 anos.
— É casado — perguntou Sarah.
— Está casado há 50 anos, tem nove filhos.
— Ó, que pena.
Brenda encarou-a de olhos esbugalhados e Sarah abanou a cabeça. Passado um momento, olhou para Brenda e piscou-lhe um olho.
— Bem, parece-me que nesse caso só resta o Miles Ryan. O que é que me pode dizer acerca dele?
As palavras levaram algum tempo a produzir efeito, com Brenda a examinar Sarah com todo o cuidado. — Se não a conhecesse, diria que estava a caçoar comigo.
Sarah sorriu. — Não precisa de me conhecer: confesso-me culpada. Troçar das pessoas é uma das minhas fraquezas.
— E tem muito jeito para isso.
Brenda fez uma pausa, antes de sorrir. — Ora bem, já que estamos a falar de Miles Ryan... ouvi dizer que vocês os dois se têm encontrado com uma certa frequência. Não só depois de terminadas as aulas como também no fim-de-semana.
— Sabe que tenho estado a ajudar o Jonah, e o miúdo pediu-me para o ir ver jogar futebol.
— Nada mais do que isso?
Como Sarah não respondeu de imediato, Brenda continuou, desta vez com a expressão de quem sabe.
— Está bem... sobre Miles. Perdeu a mulher há uns anos, num acidente de viação. Atropelamento e fuga. Foi a coisa mais triste a que me foi dado assistir. Ele amava-a de verdade e, durante muito

tempo, nem parecia a mesma pessoa. Tinham-se namorado na escola secundária.

Pôs a sanduíche de lado. — O condutor do carro fugiu.

Sarah acenou com a cabeça. Já ouvira partes desta história.

— Ele ficou realmente abalado. Especialmente como agente da autoridade. Considerou o caso como um fracasso pessoal. Não foi apenas o facto de o caso ficar por esclarecer; o pior foi ele ter-se considerado responsável por isso. Depois desse pretenso fracasso, afastou-se do mundo, como que fechando-se sobre si mesmo.

Brenda juntou as mãos ao ver a expressão de Sarah.

— Sei que parece terrível, e foi. Mas, ultimamente, tem-se parecido mais com a pessoa que era, como quem está a tentar sair novamente da concha, e posso dizer-lhe que fico muito feliz por voltar a vê-lo assim. É, de facto, um homem maravilhoso. É amável, é paciente, é capaz de ir até ao fim do mundo para agradar a um amigo. E, acima de tudo, adora o filho.

Hesitou.

— Mas? — acabou Sarah por perguntar.

Brenda encolheu os ombros. — Não há mas nenhuns, com ele não. É um bom tipo e não o digo apenas por gostar dele. Conheço-o há muito tempo. É um desses homens raros que, quando ama, ama com todo o coração.

Sarah concordou. — Isso é raro — disse, com ar sério.

— É verdade. E nunca se esqueça disso se você e Miles acabarem por se aproximarem um do outro.

— Porquê?

Brenda olhou para longe. — Porque — disse com simplicidade, — odiaria vê-lo magoado outra vez.

* * *

Mais tarde, nesse mesmo dia, Sarah deu consigo a pensar em Miles. Sentiu-se comovida por ele ter pessoas que se preocupavam tanto com ele. Não familiares, mas *amigos*.

Sabia aquilo que Miles lhe tinha querido perguntar depois do jogo de futebol de Jonah. A maneira como ele tinha continuado a

conversa, sempre a aproximar-se um pouco mais, mostrava bem as suas intenções.
Porém, no final, a pergunta ficou por fazer.
Na altura, achou graça. O episódio tinha-a feito rir enquanto se afastava — mas não se ria de Miles; o que tinha mais graça era a maneira como ele fizera uma pergunta simples parecer tão difícil. Ele tentara, Deus era testemunha, mas, por qualquer razão, não tinha conseguido proferir as palavras. E agora, depois de falar com Brenda, parecia-lhe que compreendia.
Miles não tinha feito a pergunta porque não sabia como a havia de fazer. Em toda a sua vida, talvez nunca tivesse necessidade de se declarar a uma mulher — a esposa tinha sido a namorada da escola secundária. Sarah não acreditava que houvesse alguém assim em Baltimore, um homem na casa dos 30 anos, que nunca tivesse convidado uma mulher para jantar ou para irem ao cinema. Por estranho que pareça, estava maravilhada com o pormenor.
E talvez, admitia-o para si mesma, talvez ela não fosse assim tão diferente, o que lhe dava um certo conforto.
Tinha 23 anos quando começou a namorar com Michael, divorciou-se aos 27. Depois disso tinha saído umas poucas vezes, a última das quais com um tipo que se tinha mostrado um pouco impetuoso de mais. Mais tarde, disse a si mesma que não estava pronta para aventuras. E talvez não estivesse, mas o pouco tempo que tinha passado junto de Miles Ryan, servira para lhe lembrar que os últimos anos tinham sido tempos de solidão.
Durante as aulas, era-lhe quase sempre fácil evitar este tipo de pensamentos. De pé, em frente do quadro negro, conseguia concentrar-se inteiramente nos alunos, naqueles rostos delicados que a fixavam com admiração. Com o tempo, começara a considerá-los os seus miúdos, e queria fazer tudo o que fosse possível para que eles tivessem todas as oportunidades de serem bem sucedidos na vida.
Hoje, porém, sentia-se distraída, não parecia ela, saiu logo que a campainha tocou, demorando-se lá fora, até que Jonah se aproximou para lhe pegar na mão e perguntar:
— Miss Andrews, está a sentir-se mal?
— Estou bem — respondeu, um pouco distraída.
— Não me parece muito bem.

Sarah sorriu. — Tens andado a falar com a minha mãe?
— Hã?
— Não interessa. Estás pronto para começarmos?
— Trouxe uns bolinhos?
— Pois trouxe.
— Então vamos a isso.

Enquanto se encaminhavam para a sala, Sarah notou que Jonah não lhe largava a mão. Quando a apertava, ele correspondia ao aperto, a mãozinha dele toda encoberta pela sua.

Aquele gesto era quase o suficiente para dar sentido à sua vida. Quase.

Quando Sarah e Jonah saíram da escola depois da sessão de estudo, viram Miles encostado ao carro, na posição que lhe era habitual, mas desta vez mal olhou para Sarah quando o filho correu para o abraçar. Depois de cumprida a rotina habitual — a troca de informações sobre o trabalho do pai e a escola do filho, por exemplo — Jonah entrou para o carro sem que ninguém o mandasse. Miles olhou para longe.

— A matutar nos métodos de manter os cidadãos em segurança, agente Ryan? Parece que está a tentar salvar o mundo inteiro — observou ela, a sorrir.

Ele abanou a cabeça. — Não, apenas um pouco preocupado.
— Nota-se.

Na realidade, o seu dia nem tinha sido assim tão mau. Até que teve de encarar Sarah. Quando ia buscar o filho, tinha rezado para que ela estivesse esquecida da figura ridícula que ele fizera dias antes, depois do jogo de futebol.

— Como é que o Jonah se portou hoje? — perguntou, a tentar manter aqueles pensamentos à distância.

— Teve um dia esplêndido. Amanhã vou dar-lhe uns cadernos de exercícios que parecem estar a ser realmente úteis. Vou marcar as páginas para si.

— Está bem — foi tudo o que conseguiu dizer. — Quando ela lhe sorriu, mudou o peso de um pé para o outro, a pensar como ela parecia adorável.

E bem gostaria de saber o que ela pensaria dele.

Forçou-se a meter as mãos nas algibeiras.
— Achei o jogo divertido — disse Sarah.
— Ainda bem.
— Jonah perguntou-me se vou voltar a vê-lo jogar. Não se importa que eu vá, pois não?
— Não, de maneira nenhuma. Mas não sei a que horas é que ele joga. O programa está lá em casa, em cima do frigorífico.
Sarah olhou-o com cuidado, a tentar adivinhar a razão daquele distanciamento súbito. — Se prefere que eu não vá, é só dizer.
— Não, está tudo bem. Se Jonah lhe pediu que fosse vê-lo, faça o favor de ir. Desde que queira, bem entendido.
— Tem a certeza?
— Tenho. Amanhã digo-lhe a hora do jogo.
Então, antes que ela pudesse detê-lo, acrescentou: — Além do mais, eu também gostaria que fosse.
Não esperava dizer aquilo. Sem dúvida queria dizer o que disse. Mas ali estava ele outra vez, naquela tagarelice sem sentido...
— Gostava? — perguntou Sarah.
Miles engoliu em seco. — Sim — disse, fazendo o que podia para não estragar tudo outra vez. — Gostava.
Sarah sorriu. Algures, dentro de si, sentiu um certo prazer antecipado.
— Então, vou de certeza. Mas há uma coisa...
E agora, o que será.
— Que coisa?
Sarah olhou-o de frente. — Lembra-se de quando me fez aquela pergunta acerca da ventoinha?
Ao ouvir a palavra *ventoinha*, todos os pensamentos do fim-de--semana retornaram em força, como se alguém o tivesse socado no estômago.
— Lembro-me — respondeu cautelosamente.
— Também estou livre às sextas-feiras à noite, se estiver interessado.
Só precisou de uma fracção de segundo para perceber o significado daquelas palavras.
— Estou interessado — disse, a rir-se e a mostrar os dentes todos.

9

Durante o serão de quinta-feira — uma noite antes do Dia-D, como ele tinha começado a referir-se mentalmente ao dia da saída com Sarah — Miles e Jonah estavam deitados em cima da cama, partilhando um livro entre os dois, de forma a que cada um pudesse ler uma página de cada vez. Estavam encostados às almofadas, com os cobertores arredados. Jonah ainda tinha o cabelo húmido do banho e Miles estava a apreciar o cheiro do champô que o filho tinha usado. Era um odor doce e puro, como se tivesse lavado mais do que a simples sujidade.

Quando Miles ia a meio da leitura de uma página, Jonah olhou-o inesperadamente e perguntou: — Sentes falta da mamã?

O pai pousou o livro e pôs um braço à volta dos ombros da criança. Havia alguns meses que ele não mencionava o nome de Missy, sem que fosse para responder a qualquer pergunta.

— Pois sinto.

Jonah arrastou o tecido do pijama, fazendo com que dois camiões dos bombeiros chocassem de frente. — Pensas nela?

— Nunca deixei de pensar — respondeu.

— Também penso nela — disse Jonah com voz calma. — Às vezes, quando estou na cama... — Olhou o pai com ar sério. — Aparecem aquelas imagens na minha cabeça...

Baixou de novo os olhos.

— É assim uma espécie de filme?

— Parece. Mas não é. É mais como uma fotografia, percebes? Mas não consigo vê-la sempre.

Miles puxou o filho mais para si. — Isso deixa-te triste?
— Não sei. Às vezes.
— Não faz mal que fiques triste. Toda a gente fica triste uma vez por outra. Até eu.
— Mas tu já és crescido.
— Os crescidos também têm tristezas.

Jonah pareceu ficar a ponderar aquelas ideias enquanto fazia os camiões chocarem de novo. O tecido macio de flanela era enrugado e esticado sem descanso.

— Papá?
— Diz?
— Vais casar com Miss Andrews?

Miles enrugou a testa. — Ainda não pensei verdadeiramente nisso — respondeu com sinceridade.

— Mas vais sair com ela, não vais? Isso não quer dizer que os dois se vão casar?

Miles não pôde deixar de sorrir. — Quem é que te disse uma coisa dessas?

— Alguns dos miúdos mais velhos lá da escola. Dizem que primeiro se sai para namorar e depois se casa.

— Bem — respondeu o pai —, eles têm alguma razão, mas também estão enganados, de certa maneira. Só pelo facto de ir jantar com Miss Andrews não quer dizer que vá casar com ela. Quer dizer que ambos desejamos conversar durante algum tempo, para podermos conhecer-nos melhor. Por vezes os crescidos gostam de fazer coisas dessas.

— Porquê?

Acredita-me, meu filho, dentro de uns anos verás que faz sentido.

— Porque fazem. A modos que gostam... bem, sabes como é quando brincas com os teus amigos? Quando dizem piadas uns aos outros, riem-se e sentem-se felizes? Namorar é isso.

— Ó — exclamou Jonah. — Parecia mais curioso do que é normal numa criança de 7 anos. — Vão falar de mim?

— É provável que falemos um pouco. Não te preocupes. Só falaremos de coisas boas.

— Que coisas?

— Bem, talvez falemos do jogo de futebol. Ou talvez eu lhe conte que és muito bom na pesca. Falaremos acerca da tua inteligência...

De imediato, Jonah ficou de cenho carregado. — Eu não sou inteligente.

— Claro que és. És muito inteligente e Miss Andrews sabe isso tão bem quanto eu.

— Mas eu sou o único da minha turma que tem de ficar na escola depois do toque da campainha.

— Pois tens, mas isso não tem mal nenhum. Quando era da tua idade, também tinha de ficar mais tempo na escola.

Aquilo pareceu despertar-lhe a atenção. — Verdade?

— Verdade. Só que não tive de fazer isso durante uns meses, tive de o fazer durante dois anos.

— Dois anos?

Miles acenou para dar mais ênfase ao que ia dizer. — Todos os dias.

— Uau — disse o filho —, devias estar realmente muito atrasado para teres de ficar dois anos.

A razão não foi essa, mas se isso te faz sentir melhor, não me importo de a aceitar.

— Tu és um garoto inteligente. Nunca te esqueças disso, está bem?

— Miss Andrews disse mesmo que eu sou inteligente?

— Diz-me isso todos os dias.

Jonah sorriu. — É uma boa professora.

— Penso que sim, mas fico muito satisfeito por também pensares o mesmo.

Jonah fez uma pausa e os dois carros dos bombeiros começaram a aproximar-se de novo.

— Achas que ela é bonita? — perguntou, com o ar mais inocente.

Meus Deus, de onde é que lhe vêm estas ideias todas?

— Bem...

— Eu acho que é bonita — declarou Jonah. — Levantou os joelhos e estendeu a mão para o livro, de forma a poderem retomar a leitura.

— Às vezes, parece que me faz lembrar a mamã.
Miles não conseguiu encontrar nada que dizer.

E o mesmo aconteceu com Sarah, embora num contexto completamente distinto. Teve de reflectir um momento, antes de poder encontrar as palavras que queria dizer.
— Não faço ideia, mamã. Nunca lhe perguntei.
— Mas ele é ajudante do xerife, certo?
— É... mas esse não é o género de coisas de que nos ponhamos a falar.
A mãe estava a pensar alto acerca da possibilidade de Miles já ter baleado alguém.
— Bem, só tive curiosidade de saber, percebes? Vemos todos aqueles espectáculos na TV, e com todas as coisas que actualmente aparecem nos jornais, não ficaria surpreendida. Trata-se de um emprego perigoso.
Sarah fechou os olhos e deixou-se ficar quieta. Desde o primeiro momento em que mencionara, por acaso, o facto de ir sair com Miles, a mãe telefonava-lhe várias vezes por dia, fazendo-lhe montes de perguntas, para a maioria das quais Sarah não conseguia encontrar resposta.
— Não me vou esquecer de lhe perguntar, em seu nome; acha bem?
A mãe inspirou profundamente. — Não, não faças isso! Odeio tomar atitudes que possam arruinar as possibilidades da tua vida.
— Mamã, não há nada para arruinar. Ainda nem saímos juntos.
— Mas disseste que ele era simpático, ou ouvi mal?
Sarah esfregou os olhos, cansada da conversa. — Sim, mamã. Ele é simpático.
— Muito bem, então não te esqueças de quanto é importante deixares uma boa impressão.
— Eu sei, mamã.
— E não deixes de ir bem vestida. Não me interessa o que esses magazines dizem; quando se vai sair com alguém, é importante que se tenha o aspecto de uma verdadeira senhora. As coisas que algumas mulheres usam nestes tempos...

Enquanto a mãe prosseguia o monólogo, Sarah imaginou-se a desligar o telefone, mas, em vez disso, começou a ler a correspondência. Facturas, diversos anúncios, um impresso para requisição de um cartão *Visa*. Entretida nessa tarefa, nem reparou que a mãe tinha parado de falar e estava, segundo parecia, a aguardar uma resposta.

— Sim, mamã — respondeu automaticamente.
— Tu estás a ouvir-me?
— É claro que estou a ouvi-la.
— Vais, então, passar por cá?
Pensei que estávamos a falar do que eu devia levar vestido...
Sarah lutava para tentar lembrar-se do que a mãe tinha estado a dizer.

— Está a dizer-me para o levar aí? — acabou por perguntar.
— Tenho a certeza de que o teu pai gostaria de o conhecer.
— Bem... Não sei se vamos ter tempo para isso.
— Mas acabaste de me dizer que ainda não tinham decidido o que vão fazer.
— Veremos, mamã. Mas não faça quaisquer planos especiais, porque não posso dar-lhe a certeza.

Houve uma longa pausa na outra ponta da linha. — Ó, que pena — disse a mãe. — Então, tentando outra táctica: — Só estava a pensar na possibilidade de nos cumprimentarmos.

Sarah recomeçou a leitura da correspondência. — Não posso dar a certeza. Como tu dizes, não quero deitar por terra quaisquer planos que ele possa ter feito. Percebes isso, não percebes?

— Acho que sim — respondeu, obviamente desapontada. — Mas mesmo que não consigas passar por cá, telefona-me para contares como é que correu, está bem?

— Fique descansada, mamã, Eu telefono.
— E desejo que te divirtas.
— Vou divertir-me.
— Mas não demasiado...
— Já percebi — disse Sarah, a evitar o resto da frase.
— Quer dizer, trata-se da vossa *primeira* saída...
— Já percebi — repetiu, desta vez com voz mais firme.
— Pois... está bem, então.

Parecia quase aliviada. — Penso que vou desligar. A menos que haja qualquer outra coisa de que queiras falar.
— Não, penso que já falámos de tudo.
De qualquer maneira, mesmo depois disto, a conversa ainda se prolongou por mais dez minutos.

Nessa mesma noite, mais tarde, depois de Jonah já estar a dormir, Miles pôs um velho vídeo no gravador e recostou-se, ficando a ver Missy e Jonah a rebolarem-se numa praia próxima de Fort Macon. Jonah era ainda um bebé, não teria mais de 3 anos, e parecia gostar sobremaneira de fazer os seus camiões percorrerem as estradas temporárias que Missy ia alisando com as mãos. Missy tinha 26 anos: no seu biquíni azul, parecia-se mais com uma estudante universitária do que com a mãe que era.

No filme, fazia gestos para que Miles pousasse a câmara e fosse brincar com eles, mas, segundo recordava, nessa manhã sentira-se mais interessado em ser um simples observador. Gostava de os ver juntos; gostava da sensação de estar a ver, sabendo que Missy amava Jonah de uma maneira que ele nunca tinha experimentado. Os seus pais não lhe tinham proporcionado muito afecto. Não eram maus, mas não se sentiam à vontade para expressarem emoções, mesmo em relação ao filho. E, com a mãe morta e o pai sempre a viajar, sentia que nunca os tinha conhecido totalmente. Por vezes, punha-se a imaginar o que lhe poderia ter acontecido se Missy não tivesse entrado na sua vida.

Missy começou a abrir uma cova, servindo-se de uma pequena pá de plástico, a pouca distância da linha de água, mas depois resolveu usar as mãos para acelerar o processo. De joelhos, era da mesma altura de Jonah e quando este viu o que a mãe estava a fazer, deixou-se ficar ao lado dela, mexendo-se e apontando com o dedo, como um arquitecto nas primeiras fases de uma construção. Missy sorria e falava com ele — contudo, o som era abafado pelo rebentar infindável das ondas — e Miles não conseguia perceber o que diziam um para o outro. À medida que ela ia cavando mais fundo, a areia saía da cova em torrões; passado algum tempo, fez um gesto para Jonah se meter no buraco. Cabia lá dentro, com os joelhos dobrados para o peito, mas não sobrava nenhum espaço e

Missy começou a amontoar a areia e a alisá-la, de forma a cobrir o corpinho de Jonah. Dentro de minutos estava coberto até ao pescoço; uma tartaruga de areia com a cabeça de um rapazinho a espreitar por uma ponta.

Missy acrescentou mais areia aqui e ali, cobrindo-lhe os braços e os dedos. Jonah mexia os dedos, provocando o deslizamento de alguma areia e Missy tentava de novo. Quando ela se preparava para colocar as últimas mãos-cheias de areia no seu lugar, o filho voltou a fazer o mesmo e Missy desatou a rir. Colocou-lhe um monte de areia húmida na cabeça e ele deixou de se mexer. Baixou-se e beijou-o, e Miles viu os lábios do filho mexerem-se para dizerem as palavras: — Adoro-te, mamã.

— Também te adoro — respondeu ela. — Sabendo que Jonah iria ficar sossegado durante uns minutos, Missy voltou a atenção para Miles.

O marido disse-lhe qualquer coisa e ela voltou a sorrir, mas as palavras também se perderam no marulhar das ondas. Ao alcance da vista, por detrás dos ombros dela, havia poucas pessoas. Ainda estavam em Maio, uma semana antes de se dar a grande invasão dos banhistas, além de ser um dia de semana, se bem se lembrava. Missy olhou à sua volta e levantou-se. Pôs uma mão na anca, a outra por detrás da cabeça, olhando-o com os olhos semicerrados, numa pose provocante e sensual. Depois, abandonou a pose, riu-se de novo, como que envergonhada, e dirigiu-se para ele. Beijou as lentes da câmara.

A fita acabava ali.

Para Miles, estes vídeos eram verdadeiras preciosidades. Guardava-os dentro de um cofre à prova de fogo, que tinha comprado depois do funeral; já os tinha visto dúzias de vezes. Missy ganhava uma nova vida; podia vê-la a mexer-se, podia ouvir o som da sua voz. Podia ouvir novamente o riso dela.

Jonah nunca tinha visto os vídeos. Miles até duvidava de que ele soubesse da existência deles, pois era demasiado pequeno quando a maioria fora feita. Tinha deixado de filmar logo depois da morte de Missy, pela mesma razão que o levava a não fazer outras coisas. O esforço era demasiado. Não queria recordar-se de nada do que se tinha passado no período que se seguira à morte da mulher.

Não sabia o que o tinha levado a querer ver os vídeos naquele serão. Talvez o desejo fosse provocado pelos comentários que Jonah fizera antes de ir para a cama, ou podia estar relacionado com a possibilidade de o dia seguinte trazer algo de novo para a sua vida, algo que se tinha convencido de que não voltaria a acontecer. Qualquer que fosse a evolução do relacionamento com Sarah, as coisas estavam a mudar. Ele estava a mudar.

Mas, por que é que tudo lhe parecia tão assustador?

A resposta parecia ser-lhe dada pelo tremeluzir do ecrã do televisor.

Parecia haver ali uma voz a dizer-lhe que a verdadeira causa era o desconhecimento do que, de facto, se tinha passado com Missy.

10

O *funeral de Missy Ryan* realizou-se numa manhã de quarta-feira, na igreja episcopal situada no centro de New Bern. A igreja tinha quase 500 lugares sentados, mas os bancos não foram suficientes. Havia muitas pessoas de pé e outras aglomeradas junto das entradas, prestando a sua homenagem do lugar que puderam encontrar.

Recordo-me de que tinha começado a chover nessa manhã. Não era uma chuva grossa, mas era certa, uma chuva típica do final do Verão, que arrefece a terra e deixa tudo húmido. A névoa flutuava logo acima do solo, etérea e fantasmagórica; nas ruas formavam-se pequenas poças. Fiquei a ver o cortejo de chapéus-de-chuva pretos, empunhados por pessoas vestidas de luto, a mover-se lentamente, como se os acompanhantes caminhassem em cima da neve.

Vi Miles Ryan, sentado, hirto, na fila da frente da igreja. Estava a segurar a mão do filho. Na altura, Jonah tinha apenas 5 anos, idade suficiente para perceber que a mãe tinha morrido, mas não para compreender que não voltaria a vê-la. Parecia mais confuso do que triste. O pai estava sentado, pálido e de lábios cerrados, enquanto as pessoas, uma após outra, se aproximavam para lhe apertarem a mão ou lhe darem um abraço. Embora mostrasse alguma dificuldade em encarar as pessoas de frente, nunca chorou nem tremeu. Voltei as costas e abri caminho para o fundo da igreja. Não lhe disse nada.

Fiquei sentado na última fila e nunca mais esquecerei o cheiro, aquela mistura de odores da madeira velha e das velas a arder. Perto do altar, alguém tocava uma guitarra, muito baixo. Perto de mim sentou-se uma senhora, seguida pouco depois pelo marido. Trazia um maço de lenços de papel, que usava para limpar os cantos dos olhos. O marido colocara a mão *no joelho dela e mantinha os lábios cerrados, formando uma linha estreita. Ao contrário do que sucedia à entrada, havia silêncio dentro da igreja, só se ouvia o choro abafado dos presentes. Ninguém dizia nada; parecia que ninguém sabia o que dizer.*

Foi então que senti ânsias de vomitar.

Tentei lutar contra a náusea, sentindo as gotas de suor a escorrerem-me da testa. Senti as mãos frias, húmidas e inúteis. Não queria estar ali. Não tinha querido vir. Mais do que tudo, queria levantar-me e sair.

Fiquei.

Uma vez começada a cerimónia senti enormes dificuldades para me concentrar. Se agora me perguntassem o que o reverendo ou o irmão de Missy disseram no elogio fúnebre, não saberia responder. Todavia, consigo lembrar-me de que as palavras não me serviram de conforto. Não conseguia deixar de pensar que Missy Ryan não devia estar morta.

Depois da cerimónia religiosa formou-se um longo cortejo até ao cemitério de Cedar Grove; foi acompanhado por um grupo que presumi constituído por todos os xerifes e agentes de autoridade do distrito. Esperei até que a maioria das pessoas arrancasse. Finalmente, meti-me na fila, seguindo quase colado ao carro que me precedia. Os faróis foram ligados. Como um autómato, também liguei os meus.

A chuva tornou-se mais forte durante o trajecto. Os limpa-pára-brisas não tinham descanso.

O cemitério ficava apenas a alguns minutos de distância. As pessoas arrumaram os carros, abriram os chapéus-de-chuva, tornaram a saltar por cima das poças de água, convergiram de todas as direcções. Segui-as cegamente e fiquei quase no fim do grupo que se aglomerou à volta da sepultura. Voltei a ver Miles e Jonah; estavam de cabeça baixa, a deixaram-se ensopar pela chuva. Os coveiros colocaram o caixão na cova, que ficou rodeada de centenas de ramos de flores.

Voltei a pensar que não queria estar ali. Não deveria ter vindo. Eu não pertencia ali.

Mas tinha vindo.

Sentira-me forçado, não tivera escolha. Tinha de ver Miles, tinha de ver Jonah.

Já então, sabia que as nossas vidas estariam interligadas para sempre. Tinha de estar ali, percebem?

Afinal, eu era a pessoa que conduzia aquele automóvel.

11

Sexta-feira trouxe o primeiro ar fresco, típico do Outono. De manhã, não havia pedaço de relva que não estivesse coberto de uma fina camada de geada; as pessoas viam a própria respiração a condensar-se, logo que lhes saía da boca, antes de se meterem nos carros para irem trabalhar. Os carvalhos, os abrunheiros e as magnólias ainda não tinham iniciado a mudança de cor para o vermelho e o alaranjado, e Sarah observava a luz do sol que se filtrava através das ramagens, desenhando sombras no pavimento.

Miles devia estar a chegar e ela tinha andado todo o dia a pensar neste encontro. Graças às três mensagens registadas no atendedor de chamadas, sabia que a mãe também tinha pensado nele — de forma um pouco exagerada, na opinião de Sarah. A mãe falou, falou, não deixando — pensava Sarah — de se referir a nenhum dos aspectos do caso. «Quanto a esta noite, não te esqueças de levar um casaco. Não precisas de te arriscares a apanhar uma pneumonia. Com este frio, é o mais certo, como sabes», começava uma, e a partir daí vinha a oferta de todos os tipos de conselhos úteis: como evitar uma maquilhagem demasiado carregada ou o uso de jóias de fantasia, «para ele não tirar conclusões erradas», assegurar-se de que as meias que levasse não tivessem quaisquer costuras («Não há nada que dê pior aspecto, como sabes»). A segunda mensagem começava por se referir à primeira e parecia um pouco mais frenética, como se a mãe sentisse que lhe escasseava o tempo para transmitir à filha a experiência da vida que tinha acumulado ao longo dos anos. «Quando disse casaco, queria dizer uma coisa com classe. Algo ligeiro. Sei que podes constipar-te mas também tens de parecer elegante. E, por amor de Deus, vê se não escolhes aquele casacão comprido, o verde, de que tanto gostas. Pode ser quente, mas é feio como o pecado.» Quando ouviu a voz da mãe na terceira mensagem, agora *verdadeiramente frenética*, a descrever a importância de ler o jornal do dia «de modo a poderes iniciar uma conversa», Sarah limitou-se a carregar no botão de «apagar», sem se dar ao cuidado de ouvir o resto.

Precisava de se preparar para sair.

Uma hora depois, por detrás das cortinas da janela, Sarah viu Miles a dobrar a esquina, transportando uma enorme caixa debaixo do braço. Parou por momentos, como se procurasse certificar-se de que estava no local certo, e desapareceu pela porta principal. Ao ouvi-lo subir as escadas, alisou o vestido comprido, preto, que tinha escolhido depois de uma luta terrível consigo mesma acerca do que devia vestir, e abriu a porta.

Recebeu-o com um sorriso. — Que pontualidade. Mesmo na hora. Vi-o aparecer à esquina.

Miles inspirou profundamente, para dizer: — Está linda.

— Obrigada. — Apontou para a caixa. — Isso é para mim?

Ele acenou que sim e entregou-lhe a caixa. Continha seis rosas amarelas.

— Uma para cada semana, desde que começou a prestar ajuda ao Jonah.

— Que simpatia — respondeu com sinceridade. — A mamã ficará impressionada.

— A sua mãe?

Ela sorriu. — Depois falo-lhe dela. Entre que eu vou à procura de qualquer coisa para as pôr em água.

Miles entrou e fez uma avaliação rápida do apartamento. Era um encanto — mais pequeno do que julgara, mas surpreendentemente acolhedor, com a maior parte da mobília a enquadrar-se de forma perfeita com a casa. Havia um sofá de aspecto confortável, com estrutura de madeira, mesinhas com cores que pareciam esbatidas de propósito, uma cadeira de baloiço, colocada a um canto, debaixo de um candeeiro que parecia ter mais de cem anos de idade — e até a cobertura de retalhos das costas da cadeira parecia uma obra vinda do século XIX.

Na cozinha, Sarah abriu o armário por cima do lava-loiça, afastou uns tachos e agarrou uma pequena jarra de cristal, que encheu de água.

— Tem aqui uma bela casa — comentou ele.

Sarah levantou os olhos. — Obrigada. Gosto dela.

— Foi decorada por si?

— Praticamente. Trouxe algumas coisas de Baltimore, mas depois de visitar todas as lojas de antiguidades decidi substituir a maioria delas. Há lojas magníficas por estas bandas.

Miles passou a mão por uma velha mesa de encolher colocada perto da janela, afastou a cortina e olhou para fora. — Gosta de morar aqui no centro da cidade?

Sarah tirou a tesoura de uma das gavetas e começou a acertar os pés das rosas. — Gosto, mas deixe que lhe diga, o movimento por aqui não me deixa descansar o suficiente. Toda esta gente, as pessoas que gritam e zaragateiam, a festejarem até de manhã. Só o facto de conseguir adormecer já é espantoso.

— Muito sossegado, portanto.

Colocou as flores na jarra, uma por uma. — De todos os sítios em que vivi, este é o primeiro em que as pessoas parecem ir para a cama antes das 9 horas. Logo que o Sol se põe, isto aqui parece uma cidade fantasma, mas quero crer que isso facilita bastante o seu trabalho, ou não?

— Para lhe ser franco, não me afecta verdadeiramente. Com excepção das ordens de despejo, a minha jurisdição termina nos limites da cidade. Geralmente trabalho nos arrabaldes, no campo.

— A olhar para esses equipamentos de controlo de velocidade que tornaram o Sul famoso? — perguntou alegremente.

Miles abanou a cabeça. — Não, isso também não é comigo. É com a brigada de trânsito.

— Portanto, se está a dizer-me que não tem assim muito que fazer, então...

— Exactamente — concordou. — Tirando o ensino, não consigo imaginar uma profissão menos estimulante.

Ela riu-se e colocou a jarra no centro da bancada. — São encantadoras. Obrigada.

Deu uns passos e apanhou a bolsa. — Então, onde é que vamos?

— Mesmo ao virar da esquina. À Harvey Mansion. A propósito, está fresco lá fora, não será má ideia trazer um casaco — aconselhou-a, a olhar para o vestido sem mangas.

Sarah dirigiu-se ao guarda-fatos, a recordar as palavras da mãe na mensagem, desejando não a ter ouvido. Odiava estar constipada e era uma dessas pessoas que se constipam com facilidade. Mas, em vez do «casacão comprido, o verde», que a manteria quente, pegou num casado leve que combinava com o vestido, uma escolha que faria a mãe evidenciar sinais de aprovação. Com classe. Quando o pôs pelas costas, Miles ficou a olhá-la, parecendo querer dizer qualquer coisa, mas sem saber como.

— Algum problema? — perguntou, enquanto acabava de o vestir.

— Bem... lá fora está frio. Tem a certeza de que não quer levar uma coisa mais quente?

— Não se importa?

— Por que havia de me importar?

Mudou de casaco alegremente (trocou-o pelo casacão comprido, o verde), e Miles ajudou-a a vesti-lo, mantendo as mangas abertas para ela enfiar os braços. Em seguida, depois de fecharem a porta, começaram a descer a escada. Logo que chegou à rua, Sarah sentiu a mordedura do frio nas faces e, quase por instinto, enfiou as mãos nas algibeiras.

— Não acha que o frio é demasiado para o outro casaco?

— Sem dúvida — respondeu com expressão de agradecimento.

— Mas não está de acordo com o vestido.

— Prefiro sentir-me confortável. E, além disso, este fica-lhe bem.

Adorou-o por ter dito aquilo. Fica-te com esta, mamã!

Começaram a descer a rua e, uns degraus mais abaixo — para surpresa dela própria e de Miles —, tirou a mão da algibeira e agarrou-lhe o braço.

— Ora bem — disse —, vamos lá falar da minha mãe.

Minutos depois, já sentados à mesa, Miles não conseguiu conter uma gargalhada. — Deve ser uma maravilha.

— Para si é fácil dizer isso. Não é a sua mãe.

— Trata-se apenas da maneira de ela lhe dizer quanto a ama.

— Eu sei. Mas seria mais fácil se ela não estivesse sempre tão preocupada. Por vezes, chego a pensar que faz de propósito, que me quer pôr maluca.

Apesar de exasperada, pensou Miles, à luz vacilante das velas, Sarah estava positivamente deslumbrante.

A Harvey Mansion era um dos melhores restaurantes da cidade. Construída para habitação, durante a década de 1790, tornou-se um refúgio romântico muito popular. Quando estava a ser reconstruída para servir a sua função actual, os proprietários decidiram mexer o menos possível no plano original de divisão da casa. Miles e Sarah foram conduzidos por uma escada em curva e instalados numa sala que antes fora a biblioteca. Com iluminação escassa, era uma sala de dimensão média, com soalho de carvalho avermelhado e tecto com figuras de desenho complicado, em estanho. Duas das paredes estavam escondidas por estantes de mogno, repletas de livros; na terceira parede, a lareira acesa derramava uma brilho etéreo. Sarah e Miles foram levados para a mesa colocada no canto, junto da janela. Só havia mais cinco mesas e as conversas murmuradas mal se faziam ouvir, apesar de estarem todas ocupadas.

— Talvez tenha razão — disse Miles. — É provável que a sua mãe aproveite as insónias para pensar novas maneiras de a atormentar.

— Pensei tê-lo ouvido dizer que não a conhecia.

Miles riu-se à socapa. — Bom, pelo menos está perto de si. Como lhe disse no dia em que nos conhecemos, já quase nunca falo com o meu pai.

— Onde é que ele está agora?

— Não faço ideia. Há uns meses, recebi um postal enviado de Charleston, mas nada me leva a pensar que ainda lá esteja. É raro ficar tanto tempo no mesmo sítio, não telefona e raramente vem aqui. Há anos que não me vê; nem a mim nem ao Jonah.

— Não consigo imaginar uma coisa dessas.

— Cada qual é como é, embora ele não fosse exactamente assim quando eu era pequeno. Metade do tempo eu pensava que ele não gostava de nos ver por perto.

— Nós?

— Eu e a minha mãe.

— Ele não a amava?

— Não faço ideia.
— Ora, deixe-se disso...
— Estou a falar a sério. Estava grávida quando se casaram e, honestamente, não consigo imaginar o que eles significavam um para o outro. As relações entre eles passavam por alternâncias de quente e frio; um dia estavam loucamente apaixonados, no dia seguinte ela podia atirar-lhe com as roupas para o relvado da frente e gritar-lhe que nunca mais voltasse. Depois, quando a minha mãe morreu, pôs-se a andar o mais depressa que pôde. Deixou o emprego, vendeu a casa, comprou um barco e disse que ia viajar pelo mundo. Não tinha quaisquer conhecimentos de navegação. Disse que iria aprendendo pelo caminho, consoante as necessidades. E penso que o conseguiu.

Sarah franziu a testa. — É bastante estranho.

— Para ele não é. Para ser franco, não fiquei nada surpreendido, mas quanto a si teria de o conhecer para perceber de que é que eu estou a falar.

Abanou a cabeça ligeiramente, como que enjoado.

— A sua mãe morreu de quê? — perguntou com voz simpática.

Ficou com uma expressão estranha, de rosto fechado, e Sarah arrependeu-se imediatamente de ter perguntado. Inclinou-se para diante. — Desculpe, fui muito grosseira. Não deveria ter perguntado.

Miles respondeu calmamente: — Não tem importância. Não me incomoda. Já aconteceu há tanto tempo, agora não me afecta falar disso. É que já não toco nesse assunto há muitos anos. Nem me lembro de quando foi a última vez que me perguntaram alguma coisa sobre a morte da minha mãe.

Ficou a tamborilar com os dedos na mesa, de ar ausente, um pouco mais hirto do que antes. Falou com um ar natural, quase como se estivesse a referir-se a alguém que não conhecia. Sarah reconheceu o tom: era o mesmo que agora usava para falar de Michael.

— A mamã começou a sentir dores de estômago. Por vezes, tinha de passar noites sem dormir por causa das dores. Julgo que, no íntimo, ela sabia que tinha uma doença grave, mas quando se decidiu a ir ao médico o cancro já se tinha expandido para o pâncreas e para o fígado. Já não havia nada a fazer. Morreu menos de três semanas depois.

— Lamento muito — disse Sarah, sem saber o mais poderia dizer.
— Também eu. Acho que você poderia vir a gostar dela.
— Certamente.

Foram interrompidos pelo criado, que se aproximara da mesa para tomar nota das bebidas que queriam. Como se estivessem combinados, Sarah e Miles pegaram nas ementas e deram-lhes uma rápida vista de olhos.

— Muito bem, o que é bom aqui?
— Tudo. De verdade.
— Nenhuma recomendação especial?
— Provavelmente mando vir um bife qualquer.
— Como é que não fico surpreendida?

Ele levantou os olhos da lista. — Tem algum preconceito contra os bifes?

— Nada. Não me pareceu o género de pessoa que come comidas exóticas, como *tofu* com salada.

Fechou a ementa. — Pelo meu lado, há a necessidade de manter esta minha figura de rapariga.

— Então, vai mandar vir o quê?

Sorriu. — Um bife.

Miles fechou a ementa e pô-la junto à borda da mesa. — Ora bem, agora que passámos a minha vida em revista, que tal dizer-me qualquer coisa sobre a sua? Em que género de família é que foi criada?

Sarah colocou a ementa em cima da dele.

— Ao contrário dos seus, os meus pais eram pessoas estáveis. Vivíamos numa zona residencial, logo à saída de Baltimore, e a casa era normal: quatro quartos, duas casas de banho, um alpendre, um jardim com flores e uma cerca de madeira pintada de branco. Ia para a escola de autocarro, juntamente com miúdos da vizinhança e tinha a maior colecção de *Barbies* de toda aquela comunidade. O meu pai trabalhava das 9 às 5 e ia para o emprego sempre de fato completo. A mamã ficava em casa e nem me lembro de a ver sem o avental. E na nossa casa cheirava sempre a pastelaria acabada de sair do forno. Todos os dias a mamã fazia bolos para mim e para o meu irmão; eram comidos na cozinha, enquanto recitávamos o que tínhamos aprendido durante o dia.

— Parece-me justo.

— Era. Quando éramos pequenos a minha mãe era fantástica. Era o género de mãe para quem os outros miúdos correm quando se magoam ou se metem em sarilhos de qualquer tipo. Só depois de crescermos é que começou a ficar neurótica a meu respeito.

Miles ergueu as sobrancelhas. — Será que ela mudou, ou teria sido sempre neurótica e você era demasiado pequena para o notar?

— Parece a Sylvia a falar.

— Quem é a Sylvia?

— Uma amiga — disse, de forma evasiva —, uma boa amiga.

Se notou a hesitação, Miles não deu mostras disso.

As bebidas chegaram e o criado tomou nota do que iam comer. Logo que ele se afastou, Miles inclinou-se para diante, aproximando a cara da dela.

— Como é o seu irmão?

— Brian? É um rapazinho fantástico. Juro que tem mais maturidade do que a maioria das pessoas com quem lido. Mas é tímido e tem pouco jeito para se relacionar com pessoas. Revela uma certa tendência para a introspecção, mas quando nos juntamos entendemo-nos bem; sempre nos entendemos. Ele é um dos responsáveis pela minha vinda para aqui. Queria que passássemos algum tempo juntos antes de ele ir para a universidade. É caloiro na Universidade da Carolina do Norte.

Miles fez um aceno de cabeça. — Então, ele é *muito mais* novo do que você — disse, deixando Sarah a olhar para ele.

— Não *muito mais* novo.

— Bem... o suficiente. Você tem quantos, 40, 45? — indagou, repetindo o que ela lhe disse quando se conheceram. — Ela soltou uma gargalhada.

— Uma rapariga tem de ter muito cuidado consigo.

— Aposto que diz o mesmo a todos os tipos com quem sai.

— Na realidade, estou destreinada — respondeu. — Não tenho saído muitas vezes desde que me divorciei.

Miles pousou o copo. — Está a gozar, não está?

— Não.

— Uma rapariga assim? Tenho a certeza de que tem recebido inúmeras propostas.

113

— O que não significa que as aceite.

Estava a acirrá-la. — Costuma fazer-se cara?

— Não — respondeu. — Mas não quero magoar ninguém.

— É, portanto, uma destroçadora de corações. Certo?

Não respondeu de imediato, ficando a olhar para a mesa.

— Não, não sou uma destroçadora de corações — disse, como se falasse para si. — Talvez um coração destroçado.

Estas palavras surpreenderam-no. Procurou uma resposta que aligeirasse o ambiente, mas, vendo a expressão dela, achou melhor não dizer nada. Por momentos, Sarah pareceu percorrer um mundo muito seu. Finalmente voltou-se para Miles, com um sorriso quase envergonhado.

— Desculpe. Estraguei-lhe a boa disposição, não foi?

Miles respondeu rapidamente. — De maneira nenhuma.

Apertou-lhe a mão ligeiramente. — Devia saber que a minha disposição não se deixa estragar facilmente — continuou. — Agora, se me tivesse atirado a bebida à cara e dissesse que eu era um malandro...

Apesar de nervosa, Sarah riu-se.

— Isso seria um problema para si? — perguntou, já a sentir-se mais descontraída.

— Provavelmente — disse, fazendo uma careta. — Mas, mesmo que acontecesse, considerando que se trata de um primeiro encontro e essas coisas todas, talvez também deixasse passar isso em claro.

Eram dez e meia quando acabaram de jantar; enquanto desciam as escadas para sair, Sarah tinha a certeza de que não pretendia que o serão acabasse tão cedo. O jantar fora maravilhoso, a conversa liberalmente lubrificada por um vinho tinto de excelente qualidade. Queria passar mais tempo junto de Miles, mas ainda não estava pronta para o convidar a subir ao seu apartamento. Por detrás deles, a pouco mais de um metro, o motor de um carro dava pequenos estalidos ao arrefecer, com sons abafados e esporádicos.

Miles fez uma sugestão. — Gostaria de passar um bocado na Tavern? Não é longe daqui.

Sarah concordou com um aceno de cabeça, apertando mais o casaco contra o corpo enquanto seguiam pelo passeio, bastante

juntos e a caminharem com toda a calma. As ruas estavam desertas; passaram por galerias de arte e lojas de antiguidades, um escritório de venda de propriedades, uma pastelaria, uma livraria, mas não parecia que pudesse haver algum estabelecimento aberto.
— Mas onde é esse célebre lugar?
— É por aqui — respondeu, a apontar com o braço estendido.
— É já ali em cima, ao virar da esquina.
— Nunca ouvi falar dele.
— Não me surpreende. É uma instituição local, pelo que a atitude do proprietário parece dar a entender que, quem não o conhece, provavelmente também não pertence àquele lugar.
— Então como é que mantém o negócio?
— Lá se arranja — respondeu, como se falasse por enigmas.
Dobraram a esquina um minuto depois. Embora houvesse diversos carros arrumados ao longo da rua, não se notavam sinais de vida. Era um ambiente quase irreal. A meio do quarteirão, Miles parou junto de um beco estreito, cavado entre dois prédios, um dos quais parecia totalmente abandonado. Lá para o fundo do beco, uns quinze metros mais adiante, via-se uma única lâmpada suspensa de um fio.
— Aí está — anunciou. — Sarah hesitou e Miles pegou-lhe na mão, conduzindo-a pelo beco, até se deter por debaixo da lâmpada. Por cima de uma porta a precisar de conserto, alguém tinha escrito o nome do estabelecimento com tinta fluorescente. Ouvia-se música vinda do interior.
— Impressionante — disse ela.
— Nada que não mereça.
— Será que detecto aí uma nota de sarcasmo?
Miles riu-se ao abrir a porta e conduzir Sarah para o interior.
Construída no interior do que parecia ser o prédio abandonado, a Tavern era um lugar esquálido e com um ligeiro cheiro a madeira velha, embora de dimensões inesperadamente generosas. Na parte de trás, havia quatro mesas de bilhar por debaixo de lâmpadas acesas, cada uma com publicidade de uma marca diferente de cerveja; um balcão comprido ocupava toda a parede do lado oposto. Ao lado da porta estava colocada uma caixa de gira-discos fora de moda e havia cerca de uma dúzia de cadeiras espalhadas um

pouco ao acaso. O chão era de cimento e as cadeiras de madeira desirmanadas, mas ninguém parecia preocupar-se com pormenores desses.

Estava à cunha.

As pessoas ocupavam todas as cadeiras e os bancos do bar; havia grupos que se aproximavam e afastavam das mesas de bilhar. Duas mulheres, com um pouco de maquilhagem a mais, estavam encostadas à *jukebox*, os corpos metidos à força em roupas apertadas, a mexerem-se ritmicamente, enquanto liam os títulos dos discos, à procura do que queriam ouvir de seguida.

Miles olhou-a com ar divertido. — Surpreendente, não é?

— Nunca poderia acreditar se não tivesse visto. Está aqui tanta gente.

— É o mesmo em todos os fins-de-semana.

Deu uma vista de olhos rápida, procurando um lugar onde se pudessem sentar.

— Há uns lugares na parte de trás... — observou Sarah.

— Esses são para os jogadores de *snooker*.

— Pois bem, não quer jogar um jogo?

— *Snooker?*

— Por que não? Há uma mesa livre. Além disso, lá atrás parece haver menos barulho.

— Vamos a isso. Vou tratar de tudo com o empregado de balcão. Quer uma bebida?

— *Coors Light*, se tiverem.

— Claro que têm. Vou ter consigo à mesa, está bem?

Miles dirigiu-se para o bar, abrindo caminho por entre a multidão. Metendo-se entre dois bancos, levantou a mão para chamar a atenção do empregado. Considerando o número de pessoas que estavam à espera, poderia ter de ficar ali um bom bocado.

Fazia calor e Sarah despiu o casaco. Ainda estava a dobrá-lo por cima de um braço, ouviu a porta abrir-se por detrás de si. Olhando por cima do ombro, afastou-se para um lado para dar passagem aos dois homens. O primeiro, com tatuagens e cabelos compridos, era, à primeira vista, um tipo perigoso; o segundo, de calças de ganga e um pólo, era totalmente diferente, o que a deixou a magicar o que eles poderiam ter em comum.

Até o ver um pouco mais de perto. Foi então que decidiu que o segundo lhe metia muito mais medo. Havia algo infinitamente ameaçador naquele olhar e na maneira de estar.

Ficou satisfeita por o primeiro ter passado sem reparar nela. O outro, porém, aproximou-se e parou; Sarah sentiu-se trespassada pelo olhar do homem.

— Nunca a vi por aqui. Como é que se chama? — disse, de súbito. — Sentia-se presa da análise fria daqueles olhos.

— Sylvia — mentiu.

— Posso oferecer-lhe uma bebida?

— Não, obrigada — respondeu e confirmou com um movimento de cabeça.

— Não quer sentar-se ali comigo e com o meu irmão?

— Estou acompanhada.

— Não estou a ver o seu companheiro.

— Está no bar.

— Otis, anda daí! — gritou o homem das tatuagens. — Otis ignorou-o, manteve os olhos pregados em Sarah. — Sylvia, não quer mesmo que lhe ofereça uma bebida?

— Não.

— Por que não? — perguntou. — Por qualquer razão, mesmo que as palavras fossem ditas com voz calma e até delicada, sentia-se que havia ali uma fúria escondida.

— Já lhe disse que estou acompanhada — disse Sarah, dando um passo atrás.

— Caramba, Otis, preciso de uma bebida!

Otis olhou de relance para o ponto de onde provinha o som, mas voltou a fixar o olhar em Sarah, como se estivesse numa reunião de sociedade e não naquela espelunca. — Olhe, Sylvia, vou ficar por aqui para o caso de mudar de ideias — concluiu, com voz meiga.

Logo que ele se afastou, Sarah respirou fundo e misturou-se com a multidão, tentando abrir caminho até às mesas de bilhar, a querer afastar-se o mais possível do homem. Conseguiu chegar junto das mesas e estava a colocar o casaco em cima de uma cadeira vazia quando Miles chegou com as cervejas. Bastou-lhe um simples olhar para saber que tinha acontecido qualquer coisa.

— O que foi? — perguntou ao passar-lhe a garrafa de cerveja.

— Apenas um parvalhão que quis implicar comigo. Quase me provocou alergia. Já me tinha esquecido do que é estar em sítios como este.

A expressão de Miles endureceu um pouco. — Ele fez alguma coisa?

— Nada que eu não pudesse resolver.

Ele pareceu analisar a resposta. — Tem a certeza?

Sarah hesitou. — Sim, tenho a certeza — acabou por dizer. Então, chocada com o ar de preocupação do companheiro, tocou com a sua garrafa na dele, a sorrir, tentando esquecer o incidente. — Ora bem, quer colocar as bolas ou quer que seja eu a fazer isso?

Tirado e casaco e arregaçadas as mangas, Miles retirou dois tacos de um suporte colocado na parede.

— Ora bem, as regras do *snooker* são bastante simples — começou. — Há 15 bolas coloridas e numeradas...

— Eu sei — respondeu Sarah, com um movimento da mão a indicar que dispensava a explicação.

Ele olhou-a, surpreendido. — Alguma vez jogou?

— Toda a gente jogou, pelo menos uma vez.

Miles entregou-lhe o taco. — Então, parece que estamos prontos. Quer bater a bola de partida? Ou bato eu?

— Não, avance.

Sarah ficou a ver Miles ir para a cabeceira da mesa, ao mesmo tempo que ia pondo giz na ponta do taco. Depois, inclinando-se para diante, assentou a mão na mesa, fez recuar o taco e deu uma pancada seca na bola. Ouviu-se um som, como se alguma coisa se tivesse partido, as bolas espalharam-se pela mesa, e a bola 4 rolou para o saco do canto, desaparecendo rapidamente da vista.

Miles observou a mesa, a decidir qual a bola que devia bater a seguir, e Sarah voltou a notar a enorme diferença entre ele e Michael. Este não jogava *snooker*, nem era provável que a trouxesse a um lugar daqueles. Não se sentiria bem ali, não conseguiria integrar-se naquele ambiente, pelas mesmas razões que Miles não se ajustaria ao mundo em que Sarah costumava movimentar-se.

Mas ali, na frente dela, sem casaco e de mangas arregaçadas, Sarah não podia negar que o achava muito atraente. Ao contrário de muitas pessoas que bebem demasiada cerveja com a piza do almoço, Miles parecia quase magro. Não tinha a beleza de um clássico astro do cinema, mas a cintura era fina, o estômago liso e os ombros convenientemente largos. Mas havia mais qualquer coisa. Havia algo no seu olhar, na sua expressão, que testemunhava os desafios que tivera de vencer durante os últimos dois anos, algo que ela também reconhecia em si quando olhava para o espelho.

Durante cerca de um minuto, a *jukebox* ficou silenciosa, mas logo ganhou alento com *Born in the USA*, de Bruce Springsteen. Apesar das ventoinhas que giravam, suspensas do tecto, o ar estava saturado de fumo de cigarro. Sarah ouvia o som áspero das gargalhadas e das piadas que surgiam de todos os lados mas, ao observar Miles, quase lhe parecia que não havia ali mais ninguém. Miles enfiou outra bola.

Com um olhar experiente, observou a mesa e as posições das bolas. Passou para o outro lado da mesa e apontou outra tacada, mas desta vez falhou. Vendo que era a sua vez, Sarah foi até junto da parede para pegar no taco. Miles foi buscar o cubo de giz e ofereceu-lho.

— Tem uma bola fácil junto à tabela — disse-lhe, com um aceno de cabeça para o canto da mesa. — Está mesmo a cair para a bolsa.

— Estou a ver — concordou Sarah, a pôr giz na ponta do taco. Olhando por cima da mesa, não se decidiu imediatamente pela tacada. Como se a sentisse hesitar, Miles pousou o taco de encontro à parede e ofereceu-se resolutamente para a ajudar.

— Quer que lhe mostre a maneira de assentar a mão na mesa?

— Faça favor.

— Muito bem. Faça um círculo com o indicador, assim, com os outros três dedos assentes na mesa.

Demonstrou com a sua mão, bem assente na mesa.

— Assim? — perguntou Sarah a tentar imitá-lo.

— Quase... — Chegou-se um pouco mais. Quando estendeu a mão para a corrigir, encostou-se delicadamente a ela, que sentiu qualquer coisa saltar dentro de si, um choque eléctrico que começou na barriga e irradiou em todas as direcções. Enquanto ele lhe ajeitava os dedos, sentiu-lhe o calor agradável das mãos. Apesar do fumo e do ar empestado, não deixou de notar a loção que ele usava, um odor masculino, limpo.

— Não, feche um pouco mais o dedo. Não pode deixar muito espaço, para não perder o controlo da tacada — disse.

— E assim? — perguntou, a pensar como era agradável tê-lo bem junto de si.

— Está melhor — disse com ar grave, sem reparar na partida que ela lhe estava a preparar. Afastou-se ligeiramente. — Agora recue a outra mão e tente manter o taco bem direito e bem firme no momento em que bater na bola. A bola está mesmo quase a cair, não precisa de bater com força.

Sarah fez como ele disse. A tacada foi a direito e, como Miles tinha previsto, a bola número 9 caiu. A bola de jogo rolou até se imobilizar no centro da mesa.

— Fantástico — exclamou ele, apontando para a bola. — A bola 14 ficou numa posição excelente.

— De verdade?

— De verdade, no sítio certo. É só apontar e fazer como com a outra...

Ela esperou um pouco e executou a jogada. Depois de a bola 14 ter caído na bolsa, a bola de jogo pareceu colocar-se na posição perfeita para a tacada seguinte. A surpresa fez que Miles arregalasse os olhos. Sarah levantou os olhos para ele, sabendo que o queria novamente perto de si. — Esta não me pareceu tão bem como a primeira — disse. — Importa-se de me mostrar mais uma vez como se faz?

— Não me importo nada — apressou-se a dizer. — Mais uma vez se encostou a ela, a corrigir-lhe a posição da mão; outra vez o odor da loção para depois de barbear. A repetição da descarga eléctrica, mas desta vez Miles também pareceu senti-la, pois não havia necessidade de ficar tanto tempo encostado a ela. Havia algo de precipitado e de atrevido na maneira como se encostavam, algo de... *maravilhoso*. Miles inspirou profundamente.

— Já está bem, experimente — disse, afastando-se dela, como se necessitasse de mais espaço.

A bola número 11 foi despachada com uma tacada firme.

— Acho que já apanhou o jeito — comentou Miles, ao pegar na sua cerveja. — Sarah deu a volta à mesa, a preparar a tacada seguinte.

Ficou a vê-la jogar. Tudo lhe agradava: a graciosidade do andar, as curvas suaves do seu corpo quando preparava nova tacada, aquela pele tão lisa que nem parecia verdadeira. Quando Sarah passou a mão pelo cabelo, para prender uma madeixa por detrás da orelha, Miles bebeu um gole, a pensar por que diabo o ex-marido a tinha deixado fugir. Provavelmente era cego ou idiota, ou as duas coisas. Um pouco mais, e a bola número 12 estava também dentro da bolsa. Excelente ritmo, pensou, tentando concentrar-se novamente no jogo.

Durante os minutos seguintes, Sarah fez o possível para demonstrar que aquilo era uma brincadeira. Enfiou a número 10, com a bola sempre a roçar a tabela, até cair na bolsa.

Encostado à parede, uma perna cruzada sobre a outra, Miles fazia rodar o taco na mão e esperava.

A bola número 13 também caiu com toda a facilidade na bolsa.

Com isto, a testa dele enrugou-se um pouco. Estranhava que ela ainda não tivesse falhado uma única tacada...

A número 15, no que se podia descrever como uma tacada de sorte, por tabela, seguiu de perto o caminho da número 13, com Miles a ter de refrear a vontade de ir buscar o maço de cigarros que tinha na algibeira do casaco.

Só restava a bola número 8. Sarah pôs-se de pé e apanhou o cubo de giz. Perguntou: — Agora vou para a 8, não é?

Miles mexeu-se ligeiramente. — É, mas tem de dizer qual a bolsa que escolhe.

— Está bem.

Rodou pela cabeceira da mesa, até ficar de costas para ele. — Então, acho que vou para a bolsa do canto.

Para lá chegar, a bola tinha de percorrer um longo percurso, com algum efeito. Possível, mas difícil. Sarah debruçou-se sobre a mesa.

— Tenha cuidado para não falhar a pancada — avisou Miles. — Se falhar, eu ganho.

— Não vou falhar — murmurou para si mesma.

Sarah empurrou o taco. Deixou-se ficar na posição até a bola cair na bolsa, levantou-se e rodou sobre os calcanhares, com uma expressão radiante. — Ena! Nem quero acreditar!

Miles ainda estava a olhar para a entrada da bolsa do canto.

— Bela tacada — disse, como se nem ousasse acreditar.

— Sorte de principiante — respondeu Sarah, como se aquilo fosse a coisa mais fácil deste mundo. — Quer juntá-las outra vez?

— Sim... suponho que sim — disse, como se ainda não acreditasse no que vira. — Fez umas boas tacadas.
— Obrigada.
Miles acabou a cerveja, antes de voltar a alinhar as bolas. Fez a jogada de abertura, enfiando uma das bolas, mas errou a segunda tacada.
Antes de começar, Sarah fez um gesto de simpatia. E depois, uma a uma enfiou as bolas todas, sem nunca falhar. Quando acabou, Miles, que já tinha desistido de voltar a jogar, ficou simplesmente a olhar para ela, sem sair do mesmo sítio. A meio do jogo tinha colocado o taco no respectivo suporte e encomendado mais duas cervejas a uma criada que passou por ali.
Falou com convicção. — Penso que fui embarrilado.
— Acho que sim — respondeu Sarah, indo ao encontro dele. — Mas, pelo menos, não estávamos a jogar a dinheiro. Se estivéssemos, não faria as coisas parecerem tão simples.
Miles abanou a cabeça, sem querer acreditar. — Onde é aprendeu a jogar?
— Com o meu pai. Sempre tivemos uma mesa de *snooker* em casa. Ele e eu estávamos sempre a jogar.
— Então por que é que não interrompeu a minha explicação, antes de eu estar para ali a fazer figura de parvo?
— Bem... parecia tão desejoso de me ajudar que não quis ferir-lhe os sentimentos.
— Meus Deus, fico-lhe muito agradecido.
Deu-lhe uma cerveja e, ao fazê-lo, os dedos de ambos tocaram-se ligeiramente. Miles engoliu em seco.
Raios, ela era mesmo bonita. De perto, ainda era mais.
Antes que pudesse dizer mais qualquer coisa, ouviu uma pequena altercação nas suas costas. Virou-se para o lado de onde vinha o som.
— Então, como tem passado, ajudante Ryan?
Miles ficou tenso logo que ouviu a pergunta de Otis Timson. O irmão deste mostrava-se mais atrás, de olhos vidrados, a empunhar uma garrafa de cerveja. Otis cumprimentou Sarah com deferência exagerada. Ela recuou um pouco na direcção de Miles.
— E a senhora como passa? Encantado por tornar a encontrá-la.
Miles seguiu o olhar de Otis na direcção de Sarah.

— Este é o tipo de quem lhe falei há pouco.
Perante a informação, Otis franziu a testa, mas não disse nada.
— Que diabo queres tu, Otis?
A pergunta foi feita com uma expressão de cansaço, pois Miles não se esquecera das recomendações de Charlie.
— Eu não quero nada — respondeu o outro. — Estava só a cumprimentá-lo.
Miles virou-lhe as costas. — Quer ir ao bar? — perguntou à companheira.
— Com certeza.
— Sim, senhor, prossiga. Não quero afastá-lo da namorada — disse Otis. — Parece que tem uma nova conquista.
Miles hesitou e Sarah viu que o comentário o feriu profundamente. Abriu a boca para responder, mas não se ouviu nenhum som. Cerrou os punhos, mas não chegou a fazer uso deles. Em vez disso, voltou-se para Sarah.
— Vamos embora — disse. — O tom de voz revelava uma raiva de que ela ainda não se tinha apercebido.
— Ó, a propósito — acrescentou Otis. — Lembra-se daquela história com o Harvey? Não se preocupe muito com isso. Pedi-lhe que não fosse muito duro consigo.
Pressentindo sarilho, já havia um grupo numeroso à volta deles. Miles lançou um olhar duro a Otis, que o retribuiu sem pestanejar. O irmão tinha-se desviado para um lado, como que pronto a saltar se houvesse necessidade.
— Vamos embora — disse Sarah, com voz um pouco mais firme, fazendo o que podia para ele não se enervar ainda mais. Agarrou Miles pelo braço e puxou. — Miles, vamos embora... por favor — pediu.
Foi o suficiente para lhe despertar a atenção. Sarah agarrou nos casacos de ambos, amachucou-os debaixo do braço e levou-o a reboque pelo meio de toda aquela gente. As pessoas abriam espaço para os deixar passar e um minuto depois alcançavam a saída. Miles libertou-se da mão dela, furioso com Otis, e furioso consigo próprio por ter estado prestes a perder o autodomínio, avançou pelo beco, a caminho da rua. Sarah seguia uns passos mais atrás, a tentar vestir o casaco.
— Miles... espere...

123

Miles levou algum tempo a perceber; ficou parado, de olhos no chão. Quando Sarah se aproximou e lhe entregou o casaco, nem pareceu dar pela presença dela.

— Peço desculpa por aquele sarilho todo — disse, incapaz de a encarar.

— Miles, você não teve culpa.

Como ele não respondesse, chegou-se um pouco mais e perguntou-lhe com voz meiga: — Está a sentir-se bem?

— Estou... Estou bem.

A voz era tão baixa que ela mal o ouvia. Por momentos, pareceu-lhe estar a ver Jonah quando lhe passava muitos trabalhos para casa. — Não me parece nada bem — acabou por dizer. — De facto, está com um péssimo aspecto.

Apesar da raiva que sentia, soltou uma gargalhada. — Muito obrigado.

Um carro seguia devagar pela rua, à procura de espaço para estacionar. Uma ponta de cigarro voou da janela e veio aterrar na valeta. Estava mais frio, demasiado frio para se estar parado na rua e Miles procurou os bolsos para aquecer as mãos. Sem uma palavra, começaram a percorrer a rua. Uma vez dobrada a esquina, Sarah rompeu o silêncio.

— Posso perguntar o significado de toda aquela cena?

Miles pensou um bocado, antes de responder: — É uma história antiga.

— Como quase todas as histórias.

Deram mais uns passos, que ressoavam na rua em que não se ouvia qualquer outro som.

— Temos uma história — acabou Miles por dizer. — Não muito boa, por acaso.

— Percebi essa parte — respondeu ela. — Como sabe, não sou estúpida de todo.

Miles não respondeu.

— Olhe lá, se não quer falar disso...

Estava a oferecer-lhe uma saída e ele esteve quase a aproveitar a deixa. Contudo, em vez disso, enterrou as mãos bem fundo nas algibeiras e fechou os olhos durante um bocado. Nos minutos seguintes pôs Sarah ao corrente de tudo — as prisões sucessivas ao longo dos anos, o vandalismo na sua casa e à volta dela, o golpe na face de Jonah — para acabar no episódio da última prisão e no aviso de Charlie. Foram passeando pela baixa enquanto ele ia falando, passaram pelas lojas e pela igreja episcopal, cruzaram a Front Street e dirigiram-se para o parque de Union Point. Durante todo o caminho, Sarah limitou-se a ouvir. Deixou-o acabar e levantou os olhos para ele.

— Lamento tê-lo feito recuar — disse com toda a calma. — Melhor seria que o tivesse deixado transformá-lo numa pasta.

— Não, ainda bem que me segurou. Ele não vale o sarilho em que me ia meter.

Passaram pelo velho clube feminino, que já fora um lugar de reunião interessante mas estava abandonado desde há muito; as ruínas do edifício pareciam ordenar-lhes silêncio, como se estivessem num cemitério. Anos de inundações pelas águas do Neuse tinham tornado o edifício inabitável, excepto para os pássaros e outros animais selvagens.

Chegados à margem do rio, Miles e Sarah detiveram-se a olhar para as águas cor de alcatrão do Neuse, que deslizavam com lentidão à sua frente. A água batia com um ritmo certo na rocha calcária das margens.

— Fale-me de Missy — pediu Sarah, pondo termo à quietude que os tinha envolvido.

— Missy?

— Para falar francamente, gostava de saber como ela era. É uma parte muito interessante de si, mas não sei nada sobre ela.

Passado um bocado, Miles abanou a cabeça. — Nem saberia por onde começar.

— Bem... de que é que sente mais saudades?

Do outro lado do rio, a uma distância de mais de um quilómetro, ele distinguiu o tremeluzir das luzes de um alpendre, pontinhos brilhantes suspensos no ar, como pirilampos numa noite quente de Verão.

— Tenho saudades de a ver à minha volta — começou. — De a ver à minha espera quando chegava do trabalho, de acordar ao lado dela, de a ver na cozinha ou lá fora, no jardim; ou em qualquer outro sítio. Mesmo que não estivéssemos muito tempo juntos, havia qualquer coisa de especial na certeza de que estaria sempre onde eu precisasse dela. Que nunca deixaria de lá estar. Estivemos casados o tempo suficiente para passarmos pelas diversas fases que as pessoas casadas têm de enfrentar — as boas, as menos boas, até as más — e tínhamos atingido uma situação em que ambos nos sentíamos realizados. Éramos dois miúdos quando começámos e conhecíamos pessoas que se casaram mais ou menos na mesma altura em que nós o fizemos. Passados sete anos, muitos dos nossos amigos estavam divorciados e alguns deles até já tinham voltado a casar.

Voltou as costas ao rio, para a olhar de frente. — Mas nós conseguimos manter o casamento. Olhando para trás, é algo de que me orgulho, por saber que tão poucos conseguiram. Nunca me arrependi de ter casado com ela. Nunca.

Miles aclarou a voz.

«Costumávamos passar horas a falar acerca de tudo, ou de nada. De facto, o tema não interessava. Adorava a leitura e costumava contar-me as histórias dos livros que andava a ler; conseguia contá-las de uma forma que me despertava o desejo de os ler também. Recordo-me de que ela tinha o hábito de ler na cama e que, por vezes, eu acordava a meio da noite, com ela a dormir profundamente, o livro caído na mesa-de-cabeceira e a luz de leitura ainda acesa. Tinha de me levantar para ir desligá-la. Isto passou a acontecer com mais frequência depois do nascimento de Jonah, pois andava sempre cansada, embora, por mais cansada que estivesse, arranjasse sempre maneira de mostrar que não estava. Era maravilhosa com ele. Recordo-me de quando Jonah começou a tentar andar. Tinha cerca de sete meses, um bocado prematuro. Quer dizer, ele mal sabia gatinhar, mas queria pôr-se de pé e andar. Passou semanas a andar pela casa, curvada, para ele lhe poder agarrar as pontas dos dedos, só porque ele se sentia feliz assim. À noite estava tão dorida que, se eu não lhe massajasse as costas, não conseguiria mexer-se no dia seguinte. Mas sabe...

Parou, olhando Sarah nos olhos.

«Nunca se queixou daquilo. Penso que era o que ela queria fazer. Costumava dizer-me que queria ter quatro filhos mas, depois de Jonah nascer, eu comecei a inventar desculpas, que não era a altura certa, até que finalmente ela bateu o pé. Queria que Jonah tivesse irmãos e irmãs; eu próprio me apercebi de que desejava a mesma coisa. Sei, por experiência própria, quão difícil é ser filho único e lamento não lhe ter dado ouvidos mais cedo. Por causa de Jonah, entenda-se.

Sarah engoliu em seco antes de lhe manifestar o seu apoio, através de uma ligeira pressão no braço. — Diria que ela era fantástica.

No rio, com os motores a zumbir, um barco abria caminho a subir o canal. Quando a brisa virou na sua direcção, sentiu o cheiro a mel do champô que ela usava.

Ficaram em silêncio durante algum tempo, como se o prazer de estarem juntos os protegesse da escuridão, os aquecesse como uma manta.

Começava a ser tarde. O serão estava a acabar para dar lugar à noite. Por mais que quisesse prolongar a noite para sempre, sabia que era impossível. Mrs. Knowlson esperava-o em casa até à meia-noite.

Por isso, disse: — Temos de ir.

Cinco minutos mais tarde, à porta do prédio onde morava, Sarah soltou-lhe o braço para poder procurar as chaves.

— Esta noite, senti-me feliz — disse.

— Eu também.

— E vemo-nos amanhã?

Ele levou algum tempo a perceber que ela ia assistir ao jogo do Jonah. — Não se esqueça de que o jogo começa às 9 horas.

— Sabe qual é o campo?

— Não faço ideia, mas eu estarei lá. Estarei atento à sua chegada.

No curto silêncio que se seguiu, Sarah pensou que Miles tentasse beijá-la, mas ele surpreendeu-a ao dar um passo atrás.

— Oiça... tenho mesmo de ir...

— Eu sei — respondeu, simultaneamente satisfeita e desapontada por ele não ter tentado. — Vá com cuidado.

Da esquina, Sarah ficou a vê-lo dirigir-se para uma pequena carrinha prateada, abrir a porta e deslizar para o assento do condutor. Ele fez-lhe um último aceno antes de arrancar.

Ficou parada no passeio, a olhar as luzes traseiras da carrinha, bastante tempo depois de ele ter partido.

12

Na manhã seguinte, Sarah conseguiu chegar ao campo uns minutos antes de o jogo começar. De calças de ganga, botas, camisola de gola alta e óculos escuros. Miles não percebia como é que ela conseguia parecer simultaneamente descuidada e elegante.

Jonah, que estava a dar uns pontapés na bola juntamente com um grupo de amigos, viu-a atravessar o campo e correu para lhe dar um abraço. Tomou-a pela mão e conduziu-a até junto de Miles.

— Olha quem eu encontrei, papá — dizia, momentos depois. — Miss Andrews está aqui. Parecia perdida — explicou Jonah. — Tive de correr para a ir buscar.

— Como é que eu poderia passar sem ti, campeão. — Miles olhou para Sarah.

«Está muito bonita e encantadora, e não consigo deixar de pensar na noite passada.»

Não, não disse isso. Pelo menos, nesses termos. O que Sarah ouviu foi: — Viva, como está?

— Bem — respondeu. — Mas é um pouco cedo para começar uma das minhas manhãs de fim-de-semana. Quase me pareceu que estava a levantar-me para ir trabalhar.

Por cima do ombro, Miles viu que a equipa se estava a juntar, usando o facto como desculpa para escapar ao olhar dela. — Jonah, penso que o treinador acaba de chegar...

Jonah voltou a cabeça e começou a tentar libertar-se do fato de treino, mas o pai acorreu a dar-lhe uma ajuda. Miles segurou o fato de treino debaixo do braço.

— Onde é que está a minha bola?
— Então não estavas, há bocadinho, a ensaiar uns pontapés com ela?
— Pois estava.
— Então, onde é que a deixaste?
— Não sei.
Miles assentou um joelho no chão para ajeitar a camisola do filho. — A bola aparece mais tarde. De qualquer maneira, não penso que precises dela agora.
— Mas o treinador disse que tínhamos de trazer a bola para o aquecimento.
— Pede uma emprestada.
Havia um tom de preocupação na voz dele. — E qual é a bola que o outro usa?
— Não há problema. Vai. O treinador está à espera.
— Tens a certeza?
— Acredita em mim.
— Mas...
— Vai. Já estão à tua espera.
Passado um momento, depois de debater quem tinha razão, ele ou o pai, Jonah correu a juntar-se à equipa. Sarah assistiu a tudo com um sorriso de boa disposição, a apreciar o relacionamento entre ambos.
Miles apontou para o saco. — Quer um café? Tenho um termo cheio.
— Não, obrigada. Bebi um chá antes de vir.
— Chá de ervas?
— *Earl Grey*, para ser mais exacta.
— Com torradas e doce?
— Não, com as minhas papas de aveia. Porquê?
Miles encolheu os ombros. — Perguntei por perguntar.
Ouviu-se um apito e as equipas começaram a alinhar-se no campo, preparando-se para o início do jogo.
— Posso fazer-lhe uma pergunta?
— Desde que não seja acerca do meu pequeno-almoço — alvitrou Sarah.
— Pode parecer-lhe estanha.

— Por que será que não estou surpreendida?

Miles pigarreou. — Bem, tenho estado a ponderar se costuma enrolar uma toalha à volta da cabeça depois de tomar o seu duche.

Ela encarou-o de boca aberta. — Como?

— Quer dizer, depois de sair do duche. Enrola a toalha na cabeça ou penteia-se logo de seguida?

Sarah olhou-o bem de perto. — Você é muito engraçado.

— Isso é o que eles dizem.

— Quem é que diz?

— Eles.

— Oh!

O apitou soou de novo, e o jogo começou.

Ele insistiu. — Então, o que é que faz?

— Acertou — acabou por dizer, com uma gargalhada de espanto. — Enrolo uma toalha à volta da cabeça.

Sorriu, satisfeito. — Foi o que pensei.

— Já alguma vez pensou em reduzir o consumo de cafeína?

Miles abanou a cabeça. — Nunca.

— Pois devia.

Tomou outro gole para reforçar o prazer. — Já ouvi isso muitas vezes.

O jogo acabou 40 minutos depois; apesar dos esforços de Jonah, a sua equipa perdeu, embora a derrota não parecesse afectá-lo muito. Depois de bater as palmas das mãos com as dos outros jogadores, correu para junto do pai, seguido de perto pelo seu amigo Mark.

— Vocês, os dois, fizeram um bom jogo — disse Miles aos dois miúdos.

Ambos murmuraram uns agradecimentos distraídos, mas depois Jonah agarrou-se à camisola do pai.

— Papá, estás a ouvir-me?

— O que é que se passa?

— Mark perguntou se posso passar a noite em casa dele.

Miles olhou para Mark, à espera de confirmação. — É verdade?

Mark acenou que sim. — A minha mãe não se importa, mas pode perguntar-lhe, se quiser. Ela está mesmo ali. O Zac também vai.
— Deixa, papá. Por favor! Faço os trabalhos logo que chegue a casa — acrescentou Jonah. — Até faço trabalho extra.
Miles hesitava. Era bom... mas também tinha os seus inconvenientes. Gostava de ter Jonah por perto. Sem ele, a casa ficava vazia. — Muito bem, se queres mesmo ir...
Jonah riu-se, excitadíssimo, sem mesmo o deixar acabar a frase.
— Obrigado, papá. És o melhor do mundo.
Mark também agradeceu. — Obrigado, Mr. Ryan. 'Bora Jonah. Vamos dizer à minha mãe que tu ficas.
Saíram dali a correr, a puxarem um pelo outro, aos ziguezagues por entre a multidão, sem nunca deixarem de rir às gargalhadas. Miles virou-se para Sarah, que estava a observar a corrida dos dois miúdos.
— O meu filho parece desolado por saber que esta noite não me vai ter a seu lado.
Sarah concordou com um aceno de cabeça. — Totalmente destroçado.
— Até tínhamos combinado alugar um vídeo para vermos ao serão.
Sarah olhou-o com compaixão fingida. — Deve ser terrível ser-se esquecido com toda esta facilidade.
Miles riu-se. Sentia-se enfeitiçado por ela. Sobre isso não tinha dúvidas. Verdadeiramente enamorado. — Ora bem, como estou sozinho e tudo...
— O quê?
— Bem... quero dizer...
Sarah enrugou a testa e olhou-o com uma expressão maliciosa.
— Quer falar-me outra vez da ventoinha?
Ele riu-se. Sabia que nunca se veria livre daquela frase infeliz.
— Se não tem mais nada para fazer — afirmou, com um ar de confiança fingida.
— Está a pensar em quê?
— Não num jogo de bilhar. Disso tenho a certeza.
Sarah riu-se. — Que me diz a um jantar cozinhado por mim, em minha casa?
Não conseguiu evitar a pergunta. — Chá e papas de aveia?

131

Ela acenou que sim. — Isso mesmo. E prometo enrolar a cabeça numa toalha.

Miles não conseguiu deixar de rir outra vez. Não merecia ser gozado daquela maneira. De modo nenhum.

— Eh! Papá?

Miles levantou ligeiramente a pala do boné de basebol e olhou. Estavam no jardim, a apanhar as primeiras folhas caídas daquele Outono.

— O que é?

— Tenho pena de não estar contigo esta noite, para vermos o vídeo alugado. Tinha-me esquecido e só me lembrei há pouco. Estás zangado comigo?

O pai sorriu. — Não. Não estou nada zangado.

— Mas vais alugá-lo só para ti?

Miles abanou a cabeça. — Talvez não.

— Então, vais fazer o quê?

Pôs o ancinho de lado, tirou o boné e limpou a testa com as costas da mão. — É muito provável que me encontre com Miss Andrews logo à noite.

— Outra vez?

Miles não sabia até que ponto, de momento, deveria informar o filho. — Ontem passámos um serão agradável.

— O que é que fizeram?

— Jantámos. Conversámos. Demos um passeio.

— Só isso?

— E foi muito.

— Parece-me aborrecido.

— Acho que terias de lá ter estado para teres opinião.

Jonah pensou no assunto durante uns momentos. — Vais namorar outra vez?

— Mais ou menos.

— Ah!

Acenou com a cabeça e desviou o olhar. — Acho que isso quer dizer que gostas dela, não é?

Miles aproximou-se do filho, baixando-se até poder olhá-lo nos olhos. — Para já, ela e eu somos apenas amigos, nada mais.

Jonah pareceu pensar no assunto durante um bocado. Miles puxou-o para si e abraçou-o, num abraço bem apertado. — Adoro-te, Jonah.
— Eu também te adoro, papá.
— És um bom rapaz.
— Eu sei.
Miles riu-se e pôs-se de pé, voltando a empunhar o ancinho.
— Eh! Papá?
— O que é?
— Parece que estou com fome.
— O que é que queres comer?
— Podemos ir ao McDonald's?
— Pois podemos. Há bastante tempo que não vamos lá.
— Posso comer um *Happy Meal?*
— Não estás a ficar muito crescido para isso?
— Papá, só tenho sete anos.
— Pois tens — disse, com o ar de quem se tinha esquecido. — 'Bora, vamos lá dentro só para nos lavarmos.

Miles pôs um braço à volta dos ombros do filho e encaminharam-se para casa. Uns passos adiante, Jonah olhou para cima.
— Eh! Papá?
— O que foi agora?
Jonah deu mais uns passos em silêncio. — Não faz mal que gostes de Miss Andrews.
Apanhado de surpresa, Miles olhou para baixo. — Não faz?
— Não — disse Jonah com ar sério. — Porque penso que ela gosta de ti.

Aquele sentimento tornava-se mais profundo de cada vez que Miles e Sarah se encontravam.

Durante o mês de Outubro saíram mais de uma dezena de vezes, para além do tempo que passavam juntos quando ele ia buscar o filho à escola.

Falavam durante horas, ele pegava-lhe na mão enquanto caminhavam e, embora a relação ainda não se tivesse tornado física, nenhum deles poderia negar a existência de uma tensão sexual subjacente àquelas longas conversas.

Uns dias antes do Dia das Bruxas, depois do último jogo da época de futebol, Miles perguntou a Sarah se gostaria de o acompanhar no passeio dos fantasmas dessa noite. Mark fazia anos e Jonah iria dormir em casa do amigo.

— O que é isso?

— Temos de ir a algumas das casas históricas para ouvirmos histórias de fantasmas.

— É isso que as pessoas fazem nas cidades pequenas?

— Podemos fazer isso ou ficarmos sentados no meu alpendre, a mascar tabaco e a tocar banjo.

Ela riu-se. — Acho que prefiro a primeira opção.

— Já contava com isso. Vou buscá-la às 7 horas.

— Estarei à espera, cheia de medo. E depois jantamos em minha casa?

— Grande ideia. Mas se continua a fazer-me jantares acaba por me estragar com mimos.

Sarah fez um ligeiro sorriso. — Não há problema. Um pouco de mimo nunca fez mal a ninguém.

13

— Então, diga-me — perguntou Miles, quando iam a sair do prédio onde Sarah morava —, de qual das coisas existentes nas grandes cidades é que sente mais falta?
— Galerias, museus, concertos. Restaurantes abertos depois das nove da noite.
Miles riu-se. — Mas de que é que sente mais falta?
Sarah enfiou o braço no dele. — Sinto falta dos pequenos cafés, locais onde me podia sentar a beberricar o meu chá, enquanto lia o jornal de domingo. Era muito agradável poder fazer isso em pleno centro da cidade. Eram uma espécies de oásis, porque todas as pessoas com quem nos cruzamos na rua parecem ter uma pressa enorme de chegarem a qualquer lado.
Caminharam sem dizer nada durante algum tempo.
Miles rompeu o silêncio, para dizer: — Sabe que também pode fazer o mesmo aqui?
— Ai posso?
— Claro. Há um lugar desses aqui perto, em Broad Street.
— Nunca reparei.
— Bem, não é exactamente um café.
— Então, é o quê?
Ele encolheu os ombros. — É uma bomba de gasolina, mas tem um belo banco na parte da frente; se trouxer a sua própria saqueta de chá, eles hão-de certamente arranjar-lhe uma chávena de água quente.
Sarah soltou uma risadinha. — Parece tentador.

Ao cruzarem a rua, sentiram atrás de si um grupo de pessoas que obviamente tomavam parte nas festas. Vestidas com trajes da época, pareciam saídas de uma gravura do século XVIII — as mulheres com saias largas e pesadas, os homens de calças pretas, botas, colarinhos altos e chapéus de abas largas. Chegados à esquina, separaram-se, seguindo em direcções diferentes. Miles e Sarah seguiram o grupo menos numeroso.

— É verdade que viveu sempre aqui? — perguntou Sarah.

— Excepto durante os três anos que passei na universidade.

— Nunca teve vontade de se ir embora? De experimentar a vida noutros lugares?

— Em cafés, por exemplo?

Sarah deu-lhe um encontrão travesso com o ombro. — Não, não é só isso. As grandes cidades têm uma vibração, uma vida excitante que não se pode encontrar nas cidades pequenas.

— Não duvido disso. Mas, para ser franco, nunca me interessei por coisas dessas. Não preciso delas para me sentir feliz. Um lugar agradável e calmo para me descontrair no final do dia, paisagens bonitas, uns quantos amigos. O que mais é preciso?

— Como é que foi a sua infância num lugar destes?

— Já viu *The Andy Griffith Show?* Mayberry?

— Quem é que não viu?

— Era parecido com isso. New Bern não era tão pequena, é evidente, mas aquela sensação de viver numa comunidade pequena era a mesma, percebe? As pessoas sentiam-se em segurança. Recordo-me de que quando era pequeno — com 7 ou 8 anos — ia com os meus amigos à pesca, ou apenas flanar por aí, ou brincar, afastado de casa até à hora de jantar. E os meus pais não se preocupavam, porque não havia razões para isso. Outras vezes acampávamos junto do rio e passávamos lá a noite, sem nos passar pela cabeça que nos pudesse suceder o que quer que fosse. É um lugar maravilhoso para crescer e gostaria de proporcionar ao meu filho a oportunidade de crescer da mesma maneira que eu cresci.

— Deixava o Jonah acampar junto do rio durante toda a noite?

— Nem pensar — respondeu. — Os tempos são outros, mesmo na pequena New Bern.

Um carro parou junto deles mesmo no momento em que chegaram à esquina. A rua estava pejada de grupos de pessoas que iam e vinham, parando junto das portas de diversas casas.

— Somos amigos, não somos? — perguntou Miles.
— Eu diria que sim.
— Importa-se que lhe faça uma pergunta?
— Acho que depende do tipo de pergunta.
— Como é que era o seu ex-marido?
Sarah ficou surpreendida com a pergunta. — O meu ex-marido?
— Essa questão tem andado às voltas na minha cabeça. Nunca o mencionou, em qualquer das nossas conversas.
Ela não disse nada, como se, de súbito, tivesse ficado muito interessada no passeio à sua frente.
— Se prefere não responder, não responda — disse Miles. — De qualquer forma, não penso que a sua resposta venha alterar a ideia que faço dele.
— E que ideia é essa?
— Não gosto dele.
Sarah riu-se. — Por que é que diz isso?
— Porque você não gosta dele.
— Você é bastante perspicaz.
— É por isso que estou ao serviço da lei.
Bateu na testa e brindou-a com uma piscadela de olho. — Consigo descobrir pistas que passam despercebidas a outras pessoas.
Ela sorriu e apertou-lhe o braço um pouco mais. — Está bem... falemos do meu ex-marido. Chama-se Michael King e conhecemo-nos quando ele tinha acabado o mestrado na universidade. Estivemos casados durante três anos. Era rico, bem-educado e bem-parecido...
Assinalou as características, uma a seguir à outra; quando parou, Miles acenou com a cabeça.
— Pois... estou a perceber a razão de não gostar desse tipo.
— Não me deixou acabar.
— Ainda há mais?
— Quer ouvir o resto?
— Desculpe. Continue.
Antes de continuar ainda hesitou um pouco.

— Bem, nos dois primeiros anos fomos felizes. Pelo menos, eu fui. Tínhamos um belo apartamento, passávamos todo o tempo livre juntos, pensava que o conhecia. Mas estava enganada. Pelo menos, não o conhecia bem. Na parte final, as discussões eram constantes, mal nos falávamos e... bem, não era possível continuar — acabou, como se tivesse pressa.
— Assim, sem mais nem menos?
— Assim mesmo.
— Nunca mais voltou a vê-lo?
— Não.
— E não quer?
— Não.
— Foi assim tão mau?
— Pior.
— Peço desculpa por ter tocado no assunto — disse Miles.
— Não tem de quê. Passo bem melhor sem ele.
— Então, quando é que percebeu que estava tudo acabado?
— Quando ele pediu a minha assinatura no pedido de divórcio.
— Não fazia ideia de que ele estava a tratar do assunto?
— Não.
Viu bem que ela não estava a dizer-lhe tudo, mas concluiu:
— Eu já sabia que não gostava dele.
Sorriu-lhe, agradecida. — Talvez seja por isso que nos damos tão bem. Encaramos as coisas de frente.
— Excepto, claro, quanto às maravilhas da vida numa pequena cidade, não é?
— Nunca disse que não gostava desta cidade.
— Mas consegue ver-se a viver num lugar como este?
— Quer dizer, para sempre?
— Vá lá, tem de admitir que isto aqui é agradável.
— Pois é. Já o disse.
— Mas não é para si? Isto é, a longo prazo?
— Acho que depende.
— De quê?
Sorriu-lhe. — Das razões que pudessem convencer-me a ficar.
Ao olhar para ela, Miles não pôde deixar de pensar que as palavras dela eram um convite ou uma promessa.

A Lua começou a sua lenta ascensão nocturna, com o brilho inicial amarelado a ficar mais alaranjado à medida que iluminava o telhado batido pelo tempo da casa Travis-Banner, a sua primeira paragem no circuito dos fantasmas. Tratava-se de uma casa antiga, de estilo vitoriano, com dois andares e rodeada de alpendres a necessitarem de pintura urgente. Um pequeno grupo tinha-se juntado no alpendre, a ver duas mulheres vestidas de bruxas junto de um grande caldeirão, de onde serviam vinho de maçã, e fingiam esconjurar o primeiro proprietário da casa, um homem supostamente decapitado por acidente durante um corte de árvores. A porta da frente estava aberta; do interior vinham os sons de uma brincadeira carnavalesca: guinchos de terror e portas que gemiam nas dobradiças, passadas estranhas e casquinadas horripilantes. De súbito, as duas bruxas baixaram as cabeças, as luxes do alpendre apagaram-se e um fantasma sem cabeça fez uma aparição dramática no vestíbulo da casa — uma forma escura, vestida com uma capa de longos braços, com ossos onde deviam estar as mãos. Uma mulher gritou e deixou cair a chávena de cidra. Sarah mexeu-se instintivamente na direcção de Miles, quase se virando de frente para ele, a apertar-lhe o braço com uma força que o surpreendeu. Assim de perto, o seu cabelo parecia macio e, embora de cor diferente do de Missy, recordou-se do que sentia quando penteava os cabelos da falecida mulher com os dedos, quando se sentavam juntos nos finais de tarde. Um minuto depois, atacado pelos encantamentos murmurados pelas bruxas, o fantasma desapareceu e as luzes acenderam-se de novo. Por entre risadas nervosas, a assistência dispersou-se.

Durante as horas seguintes, Miles e Sarah visitaram diversas casas. Em algumas, eram convidados para uma visita rápida ao interior; em outras, ficavam no vestíbulo ou no jardim a assistir a entretenimentos baseados na história da casa. Miles já tinha feito este circuito em anos anteriores, pelo que, enquanto iam de uma casa para outra, indicava os pontos merecedores de atenção especial e regalava-a com histórias que não estavam incluídas no circuito de fantasmas daquele ano.

Demoraram-se a percorrer os passeios de placas de cimento partidas, conversando em voz baixa, saboreando a tarde. Quando Sarah lhe perguntou se eram horas de irem jantar, Miles acenou que não.

— Há mais uma paragem — informou.

Conduziu-a rua abaixo, de mãos dadas, pressionando levemente o polegar contra a mão dela. Empoleirado numa das nogueiras altíssimas, um mocho piou quando eles iam a passar, mas ficou outra vez silencioso. Mais adiante, um grupo de pessoas vestidas de fantasmas estavam a empilhar-se no interior de uma carrinha. Chegados à esquina, Miles apontou para uma grande casa de dois pisos, sem o grande grupo de pessoas que ela esperava encontrar. As janelas eram buracos negros, como se estivessem forradas pela parte de dentro. A única luz era proporcionada por uma dúzia de velas colocadas em cima do corrimão do alpendre e num pequeno banco de madeira colocado junto da porta principal. Uma mulher idosa, com uma manta enrolada à volta das pernas, estava sentada junto do banco. Naquela luz difusa, parecia quase um manequim; o cabelo era branco e ralo, o corpo frágil e trémulo. À luz incerta das velas, a pele da mulher parecia translúcida e era sulcada por rugas profundas, cruzadas como acontece no vidrado de uma velha caneca de cerâmica. Observados pela mulher idosa, Miles e Sarah instalaram-se no banco de baloiço.

Miles falou-lhe pausadamente. — Como está, Miss Harkins? A assistência de hoje foi boa?

— Foi a habitual — respondeu Miss Harkins. — A voz era rouca, como a dos fumadores inveterados. — Você sabe como é.

De longe, estava a esforçar-se por ver se conhecia a pessoa com quem estava a falar. — Então, veio cá para ouvir a história de Harris e Kathryn Presser, não veio?

Miles respondeu com ar solene. — Achei que ela a devia ouvir.

Miss Harkins pestanejou um pouco e pegou na chávena de chá pousada ao alcance da mão.

Miles pousou um braço à volta dos ombros de Sarah, atraindo-a mais para si. Ela aceitou o gesto com absoluta descontracção.

— Vais gostar disto — sussurrou-lhe Miles. — O contacto com a respiração dele provocava-lhe arrepios.

Já estou a gostar, pensou para si mesma.

Miss Harkins pôs a chávena de lado. Quando falou, a voz não passava de um sopro.

Existem fantasmas e existe amor,
E ambos estão presentes aqui.
Para quem tem ouvidos, esta história conta
A verdade do amor, se ele estiver por perto.

Sarah trocou um olhar rápido com Miles.

— Harris Presser — anunciou Miss Harkins — nasceu em 1843, filho dos donos de uma pequena loja de fabrico de velas que existia no centro de New Bern. Quando começou a Guerra da Independência do Sul, Harris, como sucedeu com a maioria dos homens daquela época, quis lutar para defender a Confederação. Contudo, como era filho único, tanto a mãe como o pai lhe pediram que não se alistasse. Ao satisfazer o desejo dos pais, Harris Presser selou o seu destino de forma irrevogável.

Chegada a este ponto, Miss Harkins fez uma pausa e olhou para eles.

— Apaixonou-se — disse com voz suave.

Por uma fracção de segundo, Sarah ponderou se Miss Harkins também se estaria a referir a eles. Esta enrugou ligeiramente a testa, como se estivesse a ler-lhe os pensamentos e Sarah desviou os olhos.

— Kathryn Purdy tinha apenas 17 anos e, como Harris, também era filha única. Os seus pais eram donos do hotel e da serração de madeiras; eram a família mais rica da terra. Não se davam com os Presser, mas ambas as famílias estavam entre as poucas que decidiram ficar quando New Bern foi tomada pelas forças da União, em 1862. Apesar da guerra e da ocupação, Harris e Kathryn começaram a encontrar-se junto do rio Neuse, no princípio das tardes de Verão, apenas para conversarem, mas os pais dela acabaram por descobrir. Ficaram furiosos e proibiram a filha de voltar a ver Harris, pois os Presser eram considerados pessoas da classe baixa; a proibição teve, porém, o efeito contrário, concorrendo para unir ainda mais o jovem casal. Mas os encontros não eram nada fáceis. Com o tempo, acabaram por conceber um plano para escaparem aos olhos vigilantes dos pais de Kathryn. Harris ficava na loja dos pais, ao fundo da rua, à espera do sinal. Se os pais dela adormecessem, Kathryn punha uma vela no peitoril da janela e Harris esgueirava-se até junto da casa. Subia ao enorme carvalho que havia defronte da janela dela para a ajudar a descer. Seguindo este plano, encontravam-se sempre que podiam e, com o passar dos meses, estavam cada vez mais apaixonados.

Miss Harkins sorveu outro gole de chá e fechou ligeiramente os olhos. A voz adquiriu um tom ainda mais agoirento.

«Por essa altura, as tropas da União estavam a aumentar a pressão sobre o Sul, pois as notícias chegadas da Virgínia eram más, circulando rumores de que o general Lee estava pronto a desviar o seu exército do Norte da Virgínia e a reconquistar a parte oriental da Carolina do Norte para a Confederação. Foi decretado o recolher obrigatório, pelo que qualquer ser humano encontrado de noite na rua, especialmente se fosse homem e jovem, arriscava-se a ser morto. Como não podia encontrar-se com Kathryn, Harris passou a trabalhar até tarde na loja dos pais, pondo uma vela acesa na janela para que Kathryn soubesse quanto ele desejava vê-la. Isto continuou durante várias semanas, até que um dia ele conseguiu que um pregador simpático levasse um bilhete a Kathryn, pedindo-lhe que fugisse com ele. Se a resposta fosse afirmativa, ela teria de pôr duas velas no peitoril: a primeira para indicar concordância, a segunda era o sinal indicador do momento em que ele poderia ir buscá-la. As duas velas foram acesas pouco depois de anoitecer e, apesar de todas as dificuldades, foram casados nessa mesma noite, banhada pela luz da lua cheia, pelo mesmo padre simpático que se encarregara de transportar a mensagem. Todos arriscaram as suas vidas por amor.

«Mas, infelizmente, os pais de Kathryn descobriram outra carta de amor secreta, que Harris tinha escrito. Furiosos, confrontaram a filha com o que sabiam. Esta, com ar de desafio, afirmou-lhes que não poderiam fazer nada. Por desgraça, só tinha razão em parte.

«Uns dias depois, o pai de Kathryn que tinha relações comerciais com o coronel que comandava as tropas de ocupação da União, informou o militar de que havia um espião da Confederação entre os habitantes da cidade, alguém que tinha contactos com o general Lee, a quem enviava informações sobre as defesas da cidade. Em face dos rumores que davam como provável o ataque do general Lee, Harris Presser foi preso quando se encontrava na loja dos pais. Antes de ser levado para a forca, pediu que lhe fizessem um favor: uma vela devia ser acendida na janela da sua loja. O favor foi concedido. Nessa noite, Harris Presser foi enforcado nos ramos do carvalho gigante que havia em frente da janela de Kathryn. Esta ficou com o coração despedaçado e sabia que o seu pai era o responsável.

«Foi à loja dos pais de Harris e pediu que lhe dessem a vela que tinha sido acesa na noite em que o filho deles foi morto. Despedaçados pelo desgosto, mal sabiam o que fazer com aquele pedido tão estranho, mas ela explicou que queria guardar qualquer coisa que lhe recordasse «o jovem simpático que tinha sido sempre tão cortês para ela». Deram-lhe a vela e nessa noite ela acendeu as duas velas e colocou-as no peitoril da janela. Os pais encontraram-na na manhã seguinte. Tinha-se suicidado, enforcando-se nos ramos do mesmo carvalho gigante.

No alpendre, Miles puxou Sarah um pouco mais para si. — Até agora, o que é acha? — murmurou.

— Chiu! Penso que estamos a chegar à parte dos fantasmas.

— As velas arderam durante toda a noite e no dia seguinte, até se formarem dois pequenos montes de cera. Mas continuaram a arder. Na noite seguinte, e na seguinte. Arderam durante três dias, tantos dias quantos tinha durado o casamento de Harris e Kathryn; e depois apagaram-se. No ano seguinte, no dia do aniversário do casamento, o quarto sem uso de Kathryn ardeu misteriosamente, mas conseguiram salvar a casa. A família Purdy não teve a mesma sorte: o hotel foi levado por uma cheia do rio e a serração teve de ser vendida para pagamento de dívidas. Arruinados, os pais de Kathryn foram-se embora, abandonaram a casa. Mas...

Miss Harkins inclinou-se para a frente, com um olhar travesso. A voz era apenas um murmúrio.

«De vez em quando, apareciam pessoas que juravam ter visto duas velas a arder na janela aqui de cima. Outras juravam ter visto apenas uma... mas que havia outra a arder num prédio abandonado no fundo da rua. Mesmo agora, mais de uma centena de anos depois, ainda há pessoas que afirmam ver velas a arder nas janelas de algumas casas abandonadas daqui. E, coisa estranha, só são vistas por jovens casais de apaixonados. Para vós, vê-las ou não, depende dos sentimentos que tiverem em relação ao outro.

Miss Harkins fechou os olhos, como se a narrativa a tivesse deixado esgotada. Durante um minuto não se mexeu, Sarah e Miles ficaram como que petrificados, receosos de quebrarem o encanto. Depois, ela abriu finalmente os olhos e estendeu a mão para a sua chávena de chá.

Depois de se despedirem dela, Miles e Sarah desceram os degraus do alpendre e regressaram ao caminho de gravilha. Quando estavam a chegar à rua, Miles pegou-lhe outra vez na mão. Como que ainda dominados pela força do encanto de Miss Harkins, nenhum deles disse nada durante muito tempo.

Finalmente, Sarah quebrou o silêncio, para confessar: — Estou satisfeita por lá termos ido.

— Então, gostou da história.

— Todas as mulheres gostam de histórias românticas.

Dobraram a esquina e aproximaram-se de Front Street; mais adiante, podiam adivinhar o rio a serpentear por entre as casas, a deslizar lento, a reflectir o luar.

— Já tem vontade de comer alguma coisa?

— Espere um instante — disse, a abrandar o passo até ficar imóvel. — Por cima do ombro dele, Sarah observava as borboletas que revoluteavam na luz do candeeiro da rua. Miles estava a olhar lá para longe, na direcção do rio; Sarah seguiu-lhe o olhar mas não conseguiu ver nada de especial.

— O que é que se passa?

Miles abanou a cabeça, tentando aclarar as ideias. Queria recomeçar a andar mas viu que não conseguia. Em vez disso, deu um passo na direcção de Sarah e puxou-a docemente para si. Sarah deixou-se conduzir, sentindo o estômago contrair-se. Fechou os olhos quando Miles se inclinou para ela; quando as faces de ambos se aproximaram, tudo o mais pareceu deixar de ter qualquer interesse.

O beijo prolongou-se por uma eternidade e, quando finalmente terminou, Miles abraçou-a, mergulhando a cara no seu pescoço e beijou-lhe a cova junto do ombro. A humidade da língua dele deixou-a toda arrepiada e encostou-se bem a ele, a saborear a segurança proporcionada por aqueles braços, sem se importar com o que se passava à sua volta.

Poucos minutos depois, começaram a dirigir-se para o apartamento de Sarah, a falarem em voz baixa, com o polegar de Miles a massajar suavemente a mão dela.

Uma vez lá dentro, Miles pôs o casaco nas costas de uma cadeira e ela dirigiu-se logo para a cozinha. Miles perguntava-se se ela saberia que estava a ser observada.

— Então, o que é o jantar? — perguntou.

Sarah abriu a porta do frigorífico e tirou de lá uma grande travessa coberta com papel de estanho. — Lasanha, pão francês e salada. Agrada-te?

— Parece-me óptimo. Posso ajudar-te nalguma coisa?

— Está quase pronto — respondeu ao colocar a travessa no forno. — Tudo o que há a fazer é deixar isto no forno durante cerca de meia hora. Mas, se quiseres, podes encarregar-te da lareira. E abrir a garrafa de vinho. Está no armário.

— Não há problema.

— Dentro de minutos, vou ter contigo à sala — disse Sarah, a dirigir-se para o quarto.

No quarto, pegou na escova e começou a escovar os longos cabelos.

Por mais que pretendesse negá-lo, o beijo tinha-a deixado um pouco tremeliques. Sentia que aquele serão representava um novo rumo naquela ligação, e estava assustada. Sabia que teria de informar Miles da verdadeira causa do colapso do seu primeiro casamento, mas não lhe era fácil falar do assunto. Especialmente com uma pessoa com quem se preocupava.

Tanto quanto sabia, ele também se preocupava com o bem-estar dela, mas não havia maneira de saber qual seria a sua resposta, ou se o conhecimento da situação iria alterar os sentimentos que alimentava em relação a ela. Não lhe tinha já ouvido dizer que gostava que Jonah tivesse um irmão ou uma irmã? Estaria disposto a aceitar a ideia de não ter mais filhos?

Sarah observou a sua imagem no espelho.

Não queria dizer-lhe agora, mas sabia que se a relação fosse para durar teria de lhe dizer, antes que fosse tarde. Acima de tudo, não queria que a história se repetisse, que Miles se visse obrigado a fazer o que Michael tinha feito. Não conseguiria passar por aquilo tudo outra vez.

Acabou de escovar o cabelo, verificou a maquilhagem por força do hábito e, disposta a confrontar Miles com a verdade, começou a abrir a porta para sair do quarto. Mas, de súbito, em vez de sair resolveu sentar-se na borda da cama. Estaria pronta para enfrentar a situação?

De momento, a resposta a esta pergunta assustava-a mais do que estava disposta a admitir.

No momento em que, finalmente, emergiu do quarto, a lareira estava bem acesa. Miles vinha de regresso da cozinha, trazendo a garrafa de vinho.

— Pensei que íamos ter necessidade disto — disse, levantando a garrafa um pouco mais.

— Estou a pensar que talvez seja uma boa ideia — concordou Sara.

A maneira como o disse pareceu-lhe um pouco estranha, pelo que Miles hesitou. Sarah aconchegou-se no sofá e, passado um momento, ele pôs garrafa em cima da mesa e sentou-se ao lado dela. Durante um bom bocado, Sarah limitou-se a beber o seu vinho em completo silêncio. Finalmente, Miles acariciou-lhe a mão.

— Estás bem?

Sarah agitou suavemente o vinho que ainda tinha no copo.

— Há uma coisa de que ainda não te falei — disse com voz calma.

Miles ouvia o som dos automóveis que passavam junto do apartamento. A lenha da lareira estalava, fazendo saltar faíscas que subiam pela chaminé. Sombras dançavam nas paredes.

Sarah agarrou uma perna, dobrou-a e sentou-se-lhe em cima.

Percebendo que ela estava a tentar pôr as ideias em ordem, Miles limitou-se a olhá-la em silêncio e a dar-lhe um pequeno aperto de encorajamento na mão.

A carícia pareceu trazê-la de volta ao presente. Miles via o reflexo das chamas a dançarem-lhe nos olhos.

— Miles, tu és um homem excelente — começou — e durante estas últimas semanas tens significado muito para mim.

Nova pausa.

Miles não gostou do rumo que a conversa estava a tomar e tentava descortinar o que teria acontecido durante os poucos minutos em que Sarah estivera sozinha no quarto. Ao observá-la, sentia o estômago às voltas.

— Recordas-te de me teres feito perguntas sobre o meu ex-marido?

Miles acenou afirmativamente.

— Na altura, não te contei a história toda. Houve mais qualquer coisa, para além do que te contei, e... não sei exactamente como te dizer isto.

— Porquê?

Sarah fixou o olhar no lume da lareira. — Porque tenho receio daquilo que possas pensar.

Como polícia, ocorreram-lhe diversas hipóteses — que o marido tinha abusado dela, que a tinha magoado de qualquer forma, que a relação lhe tinha deixado feridas por sarar. O divórcio é sempre doloroso, mas o olhar dela naquele momento revelava que não se tratava apenas disso.

Sorriu, esperou ser correspondido, mas não aconteceu nada.

— Ouve, Sarah — acabou por dizer —, não é preciso que me digas nada que não queiras contar. Não volto a fazer perguntas dessas. É assunto teu, e durante as últimas semanas observei o suficiente para saber o género de pessoa que és, o resto não me interessa. Não preciso de saber tudo acerca do teu passado e, para ser franco, duvido que me possas dizer alguma coisa que venha alterar o que sinto por ti.

Sarah sorriu, mas não conseguiu encará-lo de frente. — Recordas-te de eu te perguntar como era a Missy?

— Recordo.

— Lembras-te de tudo o que me disseste acerca dela?

Miles acenou que sim.

— Eu também me recordo.

Pela primeira vez, olhou-o nos olhos. — Quero que saibas que nunca poderei ser como ela.

Miles enrugou a testa. — Eu sei isso. E nunca esperei que fosses...

Ela levantou as mãos. — Não, Miles, não percebeste o que eu disse. Não é que eu pense que te sintas atraído por mim por me julgares parecida com a Missy. Sei que a razão não é essa. Mas não me expliquei bem.

— O que é, então?

— Lembras-te de me teres contado como ela era uma boa mãe? E quanto ambos desejavam que Jonah tivesse irmãos?

Fez uma pausa mas não esperava qualquer resposta. — Eu nunca poderei ser assim. Foi por isso que Michael me deixou.

Finalmente conseguiu fixar os olhos nele. — Não consegui engravidar. E o mal não estava nele, Miles. Ele era saudável. O problema sou eu.

E então, como a acentuar bem o que acabara de dizer, para o caso de ele não ter percebido, disse-o da forma mais simples que conseguiu.

— Não posso ter filhos. Nunca.

Miles permaneceu em silêncio, pelo que passado um longo minuto, Sarah continuou.

— Não consegues imaginar o desgosto que senti quando soube. Pareceu-me uma simples ironia, percebes? Tinha passado anos a tentar não ficar grávida. Costumava entrar em pânico sempre que me esquecia de tomar a pílula. Nunca tinha posto a hipótese de ser incapaz de ter filhos.

— Como é que descobriste?

— Da forma habitual. Não acontecia. Acabei por ir fazer exames. Foi então que se descobriu.

— Lamento — foi tudo o que Miles conseguiu dizer.

— Também eu.

Expirou o ar com violência, como se ainda sentisse dificuldade em acreditar. — E Michael também lamentou. Mas não conseguiu dar a volta à situação. Alvitrei a hipótese de adoptarmos uma criança, uma solução que me satisfaria plenamente, mas ele nem sequer quis pensar nisso, por causa da família.

— Estás a brincar comigo...

Sarah confirmou com um aceno. — Antes estivesse. Olhando para trás, acho que nunca deveria ter ficado surpreendida. Quando começámos a sair juntos, ele costumava dizer que eu era a mulher mais perfeita que tinha encontrado em toda a sua vida. Logo que teve conhecimento de um facto que provava o contrário, o seu único desejo foi descartar-se de mim.

Ficou a olhar o seu copo de vinho. — Pediu o divórcio e eu saí de casa uma semana depois.

Miles pegou-lhe na mão, não disse nada mas fez-lhe sinal para que continuasse.

— Depois disso... bem, não tem sido fácil. Como sabes, não é o tipo de conversa que se tenha durante uma festa. A minha família sabe e falei com Sylvia sobre o assunto. Foi minha conselheira e ajudou-me muito, mas são as únicas quatro pessoas que têm conhecimento disto. E, agora, passas a ser o quinto...

Ela afastou-se. À luz das chamas da lareira, pareceu a Miles mais bela do que nunca. O cabelo captava raios de luz e formava uma espécie de halo com eles.

— Então, por que razão fui o escolhido?
— Não é evidente?
— De facto, não é.
— Pensei que devias saber. Quer dizer, antes... Como eu disse, não quero que me volte a acontecer o mesmo... — Desviou o olhar.

Com meiguice, Miles obrigou-a a olhar para ele. — Pensas realmente que eu era capaz de uma coisa dessas?

Sarah olhou para ele com um ar de desespero. — Ó, Miles... neste momento é fácil dizer que isso não interessa. O que me preocupa é o que possas vir a pensar mais tarde, depois de teres oportunidade para reflectir sobre o assunto. Digamos que vamos continuar a ver-nos, mas mantendo a relação como tem sido até agora. Poderás dizer honestamente que isto não tem nenhuma importância para ti? Que não poderes vir a ter filhos não será importante? Que não te importas que Jonah nunca veja um irmão ou uma irmã a correr pela casa fora?

Aclarou a garganta. — Sei que estou a forçar a nota, e não penses que pelo facto de te contar isto esteja à espera que cases comigo. Mas tinha de te contar a verdade, de modo a saberes naquilo em que te estás a meter... antes de ultrapassarmos o ponto em que estamos. Não me posso dar ao luxo de ir mais além, a menos que tenha a certeza de que não vais mudar de opinião e fazer o mesmo que Michael fez. Se as coisas não funcionarem por qualquer outra razão, tudo bem. Mas já não sinto força para enfrentar a situação por que tive de passar uma vez.

Miles olhou para o copo, ficou a ver a luz reflectida nele. Passou um dedo pelo bordo.

— Também há uma coisa que tens de saber a meu respeito — disse. — Vivi um período muito difícil depois da morte de Missy. Não foi apenas a morte dela que me afectou, foi também o facto de nunca ter conseguido descobrir quem é que conduzia um certo automóvel naquela noite. Essa era a minha obrigação, como xerife e como marido. E, durante muito tempo, só conseguia pensar na maneira de descobrir quem era aquele condutor. Investiguei por conta própria, falei com pessoas, mas, fosse quem fosse, ele conseguiu escapar e isso afectou-me de uma maneira que nem consegues imaginar. Durante muito tempo pensei que ia endoidecer, mas ultimamente...

A voz dele era terna quando a olhou nos olhos.

— Olha, Sarah, acho que estou a pretender dizer que não preciso de tempo... Não sei... Sei apenas que tenho andado a perder uma parte da minha vida e que, até te encontrar, não sabia que parte era. Se queres que eu pense no assunto durante algum tempo, faço-te a vontade. Mas faço-o por ti, não por mim. Não disseste nada que conseguisse alterar os meus sentimentos em relação a ti. Não sou outro Michael. Nunca conseguiria ser como ele.

Na cozinha, soou a campainha do temporizador do fogão e ambos voltaram a cabeça para o lado de onde vinha o som. A lasanha estava pronta, mas nenhum deles se mexeu. Sarah sentiu-se subitamente tonta, mas não saberia dizer se era por causa do vinho ou das palavras de Miles. Com cuidado, pousou o copo em cima da mesa e, respirando fundo, levantou-se do sofá.

— Vou tirar a lasanha do forno, antes que se queime.

Na cozinha, deteve-se, encostada à bancada, a repetir para si mesma as palavras de Miles.

Sarah, eu não preciso de tempo.

Não disseste nada que viesse alterar o que sinto por ti.

Ele dizia que não tinha importância. E, o melhor de tudo, era que acreditava nele. As coisas que ele disse, a maneira como olhou para ela... Depois do divórcio, convencera-se de que nunca iria encontrar alguém capaz de perceber.

Deixou a lasanha em cima da tampa do fogão. Quando regressou à sala, viu Miles sentado no sofá, de olhos postos no lume da lareira. Sentou-se e descansou a cabeça no ombro dele. Sentia-lhe o suave descer e subir do peito e continuaram a olhar o lume. A mão dele estava a afagá-la com movimentos ritmados, a arrepiar-lhe cada pedaço de pele em que tocava.

— Obrigado por teres confiado em mim — disse Miles.

— Não tive escolha.

— Há sempre uma escolha.

— Desta vez, não. Tratando-se de ti, não.

Dito isto, levantou a cabeça e, sem mais palavras, roçou os lábios ligeiramente pelos dele, uma, duas vezes, antes de os esmagar com um beijo que parecia não ter fim. Sentiu-se apertada pelos braços dele, pareceu-lhe que ia desfalecer quando as duas línguas se encontraram. Afagou a sua face, sentindo a barba por debaixo dos dedos, acariciando os pêlos duros com os lábios. Miles correspondeu, afagou-lhe o pescoço com a boca, com pequenas dentadas e beijos, a respiração ardente a enrubescer a pele dela.

Fizeram amor durante muito tempo; o lume da lareira foi morrendo lentamente, pintando a sala de manchas escuras. Miles continuou a falar-lhe em voz baixa, com as mãos sempre a afagarem-lhe a pele, como que a convencer-se de que ela era real e estava ali deitada com ele. Levantou-se, por duas vezes, para pôr mais lenha na lareira. Sarah trouxe uma manta do quarto de dormir para se cobrirem e durante a madrugada, sem saberem sequer as horas, descobriram que estavam esfomeados. Comeram a lasanha em frente do lume e, por qualquer razão, o acto de comerem juntos — nus e cobertos pela mesma manta — parecia revestir-se de tanta sensualidade como tudo o que tinha acontecido desde que a noite caiu.

Um pouco antes da chegada da manhã, Sarah acabou por adormecer e Miles levou-a para o quarto, fechou as cortinas e arrastou-se para a cama, para se deitar ao lado dela. O dia amanheceu tristonho, chuvoso e escuro; deixaram-se dormir até ser quase meio-dia, a primeira vez que isso acontecia a qualquer deles desde havia muito tempo. Sarah acordou primeiro; sentiu Miles enroscado junto dela, com um braço à volta da cabeça; espreguiçou-se. Foi o suficiente para ele acordar. Levantou a cabeça da almofada e Sarah rolou de lado para o beijar. Miles levantou a mão e percorreu-lhe o rosto com um dedo estendido, a tentar disfarçar o nó que sentia a formar-se na garganta.

— Amo-te — disse, incapaz de conter as palavras por mais tempo.

Sarah pegou na mão dele com as suas duas mãos e levou-a ao peito.

— Ó Miles — murmurou —, eu também te amo.

14

Durante as semanas seguintes, Sarah e Miles estiveram juntos durante todo o seu tempo livre, não só em saídas como também em casa. Jonah, em vez de indagar o que estava a acontecer, deixou as perguntas para mais tarde. Levou Sarah ao seu quarto para lhe mostrar as colecções de cromos dos jogadores de basebol, falaram de pesca e ensinou-a a preparar a linha. Uma vez por outra, surpreendia-a a pegar-lhe na mão e a arrastá-la para fora de casa para lhe mostrar algo de novo.

Miles ficava a observá-los de longe, sabendo que Jonah tinha de encontrar a forma de a encaixar no seu mundo e de descobrir os seus sentimentos em relação a ela. Sabia que tudo estava de certo modo facilitado pelo facto de Sarah não ser uma estranha. Mas não conseguia esconder o alívio que sentia por vê-los entenderem-se tão bem.

No Dia das Bruxas foram à praia e passaram a tarde a coleccionar conchas e depois foram divertir-se pelas ruas vizinhas. Jonah seguia com um grupo de amigos, com Miles, Sarah e outros pais a seguirem o grupo a certa distância.

Mal a novidade começou a espalhar-se pela cidade, e como não podia deixar de ser, Brenda crivou Sarah de perguntas. Charlie também não deixou de se referir às notícias. «Olha, Charlie, eu amo-a», foi a única resposta que obteve da parte de Miles. E embora Charlie, sendo de outro tempo, achasse tudo aquilo um pouco rápido de mais para o seu gosto, deu uma palmada amigável no ombro do amigo e convidou o casal para jantar.

Quanto a Miles e a Sarah, a relação progredia com uma intensidade que só parecia possível em sonhos. Quando estavam afastados, sentiam a falta do outro; quando estavam juntos, desejariam dispor de muito mais tempo. Encontravam-se durante a hora de almoço, tinham longas conversas ao telefone, faziam amor sempre que dispunham de um pouco de tempo livre.

Apesar das atenções que dispensava a Sarah, Miles não deixava de estar com o filho sempre que lhe era possível. Também Sarah concorria para manter a vida de Jonah dentro da maior normalidade. Quando ficava com ele na sala, depois da saída do resto da turma, tinha o cuidado de o tratar como dantes, como um aluno que precisava de ser ajudado. Se lhe parecia que ele algumas vezes parava para a olhar mais intensamente, fazia de conta que não notava.

Em meados de Novembro, três semanas depois de terem feito amor pela primeira vez, Sarah diminuiu, de três para um, o número de dias que Jonah tinha de ficar na escola. Ele tinha recuperado, na maioria das matérias; estava bem na leitura e na escrita; e embora ainda precisasse de alguma ajuda na matemática, calculava que um dia por semana seria suficiente. Nessa noite, Miles e Sarah levaram-no ao restaurante, para uma espécie de comemoração, concretizada numa piza.

Contudo, mais tarde, ao pôr Jonah na cama, Miles achou que ele estava mais calado do que era habitual.

— Que cara é essa, campeão?
— Estou um bocado triste.
— Porquê?

A resposta saiu-lhe com toda a sinceridade. — Porque vou passar a ficar menos vezes na escola depois do toque.

— Pensei que não gostavas de lá ficar.
— No princípio, não gostei, mas agora acho que já gosto.
— Ai gostas?

Ele acenou que sim. — Miss Andrews faz-me sentir especial.

— Ele disse isso?

Miles acenou afirmativamente. Ele e Sarah estavam sentados nos degraus da frente, a observarem Jonah e Mark, que utilizavam uma rampa de madeira para darem saltos com as bicicletas. Sarah tinha as pernas tão juntas que conseguia rodeá-las com os braços.

— Disse, pois.

Jonah passou por eles como se voasse, com Mark logo a seguir, a caminho do canteiro de relva que tinham de rodear.

— Para te ser franco, tenho andado preocupado com o que poderá pensar por nos ver juntos, mas ele parece estar bem.

— Isso é bom.

— E na escola, não notas que esteja afectado por isso?

— Ainda não notei uma verdadeira mudança. Durante os primeiros dias, penso que se terá visto na necessidade de responder a perguntas de alguns dos miúdos, mas até essa curiosidade parece ter diminuído um pouco.

Jonah e Mark fizeram nova passagem, esquecidos da presença deles.

— Queres passar o dia de Acção de Graças comigo e com o Jonah? — perguntou Miles. — Tenho de trabalhar nessa noite, mas podemos comer mais cedo, se não tiveres outros planos.

— Não posso. O meu irmão vem cá e a mãe está a preparar uma grande festa para a família toda. Convidou um monte de pessoas: tias, tios, primos e avós. Não me parece que se mostrasse muito compreensiva se lhe dissesse que não ia.

— Não. Também não me parece.

— Todavia, ela quer conhecer-te. Não deixa de me atazanar para eu te levar lá a casa.

— E por que é que não me levas lá?

— Pensei que ainda não estivesses preparado para isso. Sorriu. — Não quis que fugisses de medo.

— Ela não pode ser assim tão má.

— Não estejas tão certo disso. Mas, se estás com disposição para a aturar, podes juntar-te a nós na Acção de Graças. Assim, podíamos passar o dia juntos.

— Tens a certeza? Parece-me que já tens de aturar uma casa cheia.

— Estás a brincar? Mais duas pessoas não fazem diferença nenhuma. Além disso, é a maneira de conheceres todo o clã. A menos, claro, que também ainda não te sintas preparado para isso.

— Estou pronto.
— Então, vais?
— Conta comigo.
— Óptimo. Mas, atenção, se a mãe começar a fazer-te perguntas esquisitas, não te esqueças de que eu saí ao meu pai, percebeste?

Mais tarde, nessa mesma noite, com Jonah a ficar outra vez em casa de Mark, Sarah seguiu Miles quando ele se dirigiu para o quarto. Tratou-se de uma inauguração: até agora, só tinham ficado juntos no apartamento dela, pelo que o facto de estarem juntos na cama que antes fora partilhada por Missy e Miles, não deixou de os afectar a ambos. Amaram-se com uma maior intensidade, com uma paixão quase frenética, que os deixou sem fôlego. Não falaram muito depois disso; Sarah limitou-se a ficar estendida junto de Miles, com a cabeça apoiada no seu peito, enquanto ele lhe acariciava o cabelo com gestos suaves.

Sarah pressentiu que Miles precisava de ser deixado a sós com os seus pensamentos. Ao percorrer o quarto com os olhos, percebeu, pela primeira vez, que estavam rodeados de fotografias de Missy, incluindo uma na mesinha-de-cabeceira, em que até podia tocar.

De súbito, notou também o dossier, aquele onde estavam arquivadas todas as informações que ele recolhera depois da morte de Missy. Estava na prateleira, espesso e muito manuseado; via-o de todas as vezes que a sua cabeça era erguida pela respiração regular de Miles. Finalmente, quando o silêncio entre ambos começava a tornar-se opressivo, descansou a cabeça na almofada, de forma a poder olhar para ele.

— Estás bem? — perguntou.
— Estou óptimo — disse, mas a olhar para o lado.
— Pareces-me demasiado calado.
— Estou a pensar — murmurou.
— Em coisas boas, espero.
— Só nas melhores.

Percorreu-lhe o braço com um dedo e disse, num fio de voz: — Amo-te.
— Eu também te amo.
— Ficas comigo toda a noite?

— Queres que fique?
— Muito.
— Tens a certeza?
— Absoluta.

Embora ainda estivesse um pouco preocupada, deixou que Miles a puxasse mais para si. Ele beijou-a de novo e deixou-se ficar com ela nos braços até se certificar de que estava adormecida. Quando acordou, pela manhã, Sarah levou algum tempo para perceber onde estava. Miles passou-lhe um dedo pela espinha e ela começou a sentir o seu corpo a corresponder à carícia.

Desta vez, sentiram uma certa diferença, pareceu-lhes tudo mais parecido com a primeira vez que tinham estado juntos, houve menos pressa e mais ternura. Não se tratou apenas das coisas que ele lhe murmurou ao ouvido, mas da maneira como ele a olhou ao mover-se por cima dela, que mostrava quanto a relação deles se tinha tornado importante.

Isso, para além do facto de Miles, em silêncio e enquanto ela dormia, ter removido as fotografias e o dossier que, na noite anterior, tinham ensombrado os gestos de ambos.

15

— Continuo sem perceber a razão por que ainda não mo apresentaste.

Maureen e Sarah estavam no supermercado, a percorrer os corredores e a encher o carrinho com tudo aquilo de que precisavam. Sarah ia a pensar que a mãe tinha planos para dar de comer a dúzias de pessoas durante, pelo menos, uma semana.

— Vais conhecê-lo, mamã, dentro de poucos dias. Como te disse, ele e Jonah vêm jantar connosco.

— Mas não seria muito mais conveniente que ele viesse antes disso? Não teríamos assim mais oportunidades de nos conhecermos melhor?

— Mamã, vais dispor de muito tempo para o conheceres. Sabes como é o dia de Acção de Graças.

— Mas com toda aquela gente à nossa volta, não me é possível recebê-lo como eu gostaria.

— Tenho a certeza de que ele vai compreender.

— Mas não me disseste que ele tem de sair cedo?

— Tem de começar a trabalhar por volta das quatro horas da tarde.

— Num feriado?

— Trabalha no dia de Acção de Graças para poder ter folga no dia de Natal. É xerife, como sabes. Na polícia não podem conceder feriado a toda a gente.

— Então quem é que fica a tomar conta do Jonah?

— Fico eu. Provavelmente levo-o para casa do Miles. Sabes que, por volta das seis, o papá já deve estar a dormir profundamente. É provável que leve o miúdo para casa.

— Tão cedo?
— Não te preocupes. Estaremos juntos durante toda a tarde.
— Tens razão — admitiu Maureen. — Mas ainda estou um pouco abananada com tudo isto.
— Não estejas preocupada, mamã. Não vai acontecer nada de mal.

— Estarão lá outros miúdos? — perguntou Jonah.
— Não sei — respondeu o pai. — É provável.
— Rapazes ou raparigas?
— Não sei.
— Bem... e que idade têm?
Miles abanou a cabeça. — Como já te disse, não sei. Para falar verdade, nem sequer tenho a certeza de que estejam lá outros miúdos. Esqueci-me de perguntar.
Jonah ficou de cenho carregado. — Mas se eu for o único miúdo, faço o quê?
— Vês o jogo de futebol comigo.
— Isso é chato.
— Ora, não vamos lá ficar o dia todo; como sabes, tenho de ir trabalhar. Mas temos de lá permanecer durante um bocado. Quer dizer, são pessoas simpáticas e convidaram-nos; seria falta de educação sairmos logo que acabássemos de comer. Mas talvez possamos dar um passeio, ou coisa do género.
— Com Miss Andrews?
— Se quiseres que ela vá.
— Então, está bem.
Fez uma pausa, com a cabeça voltada para a janela. Estavam a passar por uma mata de pinheiros imponentes. — Papá... achas que vamos comer peru?
— Tenho quase a certeza de que sim. Porquê?
— Terá aquele gosto esquisito? Como o do ano passado?
— Estás a querer dizer que não gostas dos meus cozinhados?
— Tinha um gosto esquisito.
— Não tinha nada.
— Para mim, tinha.
— Talvez sejam melhores cozinheiros do que eu.

— Espero que sim.
— Estás a meter-te comigo?
Jonah riu-se. — Mais ou menos. Mas o gosto era esquisito, sabes muito bem.

Miles e Jonah pararam em frente de uma casa de tijolos, com dois andares e arrumaram o carro junto da caixa do correio. O jardim da frente tinha todos os sinais de ser tratado por alguém que gostava de jardinagem. Havia amores-perfeitos ao longo de todo o caminho de acesso à casa, no chão, à volta dos troncos das árvores, tinha sido espalhada caruma e as únicas folhas à vista tinham caído na noite anterior. Sarah arredou uma cortina e acenou-lhes de dentro de casa. Momentos depois, abria-lhes a porta da frente.
— Ena! Tens um aspecto impressionante.
Miles tocou o nó da gravata com ar distraído. — Obrigado.
— Estava a falar com Jonah — disse ela com um sorriso trocista e Jonah olhou para o pai com uma expressão de orgulho. Vestia calças de marinheiro e camisa branca, tão limpo que parecia ter acabado de assistir ao serviço religioso de domingo. Cumprimentou Sarah com um abraço breve.
Na mão que escondera atrás das costas Sarah tinha um conjunto *Matchbox* de carrinhos em miniatura e deu-os ao rapaz.
— Para que é isto?
— Só quis que tivesses qualquer coisa com que brincar enquanto cá estiveres. Gostas deles?
Olhou para a caixa. — São fantásticos! Papá... olha — dizia, a agitar a caixa no ar.
— Estou a ver. Já disseste obrigado?
— Obrigado, Miss Andrews.
— Não tens de quê?
Quando Miles se aproximou, Sarah pôs-se em bicos de pés e saudou-o com um beijo. — Estava a gozar contigo, sabes? Também estás muito bem. Não estou habituada a ver-te de fato e gravata a meio da tarde.
Passou-lhe os dedos pela lapela. — Era capaz de me habituar a ver-te assim.

— Muito obrigado, Miss Andrews — disse, a imitar o filho. — O seu aspecto também não é nada mau.

E não era. Parecia-lhe mais bonita de cada vez que a via, pouco importando o que tivesse vestido.

— Preparado para a grande entrada?

— Quando tu estiveres — respondeu Miles.

— E tu, Jonah?

— Há cá mais miúdos?

— Não. É pena. Só um grupo de crescidos. Mas são verdadeiramente simpáticos e estão desejosos de te conhecer.

Jonah fez um aceno e voltou a olhar para a caixa. — Já posso abrir isto?

— Se quiseres. A caixa é tua, podes abri-la quando te apetecer.

— Então, também posso brincar com os carros aqui fora, não posso?

— Com certeza — disse Sarah. — Foi para isso que os trouxe...

Miles resolver intervir na conversa. — Mas, antes disso, tens de entrar e cumprimentar toda a gente. E se vieres brincar cá para fora, não quero que te sujes antes de ires para a mesa.

— Está bem — respondeu Jonah de imediato; pela expressão dele era evidente que não fazia ideia de se sujar. Mas Miles não alimentava ilusões. Um miúdo de 7 anos, a brincar no jardim? Impossível. Mas esperava que não se sujasse demasiado.

— Muito bem — disse Sarah. — Vamos entrar. Embora te queira advertir...

— A propósito da tua mãe?

Sarah sorriu. — Como é que adivinhaste?

— Não te preocupes. O meu comportamento vai ser impecável. E o do Jonah também, não é assim?

Jonah concordou, sem sequer olhar para ele.

Sarah pegou na mão de Miles e sussurrou-lhe ao ouvido: — Não é com vocês os dois que eu estou preocupada.

— Ora viva! — exclamou Maureen ao sair da cozinha.

Sarah deu uma cotovelada em Miles. Seguindo-lhe o olhar, ficou surpreendido por verificar que não havia parecenças nenhumas entre mãe e filha. Enquanto Sarah era loura, o cabelo de Maureen estava a ficar grisalho mas parecia ter sido negro; Sarah era alta e magra, a mãe tinha um aspecto mais matriarcal. E enquanto Sarah parecia deslizar quando andava, Maureen parecia dirigir-se para eles aos pulinhos. Usava um avental branco sobre o vestido azul e vinha de mãos estendidas para eles, como que a cumprimentar amigos que não via há muito tempo.

— Tenho ouvido falar tanto, de ambos!

Abraçou Miles e fez o mesmo com Jonah, ainda antes de Sarah conseguir fazer as apresentações formais. — Estou tão contente por terem vindo! Temos a casa cheia de gente, como vêem, mas vocês, um e outro, sois os convidados de honra.

Parecia perfeitamente tonta.

— O que significa isso? — perguntou Jonah.

— Significa que toda a gente tem estado à vossa espera.

— Verdade?

— Sim, senhor.

— Eles nem me conhecem — disse Jonah, com toda a inocência, olhando à volta da sala, sentindo os olhos daqueles estranhos cravados nele. — Miles pôs-lhe uma mão protectora no ombro.

— Muito prazer em conhecê-la, Maureen. E obrigado por nos ter convidado.

— Oh!, o prazer é todo meu — disse, toda risonha. — Estamos muito satisfeitos por terem vindo. E sei que Sarah também está muito contente...

— Mamã...

— É evidente que estás. Para quê negar o que está à vista de todos?

Voltou toda a sua atenção para Miles e Jonah, falando e rindo durante alguns minutos. Finalmente, quando se acalmou um pouco, principiou a apresentá-los ao resto da família, cerca de uma dúzia de pessoas, começando pelos avós. Miles foi apertando as mãos estendidas, Jonah imitou o pai e Sarah ria-se da maneira como Maureen continuava a fazer as apresentações. — Este é um amigo da Sarah — dizia, mas num tom que era uma mistura de orgulho e aprovação maternal, que não deixava quaisquer dúvidas sobre o que queria dizer. Quando conseguiu acabar, Maureen pareceu ficar exausta. Voltou a dar atenção a Miles.

— E agora, posso oferecer-lhe uma bebida? O que é que prefere?
— Talvez uma cerveja.
— Já vem a caminho. E para ti, Jonah? Temos cerveja de raízes e *Seven-Up*.
— Cerveja de raízes.
— Vou consigo, mamã — disse Sarah, pegando-lhe no braço. — Acho que também preciso de uma bebida.
A caminho da cozinha, a mãe parecia radiante. — Ó Sarah... sinto-me tão feliz por ti.
— Obrigada.
— Ele parece maravilhoso. Que sorriso bonito. Parece uma pessoa merecedora de confiança.
— Eu sei.
— E aquele filho dele é encantador.
— Pois é, mamã. — Onde está o papá? — perguntou Sarah, momentos depois. A mãe tinha acabado por se acalmar o suficiente para voltar a dar atenção aos preparativos da festa.
— Há uns minutos, pedi a ele e ao Brian que fossem ao supermercado buscar uma coisas — respondeu Maureen. — Precisávamos de mais pão e de uma garrafa de vinho. Não tinha a certeza de que tivéssemos o suficiente.
Sarah abriu o forno para ver como estava o peru; o cheiro inundou a cozinha.
— Então o Brian lá acabou por se levantar?
— Estava cansado. Quando chegou já passava da meia-noite. Teve um exame na tarde de quarta-feira; por isso não pôde vir mais cedo.
A porta das traseiras abriu-se e Larry e Brian entraram, carregados de sacos que pousaram em cima da bancada. Brian, que parecia mais magro e mais velho do que quando se fora embora, em Agosto, correu a abraçar-se à irmã.
— Então como vai a universidade? Parece-me que não trocamos uma palavra desde há séculos.
— Vai indo. Sabes como aquilo é. E o teu emprego?
— É bom. Gosto dele.
Olhou por cima do ombro de Brian. — Bom-dia, papá!

— Bom-dia, minha querida. Aqui cheira bem.

Depois de arrumarem as compras, ficaram a conversar durante alguns minutos, até que Sarah acabou por dizer que queria apresentar-lhes uma pessoa.

— Claro, a mamã disse que andavas a encontrar-te com uma pessoa — disse Brian, com ares de conspirador. — Fico contente. É um bom tipo?

— Penso que sim.

— É coisa séria?

Sarah não deixou de reparar que a mãe interrompeu a descasca das batatas, ficando à espera da resposta.

Sarah respondeu de forma evasiva. — Ainda não sei. Queres vir conhecê-lo?

Brian concordou. — Está bem, pode ser.

A irmã agarrou-lhe um braço. — Não estejas preocupado, vais gostar dele.

Brian acenou que sim. — Papá, também vens?

— Já vou. A tua mãe quer que eu vá à procura de uns pratos. Estão numa caixa, num sítio qualquer da despensa.

Sarah e Brian saíram da cozinha e dirigiram-se para a sala, mas não viram Miles nem Jonah. A avó informou de que Miles saíra por instantes, mas quando saiu de casa continuou a não o ver.

— Deve estar nas traseiras...

Ao virar a esquina da casa, Sarah viu Miles e Jonah. Este tinha encontrado um montículo de terra e estava a empurrar os carrinhos *Matchbox* através de estradas imaginárias.

— O que é que este tipo faz? É professor?

— Não, mas foi por causa da escola que o conheci. O filho está na minha turma. Na realidade, é um ajudante do xerife. Eh, Miles — chamou. — Jonah?

Quando eles se viraram, Sarah apontou na direcção do irmão.

— Há uma pessoa que gostaria de lhes apresentar.

Quando Jonah se levantou do chão, Sarah viu que os joelhos das calças dele estavam castanhos, da cor da terra. Encontraram-se a meio do caminho.

— Este é o meu irmão Brian. Brian, apresento-te o Miles, e o filho, o Jonah.

Miles estendeu a mão. — Como está? Miles Ryan. Prazer em conhecê-lo.

Brian estendeu-lhe uma mão hirta. — Também tenho muito gosto em o conhecer.

— Ouvi dizer que está na universidade.

Brian acenou que sim. — Sim, senhor.

Sarah soltou uma gargalhada. — Não precisas de ser tão formal. Ele não é muito mais velho do que eu.

Brian esboçou um sorriso mas não disse nada, como se não soubesse como dirigir-se a uma criança.

— Olá — disse Jonah.

— Olá — respondeu.

— É o irmão de Miss Andrews?

Brian acenou que sim.

— Ela é a minha professora.

— Já sabia. Ela disse-me.

— Ah... — Jonah pareceu subitamente aborrecido e começou a brincar com os carros que tinha nas mãos. Durante um bom bocado, ninguém disse mais nada.

— Não estava a esconder-me da tua família — explicou Miles, minutos depois. — Jonah pediu-me que viesse até aqui fora com ele, para eu ver se podia brincar aqui. Respondi-lhe que me parecia bem. Espero que não te importes.

— Tudo bem — disse Sarah. — Desde que ele esteja entretido.

Enquanto os quatro conversavam, Larry tinha aparecido à esquina e pedido a Brian que fosse procurar na garagem os pratos que ele fora incapaz de encontrar na despensa. Brian encaminhou-se nessa direcção e desapareceu da vista.

Larry também era um homem calmo, embora mais observador do que Brian. Parecia ter elegido Miles como objecto de estudo, como se através da observação das expressões dele pudesse ficar a conhecê-lo melhor do que com a conversa de circunstância em que revelavam alguns elementos genéricos sobre si próprios. Mas depressa descobriram pontos em que havia comunhão de interesses entre os dois, como sucedia com o jogo entre os Dallas Cowboys e os Miami Dolphins, a realizar durante a tarde. Passados uns minutos, estavam a entender-se perfeitamente. Larry acabou por voltar a entrar em casa, deixando Sarah com Miles e Jonah. O petiz regressou ao seu montículo de terra.

— O teu pai é um homem muito interessante. Tive a estranha sensação de que, mal nos apresentaste, ele começou logo a conjecturar se nós andaríamos a dormir juntos.

Sarah riu-se. — É muito provável. Eu sou a sua menina, como sabes.

— Pois sei. Há quanto tempo é que está casado com a tua mãe?

— Há quase trinta e cinco anos.

— É muito tempo.

— Por vezes penso que ele devia ser considerado santo.

— Vá lá... não sejas tão severa com a tua mãe. Eu até gostei dela.

— Penso que o sentimento foi mútuo. Por momentos, pensei que ela estava a pensar em adoptar-te.

— Como tu disseste, ela apenas quer a tua felicidade.

— Diz-lhe uma coisa dessas e penso que ela nunca mais te deixa ir embora. Ela precisa de alguém dependente dos seus cuidados. Brian está fora de casa, na universidade. A propósito, não tomes a timidez de Brian como desagrado em relação a ti. Quando se trata de conhecer pessoas, mostra-se sempre muito reservado. Quando te conhecer melhor, vais ver que sai da concha.

Miles acenou com a cabeça, a dizer-lhe que não se preocupasse.

— Portou-se muito bem. Além disso, parece recordar-me como eu era quando tinha a idade dele. Acredites ou não, também há alturas em que não sei o que dizer.

Sarah arregalou os olhos. — Tu... como podes dizer uma coisa dessas? E eu que pensava que eras o conversador mais descontraído que alguma vez conheci. Pode dizer-se que me fizeste perder completamente o equilíbrio.

— Pensas que usar de sarcasmo é, de facto, a melhor maneira de te comportares num dia como este? Um dia para se estar com a família e para agradecermos todas as graças recebidas?

— Estás a ver que sim.

Miles rodeou-a com os braços. — Ora bem, em minha defesa, posso dizer que tudo o que fiz parece ter resultado, ou não?

165

Ela suspirou. — Suponho que sim.
— Supões?
— O que é que pretendes? Uma medalha?
— Para principiantes. Um troféu também já seria bom.
Ela sorriu. — E não é isso que tens nos braços neste preciso momento?

* * *

No resto da tarde não aconteceu nada digno de registo. Depois de acabada a refeição, parte da família foi assistir ao jogo, a outra foi para a cozinha, ajudar a dar destino à montanha de restos. As pessoas não estavam para pressas e até Jonah, depois de aconchegar duas fatias de bolo, parecia achar a atmosfera calmante. Larry e Miles conversavam sobre New Bern, com o primeiro a querer saber pormenores da história local. Sarah andava entre a cozinha (onde a mãe repetia — e repetia —, a opinião de que Miles lhe parecia um jovem maravilhoso) e a sala para ter a certeza de que Miles e Jonah não se sentissem abandonados. Prestimoso, Brian passou a maior parte do tempo na cozinha, lavando e secando a loiça que tinha sido usada.

Meia hora antes de Miles ter de ir a casa, para despir o fato e vestir a farda para ir trabalhar, ele, Sarah e Jonah foram dar um passeio, como Miles tinha prometido ao filho. Encaminharam-se para o fim do quarteirão e dirigiram-se para a área arborizada que delimitava a urbanização. Jonah agarrou na mão de Sarah e conduziu-a pelo meio do arvoredo, sempre a rir-se, e foi ao observá-los por entre as árvores que Miles começou a perceber bem onde é que tudo aquilo o ia levar. Já sabia que amava Sarah, mas o facto de ela o ter convidado para uma festa de família tocou-o profundamente. Agradava-lhe o sentimento de união, a atmosfera festiva, a informalidade com que os familiares dela pareceram acolhê-lo, dando--lhe a certeza de desejar que aquele convite fosse seguido de muitos outros.

Foi então que lhe ocorreu pela primeira vez a ideia de pedir a Sarah que casasse com ele, uma ideia que, uma vez pensada, achou quase impossível de pôr de parte.

Mais à frente, Sarah e Jonah estavam a atirar pedras para um pequeno riacho, uma atrás de outra. Jonah saltou por cima dele, seguido de Sarah.

— 'Bora — gritou. — Vamos em exploração.
— Pois é. Papá, mexe-te!
— Já vou, não têm de ficar à minha espera! Já vos apanho.

Não se apressou para os apanhar. Pelo contrário, estava cada vez mais imerso em pensamentos, a ficar cada vez mais atrasado em relação a eles, que acabaram por desaparecer por detrás de uma moita espessa. Afundou as mãos nas algibeiras.

Casamento.

É certo que a sua relação era ainda demasiado recente, que não tinha intenção de se pôr ali, e naquele momento, de joelhos em terra a fazer o pedido. Mas soube também que havia de chegar o momento em que o faria. Era a mulher certa para ele; disso tinha a certeza. E era maravilhosa com o Jonah, que, por sua vez, parecia adorá-la. E isso também era importante, porque se Jonah não tivesse gostado dela, não faria qualquer sentido pensar num futuro a dois com Sarah.

E, com esta certeza, houve um qualquer ajustamento interno, uma chave que se ajustou perfeitamente numa fechadura. Mesmo que ainda não estivesse inteiramente consciente disso, a questão deixara de ser «se», para passar a ser «quando».

Tomada a decisão, sentiu uma espécie de paz interior. Não viu Sarah nem Jonah no momento em que atravessou o riacho, mas seguiu em direcção ao ponto em que os tinha visto desaparecer. Avistou-os um minuto depois e, enquanto ia encurtando a distância que o separava deles, chegou à conclusão de que não se sentia tão feliz desde havia muitos anos.

Desde o dia de Acção de Graças até meados de Dezembro, Miles e Sarah tornaram-se ainda mais íntimos, como amantes e como amigos, com a sua relação a evoluir para uma familiaridade cada vez mais profunda e mais permanente.

Miles também começou a dar algumas dicas acerca do seu possível futuro comum. Sarah não tinha dúvidas sobre o significado das palavras dele; de facto, muitas vezes acrescentava pormenores próprios aos comentários dele. Pequenos pormenores, como quando estavam deitados um ao lado do outro e ele dizia que as paredes estavam a precisar de pintura; Sarah podia responder que achava bem uma cor creme, pelo que, durante uns minutos, se entretinham a escolher a cor. Miles podia dizer que o jardim precisava de cor, ao que Sarah respondia que sempre tinha gostado de camélias, como se estivesse a fazer planos para viver ali. Nessa semana, Miles plantou cinco cameleiras na frente da casa.

O dossier continuava no armário e, pela primeira vez desde havia muito tempo, o presente parecia a Miles mais importante do que o passado. Mas o que nem Miles nem Sarah podiam saber era que, embora estivessem prontos para porem o passado para trás das costas, vários acontecimentos iriam em breve conspirar para tornar esse desejo impossível.

16

Outra noite sem dormir; por mais que queira ir para a cama, apercebo--me de que não posso. Antes de o conseguir, tenho de vos contar como as coisas aconteceram.

O acidente não aconteceu da maneira que provavelmente imaginam, ou da forma que Miles o imaginou. Naquela noite, ao contrário do que ele pensou, eu não tinha bebido nada. Não estava sob a influência de quaisquer drogas. Estava perfeitamente sóbrio.

O que aconteceu com Missy naquela noite foi pura e simplesmente um acidente.

Em espírito, já vivi a situação um milhar de vezes. Nos quinze anos passados desde que aquilo aconteceu, tive aquela sensação de dejà vu *nas situações mais diversas — há uns anos, ao carregar caixas numa carrinha em movimento, por exemplo — e a sensação ainda me obriga a interromper o que estiver a fazer no momento, mesmo que seja por uma fracção de segundo, a dar um salto no tempo, até ao dia em que Missy Ryan morreu.*

Naquele dia, tinha estado a trabalhar num armazém da cidade, desde as primeiras horas da manhã, a descarregar caixas para cima de paletes, para posterior arrumação. O meu horário de saída era às 6 horas da tarde. Mas um último carregamento de tubos de plástico chegou mesmo quando estávamos para fechar — o meu patrão desse dia era o fornecedor da maioria das lojas dos dois estados, da Carolina do Norte e da Carolina do Sul — e o proprietário do camião perguntou-me se não me importaria de ficar mais cerca de uma hora. Não me importunei nada; eram horas extraordinárias, pagas a 150 por cento, uma boa maneira de conseguir mais algum dinheiro, bem necessário. Do que não me apercebi foi da quantidade de tubos que aquele camião podia transportar, ou da possibilidade de ter de fazer aquele trabalho praticamente sozinho.

O trabalho devia ser feito por quatro homens, mas um ficara de baixa por doença nesse dia, outro não pôde ficar porque o filho tinha um jogo de basebol, que não queria perder por nada deste mundo. Ficavam dois para fazer o trabalho, o que não seria mau de todo. Mas, minutos depois de o camião ser posto à descarga, o outro tipo torceu um tornozelo, pelo que acabei por perceber que tinha de fazer tudo sozinho.

Além disso, o dia estava quente. A temperatura exterior andava pelos 36 graus centígrados e dentro do armazém atingiria os 40. Já tinha trabalhado oito horas e ainda tinha mais três de trabalho pela frente. Os camiões não tinham parado de chegar durante todo o dia; como eu era apenas um trabalhador eventual, as tarefas mais duras eram quase todas reservadas para mim. Os outros três tipos faziam turnos a conduzir o empilhador, o que lhes dava um certo descanso às costas. Para mim, nada. O meu trabalho era pegar nas caixas, trazê-las do fundo da caixa de carga do camião até à porta basculante e colocá-las em cima de paletes, de modo que o empilhador as levasse para qualquer ponto do armazém. Mas, no final do dia, como fiquei sozinho, tinha de ser eu a fazer tudo. Quando acabei, senti-me completamente arrasado. Mal podia mexer os braços, tinha espasmos nos músculos das costas e, como não tinha podido jantar, estava também esfomeado.

Foi por isso que decidi passar pelo Rhett's Barbecue, em vez de ir direito a casa. Depois de um dia longo e difícil, não há nada que se compare a um bom pedaço de carne grelhada, pelo que, quando consegui, finalmente, arrastar-me para o carro, dei comigo a pensar que dentro de minutos poderia descansar.

O meu carro da altura era um monte de sucata, cheio de amolgadelas, um Pontiac Bonneville já com doze anos de estrada. Tinha-o comprado usado, no Verão anterior, e tinha dado só 300 dólares por ele. Mas embora o seu aspecto fosse uma miséria, andava bem e nunca me deu problemas nenhuns. O motor pegava sempre que rodava a chave de ignição; quando o comprei fiz-lhe eu próprio uma reparação geral dos travões, a única coisa de que realmente precisava na altura.

Quando entrei no carro, o Sol estava finalmente a descer no horizonte. A essa hora da tarde, o Sol faz coisas engraçadas enquanto percorre o arco descendente a ocidente. Quase pode dizer-se que o Sol muda de cor a cada *minuto que passa, as sombras alongam-se pela estrada como figuras fantasmagóricas; como havia poucas nuvens, havia momentos em que o vidro do pára-brisas era atingido por clarões súbitos, que obrigavam quase a cerrar as pálpebras para conseguir ver o caminho.*

Mesmo à minha frente seguia outro condutor que parecia ter ainda mais problemas de visão do que eu. Acelerava e travava de repente, sempre que era atingido pelos raios de sol, por vezes a desviar-se para lá da divisória e a entrar na faixa contrária. Mantinha-me atento e ia travando ao mesmo tempo que ele, mas a certa altura fartei-me daquele jogo e deixei que aumentasse a distância entre os dois carros. Como a estrada era demasiado estreita para permitir a ultrapassagem, abrandei, esperando que o outro condutor se afastasse.

Mas, quem quer que fosse a conduzir aquele carro, decidiu fazer justamente o contrário. Abrandou também e, quando a distância se tinha encurtado outra vez, vi as luzes de travagem dele a piscar como lâmpadas de uma árvore de Natal, até que de súbito ficaram vermelhas. Pisei os travões com força, os pneus gemeram quando o meu carro derrapou, antes de se imobilizar. Duvido que tenha parado a mais de 30 centímetros de distância do carro da frente.

Penso que aquele foi o momento em que o destino resolveu intervir. Quantas vezes tenho lamentado não ter atingido o carro da frente, pois o choque ter-me-ia obrigado a parar e Missy Ryan teria chegado a casa. Mas como não bati — e como estava farto das asneiras do outro condutor — virei à direita logo de seguida, para a Camelia Road, embora a viagem me fosse levar um pouco mais de tempo, um tempo que agora desejo que naquele dia tivesse voltado para trás. A estrada passava por uma parte velha da cidade, onde os carvalhos eram altos e de folhagem rica, e o Sol já estava suficientemente baixo para não produzir encandeamento. Começou a escurecer minutos depois, pelo que tive de ligar os faróis.

Logo que as casas começaram a ficar mais espaçadas, a estrada fazia curvas e contracurvas. Os quintais eram maiores e parecia haver menos pessoas por ali. Poucos minutos depois, tive de fazer outro desvio, desta vez para entrar na Madame Moore's Lane. Era uma estrada que conhecia bem e fiquei satisfeito por saber que uns quilómetros mais adiante poderia abancar no Rhett's.

Lembro-me de ter ligado o rádio e de procurar uma estação que me agradasse, mas sem nunca tirar os olhos da estrada. Acabei por desis-

tir da música. Garanto-vos que seguia totalmente concentrado na condução do carro.

A estrada era estreita e ventosa mas, como já disse, conhecia-a como à palma da minha mão. Graças a um reflexo automático, travei ao entrar numa curva. Foi quando a vi e tenho quase a certeza de que abrandei ainda mais. Mas não tenho a certeza absoluta, pois os acontecimentos precipitaram-se de tal forma que não posso garantir coisa nenhuma.

Eu seguia atrás dela e a distância entre nós estava a diminuir. Ela seguia ao lado da estrada, na faixa relvada. Lembro-me de que vestia camisa branca e calções azuis, que não ia verdadeiramente a correr, fazia uma corrida lenta e descontraída.

Naquela zona, as casas tinham pelo menos um quarto de hectare de terreno à volta e não havia ninguém fora de casa. Ela soube que eu me aproximava vindo de trás — lembro-me de a ver olhar de relance para o lado, talvez o suficiente para me ver pelo canto do olho, e afastar-se um pouco mais da estrada. Eu ia agarrar o volante com as duas mãos. Seguia atento a tudo o que se passava e pensei que estava a ser cuidadoso. E ela também.

Contudo, nenhum de nós viu o cão.

Como se estivesse à espera dela, saltou de um buraco da vedação quando ela estava a cerca de seis metros do meu carro. Um grande cão preto e, mesmo de dentro do carro, consegui ouvir-lhe o rosnar maldoso enquanto corria para ela. Deve ter sido apanhada de surpresa porque, de súbito, deu um passo atrás, tentando afastar-se do cão e, com um passo mais, ficou na estrada.

O carro, com os seus mais de 1300 quilos de peso, atingiu-a nesse preciso instante.

17

Aos 40 anos, Sims Addison parecia-se um pouco com uma ratazana: nariz afilado, testa inclinada para trás e um queixo que parecia ter parado de crescer antes do resto do corpo. Mantinha o cabelo bem penteado para trás, com a ajuda de um pente de dentes grandes que trazia sempre consigo.

Além do mais, era alcoólico.

Não era, porém, o tipo de alcoólico que bebe todas noites. Sims era o tipo de bêbado cujas mãos começam a tremer logo que se levanta, antes da primeira bebida do dia, que habitualmente engolia antes de a maioria das pessoas se dirigir para o trabalho. Embora apreciasse o *bourbon*, raramente tinha dinheiro suficiente para ir além dos vinhos mais baratos, que bebia aos litros. Não gostava de fornecer pormenores sobre a origem do dinheiro, mas também, para além da bebida e da renda, não necessitava de grandes gastos.

Se tivéssemos de apontar uma característica para definir Sims, teríamos de falar da sua habilidade para passar despercebido e, graças a isso, conseguir saber muitas coisas sobre as pessoas. Quando bebia, não era barulhento nem esquisito, mas a sua expressão normal — olhos semicerrados, lábios frouxos — dava-lhe a aparência de estar mais bêbado do que habitualmente estava. Por isso, as pessoas não se coibiam de dizer certas coisas pelo facto de ele estar presente.

Coisas que deveriam guardar para si mesmas.

Os pequenos ganhos que Sims conseguia resultavam de denúncias que fazia à polícia.

Mas não dizia tudo o que sabia. Só falava quando a denúncia lhe rendia dinheiro e podia ficar anónima. Só falava dos casos em que a polícia podia usar o segredo, mas sem necessidade de o citar como testemunha.

Sabia que os criminosos tinham maneiras de saldar as dívidas, não era estúpido a ponto de acreditar que se esquecessem e passassem adiante, se soubessem quem os tinha denunciado.

Sims tinha cumprido penas de prisão: uma na casa dos 20 anos, por pequenos roubos, e duas na casa dos 30, por posse de marijuana. Porém, a terceira estada atrás das grades transformou-o. Por essa altura, o seu alcoolismo estava numa fase aguda; passou a primeira semana a sofrer da síndroma da privação, numa ressaca horrorosa. Teve tremuras, vomitou, via monstros sempre que fechava os olhos. Também esteve quase a morrer, mas não devido à síndroma da privação. Uns dias depois de ter de suportar os gritos e os lamentos contínuos de Sims, para ver se conseguia dormir, o companheiro de cela bateu-lhe até o deixar inconsciente. Sims passou três semanas na enfermaria e foi libertado por um conselho de liberdade condicional sensível, que julgou que ele já tivera castigo suficiente. Em vez de cumprir o ano que lhe faltava, foi solto em regime de liberdade condicional e obrigado a apresentar-se com regularidade a um oficial de justiça. No entanto, foi avisado de que, se fosse apanhado a consumir álcool ou drogas, teria de cumprir a pena de prisão que restava.

A possibilidade de ter de passar outra vez pela ressaca, juntamente com a tareia que levou, provocaram em Sims um terror mortal de voltar para a cadeia.

Mas também não conseguia enfrentar a vida estando sóbrio. De princípio, tinha o cuidado de só beber quando estava em casa. Contudo, com a passagem dos dias, começou a rebelar-se contra as limitações impostas à sua liberdade. Começou a beber em conjunto com alguns amigos, mas sempre com o cuidado de não dar nas vistas. Passado mais algum tempo começou a tentar a sorte. Começou a beber no caminho, quando se ia encontrar com eles, com a garrafa embrulhada no tradicional papel castanho. Depressa começou a embebedar-se em qualquer sítio onde estivesse; embora pudesse haver um pequeno aviso algures no seu cérebro, a aconselhar-lhe cuidado, estava demasiado dependente da bebida para o ouvir.

Mesmo assim, não se tivesse ele apoderado do carro da mãe para uma noite de paródia, talvez nem tivesse acontecido nada. Não tinha carta de condução, o que não o impediu de ir a conduzir para se encontrar com os amigos num bar esquálido, a que se chegava por um caminho de terra, fora dos limites da cidade. Ficou por lá a beber com os amigos até que, já passava da meia-noite, conseguiu arrastar-se até ao carro. Conseguiu, com alguma dificuldade, sair do parque de estacionamento sem bater nos outros carros e, sem saber muito bem como, ainda foi capaz de encontrar o caminho que conduzia a sua casa. Percorridos uns quilómetros, notou o faiscar das luzes vermelhas atrás de si.

Foi Miles Ryan quem saiu do carro da polícia.

— Sims, és tu? — chamou Miles, a aproximar-se lentamente. Como a maioria dos ajudantes do xerife, conhecia Sims e tratava-o por tu. No entanto, empunhou a lanterna e fez uma inspecção rápida ao interior do carro a fim de detectar qualquer sinal de perigo.

Respondeu-lhe uma voz pastosa. — Olá ajudante.

— Estiveste a beber? — perguntou Miles.

— Não... não. Não bebi nada.

Sims não conseguia olhá-lo a direito. — Estive só a visitar uns amigos.

— Tens a certeza? Nem uma cerveja?

— Não, senhor.

— Talvez um copo de vinho com o jantar, ou coisa parecida?

— Não, senhor. Eu não.

— Vinhas aos ziguezagues pela estrada.

— Estou cansado.

Como a reforçar o que disse, Sims levou a mão à boca e bocejou. O hálito do homem tresandava a álcool.

— Ora, deixa-te disso... nem uma bebida pequenina? Em toda a noite?

— Não, senhor.

175

— Tens de me mostrar a carta de condução e os documentos do carro.

— Pois... deixe ver... acho que não tenho a carta comigo. Talvez a deixasse em casa.

Miles afastou-se um pouco do carro, mantendo o foco da lanterna apontado à cara de Sims. — Tens de sair do carro.

Sims pareceu surpreendido por Miles não acreditar no que dizia.

— Para quê?

— Sai do carro, se fazes favor.

— Não vai prender-me, pois não?

— Anda lá, não tornes as coisas ainda mais difíceis.

Sims parecia ter dúvidas sobre o que havia de fazer; parecia mais bêbado do que era habitual, mesmo tratando-se de um alcoólico como ele. Em vez de se mexer, ficou a olhar para o pára-brisas, até que Miles abriu a porta.

— Cá para fora.

Embora Miles lhe tivesse estendido a mão, Sims limitou-se a abanar a cabeça, como a tentar dizer que estava bem, que não precisava de ajuda para sair.

Porém, a saída revelou-se mais difícil do que previra. Em vez de olhar Miles Ryan de frente, para pedir que o desculpasse por aquela vez, Sims caiu redondo no chão e adormeceu quase de seguida.

Sims acordou na manhã seguinte com tremuras e sem saber como tinha ido ali parar. Só sabia que estava atrás das grades, o que o deixou paralisado de terror. Através de pequenos pormenores isolados, começou a formar uma vaga ideia do que se tinha passado na noite anterior. Lembrava-se de se ter dirigido ao bar e de beber com os amigos... depois disso, tudo lhe parecia um tanto nebuloso, até que se recordou da luz da lanterna. Dos escaninhos mais profundos da memória, conseguiu também retirar o facto de ter sido preso por Miles Ryan.

Agora, porém, Sims tinha coisas mais importantes a fazer do que recordar-se do que tinha acontecido na noite anterior, pelo que os seus pensamentos se centraram antes de tudo em encontrar a melhor forma de evitar o regresso à penitenciária. Só de pensar nisso sentia gotas de suor a formarem-se na testa e no lábio superior.

Não podia voltar para lá. De maneira nenhuma. Se voltasse para lá, morria. Tinha a certeza absoluta disso.

Mas ia mesmo regressar à prisão. O medo concorreu para lhe desanuviar um pouco mais a mente, pelo que durante os minutos seguintes só conseguiu desfiar o rosário das coisas que não queria ter de enfrentar outra vez.

A prisão.
As tareias.
Os pesadelos.
As tremuras e os vómitos.
A morte.

A tremer, conseguiu sentar-se no catre e usar a parede para tomar balanço. Conseguiu agarrar-se às grades e olhar para o corredor. Três das outras celas estavam ocupadas, mas ninguém parecia saber se o ajudante Ryan estava na esquadra. Quando perguntou, mandaram-no calar por duas vezes; o terceiro inquirido nem se dignou responder.

Esta vai ser a história da tua vida durante os próximos dois anos.

Não era suficientemente ingénuo para pensar que o deixassem ir embora, nem alimentava ilusões de que o defensor oficioso pudesse servir para alguma coisa. Os termos da liberdade condicional eram bem claros: qualquer infracção provocaria o regresso à prisão e, dado o seu cadastro e o facto de conduzir sem carta, não via nenhuma maneira de evitar esse resultado. Não tinha hipóteses. Pedir clemência não resultaria, pedir que lhe perdoassem a infracção seria pura perda de saliva. Ia apodrecer na prisão até que o caso fosse reavaliado e depois, quando o perdão fosse recusado, fechavam-no numa cela e deitavam a chave fora.

Limpou o suor da testa com as costas da mão e concluiu que tinha de fazer qualquer coisa. Teria de fazer tudo que pudesse para evitar o destino que o esperava.

O cérebro começou a trabalhar mais depressa, de forma claudicante e intermitente, mas mais rápida. A sua única esperança, a única coisa que podia ajudá-lo, era passar de diante para trás o filme da sua prisão na noite anterior.

Mas como raio é que ia fazer isso?

A resposta foi-lhe dada por um diabinho interior: *Tu tens informações*.

Miles tinha acabado de sair do chuveiro quanto ouviu o telefone retinir. Já tinha dado o pequeno-almoço ao Jonah e assistido à sua partida no autocarro da escola, mas em vez de ficar a flanar pela casa tinha voltado para a cama, esperando dormir mais um bom par de horas. Embora não o conseguisse inteiramente, tinha dormitado um bocado. Tinha de trabalhar do meio-dia às 8 da noite, esperando passar depois um serão calmo. Jonah não estaria em casa — ia ao cinema com o Mark — e Sarah tinha-se oferecido para aparecer para passarem um bocado juntos.

Aquele telefonema iria alterar todos estes planos.

Miles pegou numa toalha e atou-a à volta da cintura, conseguindo levantar o auscultador no momento em que o gravador ia iniciar o registo da chamada. Charlie estava do outro lado da linha. Depois de trocarem cumprimentos, Charlie foi direito à questão.

— É melhor vires até cá, imediatamente — disse.

— Porquê. O que é que se passa?

— Prendeste o Sims Addison na noite passada, não foi?

— Prendi.

— Não recebi nenhum auto de notícia.

— Oh... é sobre isso. Houve outra chamada e tive de sair logo de seguida. Mas tencionava ir mais cedo para acabar o auto. Há algum problema?

— Ainda não sei. Quando é que podes cá chegar?

Miles não sabia como reagir, nem conseguia compreender o tom de voz que Charlie estava a utilizar.

— Acabei de sair do duche. Dentro de meia hora, talvez?

— Quando chegares, vem logo falar comigo. Fico à tua espera.

— Não podes ao menos dizer-me a causa desta pressa toda?

Houve uma longa pausa do outro lado da linha.

— Vem o mais depressa que possas. Então falaremos.

— Então, o que é que pretendes com isto? — perguntou Miles. Logo que chegou, Charlie empurrou-o para o seu gabinete e fechou a porta atrás de si.

— Fala-me da noite passada.

— De Sims Addison, queres tu dizer?

— Começa pelo princípio.
— Bom... passava um pouco da meia-noite, estava parado fora da estrada, junto ao Beckers, sabes onde é, aquele bar perto de Vanceboro.
Charlie acenou que sim e cruzou os braços.
— Estava apenas a observar. Tinha estado tudo sossegado e sabia que o bar estava quase a fechar. Um pouco depois das 2 horas da manhã, vi um indivíduo sair do bar e segui o carro por palpite, e ainda bem que o fiz. O carro seguia estrada fora aos ziguezagues, pelo que o mandei parar para lhe fazer o teste do balão. Só então reparei que era o Sims Addison. Não pude evitar o cheiro da bebida logo que me aproximei da janela do carro. Quando lhe pedi para sair do carro, caiu. Adormeceu. Tive que o deitar no banco de trás para o trazer para aqui. Na altura, já estava um pouco mais desperto, de modo que não tive de carregar com ele para a cela, embora tivesse de o ajudar. Ia começar a preencher a papelada, mas recebi outra chamada e tive de sair imediatamente. Não consegui voltar antes de acabar o turno e como estava previsto que substituísse hoje o Tommie, pensei que podia preencher os papéis antes de começar o meu turno de hoje.
Charlie não disse nada, mas nunca tirou os olhos de Miles.
— Nada mais?
— Não. Ele alega estar ferido ou coisa desse género? Como disse, não lhe toquei, ele caiu. Charlie, ele estava completamente passado. Bêbado de todo...
— Não, não se trata disso.
— Então, trata-se de quê?
— Deixa-me ter a certeza primeiro. Na noite passada, ele não te contou nada?
Miles ficou uns momentos a pensar. — Não, de facto. Sabia quem eu era, visto que me tratou pelo nome...
Reviu tudo, tentando recordar-se de qualquer outro pormenor.
— Estava a agir de forma esquisita?
— Não me pareceu... pareceu-me quase normal, não sei se me entendes?
— Pois... — murmurou Charlie e pareceu novamente imerso nos seus pensamentos.

— Vá lá, Charlie, diz-me o que é que se passa.
Charlie suspirou. — Ele diz que quer falar contigo.
Miles esperou, sabendo que havia mais qualquer coisa.
— Só contigo. Diz que tem informações.
Miles conhecia bem a história de Sims. — E?
— Não quer falar comigo. Mas diz que se trata de um assunto de vida ou de morte.

Miles encarou Sims através das grades, pensando que o homem parecia estar à beira da morte. Como acontecia com outros alcoólicos crónicos, tinha a pele de um amarelo doentio. As mãos tremiam-lhe e a testa estava perlada de gotas de suor. Sentava-se no catre com ar ausente e há horas que estava a coçar os braços, onde Miles viu as marcas vermelhas das unhas, que pareciam riscos de lápis de cor feitos por uma criança.

Miles puxou uma cadeira e sentou-se inclinado para a frente, de cotovelos apoiados nos joelhos.

— Queres falar comigo?

Sims foi despertado pelo som da voz dele. Nem tinha reparado na chegada do polícia. Limpou o lábio superior e acenou que sim.

— Ajudante.

— O que é que tens para me dizer, Sims? — perguntou Miles, inclinando-se ainda mais para a frente. — Conseguiste pôr o meu chefe bastante nervoso. Disse que afirmas ter informações para mim.

— Por que é que me prendeu na noite passada? — perguntou Sims. — Não fiz mal a ninguém.

— Estavas bêbado, Sims. E ias a conduzir. Isso é um crime.

— Então, por que é que ainda não fui acusado?

Miles ficou a pensar na resposta, a tentar descobrir para onde é que Sims o estava a conduzir.

— Ainda não tive tempo — disse honestamente. — Mas, de acordo com as leis deste estado, não interessa se o fiz na noite passada ou não. E se era sobre isso que querias falar comigo, então digo-te que tenho mais que fazer.

Levantou-se da cadeira com algum aparato e deu um passo no corredor.

— Espere — gritou Sims.

Miles parou e voltou-se. — O que há mais?

— Tenho uma coisa importante para lhe dizer.

— Disseste ao chefe Charlie que era um caso de vida ou de morte.

Sims voltou a limpar os lábios. — Não posso voltar para a prisão. E é para onde vou, se me acusar. Estou em liberdade condicional.

— É a vida. Infringiste a lei, vais para a prisão. Nunca mais consegues aprender isso?

— Não posso voltar para lá — repetiu.

— Devias ter pensado nisso a noite passada.

Miles voltou-se de novo e Sims levantou-se do catre, com o pânico estampado na cara. — Não me faça isso.

Ainda hesitou.

— Sims, tenho muita pena. Mas não posso ajudar-te.

— Podia deixar-me ir embora. Não feri ninguém. E se for para a prisão, de certeza que morro. Sei isso tão bem como sei que o céu é azul.

— Não posso fazer isso.

— Não pode se não quiser. Pode dizer que se enganou, dizer que adormeci ao volante e que foi por isso que andei aos ziguezagues com o carro...

Miles não conseguia deixar de sentir alguma pena do homem, mas o seu dever estava bem definido. — Tenho muita pena — repetiu, e recomeçou a percorrer o corredor. Sims foi até às grades e agarrou-as com as ambas as mãos.

— Tenho informações...

— Falas-me disso mais tarde. Agora tenho de ir lá acima preencher a papelada.

— Espere!

Houve qualquer coisa naquela voz que fez com que Miles parasse de novo.

— Há tens?

Sims pigarreou. Os três homens que ocupavam as outras celas tinham sido levados para cima, mas ele olhou a toda a volta para se certificar de que não estava a ser ouvido por mais ninguém. Apontou um dedo para Miles, a pedir-lhe que se aproximasse mais, mas este permaneceu onde estava e cruzou os braços.

— Se eu lhe der uma informação importante, não me acusa.

Miles reprimiu um sorriso. *Agora parece que nos vamos entender.*

— Isso não depende só de mim, como sabes. Tenho de falar com o procurador do distrito.

— Não. Nada disso. Sabe como eu trabalho. Não testemunho e permaneço anónimo.

Miles não respondeu.

O preso olhou à volta para se certificar de que continuavam sozinhos.

— Não existe nenhuma prova do que estou a dizer, mas é a verdade, uma verdade que você quer conhecer.

Baixou a voz, como se estivesse a dizer-lhe um segredo. — Eu sei quem fez aquilo, naquela noite. *Eu sei.*

O tom usado e as implicações óbvias fizeram que os pêlos do pescoço de Miles se eriçassem subitamente.

— Estás a falar de quê?

Sims voltou a limpar a boca, sabendo que Miles lhe dedicava agora toda a atenção.

— Não posso dizer-lhe mais nada, a menos que me deixe sair.

Miles aproximou-se das grades, sentindo-se perturbado. Olhou para Sims e este afastou-se das grades.

— Dizeres-me o quê?

— Quero um acordo, antes de lhe dizer. Tem de prometer que me deixa sair daqui. Diga que saio por não me ter feito o teste do balão, que não tem nenhuma prova de que eu estava bêbado.

— Já te disse que não posso fazer acordos.

— Não há acordo, não há informação. Como já disse, não posso voltar para a prisão.

Olhavam-se de frente, sem nenhum deles desviar os olhos do outro.

— Sabe perfeitamente do que estou a falar, não sabe? — acabou Sims por dizer. — Não quer saber quem fez aquilo?

O coração de Miles começou a bater com mais força, as mãos fecharam-se involuntariamente junto às coxas. Sentia a cabeça a andar à roda.

— Digo-lhe, se me deixar ir embora — acrescentou Sims.

A boca de Miles abriu-se, mas voltou a fechar-se; todas as memórias lhe vieram de súbito à mente, derramando-se sobre ele como a água que sai de uma tina cheia. Parecia-lhe inacreditável, absurdo. Mas... e se Sims estivesse a falar verdade?

E se ele soubesse quem matou Missy?

— Terás de ser testemunha — foi tudo o que conseguiu dizer.

Sims levantou as mãos. — Isso não. Não vi coisa nenhuma, mas ouvi pessoas que falavam disso. E se descobrem que fui eu quem lhe disse, é como se já estivesse morto. Por isso, não posso testemunhar. E não o farei. Jurarei que não me lembro de lhe ter dito absolutamente nada. E também não poderá dizer aos outros como é que obteve a informação. Isto é só entre o senhor e eu. Mas...

Sims encolheu os ombros, semicerrou os olhos, pondo Miles literalmente fora de si.

— Agora, já não se preocupa verdadeiramente com o caso, pois não? Só quer saber quem fez aquilo, e eu posso dizer-lhe. E que Deus me mate neste momento se não lhe estou a dizer a verdade.

Miles agarrou as barras da cela até os nós dos dedos ficarem brancos, e gritou: — Diz-me!

— Tire-me daqui — respondeu Sims, conseguindo, sem saber como, manter a calma perante a fúria de Miles —, e eu falo.

Durante muito tempo, Miles limitou-se a olhar para ele.

— Eu estava no Rebel — começou, finalmente Sims, depois de aceites as suas exigências. — Conhece o lugar, não conhece?

Não esperou pela resposta. Passou a mão pelos cabelos. — Foi há dois anos, talvez mais, não me consigo lembrar da data exacta; estava a beber uns copos, percebe? Por detrás de mim, numa das divisórias, vi Earl Getlin. Conhece-o?

Miles acenou que sim. Mais um na grande lista de nomes registados na esquadra. Alto e magro, a cara marcada pela varíola, tatuagens em ambos os braços: num a mostrar um linchamento, no outro uma caveira atravessada por uma faca. Tinha sido preso por assalto, arrombamento e entrada em morada alheia, negócios com artigos roubados. Suspeito de traficar em drogas. Um ano e meio antes, depois de apanhado a roubar um carro, tinha sido enviado para a Hailey State Prison, sem possibilidade de sair durante os quatro anos seguintes.

— Ele estava algo nervoso, a brincar com o copo. Depois vi-os chegar. Os irmãos Timson. Pararam junto da porta apenas por um instante, olhando à volta até o descobrirem. Não são o tipo de pessoas que gosto de ver à minha volta, por isso não chamei a atenção sobre mim. Quando voltei a vê-los já estavam sentados na mesa do Earl. E estavam a falar muito baixo, quase em murmúrios, mas do ponto em que eu estava conseguia ouvir tudo o que diziam.

As costas de Miles iam ficando rígidas à medida que Sims prosseguia a sua história. Sentia a boca seca, como se tivesse estado ao ar livre durante horas, sem a protecção de uma sombra.

— Eles estavam a ameaçar o Earl, mas ele continuava a dizer que ainda não tinha aquilo. Foi então que ouvi a voz de Otis, que até então tinha deixado que fosse o irmão a falar. Disse ao Earl que, se não tivesse o dinheiro no fim-de-semana seguinte, era melhor ter cuidado, porque a ele ninguém o lixava.

Pestanejou. Fez-se muito pálido.

— Disse ao Earl que lhe aconteceria o mesmo que tinha acontecido a Missy Ryan. Só que desta vez, fariam o carro recuar para lhe passar por cima outra vez.

18

Lembro-me de que comecei a gritar ainda antes de conseguir travar o carro.

Sem dúvida que me lembro do impacto — o ligeiro estremecer da roda e o estrondo nauseante. Mas do que me recordo melhor é dos meus gritos dentro do carro. Eram de rebentar os ouvidos, faziam eco nas janelas fechadas e continuaram até que desliguei a ignição e consegui finalmente abrir a porta. Nesse momento, os gritos deram lugar a uma prece angustiada. «Não, não, não...» é tudo o que me recordo de dizer.

Mal conseguindo respirar, corri para a frente do carro. Não vi estragos nenhuns. Como eu disse, o carro era de um modelo antigo, construído de forma a aguentar choques mais violentos do que os carros actuais. Mas não vi o corpo. Tive um pressentimento súbito de que lhe tivesse passado por cima, de que ia encontrar o corpo esmagado por debaixo do carro e senti todos os músculos do estômago a contraírem-se quando essa visão me passou pela cabeça. Talvez seja a altura de lhes dizer que não me deixo abalar facilmente — as pessoas costumam louvar o meu autodomínio —, mas confesso que naquele momento agarrei os joelhos com as duas mãos e estive quase a vomitar. Quando aquela ânsia abrandou, atrevi-me a olhar para debaixo do carro. Não vi nada, pelo menos de momento, e tive a estranha sensação de que talvez me tivesse enganado, de que o atropelamento fora produto da minha imaginação.

Comecei a andar para cá e para lá, pulando de um lado da estrada para o outro, com a esperança louca de que podia apenas tê-la derrubado, que talvez ela estivesse apenas inconsciente. Olhei para a traseira do carro e continuei a não a ver. E, então, soube onde é que ela tinha de estar.

O nó do estômago fez-se sentir outra vez, os olhos varriam toda a área à volta do carro. Os faróis continuavam acesos. Dei uns passos para diante e foi então que a vi na valeta, a uns seis metros de distância.

Debatia-me entre as hipóteses de correr até à casa mais próxima para pedir uma ambulância ou de ir até junto dela. Na altura, pareceu-me que a segunda ideia fazia mais sentido, mas reparei que, à medida que me ia aproximando, os meus passos eram cada vez mais lentos, como se a lentidão tornasse o resultado menos previsível.

O corpo, isso notei de imediato, estava dobrado de forma que não achei natural. Uma das pernas parecia dobrada, como que cruzada sobre a outra coxa, o joelho estava dobrado num ângulo impossível e o pé virado ao contrário. Um dos braços estava preso por debaixo do corpo, o outro por cima da cabeça. Estava de costas.

Tinha os olhos abertos.

Lembro-me de que não me ocorreu que estivesse morta, pelo menos no primeiro instante. Mas não precisei de mais de um ou dois segundos para perceber que havia qualquer coisa de anormal naquele olhar. Os olhos não pareciam verdadeiros — eram quase uma caricatura de como os olhos são, como os olhos de um manequim na montra de qualquer loja. Mas, quando olhei de perto, acho que foi a sua quietude absoluta que me fez compreender. Não mexeu uma pálpebra durante todo o tempo que estive a olhar para ela.

Momentos depois, notei a poça de sangue a formar-se por debaixo da sua cabeça e só então, subitamente, tudo se encaixou para fazer sentido: os olhos, a posição do corpo, o sangue...

E, também pela primeira vez, tive a certeza de que estava morta.

Penso que perdi a consciência do que estava a fazer. Não consigo recordar-me de decidir aproximar-me do cadáver, mas foi exactamente na posição em que me achei momentos depois. Encostei-lhe o ouvido ao peito, depois na boca, verifiquei se tinha pulsação. Procurei todos os tipos de movimento, qualquer centelha de vida, qualquer coisa que me incitasse a tomar uma decisão.

Não encontrei nem movimento nem som.

Mais tarde, a autópsia revelou — e os jornais não deixaram de relatar — que a senhora tinha morrido instantaneamente. Digo isto para demonstrar que estou a contar a verdade. Por mais que eu tivesse tentado fazer, Missy Ryan não tinha qualquer hipótese de sobreviver.

Não sei dizer quanto tempo é que fiquei junto dela, mas não pode ter sido muito. Lembro-me de me arrastar até ao carro e de abrir a porta da mala; lembro-me de pegar na manta e de cobrir o corpo. Na altura, pareceu-me que fiz o que devia fazer. Charlie suspeitou de que eu estava a tentar pedir desculpa pelo sucedido e, recordando o que se passou, talvez essa fosse parte da explicação. Mas a outra parte foi o meu desejo de não querer que alguém a visse como eu a vi. Por isso a tapei, como se estivesse a encobrir a minha culpa.

As memórias do que se passou em seguida são nebulosas. Na recordação seguinte já estou dentro do carro, a caminho de casa. Para além de julgar que não estava a raciocinar com clareza, não tenho uma verdadeira explicação para o que fiz. Se aquilo me acontecesse agora, sabendo o que sei actualmente, não teria agido daquela maneira. Correria para a casa mais próxima e teria chamado a polícia. Naquela noite, por qualquer razão, não o fiz.

Contudo, não penso que estivesse a tentar encobrir os meus actos. Pelo menos naquela altura. Pensando no caso passados todos estes anos, tentando compreender o que se passou, penso que apontei o carro na direcção de casa por esse ser o sítio para onde eu precisava de ir. Como a borboleta atraída pela luz do alpendre, não me pareceu ter outra escolha. Limitei-me a reagir perante a situação.

Também não agi bem quando cheguei a casa. Só consigo recordar que nunca me tinha sentido tão exausto em toda a minha vida, pelo que, em vez de fazer a chamada necessária, limitei-me a rastejar para a cama e a adormecer.

A seguir, lembro-me de ser manhã.

Há algo de terrível nos momentos que se seguem ao despertar, quando o subconsciente sabe que aconteceu qualquer coisa terrível, mas antes de as memórias emergirem na sua totalidade. Foi o que experimentei logo que abri os olhos. Tive a sensação de que não conseguia respirar, de que, sem eu saber como, todo o ar me tinha sido extraído dos pulmões; mas, logo que enchi os pulmões de ar, todas as memórias reapareceram.

A estrada.

O impacto.

O estado em que Missy estava quando a encontrei.

Sem querer acreditar, cobri a cara com as mãos. Recordo-me de o coração me ter começado a bater aceleradamente, que rezei com fervor para que tudo aquilo não passasse de um sonho. Já tinha tido sonhos parecidos, alguns pareciam tão reais que precisava de alguns momentos de reflexão séria para me aperceber do meu erro. Mas, desta vez, a realidade não me deixou. Em vez disso, foi-se tornando cada vez mais difícil de suportar, senti-me mergulhar para dentro de mim mesmo, como se me afundasse no meu próprio oceano.

Minutos depois, já estava a ler a notícia no jornal.

Foi aqui que aconteceu o meu verdadeiro crime.

Vi as fotografias, li o que tinha acontecido. Li as declarações dos polícias, empenhados em descobrir quem tinha feito aquilo, levasse o tempo que levasse. E com estas afirmações veio a constatação terrível de que o acontecimento — o acidente terrível — não era considerado um acidente. Por qualquer razão, era considerado um crime.

Atropelamento e fuga, dizia o jornal. Um crime grave.

Olhei o telefone que estava em cima da bancada, como que a chamar por mim.

Tinha fugido.

Para eles, eu era culpado, quaisquer que fossem as circunstâncias.

A despeito de tudo o que tinha feito na noite anterior, continuava a dizer a mim mesmo que não tinha cometido um crime, apesar de tudo o que o jornal pudesse escrever. Naquela noite, a fuga não foi uma decisão consciente. Não estava em estado de pensar em tal coisa.

Não, o meu crime não tinha ocorrido na noite anterior.

O meu crime aconteceu na cozinha da minha casa, quando olhei para o telefone mas não fiz a chamada.

Embora afectado pelo que tinha lido no jornal, naquele momento estava a pensar com clareza. Não estou à procura de desculpas, porque não tenho nenhumas. De um lado, alinhei os meus temores, do outro, a verdade que eu conhecia, acontecendo que os temores acabaram por ganhar claramente.

Fiquei aterrorizado com a perspectiva de ir parar à prisão por causa do que eu sabia ser um acidente, pelo que comecei a procurar desculpas. Penso que disse para comigo que telefonaria mais tarde; mas não o fiz. Disse a mim mesmo que esperaria uns dias, até os ânimos assentarem, e depois faria o telefonema; mas não o fiz. Depois decidi esperar até que se realizasse o funeral.

E, chegado àquele ponto, sabia que era tarde de mais.

19

Poucos minutos depois, com a sirene a tocar e as luzes a piscar, Miles fez derrapar o carro ao dobrar uma esquina, quase a perder o controlo do veículo, e voltou a carregar no acelerador até ao fundo.
Tinha arrastado Sims para fora da cela e pelas escadas acima, fazendo-o passar pelo escritório sem ter tempo para reparar nos olhares dos colegas. Charlie estava no seu gabinete, ao telefone, mas desligou ao ver o estado de Miles, com as faces da cor da cal. Mas não reagiu a tempo de evitar que ele chegasse à porta principal, sempre a empurrar Sims. Os dois saíram ao mesmo tempo e, quando Charlie conseguiu chegar ao passeio, Miles e Sims seguiam em direcções opostas. De imediato, tomou a decisão de ir atrás de Miles e gritou a mandá-lo parar. Miles ignorou-o e meteu-se no carro de serviço.
Charlie acelerou o passo e conseguiu chegar junto de Miles quando o carro ia a entrar na rua. Bateu na janela, embora o carro já estivesse em movimento.
— O que é que se passa? — perguntou.
Miles fez-lhe um gesto para que saísse do caminho e Charlie ficou pregado ao chão, a própria imagem da confusão e da incredulidade. Em vez de baixar o vidro da janela, Miles ligou a sirene, pisou o acelerador e saltou do parque de estacionamento, com os pneus a guincharem no momento em que curvou para entrar na rua.
Minutos depois, quando Charlie o chamou pela rádio para exigir que Miles o informasse do que estava a acontecer, o subordinado nem se dignou a responder-lhe.

Em condições normais, o percurso entre a esquadra e o terreiro onde os Timson viviam levava menos de 15 minutos. Com a sirene a tocar e o carro de serviço sempre a acelerar, levou menos de 8 minutos e já tinha percorrido quase metade do caminho quando Charlie fez o contacto pela rádio. Chegado à estrada, atingiu os 150 quilómetros por hora, pelo que na altura em que chegou à curva antes do terreiro onde estava a casa móvel em que Otis vivia, a adrenalina tinha atingido níveis elevados. Apertava o volante com tanta força que tinha perdido a sensibilidade em certas partes das mãos, embora, no estado em que se encontrava, nem se apercebesse disso. A raiva estava a inundá-lo por dentro, a bloquear qualquer tipo de pensamento racional.

Otis Timson tinha ferido o seu filho com um tijolo.

Otis Timson tinha-lhe assassinado a mulher.

Otis Timson estivera quase a escapar ao castigo.

Quando ele voltou a acelerar, o carro seguiu aos ziguezagues pelo caminho de terra. As árvores porque passava pareciam borrões de tinta; não via nada, à excepção do caminho directamente à sua frente e, ao derrapar uma vez mais para a direita, Miles levantou finalmente o pé do acelerador e o carro começou a abrandar. Estava quase a chegar.

Miles tinha esperado por este momento durante dois anos.

Dois anos a torturar-se, a viver o seu próprio fracasso.

Otis.

Momentos depois, travou de repente no meio do terreiro e saltou do carro quase ao mesmo tempo. Ficou de pé, diante da porta, a observar o terreiro, atento a qualquer movimento, a ver tudo. Tinha o queixo apertado, na tentativa de se controlar.

Abriu o coldre e começou a tirar o revólver.

Otis Timson tinha-lhe assassinado a mulher.

Tinha-a atropelado a sangue-frio.

Havia ali uma calma de mau agoiro. Para além dos estalidos do motor a arrefecer, não se ouvia qualquer som. As árvores estavam imóveis, não mexia uma folha. Os pássaros não chilreavam nas estacas das cercas. Os únicos sons que Miles ouvia eram os que ele próprio provocava: o roçar da arma ao sair do coldre, o arfar doloroso da sua própria respiração.

Fazia frio, o ar estava fresco e sem nuvens, um céu de Primavera num dia de Inverno.

Miles esperou. Passado algum tempo, viu abrir-se uma porta de mosquiteiro, que rangeu nas dobradiças como um prensa enferrujada.

— O que é que quer? — gritou uma voz. — O som era rouco, como que saído de uma garganta dilacerada por anos de fumo de cigarros sem filtro. Clyde Timson.

Miles baixou-se, utilizando a porta do carro como escudo de protecção para o caso de dispararem sobre ele.

— Venho buscar o Otis. Mande-o cá para fora.

A mão desapareceu e a porta bateu ao fechar-se.

Miles rodou a patilha de segurança e colocou o dedo no gatilho, com o coração a bater aceleradamente. Passado o minuto mais longo da sua vida, viu a porta abrir-se de novo, empurrada pela mesma mão anónima.

— Qual é a acusação? — perguntou a voz.

— Mande-o sair, *já!*

— Para quê?

— Vou prendê-lo. Agora, mande-o sair! Com as mãos em cima da cabeça!

A porta voltou a fechar-se, o que levou Miles subitamente a aperceber-se da posição precária em que se encontrava. Com a pressa, tinha-se colocado em perigo. Havia quatro casas móveis — e embora não tivesse visto ninguém nas outras, sabia que havia pessoas lá dentro. Também havia inúmeros carros abandonados por entre as casas, alguns em cima de cepos; não podia deixar de recear que os Timson estivessem a ganhar tempo, a cercá-lo de todos os lados.

Uma parte de si mesmo dizia-lhe que devia ter trazido ajuda; que devia pedir ajuda imediatamente. Não pediu.

Não podia. Agora não.

Passado mais algum tempo, a porta abriu-se de novo e Clyde apareceu no cimo dos degraus. Tinha as mãos ao lado do corpo; empunhava uma caneca de café, como se coisas daquelas lhe acontecessem todos os dias. No entanto, quando viu Miles a apontar-lhe a arma, deu um pequeno passo atrás.

— Ryan, que diabo é que você quer daqui? O Otis não fez nada.

— Tenho de o prender, Clyde.
— Mas ainda não me disse a razão.
— Será acusado quando der entrada na esquadra.
— Onde é que está a ordem de prisão?
— Não preciso de uma ordem de prisão para isto. Ele está preso.
— Um homem tem direitos! Não pode entrar por aqui dentro a fazer exigências. Eu tenho os meus direitos! E, se não tem uma ordem de prisão, ponha-se a mexer daqui para fora! Estamos fartos de si e das suas acusações!
— Clyde, eu não estou a brincar. Mande-o sair ou dentro de minutos terei aqui todos os xerifes do distrito. E você será preso por dar guarida a um criminoso.

Não era verdade, mas acabou por resultar. Momentos depois, Otis apareceu vindo de detrás da porta e afastou o pai para o lado. Miles mudou a posição da arma, fazendo pontaria a Otis. Tal como o pai, este não pareceu muito preocupado.

— Desvie-se paizinho — disse Otis calmamente. — A visão da cara de Otis provocou em Miles a vontade de premir o gatilho. A lutar contra a onda de raiva que o sufocava, levantou-se, mantendo a arma apontada para Otis. Começou a abandonar a protecção do carro, a ficar a descoberto.

— Sai daí! Quero-te de joelhos, no chão!

Otis passou para a frente do pai mas manteve-se no alpendre. Cruzou os braços. — Qual é a acusação, ajudante Ryan?

— Tu sabes tão bem como eu qual é a acusação! Agora vais pôr as mãos ao alto.

— Acho que não.

Apesar do perigo que podia correr, mas que subitamente deixara de lhe interessar por completo, Miles continuou a aproximar-se da casa, com o revólver sempre apontado para Otis. Tinha o dedo no gatilho e sentia-o apertar-se.

Faz um movimento... Um só...

— Desce daí!

Otis olhou de relance para o pai, que parecia prestes a explodir mas, quando voltou a olhar para Miles, viu-lhe aquela expressão de fúria incontrolável e apressou-se a descer para o terreiro.

— Está bem, está bem. Já vou.

— Mãos ao ar! Quero ver essas mãos bem levantadas.

Agora já se viam várias cabeças a espreitar das outras casas, com toda a gente a ver o que se estava a passar. Embora raramente se encontrassem do lado da lei, nenhum teve a ideia de pegar na arma. Também notaram a expressão de Miles, todos perceberam que ele estava à procura de um motivo para disparar.

— De joelhos! *Já!*

Otis fez como ele mandou, mas Miles não pôs a arma no coldre. Em vez disso, manteve-a apontada à cabeça de Otis. Olhou para todos os lados, para ter a certeza de que ninguém ia impedir o que se preparava para fazer, e foi diminuindo a distância entre ambos.

Otis tinha-lhe assassinado a mulher.

À medida que se aproximava, o resto do mundo parecia desvanecer-se. Agora apenas existiam os dois homens. Os olhos de Otis demonstravam medo e mais qualquer coisa — enfado? — mas não disse nada. Estavam a olhar um para o outro. Miles deteve-se mas recomeçou a andar, a rodeá-lo até ficar atrás dele.

Aproximou a ponta do cano da cabeça de Otis.

Como um pistoleiro.

Sentia o gatilho debaixo do dedo. Uma pressão ligeira, um rápido recuo e estaria tudo acabado.

Por Deus, queria mesmo matá-lo, queria acabar com tudo ali mesmo. Devia isso à Missy, devia isso ao Jonah.

Jonah...

A imagem súbita do filho obrigou-o a ver a realidade, o que estava para acontecer.

Não...

Mesmo assim, debateu-se um bocado, antes de inspirar profundamente. Pegou nas algemas e tirou-as do cinto. Com um movimento experiente, enfiou uma no braço levantado de Otis, no que lhe estava mais próximo, e depois moveu a mão por detrás das costas do preso. Depois de colocar a arma no coldre, enfiou a outra algema, fechou-as ambas, fazendo Otis estremecer, e obrigou-o a levantar-se.

— Tem o direito de se manter calado... — começou, e Clyde, que tinha permanecido imóvel, sem sair do mesmo sítio, entrou subitamente em actividade, como um formigueiro que tivesse sido pisado.

— Isto não está certo. Vou chamar o meu advogado! Não tem o direito de entrar por aqui dentro a apontar uma arma dessa maneira!

Continuou a berrar, mesmo depois de Miles ter acabado de ler os direitos do preso, ter posto Otis no banco traseiro do carro e arrancado em direcção à esquadra.

Nenhum deles falou até chegarem à estrada. Os olhos de Miles continuaram a fixar-se no caminho à sua frente. Apesar de ter Otis preso, não queria vê-lo no espelho retrovisor, pois receava que não conseguisse ter mão em si.

A vontade dele era matá-lo.

Deus era testemunha de que o tinha querido fazer.

Se tivesse havido um qualquer movimento errado por parte daquela gente, teria disparado.

Mas isso teria sido um erro.

E erraste na forma como conduziste as coisas naquele terreiro.

Quantas normas teria infringido? Meia dúzia? Deixar Sims sair, não obter a ordem de prisão, ignorar Charlie, não ter pedido ajuda, empunhar a arma, encostá-la à cabeça de Otis... Iam fazer-lhe a vida num inferno por tudo aquilo. Não se tratava apenas de Charlie. Havia também o Harvey Wellman. As linhas quebradas amarelas apareciam e desapareciam num ritmo certo.

Não me interessa. Otis vai para a prisão, a despeito de tudo o que me possa acontecer. Otis vai apodrecer na prisão, como me fez apodrecer durante estes últimos dois anos.

— Então, por que é que vou dentro desta vez? — perguntou Otis com voz átona.

— Cala-me essa boca — respondeu Miles.

— Tenho o direito de saber de que é que sou acusado.

Miles voltou a olhar para diante, a abafar a fúria que estava outra vez a aumentar só por ouvir aquela voz. Como Miles não lhe respondeu, Otis continuou a falar numa voz estranhamente calma.

— Vou deixá-lo saber um pequeno segredo. Sempre soube que não ia disparar. Nunca poderia fazer tal coisa.

Miles mordeu o lábio, com as faces a ficarem vermelhas. Mantém-te calmo, dizia para consigo. Não percas o autodomínio...

Mas Otis resolveu continuar.

— Diga-me, continua a namorar aquela rapariga com que estava quando o vi na Tavern? Estava a pensar nela, porque...

Miles deu uma sapatada nos travões, as rodas chiaram, deixando rastos negros no pavimento. Por não levar cinto, Otis foi atirado para a frente e foi embater na rede de segurança. Miles acelerou outra vez a fundo e, como se fosse um ioiô, Otis foi novamente atirado para trás, até ficar sentado.

Não disse mais nada durante o resto da viagem.

20

— Então, que diabo é que andas a fazer? — perguntou Charlie.
Uns minutos antes, Miles tinha aparecido na esquadra com Otis, encaminhando-se directamente para as celas situadas na cave. Depois de ser encerrado numa delas, Otis exigiu a presença do seu advogado, mas Miles nem lhe respondeu e dirigiu-se para o gabinete de Charlie. O chefe fechou a porta, enquanto outros ajudantes olhavam de relance pela vidraça da divisória, a tentarem esconder a curiosidade que os roía.
— Penso que é tudo bastante óbvio, não achas? — respondeu Miles.
— Miles, não estamos em situação de dizer piadas, nem este é o lugar para isso. Preciso de umas respostas e quero que mas dês imediatamente, começando por Sims. Quero saber onde está o auto, as razões que te levaram a soltá-lo e o que é que ele queria dizer com aquela história da vida e morte. E, depois, quero conhecer a razão que te levou a saíres disparado daqui e os motivos por que fechaste o Otis numa cela da cave.
Dito isto, cruzou os braços e deixou-se ficar apoiado à secretária.
Miles esteve cerca de 15 minutos a contar-lhe a história. Charlie abriu a boca de espanto e, ainda antes de terminada a explicação, já não conseguia estar quieto e percorria o gabinete em passadas lentas.
— Quando é que isso aconteceu?
— Há uns dois anos. Sims não se recorda da data exacta.
— Mas acreditaste no resto da história?

Miles acenou que sim. — É verdade — respondeu —, acreditei nele. Ou estava a dizer-me a verdade ou é o melhor actor que alguma vez vi.

Depois daquela onda de adrenalina que o submergiu, e estava a dissipar-se lentamente, Miles sentia-se cansado.

— Por isso, deixaste que se fosse embora.

Não foi uma pergunta, foi uma afirmação.

— Teve de ser.

Charlie abanou a cabeça, fechando os olhos por momentos.

— Essa decisão não te competia. A tua obrigação era vires falar comigo primeiro.

— Charlie, havias de ter estado lá. Ele não diria nada se eu começasse a entrar e a sair, a tentar estabelecer acordos contigo e com o Harvey. Fiz o que achei mais apropriado. Podes dizer que agi mal, mas acabei por obter a resposta que procurava.

Charlie estava a olhar pela janela, a pensar. Não estava a gostar daquilo. Não estava a gostar mesmo nada. E não se tratava apenas do facto de Miles ter ultrapassado as suas atribuições; havia muitos outros pormenores que careciam de explicação.

— Pois é, conseguiste uma resposta — acabou por dizer.

Miles levantou os olhos para ele. — Isso quer dizer o quê?

— Que não soa bem, não quer dizer mais nada. Sims sabe que vai parar à prisão, a menos que consiga um acordo, e subitamente tem uma informação acerca de Missy?

Virou-se para olhar Miles de frente. — Onde é que ele andou durante os últimos dois anos? Havia uma recompensa e tu sabes muito bem como é que Sims obtém o seu dinheiro. Como é que não se lembrou de nos vir dizer, antes de o prenderes?

Não tinha pensado naquilo. — Não sei. Talvez tivesse medo.

Charlie pôs os olhos no chão. *Ou talvez esteja agora a mentir.*

Miles pareceu ler na mente do chefe.

— Olha, vamos falar com Earl Getlin. Se ele confirmar a história, podemos conseguir um acordo que o leve a testemunhar.

Charlie não respondeu. Céus, que trapalhada.

— Charlie, ele atropelou a minha mulher.

— *Sims diz* que *Otis disse* que atropelou a tua mulher. São duas coisas totalmente distintas.

— Conheces a história das minhas relações com Otis.
Charlie virou-se, levantando as mãos. — Pois conheço. Conheço todos os pormenores dessa história. E essa foi uma das razões que nos levou a confirmar o álibi de Otis antes de todos os outros, ou já não te recordas disso? Houve testemunhas a afirmar que ele não saiu de casa na noite do acidente.
— Os próprios irmãos...
Charlie abanou a cabeça, sentia-se frustrado. — Mesmo sem estares oficialmente na investigação, sabes o que fizemos para conseguirmos chegar à verdade. Não fomos um grupo de palhaços que andou por aí a entreter as pessoas, os homens da brigada de trânsito também não. Todos nós sabemos como é que se faz a investigação de um crime, e fizemo-la bem feita, porque queríamos, tanto como tu, saber a verdade. Falámos com as pessoas certas, mandámos as informações necessárias para os laboratórios estaduais. Mas Otis não tinha nenhuma relação com os factos. Nenhuma.
— Não podes ter a certeza disso.
— Estou muito mais convencido disso do que da história que acabaste de me contar — respondeu. — Inspirou profundamente.
— Sei como tudo isto te tem perturbado desde o início. Sabes disso, não sabes? Também me tem perturbado. E se tivesse acontecido comigo, teria agido da mesma forma que agiste. Ficaria maluco se alguém atropelasse a Brenda e se safasse sem castigo. É provável que também fosse à procura de respostas. Mas sabes uma coisa?
Parou, para ter a certeza de que Miles o escutava com atenção.
— Não teria acreditado na primeira história que me tentassem impingir, especialmente se contada por um tipo do género do Sims Addison. Pensa bem sobre a pessoa que estamos a falar. *Sims Addison.* Este indivíduo denunciaria a própria mãe se assim pudesse ganhar algum dinheiro. Quando o que está em causa é a sua própria liberdade, até onde é que pensas que ele é capaz de ir?
— Isto não tem a ver com o Sims...
— É claro que tem. Como não queria voltar para a cadeia, estava pronto a afirmar fosse o que fosse para se safar. Não fará isto mais sentido do que toda essa história que acabaste de me contar?
— Não me mentiria sobre uma coisas destas.

Charlie enfrentou o olhar de Miles. — E por que não? Por ser matéria demasiado pessoal? Por significar tanto para ti? Por ser demasiado importante? Ainda não paraste para pensar que ele sabia o que devia fazer para o deixares sair daqui? É capaz de denunciar qualquer pessoa desde que isso lhe evite sarilhos e, pelo que ouvi até agora, foi exactamente isso que aconteceu.

— Não estavas lá quando ele me disse aquilo. Não viste a expressão dele.

— Não? Para te falar com franqueza, não penso que houvesse necessidade de lá estar. Posso imaginar como as coisas se passaram exactamente. Mas partamos do princípio de que tens razão, de acordo? Digamos que Sims te contou a verdade, e desprezemos totalmente o facto de teres feito asneira quando o deixaste sair sem falares comigo ou com o Harvey, de acordo? E depois? Disseste que ele ouviu pessoas a falar. Que nem sequer é testemunha.

— Nem precisa de ser.

— Ora, Miles, deixa-te disso. Tu sabes as normas. Para o tribunal, tudo isso é conhecimento por ouvir dizer. Não tens um caso para julgar.

— Earl Getlin pode ser testemunha.

— Earl Getlin? Quem é que vai acreditar nele? Uma vista de olhos às tatuagens e ao seu cadastro, e lá se vai metade do júri. Acrescenta-lhe o acordo, que tenho a certeza de que ele vai exigir, e ficas sem a outra metade.

Fez uma pausa. — Mas, meu caro, estás a esquecer-te de algo muito importante.

— De quê?

— O que acontece se o Earl não confirmar a história?

— Confirma.

— Mas, se não confirmar?

— Nesse caso, terei de obrigar o Otis a confessar.

— E como é que pensas conseguir uma coisa dessas?

— Vai acabar por confessar.

— Estás a dizer que o vais pressionar com a força suficiente...

Miles levantou-se, sem vontade de ouvir mais. — Olha, Charlie, Otis matou a Missy, é tão simples quanto isso. Podes não querer acreditar, mas é possível que os investigadores tenham esquecido um pormenor qualquer e, eu seja cão, se vou deixar que isso aconteça novamente.

Dirigiu-se para a porta. — Tenho de ir interrogar um detido...

Dando uma volta rápida, Charlie segurou a porta e voltou a fechá-la.

— Penso que não, Miles. Para já, acho que será melhor que fiques fora disto durante algum tempo.

— Ficar fora disto?

— Sim. *Fica. Fora. Disto.* É uma ordem. A partir de agora, tomo conta do caso.

— Charlie, estamos a falar de Missy.

— Não. Estamos a falar de um ajudante que se excedeu nas suas funções e que, em primeiro lugar, não se deveria ter deixado envolver nesta trapalhada.

Ficaram a olhar um para o outro durante algum tempo. Finalmente, Charlie abanou a cabeça. — Escuta, Miles, eu percebo o que estás a sofrer, mas agora estás fora disto. Eu falarei com Otis, vou procurar Sims e também falo com ele. E vou fazer uma pequena viagem para me encontrar com Earl. Quanto a ti, provavelmente será melhor que vás agora para casa. Estás dispensado durante o resto do dia.

— O meu turno está a começar...

— E já acabou.

Charlie agarrou o puxador. — Agora vai para casa. Deixa-me tratar do assunto, está bem?

Continuava a não gostar nada daquilo.

Passados vinte minutos, sentado no seu gabinete, Charlie continuava a não se deixar convencer.

Há quase trinta anos que era xerife, tinha aprendido a confiar nos instintos. E, para já, os seus instintos estavam a piscar como se fossem lâmpadas estroboscópias, aconselhando-o a ter cuidado.

De momento, nem tinha a certeza de saber por onde começar. Por Otis Timson, provavelmente, visto que ele estava numa das celas da cave, mas desejava realmente falar primeiro com Sims. Miles dissera que tinha a certeza de que Sims estava a dizer a verdade mas, para Charlie, isso não era suficiente.

Agora não. Não nas circunstâncias actuais.

E Missy não era para ali chamada.

Charlie era testemunha privilegiada da luta que Miles tinha travado depois da morte de Missy. Eram um casal de apaixonados. Como se fossem dois jovens, não conseguiam tirar os olhos um do outro, estavam sempre de mãos dadas. Abraços e beijos, mãos dadas, trocas de olhares — era como se ninguém se tivesse dado ao cuidado de lhes dizer que o casamento era suposto ser um assunto difícil. Graças a Deus, o nascimento de Jonah não tinha vindo alterar nada. Brenda costumava brincar com a situação, dizendo que eles continuariam a namorar-se num lar de terceira idade, cinquenta anos mais tarde.

E, quando ela morreu, se Jonah não existisse é provável que Miles se tivesse juntado à mulher na morte. Mesmo assim, quase se tinha suicidado: começou a exagerar na bebida, a fumar, a perder o sono e a emagrecer. Durante muito tempo não pensou em mais nada, a não ser no crime.

O crime. Nunca um acidente. No espírito de Miles, nunca deixou de ser um *crime*.

Charlie martelou o tampo de secretária com a esferográfica.

Cá vamos nós outra vez.

Sabia tudo acerca da investigação empreendida por Miles, mas a despeito de se achar melhor juiz da situação tinha fingido que não sabia de nada. Quando soube do caso, Harvey Wellman soltou todas as pragas que conhecia, mas o que é que se podia fazer? Ambos sabiam que Miles nunca abandonaria a sua investigação, qualquer que fosse a opinião de Charlie sobre o caso; se tivessem levado o caso às últimas consequências, Miles teria entregado o crachá e continuado a investigar por conta própria.

Mesmo assim, tinha conseguido mantê-lo longe de Otis Timson. Graças a Deus que o conseguira. Havia qualquer coisa entre os dois, algo mais profundo do que a tensão normal entre os que estão dentro e os que estão fora-da-lei. Todas as partidas que os Timson tinham pregado — Charlie não precisava de provas para saber quem eram os seus autores — eram uma boa parte do problema. Mas, combinadas com a tendência de Miles para prender os Timson primeiro e fazer a investigação depois, tinham dado origem a uma mistura explosiva.

Seria possível que Otis tivesse atropelado Missy Ryan?
Charlie tinha pensado muito no assunto. Possível... embora Otis tivesse alguns pesos na consciência e entrado numas quantas brigas, nunca tinha ultrapassado a linha. Até agora. Pelo menos nada que os polícias estivessem em condições de provar. Além disso, tinham-no investigado discretamente. Miles tinha insistido nisso, mas Charlie sempre estivera um passo à frente dele. Ter-lhes-ia escapado algum pormenor?

Pegou num bloco e, como era seu hábito, começou a fazer uma lista das suas ideias, tentando ser objectivo.

Sims Addison. Estaria a mentir?

No passado, tinha dado informações valiosas. De facto, sempre tinham sido boas. Mas esta era diferente. Não estava a fazê-lo por dinheiro, a aposta era bem mais elevada. Estava a fazê-lo para se safar. Sendo esse o caso, seria mais provável que estivesse a dizer a verdade? Ou menos?

Havia que ter uma conversa com ele. Ainda hoje, se possível. O mais tardar amanhã.

Voltando ao bloco. Inscreveu o nome seguinte.

Earl Getlin. O que é que ele teria a dizer?

Se resolvesse não colaborar, assunto encerrado. Soltar Otis e passar o ano seguinte a tentar convencer Miles de que Otis estava inocente pelo menos deste crime particular. Mas, se ele colaborasse, o que é que podia acontecer? Com o seu cadastro, não era a melhor das testemunhas que se podiam apresentar em tribunal. E não deixaria de querer qualquer coisa em troca, o que nunca agrada muito ao júri.

De qualquer maneira, Charlie decidiu que tinha de falar com ele imediatamente.

Colocou Earl no topo da lista e escreveu outro nome.

Otis Timson. Culpado ou não?

Se tinha assassinado Missy, a história de Sims fazia sentido, mas que fazer dela? Mantê-lo preso para poderem investigá-lo abertamente, à procura de provas adicionais? Deixá-lo à solta e fazer na mesma a investigação? Harvey não iria gostar mesmo nada de um caso em que tinha de se apoiar apenas em Sims Addison e Earl Getlin. Mas, passados dois anos, que esperanças poderiam alimentar de encontrar algo de novo?

Tinha de se debruçar sobre ele, sem dúvida. Por muito que duvidasse da hipótese de descobrir qualquer coisa, tinha de recomeçar a investigação. Por Miles. Por ele próprio.

Charlie abanou a cabeça.

Ora bem, partindo do princípio de que Sims estava a falar verdade, e que Earl dizia o mesmo — difícil de acontecer, mas possível —, qual a razão de Otis ter dito uma coisa daquelas? A resposta óbvia seria que o disse porque o tinha feito. A ser assim, voltavam à necessidade de encontrar provas que convencessem o tribunal. Mas...

Precisou de algum tempo para converter a ideia numa nova pergunta.

Mas, se Sims estivesse a dizer a verdade? E se Otis tivesse mentido naquela noite?

Seria possível?

Charlie ficou a pensar, de olhos fechados.

Se estava a mentir, que razões teria para o fazer?

Para defender a sua reputação? *Estás a ver o que eu fiz; e safei-me...*

Para assustar Earl e conseguir o dinheiro? *É o que te vai acontecer, a menos que...*

Ou teria querido dizer que se tinha limitado a preparar as coisas mas não tinha sido ele a fazer o trabalho sujo?

Ao serem analisadas uma por uma, as ideias faziam círculos e ziguezagues, iam de um extremo ao outro.

Mas como diabo é que ele poderia saber que Missy tinha ido fazer uma corrida naquela noite?

Era uma verdadeira trapalhada.

Sem chegar a lado nenhum, pousou a esferográfica e massajou as têmporas, sabendo que, para além dos papéis daqueles três indivíduos, havia muitos mais elementos a ter em conta.

O que é que ia fazer com Miles?

O seu amigo. O seu ajudante.

Fazer um acordo com Sims e perder o auto? Deixá-lo à solta? Depois sair dali espavorido, como se ainda estivesse no Oeste Selvagem, para prender Otis, sem sequer se preocupar em falar primeiro com Earl Getlin?

Harvey não era mau tipo, mas Miles estava metido em problemas. Problemas graves.

Estavam todos.
Charlie soltou um suspiro — Madge? — chamou.
A cabeça da secretária apareceu na porta entreaberta. Gorducha e de cabelos quase brancos, andava por ali há quase tanto tempo como ele e sabia tudo o que se passava no departamento. Nem sabia se ela tinha estado à escuta.
— O Joe Hendricks ainda é o director de Hailey?
— Penso que o director actual é o Tom Vernon.
— Pois é — confirmou Charlie, acenando com a cabeça ao lembrar-se de ter lido a notícia, já nem sabia aonde. — Podes ver qual é o número dele?
— Com certeza. Vou já buscá-lo. Está no ficheiro que tenho na secretária.
Não se demorou um minuto, mas depois de entregar o papel a Charlie ficou a olhá-lo por momentos. E não gostou da expressão dos olhos do chefe. Esperou para ver se ele queria falar do assunto.
Não queria.

Gastou quase dez minutos até conseguir falar com Tom Vernon.
— Earl Getlin? Sim, ainda cá está — respondeu Vernon.
Charlie estava a brincar com o pedaço de papel que tinha na frente. — Preciso de falar com ele.
— Assunto oficial?
— Pode dizer-se que sim.
— Não tenho nada a opor. Quando é que pensa vir cá?
— Nesta tarde. Será possível?
— Tão depressa, hã? Deve ser coisa séria.
— É.
— Muito bem. Vou mandar avisar a portaria de que vem a caminho. A que horas pensa estar aqui?
Charlie viu as horas. Passava pouco das 11. Se não almoçasse, podia estar lá a meio da tarde.
— Cerca das 2 horas da tarde, está bem?
— Combinado. Julgo que precisa de um lugar para falar com ele a sós.
— Se for possível.
— Não é problema. Até logo.

Charlie pousou o auscultador, mas Madge espreitou para dentro do gabinete quando ele se preparava para pegar no blusão.
— Vai até lá?
— Tenho de ir.
— Oiça, enquanto estava ao telefone, recebi uma chamada de Thurman Jones. Quer falar consigo.
O advogado de Otis Timson.
Charlie acenou com a cabeça. — Se voltar a ligar, diz-lhe que devo regressar por volta das 6 horas. Pode falar comigo nessa altura.
Madge arrastou os pés. — Disse que era importante. Que não podia esperar.
Advogados. Se queriam falar, era importante. Se fosse ele a querer encontrá-los, a história era outra.
— Disse qual era o assunto?
— A mim, não. Parecia zangado.
Claro que parecia. O seu cliente estava atrás das grades e ainda não tinha sido acusado de nada. Não interessava. Charlie tinha o direito de o ter preso; pelo menos por agora. Mas o relógio não parava.
— Agora não tenho tempo para o atender. Diz-lhe para telefonar mais tarde.
Sem descerrar os lábios, Madge acenou que sim. Parecia querer dizer mais qualquer coisa.
— Mais alguma coisa?
— Uns minutos depois, Harvey também ligou. Também precisa de falar consigo. Diz que é urgente.
Charlie enfiou o blusão, a pensar. Tinha que telefonar. O que é que ele poderia esperar de um dia como este?
— Se voltar a ligar, dá-lhe o mesmo recado.
— Mas...
— Madge, faz o que te digo. Não tenho tempo para discussões.
Segundos depois, lembrou-se de qualquer coisa. — Diz ao Harris que venha aqui ao gabinete. Tenho um encargo para ele.
A expressão de Madge não deixava dúvidas: não aprovava a decisão, mas cumpriu a ordem. Harris Young, um dos ajudantes entrou no gabinete.

— Preciso que encontres o Sims Addison. E quero que o observes.

Harris parecia um pouco hesitante sobre o que o chefe lhe estava a mandar fazer. — Quer que o traga para cá?

— Não — disse Charlie. — Limita-te a descobrir onde está. E segue-o. Mas não deixes que ele saiba que está a ser seguido.

— Durante quanto tempo?

— Estarei de regresso por volta das 6; até essa hora, pelo menos.

— Isso abrange quase todo o meu turno.

— Eu sei.

— O que é que faço se houver uma chamada e tiver de me ir embora?

— Não vais. Hoje, o teu trabalho resume-se ao Sims. Vou chamar outro ajudante para ficar aqui a substituir-te.

— Todo o dia?

Charlie carregou o cenho, sabendo que Harris se ia aborrecer de morte.

— Recebeu as suas ordens, ajudante. A defesa da lei é uma grande tarefa, não acha?

Miles não foi para casa depois de sair do gabinete de Charlie. Em vez disso, deixou-se andar às voltas pela cidade, a fazer um circuito não planeado de New Bern. Não se concentrou na condução mas, impelido pelo subconsciente, acabou por ver que se encontrava defronte do portão principal do cemitério de Cedar Grove.

Arrumou o carro e saiu, seguindo por entre as lápides em direcção à sepultura de Missy. Colocada de encontro à pequena lápide de mármore, havia um ramo de flores, já secas e sem pétalas, como se tivessem sido postas ali há algumas semanas. Mas, sempre que vinha ali de visita, encontrava um ramo de flores na sepultura. Nunca tinha encontrado nenhum cartão junto delas, mas Miles entendia que não era necessário.

Mesmo depois de morta, Missy continuava a ser amada.

21

Numa manhã, duas semanas depois do funeral de Missy Ryan, estava deitado na cama quando ouvi um pássaro começar a chilrear mesmo junto à janela. Tinha-a deixado aberta durante a noite, esperando assim diminuir o calor e a humidade. Depois do acidente nunca mais tinha dormido um sono descansado; mais de uma vez, acordei inundado de suor, com os lençóis encharcados e oleosos, a almofada completamente ensopada. Para além do chilrear do passarinho, aquela manhã não era diferente, sentia que tudo à minha volta cheirava a suor, tudo parecia impregnado daquele odor adocicado a amoníaco.

 Tentei ignorar o pássaro, o facto de ele estar empoleirado na árvore, o facto de eu estar ainda vivo e Missy Ryan não estar. Mas não consegui. Estava mesmo junto da janela, em cima de um ramo que dava sombra ao quarto, e o chilreio era agudo e penetrante. Parecia dizer «Sei quem tu és» e «Sei o que fizeste».

 Não duvidava de que a polícia viria à minha procura.

 Não interessava que fosse ou não um acidente; o pássaro sabia que eles viriam e estava a querer dizer-me que estariam ali dentro de pouco tempo. Descobririam qual o tipo de carro que tinha passado no local naquela noite; descobririam o nome do proprietário. Haveria um toque na porta e eles entrariam; ouviriam o pássaro e saberiam que eu era culpado. Era uma ideia ridícula, sem dúvida, mas, no estado de quase loucura em que me encontrava, acreditei nela.

 Sabia que eles acabariam por vir.

 No meu quarto, escondido entre as páginas de um livro que guardava numa gaveta, guardava o obituário publicado no jornal. Também guardei *todas os recortes relativos ao acidente; estavam cuidadosamente dobrados juntamente com o obituário. Tinha consciência do perigo que representava a conservação daqueles papéis. Quem quer que abrisse o livro e os encontrasse ficaria a saber o que eu tinha feito, mas conservei-os por necessidade pessoal. Era levado a reler aquelas palavras, não para me confortar, mas para perceber melhor o valor da perda que tinha provocado. Havia vida naquelas palavras impressas, havia vida naquelas fotografias. No meu quarto, naquela manhã em que o pássaro cantava junto da janela, havia apenas morte.*

Tinha pesadelos desde o dia do funeral. Uma vez sonhei que tinha sido apontado a dedo pelo pregador, que sabia o que eu tinha feito. Sonhei que, a meio do serviço religioso, ele tinha parado subitamente de falar, que tinha ficado a olhar os bancos da igreja e que depois, lentamente, tinha apontado o dedo na minha direcção. «Aquele homem», disse, «é o responsável por tudo.» Vi as cabeças rodarem para se fixarem em mim, como uma onda num estádio repleto, todos aqueles olhos cheios de espanto e de fúria. Mas nem Miles nem Jonah se voltaram para mim. A igreja estava silenciosa, os olhos de todos estavam arregalados; fiquei sentado, sem me mexer, para ver se Miles e Jonah também iam finalmente voltar as cabeças para saberem quem a tinha matado. Mas eles não se viraram.

Num outro pesadelo, sonhei que Missy ainda estava viva quando a encontrei na valeta, que respirava com dificuldade e gemia, mas eu voltei-lhe as costas e fugi, abandonando-a à morte. Acordei quase sufocado. Saltei da cama e andei à volta do quarto, sempre a falar sozinho, até finalmente me convencer de que tudo aquilo não passara de um sonho.

A morte de Missy foi provocada por traumatismo craniano. Também li isso nos jornais. Uma hemorragia cerebral. Como disse, eu não ia a grande velocidade, mas o jornal dizia que, ao cair na valeta, ela tinha batido com a cabeça contra uma pedra pontiaguda. Consideraram aquilo um acaso, uma possibilidade por cada milhão de ocorrências.

Custava-me a crer que fosse assim.

Gostaria de saber se Miles poderia suspeitar de mim quando me conhecesse, se, graças a um clarão de inspiração divina, poderia adivinhar que tinha sido eu. Imaginava o que lhe poderia dizer se tivesse de me confrontar com ele. Mostraria algum interesse em saber que gosto de assistir a jogos de basebol, que a minha cor preferida é o azul ou que, quando tinha 7 anos, costumava esgueirar-me para o quintal e ficava a observar as estrelas, mesmo que ninguém conseguisse imaginar-me a fazer uma coisa dessas? Gostaria ele de saber que, até ao momento em que atropelei Missy com o meu carro, eu tinha a certeza de que conseguiria ser alguém?

Não, ele não estaria nada interessado em saber estas coisas. Gostaria de saber coisas óbvias: que o cabelo do condutor é castanho, que tem olhos verdes e 1,85m de altura. Gostaria de saber onde me podia encontrar. E gostaria de saber como tudo se passou.

Mas estaria disposto a aceitar que se tratou de um acidente? Que, de qualquer maneira, ela tinha sido mais culpada do que eu? Que se ela não andasse a correr de noite, por uma estrada perigosa, teria mais possibilidades de chegar a casa sã e salva? Que ela tinha praticamente saltado para a frente do carro?

Apercebi-me de que, lá fora, o passarinho tinha deixado de chilrear. As ramagens das árvores não mexiam e até consegui ouvir o som abafado de um carro a afastar-se. Mas o dia estava a ficar muito quente. Sabia que, algures, Miles Ryan já estava levantado e imaginei-o sentado na cozinha da sua casa. Imaginei Jonah sentado ao lado do pai, a comer uma tigela de papas. Tentei imaginar o que poderiam estar a dizer um ao outro. Mas só consegui imaginar a respiração cadenciada de cada um e os sons que a colher fazia ao bater na tigela.

Apertei as têmporas com as mãos, tentando afastar aquela dor. Parecia vir de dentro, de um sítio recôndito do meu corpo, a espicaçar-me com força, seguindo o ritmo das pancadas do coração. Com os olhos do espírito, vi Missy na estrada, a fixar-me com os olhos arregalados.

A olhar para sítio nenhum.

22

Charlie conseguiu chegar à Hailey State Prison um pouco antes das 14 horas, com o estômago a protestar, os olhos cansados e as pernas pesadas, como se o sangue tivesse deixado de circular através delas há cerca de uma hora. Estava a ficar demasiado velho para ficar sentado três horas, sem se mexer do mesmo sítio.

Devia ter-se reformado no ano anterior, seguindo o conselho de Brenda, de modo a poder passar o seu tempo a fazer algo de mais produtivo. Como pescar, por exemplo.

Tom Vernon veio recebê-lo ao portão.

De fato completo, mais parecia um banqueiro do que o director de uma das prisões mais duras daquele estado. Usava o cabelo, já riscado de fios cinzentos, rigorosamente apartado para um lado. Estava de pé, direito como um fuso, e ao estender a mão para cumprimentar Charlie, este não pôde deixar de observar que as unhas pareciam acabadas de ser tratadas pela manicura.

Vernon conduziu-o até ao gabinete de direcção.

Como em todas as prisões, o interior era monótono, frio... betão e aço por todos os lados, tudo inundado de luz fluorescente. Percorreram um longo corredor, que se seguia a uma pequena área de recepção e, finalmente, chegaram ao gabinete de Vernon.

À primeira vista, o gabinete era tão frio e tão monótono como o resto do edifício. Todo o mobiliário era oficial, desde a secretária aos candeeiros, sem esquecer os armários de arquivo arrumados a um canto. Havia apenas uma janela pequena, com grades, que dava para o pátio. Charlie viu os detidos lá fora, uns a andar por ali, outros a fazer exercícios com pesos, outros ainda sentados em grupos, a conversar. Pareceu-lhe que toda a gente estava a fumar.

Por que diabo é que Vernon andaria de fato completo num sítio destes?

— Preciso que me assine uns papéis — disse Vernon. — Sabe como são estas coisas.

— Claro que sei — respondeu, a apalpar os bolsos do blusão, à procura de uma caneta. Antes que a encontrasse, Vernon emprestou-lhe a sua.

— Informou o Earl Getlin de que eu vinha cá?

— Achei que não quereria que o fizesse.

— Posso falar com ele agora?

— Logo que esteja instalado numa sala própria, vamos buscá-lo.

— Obrigado.

— Quis dizer-lhes umas coisas acerca deste detido. Para que não tenha nenhuma surpresa.

— Que surpresa?

— Há uma coisa que deve saber.

— Que coisa?

— Na última Primavera, Earl meteu-se numa zaragata. Nunca consegui saber todos os pormenores. Sabe como as coisas são num sítio destes. Ninguém vê nada, ninguém sabe coisa nenhuma. De qualquer forma...

Charlie olhou para cima quando Vernon inspirou fundo.

— Earl Getlin perdeu um olho. Foi-lhe tirado durante uma briga no pátio. Já nos meteu numa boa meia dúzia de processos, alegando que, de uma maneira ou de outra, somos culpados do sucedido.

Fez uma pausa.

Charlie tentava perceber a razão que levava o director a contar-lhe tudo aquilo.

— O problema é que ele passa o tempo a dizer que não há razão nenhuma para estar aqui. Diz que foi atraído a uma armadilha.

Vernon levantou as duas mãos. — Eu sei, sei que todos os que aqui estão se dizem inocentes. É uma velha cantilena, que já ouvimos um milhão de vezes. Mas já verá onde quero chegar. Se veio cá

211

para lhe sacar alguma informação, não alimente grandes esperanças, a menos que pense que poderá arranjar maneira de o tirar daqui. E, mesmo assim, poderá estar a mentir.

Charlie apreciou Vernon de uma nova perspectiva. Para um janota, tão bem vestido, parecia estar extremamente bem informado sobre o que se passava na prisão que dirigia. Vernon passou-lhe os formulários para assinar e Charlie deu-lhe apenas uma vista de olhos. Eram os mesmos de sempre.

— Faz alguma ideia da pessoa por quem ele se afirma traído? — perguntou.

— Um momento — disse Vernon, levantando um dedo. — Vou perguntar.

Discou um número no telefone que tinha em cima da secretária e esperou que alguém respondesse. Fez a pergunta, esperou pela resposta e agradeceu.

— Pelo que lhe ouvimos, diz que foi um tipo chamado Otis Timson.

Charlie ficou sem saber se devia rir ou chorar.

Era certo que Earl culpava Otis.

Isso tornava bastante mais fácil uma parte da sua missão.

Mas, subitamente, a outra parte tinha-se tornado bastante mais difícil.

Mesmo descontando o facto de ter perdido um olho, a prisão tinha sido mais madrasta para Earl Getlin do que para a maioria das pessoas. Parte do cabelo parecia rapado, mas em certos pontos estava comprido, como se ele próprio o tivesse cortado com uma tesoura ferrugenta; a pele tinha uma cor amarelada, doentia. Sempre fora magro mas tinha perdido peso e Charlie via-lhe os ossos sob a pele das mãos.

Mas, acima de tudo, notou a pala. Preta, como a de um pirata, como a do mau dos filmes de antigamente.

Earl vinha algemado à maneira tradicional, com os pulsos presos um ao outro e ligados aos tornozelos por uma corrente. Arrastou-se para dentro da sala, parou um momento ao ver Charlie e continuou até à cadeira que lhe estava destinada. Sentou-se defronte dele, com uma mesa de madeira de permeio.

Depois de falar com Charlie, o guarda abandonou a sala em silêncio.

Earl apontou-lhe o olho são. Parecia que tinha estudado a maneira de olhar, sabendo que a maioria das pessoas seriam forçadas a desviar os olhos. Charlie fez de conta que não reparou na pala.

— Veio cá fazer o quê? — rosnou Earl. — Se o corpo parecia enfraquecido, a voz não tinha perdido nenhuma da antiga rudeza. Estava ferido mas não estava pronto a entregar-se. Charlie pensou que tinha de o manter debaixo de olho quando fosse posto em liberdade.

— Vim falar contigo — informou Charlie.

— De quê?

— De Otis Timson.

Earl ficou hirto ao ouvir o nome. — O que há com Otis? — perguntou com ar cansado.

— Preciso de saber pormenores de uma conversa que tiveste com ele, há uns anos. Estavas à espera dele no Rebel e Otis, mais o irmão, foram sentar-se à tua mesa. Recordas-te disso.

Não era daquilo que Earl parecia estar à espera. Levou uns segundos a pensar nas palavras de Charlie, acabando por sacudir a cabeça.

— Ajude-me — disse. — Isso passou-se há muito tempo.

— Foi a respeito de Missy Ryan. Achas que ajuda?

Earl levantou o queixo ligeiramente, como se tentasse ver o próprio nariz. Passou o olhar pela sala.

— Depende.

— De quê? — perguntou Charlie com o ar mais inocente.

— Do que eu ganhar com isso.

— O que é que queres?

— Ora, xerife, não esteja a fingir-se estúpido. Sabe o que eu quero.

Não precisava de o dizer. Era evidente para ambos.

— Não posso prometer nada até ouvir o que tens para me dizer.

Earl recostou-se na cadeira, com expressão de desinteresse.

— Nesse caso, parece-me que não temos muito que conversar, pois não?

Charlie olhou para ele. — Talvez não — respondeu. — Mas acho que vais acabar por me dizer.
— Por que é que pensa isso?
— Porque Otis te tramou, ou estou a perceber mal? Contas-me o que foi dito naquela noite, depois vou ouvir a tua versão dos acontecimentos que te trouxeram até aqui. E quando regressar à cidade prometo-te rever a tua história. Se Otis te tramou, acabaremos por descobrir. E, no final, pode bem acontecer que vocês os dois troquem de lugares.

Não era preciso mais para que Earl começasse a falar.

— Eu devia-lhe dinheiro — disse Earl. — Mas não tinha o suficiente para lhe pagar, percebe?
— Quanto é que faltava?
Earl fungou. — Uns dois mil.

Charlie sabia que a situação era ilegal, tinha quase a certeza de que se tratava de dinheiro da droga. Mas limitou-se a um aceno, como se já soubesse aquilo e não estivesse muito preocupado com a questão.

— Então, os Timson entraram. Todos. E começaram a dizer-me que era tempo de pagar, que eu estava a deixá-los malvistos, que não podiam continuar a andar comigo ao colo. Continuei a dizer que lhes pagava assim que conseguisse ter dinheiro. Entretanto, no meio desta conversa toda, Otis continuava muito calmo, percebe, como se apenas quisesse saber o que eu tinha para dizer. Tinha aquela expressão fria, mas parecia ser o único que estava a prestar atenção ao que eu dizia. Por isso, voltei-me para ele, como se a explicação fosse destinada só a ele; começou a fazer acenos de cabeça e os outros meteram a viola no saco. Assim que acabei de lhe explicar as coisas, fiquei à espera de que me dissesse qualquer coisa, mas ficou calado durante bastante tempo. Depois inclina-se para diante e diz que se eu não pagar, me vai acontecer o mesmo que aconteceu à Missy Ryan. Só que desta vez, voltariam para me atropelarem outra vez.

Bingo!

Portanto, Sims tinha dito a verdade. Interessante.

Contudo, a cara de Charlie não revelou nada do que estava a pensar.

De qualquer maneira, sempre soubera que esta era a parte mais fácil. Mas levá-lo a contar a história não era aquilo que mais o preocupava. Sabia que o pior estava para vir.

— Quando foi isso?

Earl ficou a pensar. — Em Janeiro, parece-me. Estava frio na rua.

— Portanto, ficaste ali, sentado diante dele e ele disse-te isso. Como é que reagiste quando ele disse isso?

— Fiquei sem saber o que pensar. Sei que não disse nada.

— Acreditaste nele?

— Claro.

Grande aceno, como se pretendesse dar mais ênfase à ideia. *Demasiado grande!*

Charlie olhou para as mãos, a examinar as unhas.

— Porquê?

Earl inclinou-se para diante, fazendo as correntes bater na mesa.

— Por que diabo é que ele havia de dizer uma coisa daquelas? Além disso, o senhor sabe que tipo de homem ele é. É capaz de fazer uma coisa dessas num abrir e fechar de olhos.

Talvez sim. Talvez não.

— Diz-me outra vez: que razões tens para pensar que ele faria uma coisa dessas?

— Quem é o xerife aqui? Diga-me o senhor.

— O que eu penso não tem importância. O que interessa é o que tu pensas.

— Já lhe disse o que penso.

— Acreditaste nele?

— Acreditei.

— E pensaste que ele te fazia o mesmo?

— Foi o que ele disse, não foi?

— Então, ficaste assustado, não foi?

— Fiquei — exclamou.

A ficar impaciente?

— Quando é que foste preso? Quero dizer, pelo roubo do carro?

A mudança de assunto fez Earl perder o equilíbrio por momentos.

— No fim de Junho.

Charlie acenou, como se a resposta fizesse sentido, como se tivesse confirmado tudo antes de vir fazer-lhe perguntas. — O que é que costumas beber? Quando não estás preso, é evidente.
— Que interesse tem isso?
— Cerveja, vinho, bebidas brancas. Simples curiosidade minha.
— Cerveja, na maioria das vezes.
— Bebeste naquela noite?
— Uma ou duas. Não o suficiente para me embebedar.
— Antes de chegares lá? Se calhar, já estavas um pouco tocado... Earl abanou a cabeça. — Não, bebi-as depois de lá chegar.
— Quanto tempo é que estiveste à mesa com os Timson?
— O que é que quer dizer com isso?
— É uma pergunta simples. Estiveste lá cinco minutos? Dez? Meia hora?
— Não me lembro.
— Mas foi o tempo suficiente para beberes uma ou duas cervejas.
— Foi.
— Mesmo estando com medo?
Percebeu finalmente onde é que Charlie queria chegar. Este esperou com toda a paciência, com um ar inocente.
— Pois é — disse Earl. — Não são o tipo de pessoas que nos deixem ir embora com facilidade.
— Oh! — exclamou Charlie. — Pareceu aceitar a explicação e levou os dedos ao queixo. — Muito bem... vamos, portanto, ver se percebi. Otis contou-te... não, deu-te a entender... que tinham assassinado Missy, e pensaste que te fariam o mesmo porque lhes devias uma certa quantidade de dinheiro. Vou bem, até aqui?
Earl acenou com ar cansado. Charlie fazia-lhe lembrar aquele maldito procurador que o tinha retirado da circulação.
— E sabias do que é que eles estavam a falar, certo? Quanto a Missy, quero dizer. Sabias que ela tinha morrido, não sabias?
— Toda a gente sabia.
— Leste as notícias nos jornais?
— Li.
Charlie mostrou as palmas das mãos. — Então, por que é que não falaste disso à polícia?

— Pois claro — desdenhou. — Como se vocês fossem acreditar em mim.
— Mas devemos acreditar em ti, agora?
— Ele disse aquilo. Eu estava lá. Ele disse que tinha matado Missy.
— Estás pronto a dizer isso no tribunal?
— Depende do acordo que conseguir.
Charlie pigarreou. — Vamos mudar de assunto por momentos. Foste apanhado a roubar um carro, não foi?
Earl acenou de novo.
— E Otis foi o responsável, segundo dizes, por teres sido apanhado.
— Isso mesmo. Estava combinado que iriam ter comigo ao moinho velho, ao Falls Mill, mas não apareceram. Eu é que paguei as favas.
Charlie acenou, recordava-se do julgamento.
— Ainda lhe devias dinheiro?
— Devia.
— Quanto?
Earl mexeu-se na cadeira. — Cerca de dois mil.
— Não era o que lhe devias antes?
— Mais ou menos o mesmo.
— E não estarias aqui se eles não te tivessem armado uma cilada, é isso?
— Já lhe disse que sim.
Charlie inclinou-se para diante. — Então — começou —, por que é que não tentaste usar essa informação para conseguires uma pena mais leve? Ou para tirares o Otis da circulação? Há muito que te queixas de que Otis te entregou à polícia. Por que é que nunca mencionaste o facto de ele ter assassinado Missy Ryan?
Earl fungou de novo e olhou para a parede.
— Ninguém teria acreditado em mim — acabou por dizer.
Por que seria?

Já no carro, Charlie recapitulou uma vez mais o que sabia.
Sims disse a verdade acerca de ter ouvido o que ouviu. Mas Sims era um alcoólico conhecido e estava a beber nessa noite.

Tinha ouvido as palavras, mas teria percebido o tom com que foram ditas?

Otis estava a brincar? Ou a falar a sério?

Ou a mentir?

E qual o teor da conversa entre os Timson e Earl durante os trinta minutos seguintes?

Na verdade, Earl não tinha esclarecido nenhum destes pontos. Era evidente que nem se lembrava da conversa até Charlie a ter mencionado, além de que, mesmo depois, o seu relato não foi convincente. Tinha acreditado que eles o matariam, mas tinha ficado com eles a beber umas cervejas. Tinha vivido aterrorizado durante meses, mas não o suficiente para arranjar o dinheiro que lhes devia, embora roubasse automóveis e pudesse pagar com o produto dos roubos. Ficou calado quando foi preso. Culpava Otis de lhe ter armado uma cilada e palrara com os companheiros de prisão sobre isso, mas nunca mencionando o facto de Otis ter confessado que matara uma pessoa. Perdeu um olho e nem assim falou. Nunca se preocupou com a recompensa oferecida na altura da morte de Missy.

Um alcoólico inveterado a dar informações para sair em liberdade. Um condenado com um ódio antigo, que de repente se recorda de uma informação fundamental, mas com buracos graves e falhas na história que conta.

Qualquer advogado de defesa merecedor da água que bebe teria um dia em cheio com os interrogatórios de Sims Addison e Earl Getlin. E Thurman Jones era bom. Muito bom.

Charlie não abandonara o ar carrancudo com que tinha entrado no carro.

Não estava a gostar daquilo.

Não estava a gostar mesmo nada.

Mas o facto é que Otis dissera «vai acontecer-te o mesmo que à Missy Ryan». A frase foi ouvida por duas pessoas, o que tinha a sua importância. Talvez fosse suficiente para o manter detido. Pelo menos durante algum tempo.

Mas seria suficiente para o levar a julgamento?

E, o que era mais importante, constituiria prova de que Otis tinha cometido um crime?

23

Não consigo libertar-me da imagem de Missy Ryan, daqueles olhos focados no nada e, por causa disso, tornei-me um verdadeiro desconhecido para mim mesmo.

Seis semanas depois da morte, arrumei o carro junto de uma bomba de gasolina, a mais de meio quilómetro do local para onde me dirigia. Fiz o resto do caminho a pé.

Era tarde, passava um pouco das 9 da noite, estávamos numa terça--feira. O Sol de Setembro tinha-se posto havia apenas meia hora e eu sabia como evitar que fosse visto. Usava roupa preta e mantinha-me na berma da estrada, indo ao ponto de me esconder atrás das moitas quando avistava faróis a aproximarem-se.

A despeito do cinto, tinha de ir a segurar as calças, que teimavam em escorregar pelas ancas abaixo. O gesto estava a tornar-se tão habitual que já nem reparava nele, mas naquele dia, com os ramos e picos a prenderem-se a elas, apercebi-me de que tinha perdido muito peso. Perdera o apetite logo depois do acidente; repugnava-me a própria ideia de comer.

O cabelo também me tinha começado a cair. Não às mãos-cheias mas fio a fio, como numa decadência lenta mas inexorável, como térmitas a devorarem uma casa. Encontrava cabelos na almofada quando acordava e, quando me penteava, tinha de usar os dedos para limpar o pente que, de outra forma, escorregava sem me pentear. Deitava os cabelos na sanita e puxava o autoclismo, ficando a ver o redemoinho que os arrastava para o esgoto, para depois puxar o autoclismo mais uma vez, como a adiar o momento de enfrentar a realidade da minha vida.

Nessa noite, dei comigo a passar por um buraco na vedação e feri um dedo num prego um pouco saído. Doeu-me e ficou a sangrar mas, em vez de voltar para trás, fechei a mão e senti o sangue espesso e pegajoso a correr-me por entre os dedos. Nessa noite não me preocupei com a dor, tal como hoje não me preocupo com a cicatriz.

Tinha de ir. Na semana precedente tinha ido ao sítio do acidente de Missy e tinha também visitado a sepultura dela. Lembro-me de que a lápide tinha acabado de ser colocada e ainda havia vestígios da terra remexida, onde a relva ainda não tinha crescido, como se fosse um pequeno buraco. Preocupei-me por razões que não consigo explicar e foi ali que coloquei o ramo de flores. Depois, sem saber bem o que fazer, sentei-me e fiquei a olhar a lápide de granito. O cemitério estava praticamente vazio; via algumas pessoas a uma certa distância, gente que ia e vinha, a tratar das suas coisas. Voltei-me, sem me preocupar que me vissem.

À luz da lua, abri a mão. O sangue estava negro e brilhante como óleo. Fechei os olhos, a lembrar-me de Missy, e avancei de novo. Levei quase meia hora a chegar lá. Os mosquitos zumbiam-me à volta da cara. Mais para o fim da minha expedição, tive de cortar pelos quintais para me manter fora da estrada. Foi fácil, pois naquela zona os quintais são grandes e as casas estão bem afastadas umas das outras. Tinha os olhos fixos no meu destino e comecei a abrandar o passo quando já estava perto, tendo o cuidado de não produzir qualquer som. Vi luz nas janelas. Vi um carro parado na entrada.

Sabia onde tinham vivido; toda a gente sabia. Afinal, vivíamos numa cidade pequena. Também já tinha visto a casa à luz do dia; como acontecia com o local do acidente e com a sepultura de Missy, já ali tinha estado durante o dia, embora nunca me tivesse aproximado tanto. A minha respiração tornou-se mais lenta quando cheguei perto da casa. Cheirava a erva recentemente cortada.

Parei, com a mão encostada aos tijolos da parede. Escutei o ranger dos soalhos, um movimento em direcção à porta da frente, vi as sombras projectadas no alpendre. Ninguém parecia ter-se apercebido de que eu estava ali.

Aproximei-me lentamente da janela da sala, depois rastejei para o alpendre, onde me ajeitei num canto, escondido de quem pudesse passar pela estrada por uma cerca coberta de hera. Lá longe, ouvi um cão começar a ladrar, parar e recomeçar a ladrar, à procura de algo que se mexesse. Curioso, espreitei para fora do meu esconderijo.

Não vi nada.

Mas não conseguia ir-me embora. Era aqui que viviam. Missy e Miles sentavam-se naquele sofá, pousavam os copos naquela mesinha. As fotografias da parede são deles. E os livros. Desviando um pouco o olhar, vi que o televisor estava ligado, que havia pessoas a conversar. A sala estava limpa e arrumada e, por qualquer razão, isso fez-me sentir melhor.

Foi então que vi Jonah entrar na sala. Suspendi a respiração ao vê-lo aproximar-se do televisor, pois isso aproximava-o também de mim, mas nunca olhou na minha direcção. Em vez disso, sentou-se, cruzou as pernas e ficou a ver o programa sem se mexer, como que hipnotizado.

Aproximei-me um pouco mais da vidraça para poder vê-lo melhor. Tinha crescido nos últimos dois meses. Não muito, mas notava-se que estava mais alto. Embora já fosse tarde, continuava de calças de ganga e camisa, ainda não vestira o pijama. Ouvi-o soltar uma gargalhada e o coração quase me saltou do peito.

Foi nessa altura que Miles entrou na sala. Saltei para trás, fiquei escondido pelos arbustos mas pude continuar a vê-lo. Ficou parado por momentos, a observar o filho, sem dizer nada. Tinha uma expressão ausente, que não mostrava nada... hipnotizada. Segurava um dossier e momentos depois vi-o consultar o relógio de pulso. O cabelo de um dos lados estava eriçado, como se ele tivesse estado a passar a mão por ele.

Sabia o que ia acontecer de seguida e esperei. Iria começar a falar com o filho. Perguntaria o que é que Jonah estava a ver. E como estavam num período escolar, diria qualquer coisa acerca da necessidade de Jonah ter de ir para a cama ou de vestir o pijama. Perguntaria se o filho queria um copo de leite ou qualquer coisa de comer.

Mas não fez qualquer destas coisas.

Em vez disso, Miles limitou-se a atravessar a sala e desapareceu num corredor escuro. Foi como se nunca tivesse ali estado.

Um minuto depois arrastei-me dali para fora.

Nessa noite não consegui adormecer.

24

Miles chegou a casa à mesma hora em que Charlie estava a chegar à Hailey State Prison e a primeira coisa que fez foi dirigir-se ao quarto.

Mas não se foi deitar. Em vez disso, abriu a porta do armário e retirou o dossier onde o tinha escondido.

Ficou lá durante as horas seguintes, virando e revirando as páginas, a estudar o conteúdo. Não havia nada de novo, nenhum pormenor que tivesse sido negligenciado mas, mesmo assim, não conseguia pousar o dossier.

Agora sabia o que tinha de procurar.

Algum tempo depois, ouviu o telefone tocar; não respondeu. Voltou a tocar vinte minutos depois, com o mesmo resultado. À hora habitual, Jonah desceu do autocarro e, vendo o carro do pai, dirigiu-se para casa em vez de ir para casa de Mrs. Knowlson. Atirou-se alegremente para cima da cama, pois não pensava encontrar o pai em casa àquela hora e esperava que pudessem fazer alguma coisa juntos até chegar a hora de sair com o Mark. Mas viu o dossier e percebeu imediatamente o que isso significava. Embora tivessem conversado durante uns momentos, Jonah sentiu que o pai tinha necessidade de estar só e decidiu não lhe perguntar nada. Voltou para a sala e ligou o televisor.

O Sol da tarde começou a descer; ao crepúsculo, as luzes de Natal espalhadas pela vizinhança começaram a piscar. Jonah foi ver como estava o pai, ainda lhe falou da porta do quarto, mas Miles nem sequer olhou para ele.

O jantar de Jonah foi uma tigela de cereais.

Miles continuava a percorrer o dossier. Escrevia perguntas e notas nas margens, começando por Sims e Earl, e pela necessidade de obrigar os dois a serem testemunhas. Depois concentrou-se nas páginas referentes ao interrogatório de Otis Timson, pensando, antes de mais, como gostaria de ter estado presente. Mais perguntas, mais notas. *Inspeccionaram todos os carros estacionados na propriedade à procura de mossas — mesmo os abandonados? Seria um carro alugado? Nesse caso, onde? Alguém pertencente a uma loja de sobressalentes se lembraria de Otis ter comprado um* kit *de emergência? Onde é que poderiam ter escondido o carro no caso de ter ficado danificado? Contactar outras unidades da polícia para saber quais as lojas de vendas de peças ilegais que foram encerradas nos últimos dois anos. Colher depoimentos, quando possível. Estabelecer acordos sempre que se recordarem de algum pormenor.*

Um pouco antes das 20 horas, Jonah voltou ao quarto, já vestido e pronto para ir ao cinema com o Mark. Miles tinha-se esquecido completamente de que o filho ia sair. Jonah deu-lhe um beijo de despedida e encaminhou-se para a porta; Miles debruçou-se de imediato sobre o dossier, sem perguntar quando é que o filho estaria de volta.

Não ouviu Sarah entrar e só deu pela sua presença quando ela o chamou pelo nome.

— Miles?... Onde é que estás?

Momentos depois apareceu à porta do quarto; só então é que Miles se lembrou de que tinham um encontro marcado.

— Não me ouviste bater? — perguntou. — Estive a gelar lá fora, à espera que abrisses e acabei por desistir. Esqueceste-te de que tínhamos combinado um encontro aqui?

Só quando ele levantou a cabeça é que lhe notou o olhar distraído, ausente. Estava desgrenhado, parecia que tinha passado horas a passar os dedos pelo cabelo.

— Estás bem? — perguntou.

Miles começou a juntar os papéis. — Estou... estou óptimo. Estive a trabalhar... Desculpa... Perdi a noção do tempo.

Sarah reconheceu o dossier e arqueou uma sobrancelha, ao perguntar: — O que se passa?

Ao vê-la compreendeu como se sentia exausto. Tinha os músculos das costas e do pescoço dormentes, parecia sentir-se envolvido por uma fina camada de pó. Fechou o dossier e pousou-o, ainda a pensar no que tinha estado a reler. Esfregou as faces com as duas mãos e depois olhou-a por entre os dedos.

— Otis Timson foi preso hoje — disse.

— Otis? Porquê?

De súbito, ainda antes de terminar a frase, adivinhou a resposta e inspirou profundamente.

— Ó Miles — exclamou, aproximando-se instintivamente dele. Miles, com dores nos músculos todos, levantou-se e ela envolveu-o nos braços. — De certeza que te sentes bem? — murmurou, abraçando-o com força.

Ao sentir-se abraçado por ela, tudo o que tinha sentido durante o dia voltou para o torturar. Aquela mistura de descrença, fúria, frustração, raiva, medo e exaustão amplificou o sentimento renovado de perda e, pela primeira vez naquele dia, Miles sentiu-se sufocado por ele. De pé no meio da sala, com os braços de Sarah à sua volta, Miles foi-se abaixo, deixou que as lágrimas corressem livremente, como se fosse a primeira vez que chorava.

Ao regressar à esquadra, Charlie viu que Madge estava à espera dele. Normalmente, saía às 5 horas, mas tinha ficado mais hora e meia para esperar pelo chefe. Estava no parque de estacionamento, de braços cruzados, a apertar o longo casaco de lã contra o corpo.

Charlie saiu do carro a sacudir migalhas das calças. Tinha comprado um hambúrguer e batatas fritas, engolindo tudo com uma caneca de café.

— Madge? O que fazes tu aqui, a esta hora?

— Estou à sua espera. Estive a aguardar que chegasses por querer falar consigo sem mais ninguém a ouvir.

Charlie debruçou-se para dentro do carro para apanhar o chapéu. Estava frio e precisava dele. Já não tinha cabelo suficiente para manter a cabeça quente.

— Então, o que é que há?

Antes que respondesse, um ajudante empurrou a porta e Madge viu-o pelo canto do olho. Para disfarçar, limitou-se a dizer:

— Brenda telefonou.

— Ela está bem? — perguntou Charlie, a perceber o jogo.

— Óptima, tanto quanto sei. Mas quer que lhe telefone.
O ajudante cumprimentou Charlie ao passar. Quando ele já estava junto do seu carro, Madge aproximou-se um pouco mais.
— Penso que há um problema — disse com voz calma.
— Que problema?
Fez um movimento de cabeça na direcção do ombro. — Thurman Jones está à sua espera lá dentro. E Harvey Wellman também.
Charlie ficou a olhar para ela, sabendo que havia mais.
— Ambos querem falar consigo.
— E?
Ela voltou a olhar à volta, para ter a certeza de que estavam sós.
— Chegaram juntos, Charlie. Pretendem falar em conjunto consigo.
Charlie limitou-se a olhar para ela, a tentar adivinhar o que ela ia dizer, sabendo que não seria nenhuma notícia agradável. Procuradores e advogados de defesa só agem juntos em circunstâncias muito especiais.
— É sobre o Miles — disse ela. — Penso que deve ter feito alguma coisa. Alguma coisa que não devia ter feito.

* * *

Thurman Jones era um advogado de 53 anos, altura e peso médios, tinha cabelo castanho ondulado, que parecia sempre despenteado pelo vento. Ia para o tribunal de fato azul e laço de cor escura, e calçado de sapatos pretos de corrida, o que lhe dava uma certa aparência de caipira. Durante as audiências falava com voz lenta e bem timbrada, sem nunca perder o ar sério; esta combinação, juntamente com a sua aparência, tendiam a influenciar o júri a seu favor. As razões que o levavam a defender tipos como Otis e os restantes membros da família Timson estavam para além da compreensão de Charlie, mas defendia-os e vinha a fazê-lo desde há muitos anos.
Por sua vez, Harvey Wellman, vestia fatos bem talhados, calçava sapatos *Cole-Haan* e parecia sempre pronto para assistir a um casamento. Aos 30 anos começara a ter alguns cabelos brancos nas têmporas e agora, aos 40, o cabelo estava quase todo prateado, o que

lhe dava um ar de distinção. Em uma outra vida, poderia ter sido um pivô de programas noticiosos. Ou talvez um mestre-de-cerimónias.

Nenhum deles tinha um ar feliz enquanto esperavam do lado de fora do gabinete de Charlie.

— Querem ambos falar comigo? — perguntou Charlie.

Levantaram-se ambos.

— É importante, Charlie — respondeu Harvey.

Charlie conduziu-os ao seu gabinete e fechou a porta. Indicou-lhes duas cadeiras, mas nenhum aceitou o convite para se sentar. Colocou-se por detrás da secretária, para haver uma certa distância entre ele e os visitantes.

— Então, em que posso ser-lhes útil?

— Charlie, temos um problema — disse Harvey, com simplicidade. — Diz respeito à prisão feita esta manhã. Tentei falar consigo mais cedo, mas já tinha saído.

— Foi pena. Mas tive necessidade de tratar de um assunto fora da cidade. A que problema é que está a referir-se?

Harvey Wellman olhou Charlie bem de frente. — Parece que Miles Ryan se excedeu um pouco.

— Como?

— Temos testemunhas. Muitas testemunhas. E todas dizem o mesmo.

Charlie não disse nada e Harvey pigarreou antes de prosseguir. Thurman Jones ficou de lado, sem revelar nenhuma emoção. Charlie sabia que estava a registar cada uma das palavras que eram ditas naquele gabinete.

— Miles encostou a arma à cabeça de Otis Timson.

Horas mais tarde, Miles estava na sala, entretido a tirar bocados do rótulo da garrafa de cerveja que tinha na mão, ao mesmo tempo que punha Sarah ao corrente do que tinha acontecido. Contava uma história desordenada, bem reveladora da confusão dos seus próprios sentimentos. Saltava de um ponto para outro, depois voltava atrás, repetindo-se por diversas vezes. Sarah nunca o interrompeu nem desviou o olhar, não pediu esclarecimentos, mesmo nos momentos em que ele se revelou confuso, pois não tinha a certeza de que ele conseguisse ser mais explícito.

Contudo, ao contrário do que sucedera na conversa com Charlie, Miles disse tudo o que lhe ia na alma.

— Sabes, durante os últimos dois anos não parei de pensar no que aconteceria quando me encontrasse frente a frente com o tipo que fez aquilo. E quando soube que tinha sido Otis... Não sei... — Fez uma pausa. — Apeteceu-me premir o gatilho, quis matá-lo.

Sarah mudou de posição, sem saber o que dizer. Era compreensível, pelo menos até certo ponto, mas... também um pouco assustador.

— Mas não premiste — acabou por dizer.

Miles não reparou na hesitação da resposta dela. Em espírito não estava ali, estava longe, junto de Otis.

— E agora. O que é que vai acontecer? — perguntou Sarah.

Miles levou a mão à nuca e massajou o pescoço. Apesar da sua completa imersão emocional no caso, o seu lado racional sabia que precisavam de elementos de que não dispunham de momento.

— Ter-se-á de fazer novas investigações; há testemunhas a ouvir, situações e lugares a confrontar. Há muito trabalho a fazer, mas ainda mais difícil por já ter passado tanto tempo. Vou estar muito ocupado, não sei durante quanto tempo. Muitas noitadas, muitos fins-de-semana perdidos. Vou regressar ao ponto onde me encontrava há dois anos.

— Mas Charlie não disse que se ia encarregar do caso?

— Disse, mas isso não me impede de prosseguir.

— E podes fazê-lo?

— Não tenho alternativa.

Sarah não fez mais perguntas, pois não era aquele o lugar, nem a altura, para discutir o papel dele nas investigações.

Em vez disso, perguntou: — Tens fome? Posso ir para a cozinha e preparar qualquer coisa para nós. Ou preferes que mande vir uma piza.

— Não. Estou óptimo.

— Queres ir dar uma volta?

Abanou a cabeça. — Não me apetece. De verdade.

— Preferes ver um filme? Aluguei um vídeo quando vinha para cá.

— Pois... boa ideia.

— Não queres saber o título?
— Na realidade, não interessa. Aceito plenamente a tua escolha.
Sarah levantou-se do sofá e foi buscar a cassete. Era uma comédia que já a tinha feito rir por mais de uma vez; olhou Miles de relance, para ver se manifestava alguma reacção. Não houve nenhuma. Passada uma hora, pediu desculpa para ir à casa de banho. Como se demorou vários minutos, Sarah foi ver se ele estava bem. Encontrou-o no quarto, com o dossier aberto a seu lado.
— Só vim confirmar um pormenor — desculpou-se. — Não me demoro mais de um minuto.
— Está à vontade — respondeu Sarah.
Não regressou à sala.
Sarah parou o filme muito antes do fim, ejectou a cassete e procurou o casaco. Espreitou uma vez mais para dentro do quarto — sem saber que Jonah tinha feito o mesmo — e abandonou a casa sem fazer ruído. Quando Jonah voltou do cinema, Miles ainda não se tinha apercebido de que ela se fora embora.

* * *

Charlie ficou no seu gabinete até quase à meia-noite. Tal como Miles, esteve a rever o dossier do caso e a reflectir sobre o que deveria fazer.
Teve de revelar uma boa dose de diplomacia para conseguir que Harvey se acalmasse, especialmente depois de o procurador ter falado também no incidente dentro do carro de Miles. Não se surpreendeu muito com o facto de Thurman Jones permanecer bastante calmo durante a maior parte do tempo. Charlie pensou que o advogado preferia que Harvey dissesse o que ele próprio tinha a dizer. Não tinha, porém, deixado de esboçar um sorriso quase imperceptível quando Harvey declarou estar a considerar seriamente a possibilidade de produzir acusação contra Miles.
Foi então que Charlie os informou do motivo da detenção de Otis.
Segundo pareceu, Miles nem se tinha dado ao cuidado de informar Otis da razão por que o prendia. Os três teriam de ter uma conversa séria no dia seguinte, se ele, Charlie, não conseguisse arrancar nada do preso.

Mas, na presença de Harvey e Thurman, o xerife agiu como se conhecesse perfeitamente o caso.

— Não havia razão para começarmos a lançar acusações sem estarmos convencidos de que têm fundamento.

Como esperava, tanto Harvey como Thurman tinham muitas dúvidas sobre o mesmo assunto. A história de Sims também não foi nada bem recebida, até que Charlie os pôs ao corrente da conversa que tinha tido com Earl Getlin.

— E, assim, confirmámos tudo — foi como ele descreveu o estado das investigações até ao momento.

Dada a presença de Thurman, não iria certamente falar das dúvidas que o atormentavam. Aliás, por enquanto, não queria que o próprio Harvey as conhecesse. Logo que terminou, Harvey fez-lhe sinal de que se encontrariam depois para discutirem o assunto entre os dois. Sabendo que precisava de mais tempo para analisar o caso, Charlie fez de conta que não percebeu.

Depois do xerife expor a situação, passaram muito tempo a falar de Miles. Charlie não duvidava de que o seu ajudante tivesse agido exactamente da maneira que estava a ouvir e, embora estivesse... *aborrecido*, para não dizer pior, conhecia Miles há tempo suficiente para saber que o subordinado era bem capaz de perder a compostura numa situação daquelas. Embora mantivesse a defesa de Miles reduzida ao mínimo, Charlie conseguiu esconder dos presentes a fúria que o consumia.

No final, Harvey recomendou que Miles fosse suspenso durante o tempo necessário para que toda a sua actuação fosse esclarecida.

Thurman Jones perguntou se Otis iria ser libertado ou acusado imediatamente, sem mais delongas.

Charlie informou-os de que Miles já tinha cumprido o turno daquele dia, mas que tomaria uma decisão no dia seguinte, logo pela manhã.

Sem saber muito bem como, esperava que nessa altura as dúvidas estivessem bastante mais esclarecidas.

Mas tal não iria suceder, como se apercebeu quando achou que eram horas de ir para casa.

Antes de sair, ligou para casa de Harris, para lhe perguntar o resultado da missão de que o tinha encarregado.

Ficou a saber que o ajudante não tinha conseguido encontrar Sims.

— Até que ponto é que te empenhaste na busca? — quis saber o xerife.

Harris conseguiu balbuciar uma resposta. — Procurei por todo o lado: em casa dele, em cada da mãe, nos paradeiros habituais. Fui a todos os bares e lojas de bebidas da nossa área. Desapareceu.

Envergando um roupão de banho por cima do pijama, Brenda esperava-o quando chegou a casa. Contou-lhe uma boa parte do que tinha acontecido e a mulher perguntou-lhe o que aconteceria se Otis fosse levado a julgamento.

Parecendo que a própria ideia o deixava cansado, respondeu: — Seria uma defesa clássica. Jones argumentaria que o seu cliente não se encontrava no local naquele dia, apresentando outras testemunhas que confirmassem a afirmação. Depois afirmaria que, mesmo que o seu cliente lá tivesse estado, não tinha proferido as palavras que lhe eram atribuídas. E, na hipótese de as ter proferido, as palavras foram utilizadas fora do contexto.

— E resultará?

Charlie bebeu mais um gole de café, sabendo que tinha muito trabalho pela frente. — Ninguém pode prever o que um júri vai decidir. Sabes isso.

Brenda pôs a mão no braço do marido. — Mas o que é que tu pensas? Honestamente.

— Honestamente?

A mulher acenou que sim, a pensar que o marido parecia dez anos mais velho do que quando, de manhã, saíra para o trabalho.

— A menos que possamos descobrir mais alguma coisa, Otis pode ir passear.

— Mesmo que tenha sido o culpado?

A resposta foi dada por uma pessoa que parecia ter perdido toda a energia.

— Exacto, mesmo que o tenha feito.

— E Miles, aceitará um resultado desses?

Charlie fechou os olhos. — Não. De maneira nenhuma.

— E fará o quê?

Acabou a chávena de café e pegou no dossier. — Não faço ideia.

25

Comecei a espreitá-los com regularidade, com todos os cuidados, de maneira que nenhum deles conseguisse descobrir o que eu andava a fazer. Espreitava a saída do Jonah da escola, visitava a sepultura de Missy, ia a casa deles depois de escurecer. Arranjava desculpas convincentes, ninguém suspeitava de nada.

Sabia que estava a agir mal, mas tinha a sensação de que já não conseguia parar. Como sucede com todas as compulsões, não conseguia deixar de fazer aquilo. Costumava interrogar-me acerca do meu próprio estado de espírito quando agia daquela maneira. Seria um masoquista, que queria sofrer uma agonia semelhante à que tinha provocado? Seria um sádico, alguém que procurava conhecer em primeira mão e em segredo o tormento das suas vítimas? Ou seria as duas coisas? Nunca o descobri. Só sabia que não tinha alternativa.

Não me conseguia esquecer do que vira na primeira noite, aquela em que Miles passou pelo filho sem lhe dizer nada, como que esquecido da presença dele. Depois de tudo o que tinha acontecido, como é que as coisas podiam passar-se daquela forma? Eu sabia, claro, que Missy fora arrancada das suas vidas... mas não é verdade que as desgraças costumam aproximar as pessoas? Será que não procuravam apoiar-se mutuamente? Não constituiriam eles uma família especial?

Era o que eu quisera acreditar. Foi assim que consegui sobreviver às primeiras seis semanas. Tornou-se a minha crença sagrada. Eles iriam sobreviver. Iriam ultrapassar o tormento. Voltar-se-iam um para o outro e iriam tornar-se mais solidários. Aquele pensamento era uma espécie de ilusão de um louco atormentado, mas para mim era a realidade.

Mas naquela noite não se portaram bem. Naquela noite, não.

Agora não sou suficientemente ingénuo, tal como já não o era na altura, para pensar que uma simples cena familiar possa revelar toda a realidade da vida num verdadeiro lar. Depois dessa noite, disse a mim mesmo que tinha interpretado mal o que vira; ou que, mesmo que não me tivesse enganado, a cena não significava nada. Não nos é lícito tirar conclusões de simples cenas isoladas do contexto. Já estava a pensar assim quando cheguei junto do carro.

Mas tinha de ter a certeza.

Quando alguém se encaminha para a destruição, é normal que siga um determinado caminho. Como alguém que começa com uma bebida à sexta-feira, mas na sexta-feira seguinte já precisa de duas, e vai progressivamente perdendo o domínio da situação, dei comigo a proceder de forma cada vez mais atrevida. Dois dias depois da minha visita nocturna, tive de saber o que se passava com Jonah. Ainda me lembro da artimanha que utilizei para justificar os meus actos. Pensei assim: hoje vou observar o Jonah; se o encontrar sorridente, saberei que estava enganado. Por isso, fui até à escola e fiquei sentado no parque de estacionamento, sentado atrás do volante, como um estranho que sabia não ter o direito de estar ali, a olhar através do pára-brisas. Da primeira vez que lá fui só consegui vê-lo de relance. Tive de voltar no dia seguinte.

E voltei uns dias mais tarde.

E voltei mais vezes.

Cheguei ao ponto de conhecer o professor e a turma; conseguia distingui-lo de imediato, logo que saía do edifício. E eu à espera. Umas vezes saía a sorrir, outras não, deixando-me pensativo durante o resto da tarde, a imaginar a causa da alegria ou da tristeza. De qualquer das formas, nunca me considerava satisfeito.

E chegava a noite. Como uma comichão num sítio inacessível, a necessidade de espreitar espicaçava-me, tornando-se mais violenta com o passar das horas. Deitava-me de costas, de olhos bem abertos, até saltar da cama. Andava para lá e para cá. Sentava-me e tornava a deitar-me. E, apesar de saber que estava a agir mal, decidia ir. Falava sozinho, a convencer-me a mim mesmo das razões que tinha para ignorar aquela sensação de estar a proceder mal. Pegava nas chaves do carro. Guiava através de uma parte mal iluminada, aconselhava-me interiormente a mudar de direcção e voltar para casa, mesmo quando já estava a arrumar o carro. Abria caminho por entre os arbustos que rodeavam a casa, pé ante pé, sem compreender a razão de me encontrar ali.

Espiava-os através das janelas.

Observei a vida deles durante um ano, conseguindo, pouco a pouco, descobrir os mais pequenos pormenores que não conhecia. Descobri que Miles continuava a estar de serviço algumas noites e ficava a pensar quem é que se encarregaria de tomar conta do filho. Organizei um horário de Miles, para saber os dias em que ele não estaria presente, e um dia segui o autocarro da escola até casa dele. Fiquei a saber que Jonah ficava com uma vizinha. Bastou uma olhadela à caixa do correio para ficar a saber de quem se tratava.

Outras vezes, ficava a vê-los jantar. Fiquei a saber que Jonah gostava de comer e quais os espectáculos que costumava ver depois do jantar. Soube que gostava de jogar futebol mas não apreciava a leitura. Vi-o crescer.

Vi coisas boas e coisas más, sempre à espera de o ver sorrir. À espera de qualquer coisa, sem saber o quê, que me afastasse daquela loucura.

Também observei Miles.

Vi-o andar pela casa, guardar coisas nas gavetas. Observei-o a cozinhar o jantar. Observei-o a beber cerveja e a fumar cigarros no alpendre das traseiras, quando ele pensava que não estava a ser visto por ninguém. Mas, acima de tudo, observava-o quando se sentava na cozinha.

Era ali que se concentrava no estudo do dossier, enquanto passava uma das mãos pelo cabelo. Comecei por pensar que trazia trabalho para fazer em casa, mas a pouco e pouco convenci-me do meu erro. Não estudava casos diferentes, lia sempre o mesmo caso, pois o dossier parecia-me sempre o mesmo. E um dia fui atingido por um clarão de entendimento: soube qual era o caso descrito naquele dossier. Soube que andava a procurar saber quem eu era, que andava à procura da mesma pessoa que o espiava através das janelas da sua própria casa.

Depois desta conclusão, e uma vez mais, dei comigo a justificar o que fazia. Comecei a vir com a finalidade de o ver, de observar as alterações de expressão suscitadas pelo estudo do caso, à espera de uma exclamação de júbilo, seguida de uma chamada telefónica que teria como resultado uma visita da polícia a minha casa. Quando chegasse o fim, queria estar prevenido.

Quando acabava por me decidir a voltar ao carro, sentia-me fraco, completamente exausto. Jurava que tinha sido a última vez, que nunca *mais voltaria a fazer o mesmo. Que os deixaria viver as suas vidas sem me intrometer. Naquelas noites, saciava a necessidade de os espiar e aliviava o meu sentimento de culpa, mas acabava sempre por me sentir desgostoso pelo que tinha feito. Pedia perdão e houve momentos em que quis pôr termo à vida.*

Em tempos, alimentara esperanças de poder mostrar ao mundo que viria a ser alguém, mas agora odiava a pessoa em que me tornara.

Mas, no dia seguinte, por mais que quisesse parar, por mais que desejasse morrer, a necessidade manifestar-se-ia de novo. Lutaria até onde as forças me permitissem, mas acabaria por ir uma vez mais, sempre a jurar que seria a última. A última. Ponto final.

Para, afinal, como se fosse um morcego, voltar a esgueirar-me logo que caísse a noite.

26

Nessa noite, enquanto Miles estava a estudar o dossier na mesa da cozinha, Jonah voltou a ter um pesadelo — o primeiro em muitas semanas.

Levou algum tempo a aperceber-se do som. Eram 2 horas da manhã e continuava a dar voltas ao dossier, cujo estudo já lhe tinha consumido todo o turno da noite anterior e o daquele mesmo dia; estava esgotado e o corpo pareceu revoltar-se quando ouviu os gritos do filho. Como se fosse obrigado a passar por uma sala cheia de algodão humedecido, só lentamente se foi apercebendo do que tinha de fazer. E mesmo quando já se dirigia para o quarto de Jonah, parecia fazê-lo mais por reflexo condicionado do que como resposta ao desejo de confortar o filho.

Era de madrugada, minutos antes do amanhecer. Miles trouxe Jonah para o alpendre. Quando os gritos cessaram, o Sol já se tinha levantado. Como era sábado e o miúdo não tinha de ir à escola, voltou a pô-lo na cama e foi fazer café. Tinha a cabeça a latejar. Engoliu duas aspirinas juntamente com um sumo de laranja.

Sentia-se como se estivesse a sofrer de uma ressaca.

Enquanto esperava que o café ficasse pronto, voltou a pegar no dossier; queria dar-lhe mais uma vista de olhos antes de se dirigir para a sede do departamento. Porém, antes que fizesse o que tinha pensado, Jonah surpreendeu-o ao voltar para a cozinha. Arrastou-se porta adentro, de olhos papudos de tanto os esfregar, e sentou-se à mesa.

— Por que é que estás levantado? Ainda é cedo.

— Não estou cansado — respondeu Jonah.
— Pois pareces cansado.
— Tive um sonho mau.
As palavras do filho apanharam Miles desprevenido. Era a primeira vez que se lembrava de um pesadelo.
— Tiveste?
Jonah acenou, confirmando. — Sonhei que tinhas tido um acidente. Como o da mamã.
O pai acercou-se dele, dizendo: — Foi apenas um sonho. Não aconteceu nada, pois não?
Jonah limpou o nariz com as costas da mão. No seu pijama a imitar o macaco de um piloto de corridas, parecia ainda mais pequeno do que era.
— Eh, papá?
— O que é?
— Estás zangado comigo?
— Que ideia; não estou nada zangado. Por que é que pensas que estou zangado?
— Ontem não me falaste durante o dia todo.
— Desculpa. Não estava aborrecido contigo. Estava apenas a tentar perceber umas coisas.
— Sobre a mamã?
Miles voltou a ser apanhado desprevenido. — Por que é que pensas que se referiam à mamã?
— Porque estavas a olhar para esses papéis outra vez.
Jonah apontou para o dossier aberto em cima da mesa.
— São sobre a mamã, não são?
Passado um momento, Miles teve de concordar. — Pode dizer-se que sim.
— Não gosto desses papéis.
— Porquê?
— Porque eles te fazem ficar triste.
— Não me fazem ficar triste.
— Fazem pois. E eu também fico triste.
— Por sentires a falta da mamã?
— Não — respondeu o filho —, é porque te fazem esquecer de mim.

As palavras provocaram um nó na garganta de Miles. — Isso não é verdade.
— Então por que é que não me falaste ontem?
As lágrimas pareciam prestes a saltar e Miles puxou-o mais para si.
— Desculpa, Jonah. Prometo-te que não volta a acontecer.
O filho levantou os olhos e olhou-o com firmeza. — Prometes?
Miles fez uma cruz sobre o peito e sorriu. — Juro!
— Até à morte?
A sentir os olhos penetrantes do filho cravados em si, era o que Miles desejava que lhe acontecesse.

Depois de tomar o pequeno-almoço com o filho, Miles telefonou a Sarah para lhe pedir também desculpa. Foi interrompido antes de poder concluir o discurso.
— Miles, não tens nada de que me pedir desculpa. Afinal, depois de tudo o que se passou, era por demais que evidente que necessitavas de estar só. Como é que te sentes esta manhã?
— Nem sei. Acho que estou na mesma.
— Vais trabalhar?
— Tenho de ir. O Charlie telefonou-me. Quer falar comigo o mais depressa possível.
— Telefonas-me depois?
— Se puder. Mas é provável que hoje vá estar muito ocupado.
— Com a investigação, queres tu dizer?
Como Miles não lhe respondesse, Sarah entreteve-se a enrolar uma mecha de cabelo. — Bom, se precisares de falar comigo e não me encontrares aqui, telefona para casa dos meus pais.
— Está bem.
Mesmo depois de desligar o telefone, Sarah não conseguiu afastar o pressentimento de que algo de terrível estava para acontecer.

Às 9 da manhã, Charlie estava a trabalhar e já ia na quarta caneca de café, quando pediu a Madge para trazer mais. Dormira umas duas horas e voltara à sede do departamento antes do nascer do Sol.
E ainda não tinha parado. Tinha-se reunido com Harvey, fora à cela para ouvir Otis e passara algum tempo com Thurman Jones.

Tinha também colocado mais ajudantes no encalço de Sims Addison, mas, até ao momento, sem resultado.
Contudo, já tinha tomado algumas decisões.

Miles chegou vinte minutos depois e encontrou o xerife à sua espera, na rua.
— Estás bem? — perguntou, a pensar que Miles não parecia em melhor forma do que ele próprio.
— Foi uma noite difícil.
— Tão difícil como o dia. Queres café?
— Já bebi o suficiente, em casa.
O chefe apontou a sede com um movimento do ombro. — Então, anda daí. Temos de falar.
Depois de o ajudante entrar, Charlie fechou a porta do gabinete e foi encostar-se à secretária. Miles ficou sentado e começou a falar de imediato.
— Ouve, antes de começares. Acho que devo dizer-te que desde ontem que estou a trabalhar no caso e que penso ter algumas ideias interessantes...
Charlie abanou a cabeça, não o deixando acabar. — Miles, vê se me entendes. Não foi por isso que quis falar contigo. De momento, quero que te limites a ouvir, percebes?
Miles ficou hirto, pois, por qualquer coisa na expressão do chefe, pressentiu que não ia gostar nada do que ele lhe ia dizer.
Antes de o olhar de novo, Charlie esteve uns momentos a estudar os mosaicos do chão.
— Não me vou pôr para aqui a inventar desculpas. Já nos conhecemos há demasiado tempo para isso.
Fez uma pausa.
— O que é que se passa?
— Vou soltar Otis; hoje mesmo.
O outro ficou de boca aberta, mas Charlie levantou as duas mãos antes que ele pudesse dizer o que quer que fosse.
— Ora, antes que penses que estou a tirar conclusões apressadas, ouve o que tenho para te dizer. Baseado nos elementos de que disponho, não posso tomar outra decisão. Ontem, depois de saíres, fui falar com o Earl Getlin.

Pôs Miles ao corrente do que tinha apurado na conversa com o preso.

— Nesse caso, tens a prova de que precisavas — replicou Miles.

— Não te precipites. Deixa também que te diga que alimento sérias dúvidas acerca do testemunho do homem. Por tudo o que ouvi, concluí que Thurman Jones o ia comer vivo e que não há nenhum júri que acredite numa só palavra do que ele diz.

Miles protestou. — Então, deixa que seja o júri a decidir. Não podes desistir assim.

— Estou de mãos atadas. Acredita que estive a pé toda a noite, a estudar o caso. Tal como está, não temos provas para o manter preso. Especialmente depois de Sims ter deixado a gaiola.

— Estás a falar de quê?

— De Sims. Pus ajudantes à procura dele, ontem, durante a noite e esta manhã. Desapareceu, mal saiu daqui. Ninguém consegue encontrá-lo e, a menos que possa interrogar Sims, Harvey não estás disposto a deixar que o caso se arraste.

— Meu Deus, Otis confessou o que fez.

— Não posso fazer mais nada — concluiu Charlie.

Miles respondeu-lhe através dos dentes cerrados. — Ele matou a minha mulher!

O xerife odiou o facto de ter de agir assim.

— A decisão não é só minha. De momento, sem o Sims não temos nada a que nos agarrar e tu sabes isso muito bem. Harvey Wellman foi muito claro: o gabinete do procurador não vai produzir uma acusação com os elementos que temos.

— O Harvey está a obrigar-te a fazeres-me isto?

— Passei a manhã com ele; também falei com ele ontem. Acredita no que te digo. O procurador tem sido impecável. Não é nada de pessoal, está apenas a cumprir a sua missão.

— Isso é uma treta.

— Miles, põe-te no lugar dele.

— Não tenho de me pôr no lugar dele. Quero Otis acusado de assassínio.

— Sei que estás perturbado...

— Charlie, eu não estou perturbado. Estou chateado, nem sabes como estou farto disto.

— Eu sei, mas isto não é o fim. Tens de perceber que, pelo facto de soltarmos Otis desta vez, nada obsta a que possamos processá-lo no futuro. Só quer dizer que de momento não temos provas para o manter preso. E também deves saber que a brigada de trânsito reabriu o inquérito. Isto ainda não terminou.

Miles lançou-lhe um olhar furibundo. — Mas, até lá, Otis anda à solta.

— Sem Sims? Sem novas provas? Não podemos prosseguir. De qualquer maneira, teríamos de o libertar sob fiança. Mesmo que o acusássemos de atropelamento e fuga, tínhamos de o soltar. Sabes isso muito bem.

— Então acusem-no de assassínio.

Havia alturas em que Miles desprezava o sistema judicial. Os olhos faiscaram pela sala, antes de se concentrarem em Charlie.

— Mas interrogaste o Otis? — acabou por perguntar.

— Tentei, esta manhã. Mas estava lá o advogado dele, que o aconselhou a não responder a nenhuma das minhas perguntas. Não consegui nenhuma informação que nos pudesse ajudar.

— Ajudaria se eu tentasse falar com ele?

Charlie recusou com um aceno de cabeça. — Não tens qualquer hipótese.

— Porquê?

— Não posso permitir que o faças.

— Por o caso dizer respeito a Missy?

— Não; por causa da palhaçada que fizeste ontem.

— De que é que estás a falar?

— Sabes perfeitamente daquilo que estou a falar.

O xerife encarou Miles de frente, para ver qual seria a sua reacção. Pareceu não ter nenhuma. Charlie levantou-se da secretária.

— Sejamos francos, está bem? Embora Otis se recusasse a responder a perguntas acerca de Missy, prestou-se a dar-me informações sobre o teu comportamento de ontem. Por isso, sou eu que te vou fazer perguntas sobre isso.

Fez uma pausa. — O que é que aconteceu durante a viagem, no carro?

Miles recostou-se com força na cadeira. — Vi um esquilo na estrada e tive de travar.

— Achas-me suficientemente estúpido para acreditar nisso? Encolher de ombros. — Foi o que aconteceu.
— E se Otis me diz que fizeste aquilo só para o magoares?
— É porque está a mentir.
Charlie inclinou-se para ele. — E também está a mentir quando me diz que lhe apontaste a arma à cabeça, mesmo depois de estar de joelhos e algemado? E que lhe deixaste ficar o revólver encostado à cabeça?
Miles mexeu-se, como se estivesse mal sentado, e respondeu com pouca convicção. — Tinha de manter o domínio da situação.
— E pensaste ser aquela a melhor maneira de o conseguir.
— Meu Deus, Charlie, ninguém se magoou.
— Portanto, para ti, a tua actuação justificou-se plenamente.
— Sem dúvida.
— Pois bem, o advogado de Otis não pensa assim. E Clyde também não. Ameaçam mover-te um processo.
— Um processo?
— Pois claro. Força excessiva, intimidação, brutalidade policial, o manual inteiro. Thurman tem amigos entre os membros da União de Defesa dos Direitos Civis, que também encaram a hipótese de se constituírem como parte do processo.
— Mas não aconteceu nada!
— Miles, isso não interessa. Têm o direito de processar quem lhes apetecer. Mas fica também a saber que pediram ao Harvey que te mova uma acção criminal.
— Uma acção criminal?
— É o que dizem.
— E, deixa-me adivinhar, o Harvey vai alinhar nisso, não vai?
Charlie abanou a cabeça. — Sei que tu e o Harvey não se entendem lá muito bem, mas eu trabalho com ele há muitos anos e penso que, na maioria dos casos, é um homem justo. Ontem à noite estava muito afectado por tudo o que se tinha passado durante o dia, mas quando nos encontrámos, esta manhã, disse-me que não pensava avançar com o processo...
Miles interrompeu-o. — Portanto, não há nenhum problema.
— Não me deixaste acabar — respondeu, sem desviar os olhos de Miles. — Mesmo que decida não avançar com o processo, não

pôs uma pedra sobre o assunto. Sabe até que ponto estás perturbado com tudo isto e, mesmo que pense que não tinhas o direito de soltar o Sims, ou de tomares a decisão de prender o Otis, também sabe que és humano. Compreende como te sentiste, mas isso não altera o facto de que agiste de forma inadequada, para não dizer pior. E, por causa disso, pensa que a melhor solução é suspender-te, com o salário por inteiro, é evidente, até que toda esta situação se esclareça.

Miles nem queria acreditar. — Suspender-me?

— É para o teu próprio bem. Uma vez que os ânimos arrefeçam, Harvey pensa que consegue convencer Clyde e o advogado a retirarem a queixa. Mas se agirmos, ou se eu agir, como se não tivesses feito nada de mal, não tem a certeza de poder convencer o Clyde a abandonar a ideia do processo.

— Não fiz mais do que prender o homem que matou a minha mulher.

— Fizeste muito mais do que isso; e sabe-lo muito bem.

— Nesse caso, vais fazer o que ele diz?

Charlie ficou calado durante um bocado. — Miles, penso que ele me está a dar um bom conselho. Como já disse, penso que é para teu bem.

— Vamos esclarecer bem isto: Otis sai em liberdade, mesmo que tenha morto a minha mulher. E eu levo um pontapé no traseiro, tenho de sair da polícia por ter prendido o assassino.

— Se essa é a tua maneira de encarar o caso.

— E há outra?

Charlie abanou a cabeça, mantendo a voz calma. — Não, não há. E, dentro de pouco tempo, quando estiveres menos magoado, pensarás que a decisão foi correcta. No entanto, para já, estás oficialmente suspenso.

— Vá lá, Charlie, não me faças isso.

— É o melhor. E não faças nada que possa piorar a situação. Se eu descobrir que andas a chatear o Otis ou a meter o nariz onde não és chamado, terei de tomar outras medidas, sem a possibilidade de ser tão pouco severo.

— Isto é ridículo!

— As coisas são assim mesmo, meu amigo. Tenho muita pena.

Charlie começou a encaminhar-se para o outro lado da secretária, para se sentar. — Mas, como te disse, o caso não está encerrado. Logo que conseguirmos encontrar o Sims e interrogá-lo, iremos confirmar a história. Pode ser que apareça alguém que tenha ouvido qualquer coisa, que possamos corroborar...

Antes de Charlie acabar, Miles atirou o crachá para cima da secretária. Deixou cair o coldre e a arma em cima da cadeira.

Saiu e atirou com a porta.

Otis Timson foi libertado vinte minutos mais tarde.

Depois de ter saído de roldão do gabinete de Charlie, Miles dirigiu-se para o parque de estacionamento, com a cabeça a andar à roda por causa de tudo o que tinha acontecido nas últimas vinte e quatro horas. Rodou a ignição, engrenou o carro e desatou a acelerar logo que desencostou do passeio, fazendo o carro derrapar para a faixa contrária, antes de conseguir dominá-lo.

Otis ia ser libertado e ele estava suspenso.

Não fazia qualquer sentido. Por uma qualquer razão que desconhecia, as pessoas tinham enlouquecido.

Ainda pensou seguir para casa, mas decidiu o contrário por causa de Jonah — que estava com Mrs. Knowlson — e não deixaria de ir para casa se pressentisse o pai, que, por enquanto, não sabia como poderia enfrentá-lo. Não o podia fazer, depois do que Jonah lhe tinha dito pela manhã. Precisava de tempo para se acalmar, e para definir qual seria o seu próximo passo.

Precisava de falar com alguém, com uma pessoa que o ajudasse a encontrar um nexo para tudo o que se estava a passar.

Como o trânsito o permitia, fez uma inversão de marcha e foi à procura de Sarah.

27

Sarah estava na sala com a mãe quando viu Miles parar em frente da casa. Como a filha não a tinha posto ao corrente dos últimos acontecimentos, Maureen saltou do sofá para ir abrir a porta e recebê-lo de braços abertos.

— Que bela surpresa — exclamou. — Não estava à sua espera!

Miles balbuciou um cumprimento e deixou-se abraçar, mas recusou a oferta de uma chávena de café. Sarah não perdeu tempo, propôs um passeio e pegou no casaco. Minutos depois, estavam na rua. Maureen, que não percebeu nada e atribuiu aquilo a um «desejo de jovens apaixonados que pretendem estar sozinhos», ficou radiante a vê-los afastarem-se.

Dirigiram-se para a mata onde tinham estado com Jonah no dia de Acção de Graças. Miles manteve-se em silêncio. Mas cerrou os punhos com tal violência que os nós dos dedos ficaram brancos.

Sentaram-se no tronco de um pinheiro derrubado, todo coberto de musgo e de hera. Miles abria e fechava as mãos e Sarah pegou numa delas. Pareceu descontrair-se passados uns momentos e ficaram de dedos entrelaçados.

— Um mau dia, hã?
— Bem o podes dizer.
— Otis?

Miles rosnou. — Otis. Charlie. Harvey. Sims. Todos.

— Que aconteceu?

— Charlie mandou soltar o Otis. Disse que não tinha provas suficientes para o manter preso.

— Porquê? Pensei que havia testemunhas.
— Também eu. Mas parece que os factos não valem absolutamente nada neste caso.

Com a irritação, arrancou um pedaço da casca da árvore e atirou com ele para longe. — Charlie suspendeu-me das minhas funções.

Sarah piscou os olhos, como se não tivesse ouvido bem.

— Como?

— Esta manhã. Foi por isso que quis falar comigo.

— Estás a brincar comigo.

Abanou a cabeça. — Não, não estou.

— Não percebo... — mas não continuou.

Percebia. No fundo, tinha percebido, mesmo que tivesse dito que não.

Miles atirou com outro pedaço de casca. — Explicou que o meu comportamento não foi apropriado quando procedi à prisão e que fico suspenso até eles decidirem o que vão fazer. Mas ainda não é tudo.

Fez uma pausa e ficou a olhar fixamente para diante. — Também me informou de que o advogado de Otis, por instigação de Clyde, quer mover-me um processo. E, por cima disso tudo, pedem que o procurador me processe também.

Sarah não sabia o que responder. Nada do que pudesse dizer parecia apropriado. Miles expirou ruidosamente e soltou-lhe a mão, como se precisasse de espaço.

— Consegues acreditar numa coisa destas? Prendo o tipo que matou a minha mulher e sou suspenso. Ele sai em liberdade e eu é que sou processado.

Virou-se, finalmente, para ela. — Achas alguma lógica nisto?

A resposta foi sincera: — Não, não acho.

Miles abanou a cabeça e fixou novamente um ponto qualquer na sua frente.

— E Charlie, o meu velho amigo Charlie, aprova tudo isto. E eu a pensar que ele era meu amigo.

— Miles, ele é teu amigo. Sabes isso muito bem.

— Não, não sei. Já não sei.

— Portanto, vão sujeitar-te a um inquérito?

Miles encolheu os ombros. — É possível. Charlie disse-me que vê algumas possibilidades de o advogado de Otis retirar a queixa. Essa é a outra razão que os leva a suspenderem-me.

Agora estava confundida.

— Olha lá, por que é que não começas pelo princípio? Afinal, o que é que o Charlie te disse?

Miles repetiu a conversa. Quando acabou, Sarah voltou a pegar-lhe na mão.

— Não me parece que Charlie te tenha prejudicado. O que me parece é que ele está a tentar ajudar-te.

— Se me quisesse ajudar, tinha mantido o Otis na prisão.

— Mas, sem o Sims, o que é que ele pode fazer?

— De uma forma ou de outra, devia tê-lo acusado de assassínio. Earl Getlin confirmou a história. É tudo o que ele precisa e nenhum juiz das redondezas iria permitir que Otis saísse sob fiança. Quero dizer, ele sabe que Sims vai acabar por aparecer. Aquele tipo não é nenhum viajante de gabarito mundial, está escondido por aí. O mais provável é que eu o consiga descobrir num par de horas e, quando o encontrar, vou obrigá-lo a assinar uma confissão, em que descreva tudo o que aconteceu. E podes crer que, depois de falar comigo, ele vai mesmo assinar.

— Mas não estás suspenso?

— Ora, não comeces a tomar o partido do Charlie. Não estou com disposição para aturar isso.

— Miles, não estou a tomar partido. Quero apenas evitar que te metas em sarilhos ainda maiores. E Charlie afirmou que a investigação vai certamente ser retomada.

Encarou-a de olhos fixos. — Então, pensas que devo ficar de lado, a ver o que acontece?

— Não estou a dizer isso...

Miles não a deixou prosseguir. — Nesse caso, estás a dizer o quê? É que me está a parecer que queres que fique quieto, à espera que tudo corra pelo melhor.

Não esperou pela resposta. — Ora bem, não posso fazer isso. Maldito eu seja se Otis vai escapar sem ser castigado pelo que fez.

Ficou a ouvi-lo, sem poder deixar de pensar na noite anterior. Nem sabia quando é que ele se tinha apercebido da sua saída.

— Mas o que é acontece se Sims não aparecer? — acabou por perguntar. — Ou se eles pensarem que o caso não tem pernas para andar? Nesse caso, fazes o quê?

Miles semicerrou os olhos. — Por que é que estás a fazer-me isto?

Sarah ficou estupefacta. — Não estou a fazer coisa nenhuma...

— Está sim, estás a encontrar dúvidas em tudo o que eu digo.

— Só não quero que faças qualquer coisa de que tenhas de te arrepender mais tarde.

— Estás a querer dizer-me o quê?

Ela apertou-lhe a mão. — Estou a querer dizer-te que muitas vezes as coisas não são o que gostaríamos que fossem.

A expressão de Miles endureceu, a mão pareceu sem vida e ficou a olhar para Sarah durante muito tempo. *Frio.* — Não pensas que ele é culpado, pois não?

— Agora não estou a falar de Otis. Estou a falar de ti.

— Pois eu estou a falar de Otis. — Largou-lhe a mão e ficou a olhá-la. — Há duas pessoas a afirmarem que, praticamente, Otis se gabou de ter provocado a morte da minha mulher. Neste momento, é provável que ele vá a caminho de casa. Deixaram-no sair e querem que eu fique à espera, sem fazer nada. Tu conheceste-o. Viste o género de pessoa que ele é; por isso, quero saber o que é tu pensas disto. Pensas que ele matou a Missy, ou não?

Assim pressionada, Sarah respondeu de imediato. — Não sei o que pensar de tudo isso.

Embora fosse a verdade, não era aquilo que ele desejava ouvir. Nem fora dito da melhor maneira. Voltou-lhe as costas, sem vontade de olhar para ela.

— Pois bem, eu sei. Sei que foi ele. E vou reunir provas disso, de uma maneira ou de outra. E não me interessa o que pensas acerca da questão. Estamos a falar da minha mulher.

Da minha mulher.

Antes de obter resposta, voltou-se e começou a afastar-se. Sarah levantou-se e correu atrás dele.

— Miles, espera. Não te vás embora.

Falou-lhe por cima do ombro, sem se deter.

— Para quê? Para te intrometeres ainda mais no meu caso?

— Eu não faço parte do teu caso, Miles. Só estou a querer ajudar.

Parou e encarou-a com dureza. — Pois bem, não ajudes. Não preciso da tua ajuda. Aliás, não tens nada com isso.

Arregalou os olhos de surpresa, atingida em cheio por aquelas palavras.

— É claro que tenho. Preocupo-me contigo.

— Então, da próxima vez que te procurar por precisar de desabafar com alguém, limita-te a ouvir, não me venhas com sermões. Não faças mais nada, percebes?

Sarah deixou-se ficar na mata, sem saber o que havia de pensar.

Harvey entrou no gabinete de Charlie, parecendo mais cansado que era habitual.

— Nada acerca de Sims?

Charlie abanou a cabeça. — Ainda não. Desapareceu e está bem escondido.

— Pensa que ele vai aparecer?

— Tem de aparecer. Não tem para onde ir. Por agora, limita-se a não dar nas vistas, mas não vai conseguir fazer isso durante muito tempo.

Como por acaso, Harvey fechou a porta do gabinete. — Estive há pouco a falar com Thurman Jones.

— E?

— Continua a pedir sanções, mas não penso que o faça de boa vontade. Penso que deixou a iniciativa do caso ao Clyde.

— E isso quer dizer o quê?

— Ainda não sei ao certo, mas tenho a sensação de que ele acabará por recuar. A última coisa que vai querer é que as pessoas deste departamento tenham razões para remexer a sério nos assuntos do seu cliente. E sabe que isso vai acontecer se continuar a insistir no processo criminal. Além disso, sabe que a última palavra cabe ao júri, cujos membros estarão mais inclinados a tomar partido por um agente da autoridade do que por um indivíduo com a reputação do Otis. Especialmente se tivermos em conta que Miles não disparou um único tiro durante todo o tempo em que lá esteve.

Charlie fez um aceno. — Obrigado, Harvey.

— Não tem de quê.
— Não me refiro à actualização das notícias.
— Sei ao que se refere. Mas tem de ter a certeza de que Miles não se vai meter em mais sarilhos durante uns dias, até a poeira assentar. Se ele fizer alguma coisa estúpida, acabaram-se as conjecturas e serei forçado a ordenar o inquérito.
— Estamos entendidos.
— Vai falar com ele?
— Vou. Vou informá-lo do que se passa.
Só espero que ele me oiça.

Sarah respirou de alívio quando, cerca do meio-dia, Brian chegou a casa para passar as férias de Natal. Finalmente, tinha alguém com quem podia falar. Tinha passado toda a manhã a evitar a curiosidade da mãe. Enquanto comia umas sanduíches, Brian ia falando da universidade («Vai bem»), de como pensava que lhe tinham corrido os testes («Bem, acho eu») e como tinha passado («Bem»).

Não parecia nada bem em relação à última vez em que tinham estado juntos. Estava pálido, com aquela palidez das pessoas que mal põem os pés fora da biblioteca. Embora se afirmasse exausto por causa dos testes, Sarah tinha as suas dúvidas sobre o que se estava a passar com os estudos do irmão.

Ao observá-lo de perto, pensou que ele estava com o aspecto de uma pessoa que andava a consumir drogas.

A parte triste era que, por mais que ela gostasse do irmão, a notícia não a deixaria nada surpreendida. Sempre fora sensível e agora que estava entregue a si próprio, sujeito a novas pressões, poderia tornar-se uma vítima fácil desse género de coisas. Tinha acontecido com alguém do seu dormitório, durante o primeiro ano, e a maneira de ser da rapariga tinha muitas semelhanças com a de Brian. Tinha desistido antes do início do segundo semestre e, durante anos, Sarah nem tinha pensado nela. Mas agora, ao olhar para Brian, não conseguia esquecer-se de que o aspecto do irmão e o da antiga colega tinham muito de semelhante.

Aquele estava tornar-se um dia em cheio.

Maureen, como não podia deixar de ser, lamentava-se acerca do aspecto do filho e continuava a encher-lhe o prato.

— Mamã, não tenho fome — protestava, a tentar afastar o prato meio cheio de comida. Maureen acabou por desistir e foi pôr o prato no lava-loiças, a morder o lábio para não chorar.

Depois do almoço, Sarah foi com o irmão até junto do carro, para o ajudar a descarregar umas coisas.

— A mamã tem razão, como sabes. Estás com um aspecto horrível.

Procurou as chaves no bolso. — Obrigado, mana. Agradeço os vossos cuidados comigo.

— Foi um semestre duro?

Brian encolheu os ombros. — Vou sobreviver.

Abriu a mala e começou a tirar de lá um saco.

Sarah obrigou-o a pousar o saco e agarrou o irmão por um braço.

— Se precisares de falar comigo, seja do que for, sabes que estou pronta a ouvir-te, não sabes?

— Com certeza que sei.

— Estou a falar a sério. Mesmo que se trate de qualquer coisa de que não tencionasses falar-me.

Brian enrugou a testa. — Estou com um aspecto assim tão mau?

— A mamã pensa que te meteste nas drogas.

Era uma mentira, mas não havia perigo de ele entrar pela casa dentro para ir perguntar à mãe.

— Pois bem, diz-lhe que não. Estou apenas a passar um mau bocado, a ajustar-me à universidade. Mas vou conseguir ultrapassar isto.

Brindou-a com um arremedo de sorriso. — A propósito, a resposta também serve para ti.

— Para mim?

Brian pegou noutro saco. — A mamã não pensaria que eu andava metido nas drogas mesmo que me encontrasse a fumar erva no sofá da sala. Teria acreditado em ti se me dissesses que ela pensava que os colegas me estavam a fazer a vida negra, só por me considerarem muito mais inteligente do que eles.

Sarah soltou uma gargalhada. — É provável que tenhas razão.

— Tudo se vai compor, de verdade. E tu, como é que vais?

— Bastante bem. Ainda tenho aulas até sexta-feira e estou ansiosa por umas semanas de descanso.

Brian passou-lhe um saco de pano, cheio de roupa suja. — Os professores também precisam de férias?
— Mais do que os alunos, se queres saber o que penso.
Brian fechou a bagageira e ia a pegar nos sacos. Sarah olhou por cima do ombro para ter a certeza de que a mãe continuava entretida em casa.
— Ouve, sei que acabaste de chegar, mas posso falar contigo?
— Claro. Isto pode esperar.
Pousou os sacos e deixou-se ficar encostado ao carro. — O que é que se passa?
— É sobre o Miles. Hoje tivemos uma espécie de discussão e não é nada de que possa falar com a mamã. Sabes como ela é.
— Discutiram sobre o quê?
— Penso que, da última vez que cá estiveste, te disse que a mulher dele foi morta num atropelamento seguido de fuga. Nunca conseguiram descobrir o culpado, o que lhe fez passar um mau bocado. Até que, ontem, apareceu uma nova informação e ele prendeu um tipo. Mas não se limitou a isso. Miles excedeu-se. Ontem à noite disse-me que esteve quase a matar o homem.
Brian pareceu estupefacto, mas Sarah acenou rapidamente com a cabeça.
— Acabou por não acontecer nada de mal, ou melhor, aconteceu. De facto, ninguém ficou ferido, mas...
Sarah cruzou os braços, a tentar permanecer calma. — De qualquer forma, a sua maneira de agir levou a que, a partir de hoje, esteja suspenso das funções. Mas não é isso que me assusta. Para resumir a história: eles tiveram de soltar o preso, e agora não sei o que hei-de fazer. Miles não está a agir de modo muito racional e receio que acabe por fazer qualquer coisa de que depois venha a arrepender-se.
Fez uma pausa, e continuou. — O que me preocupa mais é que já existe uma relação muito má entre Miles e o homem que ele prendeu. Mesmo suspenso, sei que ele não vai desistir. E aquele homem... bem, não é o tipo de pessoa com quem ele se deva meter.
— Mas não acabaste de dizer que tiveram de soltar o tipo que prenderam?
— Certo, mas Miles não vai aceitar isso. Devias tê-lo ouvido há umas horas. Recusou-se a ouvir tudo o que lhe quis dizer. Uma

parte de mim diz-me que devia falar com o xerife e contar-lhe o que Miles me disse, mas ele já está suspenso e não quero arranjar-lhe mais sarilhos do que aqueles em que provavelmente já está metido. Mas, se não disser nada...

Parou, antes de enfrentar os olhos do irmão. — O que pensas que eu deva fazer? Esperar para ver o que acontece? Ou falar ao chefe do Miles? Ou não devo meter-me nisso?

Brian não respondeu logo de seguida. — Tudo depende do que sentes por ele e de adivinhares até onde é que Miles é capaz de ir.

Sarah passou a mão pelo cabelo. — O problema é esse. Amo-o. Sei que não tiveste muitas oportunidades de falar com ele, mas ele tem-me feito verdadeiramente feliz durante estes últimos meses. E agora... bem tudo isto me assusta. Não quero ser responsável pela sua expulsão da polícia mas, ao mesmo tempo, estou verdadeiramente preocupada com o que ele possa vir a fazer.

Brian não se mexeu, ficou a pensar durante muito tempo.

— Sarah, não podes deixar que um inocente vá parar à prisão — acabou por dizer, olhando-a de cima.

— Não é disso que tenho medo.

— O quê, pensas que ele é capaz de ir à caça do homem?

Sarah recordou-se da maneira como Miles a tinha olhado, com aqueles olhos enraivecidos pela frustração. — Se achar necessário, penso que fará isso mesmo.

— Não o podes deixar fazer isso.

— Então, pensas que devo fazer o telefonema?

Brian parecia doente.

— Penso que não tens alternativa.

Depois de deixar a casa de Sarah, Miles passou as horas seguintes à procura de Sims. Porém, como Charlie, não teve sorte nenhuma.

Depois, pensou fazer uma nova visita ao terreiro dos Timson, mas recuou. Não por falta de tempo, mas por se lembrar do que tinha acontecido, pela manhã, no gabinete de Charlie.

Tinha entregado a arma de serviço.

Mas tinha outra, em casa.

Nessa tarde, Charlie recebeu dois telefonemas. Um da mãe de Sims, a perguntar-lhe a razão de toda a gente estar subitamente interessada no seu filho. Quando lhe perguntou o que queria dizer com aquilo, a senhora respondeu:

— O Miles Ryan esteve cá hoje, a fazer as mesmas perguntas que o senhor já tinha feito.

Charlie desligou e franziu o cenho, furioso por Miles ter ignorado tudo aquilo de que tinham falado logo pela manhã.

A segunda chamada foi de Sarah Andrews.

Depois de ela se despedir, Charlie rodou a cadeira para poder olhar para fora; ficou a olhar para o parque de estacionamento, a rodar um lápis entre os dedos.

Um minuto depois, com o lápis partido em dois, virou-se para a porta e atirou os restos do lápis para o cesto dos papéis.

— Madge — gritou.

A secretária apareceu logo de seguida.

— Chama-me o Harris. Imediatamente.

Não teve de mandar duas vezes. Um minuto depois, Harris estava à porta.

— Preciso que vás para aquele sítio onde os Timson moram. Mantém-te fora das vistas, mas observa toda e qualquer pessoa que saia ou entre. Se observares qualquer coisa que não aches normal — e, devo acentuar, *qualquer coisa* — quero que me chames. Não só a mim, quero um aviso pela rádio. Não quero lá sarilhos nenhuns durante a noite que se aproxima. Nenhuns, percebeste bem?

Harris engoliu em seco e acenou que sim. Não precisou de perguntar quem é que devia vigiar.

Depois de ele sair, Charlie pegou no telefone para falar com a mulher, Brenda. Sabia que também tinha de chegar tarde a casa.

Nem conseguia deixar de pensar que toda aquela questão estava a ficar fora de controlo.

28

Passado um ano, as minhas visitas nocturnas a casa deles cessaram tão subitamente como tinham começado. E o mesmo aconteceu com as visitas à escola, para ver o Jonah, e com as idas ao local do acidente. O único local que continuei a visitar com regularidade foi a sepultura de Missy; a ida ao cemitério, marcada sempre para a quinta-feira, continuou a fazer parte do meu calendário semanal. Nunca deixei de lá ir. Com chuva ou com bom tempo, seguia para o cemitério e encaminhava-me para a campa. Deixei de me preocupar com a possibilidade de que alguém me visse ali. E nunca deixei de levar flores.

O fim das outras visitas foi para mim uma surpresa. Poderão pensar que, passado um ano, a intensidade da minha obsessão tinha diminuído, mas não se tratou disso. Durante todo um ano como que fora compelido a observá-los mas, subitamente, senti a mesma necessidade de os deixar em paz que antes sentira de os espiar.

Nunca mais esquecerei o dia em que a mudança aconteceu.

Foi no primeiro aniversário da morte de Missy. Por essa altura, depois de um ano a deslizar na escuridão, movia-me como se fosse quase invisível. Conhecia todos os atalhos e todas as curvas do caminho que tinha de percorrer; o tempo que levava a chegar a casa deles tinha caído para metade. Estava transformado num voyeur profissional: para além de espreitar pelas janelas, meses antes tinha começado a trazer os binóculos sempre comigo. É que em certos dias, por haver pessoas por ali, não conseguia acercar-me das janelas. Por vezes, Miles corria as cortinas da sala. Mas tive de fazer qualquer coisa para satisfazer a necessidade premente de espiar. Os binóculos foram a solução. Fora da propriedade deles, junto ao rio, havia um carvalho gigante, talvez centenário. Tinha ramos baixos e grossos, alguns paralelos ao solo, e era neles que muitas vezes assentava arraiais. Percebi que me bastava subir um pouco mais para conseguir ver através da janela da cozinha, com a vantagem de ter uma visão sem obstáculos. Ficava horas a observar, até Jonah ir para a cama e, depois disso, ficava a observar Miles, sentado na cozinha.

Tinha mudado durante aquele ano, tal como eu.

Embora continuasse a estudar o dossier, já não o fazia com a mesma regularidade. A necessidade de me encontrar foi diminuindo com a passagem dos meses. A mudança resultava mais da realidade que Miles tinha de enfrentar, do que de um menor interesse pelo caso. Na altura, eu sabia que a investigação tinha chegado a um beco sem saída; achei que ele chegou à mesma conclusão. No dia do aniversário, depois de Jonah ter ido para a cama, vi-o ir buscar o dossier. Porém, não se embrenhou no seu estudo, como costumava fazer. Em vez disso, foi dando uma vista de olhos pelas páginas, sem estar munido de lápis ou esferográfica, como era costume, não fez quaisquer anotações, como se estivesse a passar as páginas de um álbum de fotografias, a reviver momentos passados. Acabou por pô-lo de lado e desapareceu, a caminho da sala.

Quando percebi que ele não ia voltar à cozinha, deixei a árvore e deslizei até ao alpendre.

Chegado ali, verifiquei que embora as cortinas estivessem corridas, a janela tinha sido deixada aberta para dar entrada à brisa nocturna. Do meu ponto de observação, conseguia observar pedaços da sala, o suficiente para ver Miles sentado no sofá. Tinha perto de si uma caixa de cartão e, pela direcção em que olhava, percebi que estava a ver televisão. Tentei ouvir, com a orelha junto da abertura da janela, mas não ouvi nada que fizesse sentido. Parecia haver longos períodos em que ninguém dizia nada; outros sons pareciam distorcidos, as vozes incompreensíveis. Quando voltei a olhar para Miles, tentando perceber o que ele estava a ver, vi a sua expressão e compreendi. Estava à vista, nos seus olhos, na curva da boca, na maneira como estava sentado.

Estava a ver vídeos pessoais.

Percebida a situação, fechei os olhos e comecei a perceber quem estava a falar através da fita gravada. Ouvi a voz de Miles, ora subindo ora descendo, ouvi os sons agudos emitidos por uma criança. Em fundo, fraca mas perceptível, ouvi outra voz. A voz dela.

A voz de Missy.
Era uma voz espantosa, estranha, e por momentos senti que me faltava a respiração. Em todo aquele tempo, depois de espiar Miles e Jonah durante um ano, pensei que já os conhecia, mas o som que ouvi naquela noite fez-me mudar de opinião. Não conhecia Miles, nem conhecia Jonah. Há observação e estudo, e há conhecimento; embora pudesse continuar a observar e a espiar, nunca conseguiria conhecer aquelas pessoas.
Fiquei a ouvir, transfigurado.
A voz dela foi-se afastando. Momentos depois ouvi-lhe uma gargalhada.
Aquele som provocou-me um sobressalto e os meus olhos dirigiram-se de imediato para Miles. Quis ver a reacção que o riso tinha provocado nele, embora calculasse qual seria. Estaria de olhar ausente, perdido nas suas memórias, furioso e com os olhos marejados de lágrimas.
Mas estava enganado.
Ele não chorava. Em vez disso, com uma expressão de ternura, olhava o ecrã e sorria.
E, ao ver aquilo, percebi repentinamente que tinha de parar.

Depois desta visita, acreditei honestamente que nunca mais voltaria àquela casa para os espiar. Durante o ano seguinte, tentei viver a minha vida e, na aparência, fui bem sucedido. As pessoas que me rodeavam diziam que eu estava com melhor aspecto, mas pessoalmente achava-me na mesma.
Uma parte de mim acreditava na mudança. Sem aquelas actividades compulsivas, pensei que também o pesadelo poderia ser esquecido. Não o que tinha feito, não o facto de ter matado a Missy, mas a culpa obsessiva com que tinha vivido durante um ano.
Só não me apercebi de que, na realidade, o sentimento de culpa e a angústia não tinham desaparecido. Em vez disso, tinham adormecido, como o urso que fica em hibernação enquanto dura o Inverno, alimentando-se de si mesmo, à espera da estação que se segue.

29

Na manhã de domingo, um pouco depois das 8 horas, Sarah ouviu bater na porta da frente. Após um momento de hesitação, resolveu levantar-se para ver quem era. Ao caminhar para a porta, tinha alguma esperança de que fosse Miles.

Mas a outra parte de si mesma, esperava que não fosse.

Ao pegar no puxador, ainda não decidira o que dizer. Dependia muito do próprio Miles. Saberia que ela tinha telefonado ao Charlie? E se sabia, estaria zangado? Magoado? Teria percebido que ela agira daquele modo por não lhe restar outra solução?

No entanto, ao abrir a porta, sorriu de alívio.

— Olá, Brian. Que andas a fazer por aqui?

— Preciso de falar contigo.

— Com certeza... entra.

Seguiu-a e sentou-se no sofá. Sarah sentou-se ao lado do irmão.

— Então, o que é que se passa?

— Acabaste por falar ao chefe do Miles, não foi?

Sarah passou a mão pelo cabelo. — Sim, falei. Como tu disseste, não podia fazer outra coisa.

— Por saberes que ele vai atrás do tipo que prendeu — afirmou Brian.

— Não sei o que ele irá fazer, mas estou assustada o suficiente para fazer o possível para que tal não aconteça.

O irmão fez um pequeno aceno. — Ele sabe que telefonaste?

— Miles? Não faço ideia.

— Falaste com ele?

— Não. Desde ontem que não sei nada dele. Tentei ligar-lhe umas quantas vezes, mas não estava em casa. Respondeu-me sempre o gravador.

Brian apertou o nariz com as pontas dos dedos.

— Há uma coisa que tenho de saber.

Na quietude da sala, a voz soou estranhamente amplificada.

Sarah mostrou-se intrigada. — Que coisa?

— Preciso de saber se achas que Miles é capaz de se exceder.

A irmã inclinou-se para diante. Tentou que a olhasse de frente, mas ele voltou a cabeça.

— Não consigo ler os pensamentos dos outros. Mas estou preocupada e acho que sim.

— Penso que devias dizer ao Miles para desistir.

— Desistir de quê?

— O tipo que ele prendeu... devia ser deixado em paz.

Sarah ficou perplexa, a olhar para o irmão. Brian voltou-se finalmente e encarou-a com olhos suplicantes.

— Tens de o fazer compreender, entendes? Fala com ele, está bem?

— Já tentei. Falei-te nisso.

— Tens de tentar outra vez.

Sarah recostou-se e enrugou a esta. — O que é que se passa?

— Só estou a perguntar-te o que é que pensas que Miles pode fazer.

— Mas porquê? É assim tão importante para ti?

— O que seria do Jonah?

A irmã pestanejou. — Jonah?

— Miles tem de pensar no filho, não tem? Antes de fazer qualquer coisa?

Sarah abanou a cabeça lentamente. — Queres dizer que não se deve arriscar a ir parar à cadeia. É isso? — À força, agarrou as mãos de Brian. — Ora bem. Podes deixar de me fazer perguntas durante um minuto? O que é que se passa?

Aquele foi, recordo-me perfeitamente, o momento da verdade; a razão que me trouxera até casa da minha irmã. Finalmente, ia confessar o que tinha feito.

Nesse caso, como é que não entrei por ali dentro a dizer a verdade? Estaria à procura de uma saída, de outra razão para manter o segredo? A parte do meu eu que andava a mentir havia dois anos teria desejado isso, mas, honestamente, penso que a parte melhor de mim mesmo queria apenas proteger a minha irmã.

Tinha de ter a certeza de que não havia outra solução.

Sabia que as minhas palavras a iam magoar. A minha irmã estava apaixonada pelo Miles. Percebera isso no dia de Acção de Graças, na forma como se olhavam, na forma descontraída como agiam quando estavam juntos, no beijo terno com que ela se despedira dele. Sarah amava Miles e Miles amava-a, nem era preciso que mo dissessem por palavras. E Jonah amava os dois.

Na noite anterior apercebera-me de que já não me era possível manter o segredo. Se Sarah pensava que Miles era, de facto, capaz de tentar resolver o problema pelas suas próprias mãos, eu sabia que, ao manter o segredo, corria o risco de arruinar as vidas de mais pessoas. Missy tinha morrido por minha culpa; não conseguiria viver com mais uma tragédia sem sentido.

Mas para me salvar, para salvar um homem inocente, para salvar Miles Ryan de si próprio, também sabia que tinha de sacrificar a minha irmã.

Sarah, que já tinha sofrido tanto, tinha de olhar Miles de frente, sabendo que o seu próprio irmão tinha morto a mulher dele, e enfrentar o risco de o perder. Poderia Miles voltar a olhar para ela da mesma maneira?

O sacrifício de Sarah seria legítimo? Não passava de uma espectadora inocente. Depois de ouvir o que lhe ia dizer ficaria irremediavelmente entalada entre o seu amor por Miles Ryan e o seu amor por mim. Mas por mais que a desejasse encontrar, sabia que não havia alternativa.

— Eu sei — *acabei por dizer, em voz rouca* — quem guiava o carro naquela noite.

— Tu sabes?

Acenei afirmativamente.

Foi então, no longo silêncio que precedeu a pergunta, que ela percebeu a razão que me levava a estar ali. Compreendeu o que eu estava a querer dizer-lhe. Dobrou-se para diante, como um balão a perder o ar lentamente. Eu, por mais que me custasse, não desviei os olhos, nem quando murmurei:

— Era eu, Sarah. Eu era o condutor.

30

Sarah recuou mal ouviu aquelas palavras, como se fosse a primeira vez que percebesse a pessoa que o irmão era.
— Não quis que aquilo acontecesse. Tenho muita pena...
Calou-se, incapaz de continuar e desatou a chorar.
Não era o choro baixo, reprimido, da tristeza; eram gritos angustiados de uma criança. Parecia ter espasmos, os ombros tremiam-lhe com violência. Até àquele momento, Brian não tinha soltado uma lágrima por causa do acidente e agora, depois de começar, não sabia quando iria acabar.
Embora esmagada pelo desgosto, Sarah pôs-lhe um braço à volta do corpo; o gesto da irmã fez que o crime lhe parecesse pior, ainda mais terrível do que era, pois dizia-lhe que, apesar de tudo, a irmã continuava a amá-lo. Sarah não lhe disse nada, deixou-o chorar à vontade, mas começou lentamente a afagar-lhe as costas com a mão. Brian inclinou-se para ela, abraçou-a com força, parecendo acreditar que se a largasse a relação entre eles nunca mais seria a mesma.
Mas, mesmo assim, sabia que tinha de a largar.
Nem soube quanto tempo durou o choro, mas, quando finalmente acabou, começou a contar à irmã tudo o que tinha acontecido.
Não mentiu.
No entanto, omitiu as excursões nocturnas.
Durante o tempo que durou a confissão, Brian nunca olhou a irmã de frente. Não queria ver nem a pena nem o horror nos olhos dela; não queria saber com que olhos a irmã tinha passado a vê-lo.

Mas, no final da história, encontrou forças para a olhar de frente. Não viu amor nem perdão na expressão da irmã. Só viu o medo.

Brian ficou com Sarah durante a maior parte da manhã. Teve de responder a muitas perguntas; para encontrar as respostas certas, acabou por lhe contar uma vez mais a história completa. Contudo, algumas das perguntas — como a razão que o levara a não se dirigir à polícia — não tinham resposta, a não ser a mais óbvia: que ficara em estado de choque, que tivera medo, que acabou por deixar passar tempo demasiado.

Quanto a Sarah, se por um lado justificava a decisão, por outro, punha-a em causa. Tal como acontecia com Brian. Reviram toda a história, de trás para a frente e de frente para trás, mas, no final, quando a irmã se calou, Brian percebeu que era chegada a hora de se ir embora.

A caminho da porta, olhou-a de relance, por cima do ombro.

No sofá, dobrada para diante como uma pessoa com o dobro da idade, a irmã chorava em silêncio, com a cara escondida nas mãos.

31

Nessa mesma manhã, enquanto Sarah chorava no sofá, Charlie Curtis estava a percorrer o caminho de acesso à casa de Miles Ryan. Estava fardado; em muitos anos, era a primeira vez que não ia à igreja com Brenda, mas, como lhe explicara antes de sair, sentia que não tinha outra solução. Deixara de a ter depois dos dois telefonemas recebidos na tarde anterior.

Não tinha outra solução, depois de passar a maior parte da noite a vigiar a casa de Miles por causa deles.

Bateu. Miles veio abrir; estava de calças de ganga, camisola e boné de basebol. Se ficou surpreendido por ver Charlie no alpendre, não o demonstrou.

Charlie dispensou os preâmbulos. — Temos de falar.

Miles pôs as mãos nas ancas, sem esconder a fúria que ainda sentia pelo que Charlie lhe tinha feito.

— Então fala.

O xerife levantou ligeiramente a aba do chapéu. — Queres que falemos aqui no alpendre, onde Jonah nos pode ouvir, ou queres falar no quintal? A escolha é tua. A mim, tanto se me dá.

Um minuto depois, Charlie estava encostado ao carro, de braços cruzados, com Miles na sua frente. O Sol ainda estava baixo, pelo que Miles tinha de semicerrar os olhos para conseguir olhar para o chefe.

— Quero saber se foste à procura de Sims Addison — disse Charlie, indo direito ao assunto.

— Estás a perguntar para saber ou já sabes?

— Estou a perguntar porque quero saber se és capaz de me mentir quando eu estou a olhar para ti.

Passado um momento, Miles desviou os olhos. — É verdade, fui à procura dele.

— Porquê?

— Porque me disseste que não conseguias encontrá-lo.

— Miles, tu estás suspenso. Sabes o que isso significa?

— Charlie, não foi nenhuma diligência oficial.

— Não interessa. Dei-te uma ordem formal e não a respeitaste. Só que tens a sorte de Harvey Wellman não ter tido conhecimento do que fizeste. Mas não posso continuar a proteger-te, além de que estou demasiado velho e cansado para suportar estas parvoíces.

Bateu com os pés no chão, procurando não arrefecer. — Quero que me dês o dossier.

— O meu dossier?

— Quero que seja admitido como prova.

— Prova? De quê?

— Diz respeito à morte de Missy Ryan, não diz? Preciso de ver essas notas que tens andado a escrevinhar.

— Charlie...

— Estou a falar a sério. Ou mo dás ou eu vou buscá-lo. No final, de uma maneira ou de outra, vou ficar com ele.

— Por que é que me estás a fazer isto?

— Alimento a esperança de te instilar algum bom senso. Como é evidente que não ouviste nada do que te disse ontem, vou repetir. Não te metas nisto. Deixa-nos tratar do caso.

— Óptimo.

— Preciso que me dês a tua palavra de que não voltas a procurar o Sims e de que vais manter-te afastado de Otis Timson.

— Charlie, vivemos numa cidade pequena. Não sei se vou conseguir evitar o choque com qualquer deles.

Charlie semicerrou os olhos. — Miles, estou cansado de brincadeiras; por isso, vamos falar sem subterfúgios. Se fores encontrado a menos de cem metros de Otis, da sua casa ou até dos lugares onde ele passa o tempo, meto-te na cadeia.

Miles olhou Charlie com incredulidade. — Acusado de quê?

— De agressão.
— Agressão?
— A tua pequena habilidade com o carro de serviço.
O xerife abanou a cabeça. — Não me parece que estejas a perceber o monte de sarilhos em que estás metido. Ou te manténs à distância, ou acabas atrás das grades.
— Isto é uma loucura...
— Os sarilhos são da tua lavra. De momento, estás tão vigiado que já não sei o que fazer mais. Sabes onde é que passei a maior parte da noite?
Não esperou pela resposta. — Estacionado lá no fundo da rua, para ter a certeza de que não saías. Sabes como é que me sinto por pensar que não posso confiar em ti, depois de tudo o que passámos juntos? É um pensamento nojento; não quero passar por isso outra vez. Por isso, se não te importas, já que não posso obrigar-te a fazer isso, para além do dossier, agradecia que, durante uns tempos, me entregasses a guarda das tuas outras armas, de todas as que tens em casa. Eu próprio as devolverei quando tudo isto estiver solucionado. Se recusares, terei de te manter sob vigilância e podes crer que o faço. Nem poderás beber um café sem estar alguém a vigiar cada um dos teus gestos. E devo também dar-te conhecimento de que coloquei ajudantes por perto da casa dos Timson e que uma das missões deles é vigiar-te.
Teimosamente, Miles continuou a recusar-se a olhar para o chefe.
— Charlie, ele ia a guiar aquele carro.
— Pensas realmente isso? Ou queres apenas encontrar uma resposta, qualquer resposta?
Miles levantou a cabeça. — Isto não é justo.
— Não é? Eu é que falei com o Earl, não foste tu. Fui eu quem reviu todos os passos da investigação feita pela brigada de trânsito. E digo-te que não há qualquer prova material que relacione Otis com o crime.
— Eu vou encontrar a prova...
— Não, não vais! — retorquiu Charlie. — Aí é que está o busílis! Não vais encontrar nada por estares fora disto!
Miles não respondeu e, passado um bom bocado, Charlie pôs-lhe a mão no ombro.

— Escuta, continuamos a investigar o caso; dei-te a minha palavra de que o faria.
Soltou um longo suspiro. — Não sei... talvez venhamos a descobrir qualquer coisa. E se isso acontecer, serei o primeiro a vir dizer-te que estava enganado e que Otis vai ter o que merece. Estamos entendidos?
Miles cerrou os dentes, mesmo sem querer, deixando Charlie à espera de uma resposta. Como não houvesse nenhuma, continuou.
— Sei quanto isto é duro...
Ao ouvir isto, Miles afastou a mão do chefe e olhou para ele, de olhos faiscantes.
— Não, não sabes — berrou —, e nunca saberás. Brenda ainda está viva, lembras-te? Continuam a acordar na mesma cama, podes falar com ela sempre que queiras. Ninguém a atropelou a sangue-frio, ninguém andou por aí durante anos, sem o castigo devido. E, atenta bem nas minhas palavras, Charlie, desta vez ninguém vai ficar sem castigo.
Apesar dos protestos de Miles, Charlie saiu dez minutos depois, com o dossier e as armas. Nenhum deles disse mais nada.
Não havia necessidade disso. Charlie tinha uma função a desempenhar.
E Miles ia desempenhar a sua.

Depois de ficar só, Sarah continuou sentada no sofá, alheia a tudo a que a rodeava. Não tinha abandonado o sofá, mesmo depois de ter deixado de chorar, como se sentisse que o mais ligeiro movimento podia desbaratar a pouca compostura que lhe restava.
Nada parecia fazer sentido.
Não tinha energia para separar as diversas emoções que a assaltavam; todas elas se misturavam, sem se distinguirem umas das outras. Sentia-se como uma caldeira prestes a rebentar, como se tivesse uma britadeira dentro do corpo, como se não pudesse mexer-se.
Como é que podia ter acontecido tudo aquilo? Não o acidente de Brian — conseguia perceber isso, pelo menos a parte superficial. Foi terrível e a forma como agiu a seguir foi um erro, qualquer que fosse o critério de análise. Mas foi um acidente. Sabia que Brian

não o tinha podido evitar, como também ela não o conseguiria evitar, nas mesmas circunstâncias.

E, num abrir e fechar de olhos, Missy Ryan estava morta.

Missy Ryan.

A mãe de Jonah.

A mulher de Miles.

Era isso que não fazia sentido.

Por que razão é que Brian tinha de a atropelar, *a ela?*

E porquê tinha sido Miles, de entre todos os homens do mundo, que depois veio a entrar na sua vida? Era quase impossível de acreditar e, para ali sentada no sofá, não conseguia ver qualquer nexo nas coisas de que havia pouco tomara conhecimento: o horror da confissão de Brian e do seu óbvio sentimento de culpa... a revolta e a repulsa que ela sentira por ele ter escondido a verdade, contrabalançadas pelo conhecimento implacável de que nunca deixaria de amar o irmão...

E Miles...

Ó Deus... Miles...

O que é que deveria fazer? Telefonar-lhe a contar o que sabia? Ou esperar até se recompor um pouco mais e pensar no que havia de dizer?

Da mesma forma que Brian tinha esperado.

Ó Deus...

Que iria acontecer a Brian?

Ia ser preso...

Sentiu-se doente.

Sim, era o que merecia, mesmo sendo seu irmão. Não respeitou a lei e devia pagar pelo seu crime.

Ou não devia? Era o seu irmãozinho, pouco mais do que um miúdo quando aquilo aconteceu; e não tinha tido culpa.

Abanou a cabeça. Melhor seria que Brian não lhe tivesse contado.

Porém, no fundo, sabia o motivo que o levara a contar-lhe. Miles tinha pago o preço do silêncio dele durante dois anos.

E agora, era Otis quem iria pagar.

Inspirou profundamente e levou os dedos às têmporas.

Não, Miles não iria tão longe. Ou iria?

De momento, talvez não, mas seria uma coisa que não deixaria de o roer por dentro enquanto estivesse convencido de que Otis era culpado. E, um dia, talvez...

Abanou a cabeça, nem queria pensar nisso.

Continuava, porém, sem saber o que havia de fazer.

E minutos depois, quando Miles lhe bateu à porta, continuava a não ter respostas.

— Olá — foi tudo o que Miles conseguiu dizer.

Sarah ficou a olhar para ele, como em estado de choque, incapaz de largar o puxador da porta. Sentiu-se tensa, baralhada.

Diz-lhe agora mesmo; acaba com isto...

Espera até saberes como é que lhe vais dizer...

Miles pareceu admirado. — Estás bem?

— Estou... claro que sim... — balbuciou Sarah. — Entra.

Afastou-se para o deixar passar e ele fechou a porta por detrás de si. Após uma ligeira hesitação, foi até à janela, afastou a cortina e inspeccionou a rua; obviamente distraído, fez um percurso completo da sala. Parou junto da lareira e, com ar ausente, ajustou a posição de uma fotografia de Sarah com a família, virando-a de frente para o sofá. Sarah ficou imóvel no centro da sala. Tudo aquilo lhe parecia irreal. Ao olhar para Miles, só conseguia pensar que sabia quem era o responsável pela morte de Missy Ryan.

— Charlie foi a minha casa esta manhã — disse Miles subitamente. — O som daquela voz trouxe-a de volta à vida real. — Levou o meu dossier referente ao caso de Missy.

— Que pena.

Parecia ridícula, mas foi a primeira e a única observação que lhe ocorreu.

Miles nem pareceu reparar.

— Também me informou de que me mandava prender se eu fosse encontrado perto de Otis Timson.

Desta vez não lhe respondeu. Viu que ele precisava de desabafar; a atitude defensiva que tinha adoptado dizia isso mesmo. Miles virou-se para ela.

— Consegues acreditar numa coisa destas? Não fiz mais do que prender o homem responsável pela morte da minha mulher e vê o que me aconteceu.

Sarah teve de recorrer a todas as suas reservas de autodomínio para manter a compostura.

— Lamento.

Era a primeira vez que mostrava pena.

— Também eu — respondeu, a abanar a cabeça. — Não posso ir à procura do Sims, não posso procurar provas, não posso fazer coisa nenhuma. Querem que me deixe ficar sentado, à espera, pelo tempo que for preciso, até que Charlie resolva todos os problemas.

Sarah pigarreou, à procura de algo para dizer. — Bem... não te parece uma boa ideia? Quero dizer, durante pouco tempo?

— Meus Deus, não, de maneira nenhuma. Fui o único que continuou a investigar depois de o inquérito inicial não ter resultado. Sei mais sobre o processo do que qualquer outra pessoa.

Não Miles, não sabes.

— E então, o que é que vais fazer?

— Não sei.

— Mas vais acatar as ordens do Charlie, não vais?

Miles virou a cara, recusando-se a responder; quanto a Sarah, pareceu-lhe que tinha uma pedra no lugar do estômago.

— Miles, olha para mim. Sei que não vais gostar de ouvir isto, mas penso que o Charlie tem razão. Deixa que os outros tratem do caso.

— Para quê? Para ele lixar tudo outra vez?

— Ele não lixou coisa nenhuma.

Os olhos dele pareciam duas brasas. — Não? Então como é que o Otis continua a andar por aí? Por que razão tive de ser eu a descobrir as pessoas que nos revelaram a identidade do responsável? Por que razão é que, na altura do acidente, não foram mais eficazes na procura de provas?

Sarah respondeu em voz calma. — Talvez não existissem nenhumas.

— Como é que podes continuar a fazer o papel de advogada do diabo neste caso? — perguntou Miles. — Ontem, fizeste a mesma coisa.

— Não, não fiz nada disso.
— Fizeste, pois. Não quiseste perceber nada do eu disse.
— Não quis que fizesses nada...
Ele levantou as duas mãos. — Pois, eu sei. Tu e o Charlie. Nenhum de vós parece perceber o inferno em que estou a viver.
— É claro que percebo — retorquiu Sarah, a tentar esconder a tensão que sentia na voz. — Pensas que Otis é culpado e queres vingar-te. Mas o que é que vai acontecer se, mais adiante, vieres a descobrir que Sims e Earl estão enganados?
— Enganados?
— Sobre o que ouviram, quero dizer...
— Pensas que eles estão a mentir? Ambos?
— Não. Só estou a pôr a hipótese de terem interpretado mal o que ouviram. Talvez Otis o tenha dito, mas sem querer dizer o que disse. É possível que não tenha feito nada do que disse.
Por momentos, Miles ficou demasiado estarrecido para conseguir responder. Sarah continuou, lutando contra o nó que sentia a formar-se na garganta.
— O que pergunto é o que farás se mais tarde vieres a descobrir que Otis não é culpado? Sei que os dois não se entendem...
— Não nos entendemos? — perguntou, não a deixando prosseguir. — Olhou-a com uma expressão de dureza e deu um passo na direcção dela. — De que raio é que estás a falar? Sarah, ele matou a minha mulher!
— Não sabes isso.
— Ai isso é que sei.
Chegou-se mais para ela. — A única coisa que desconheço é o motivo que te leva a julgá-lo inocente.
Sarah engoliu em seco. — Não estou a dizer que está inocente. Só estou a dizer que devias deixar Charlie a tratar do caso, de modo a não fazeres nada...
— O quê? Matá-lo?
Não obteve resposta e deixou-se ficar em frente dela. Depois falou, numa voz estranhamente calma. — Como ele matou a minha mulher, queres tu dizer?
Ela ficou muito pálida. — Não comeces com essa conversa. Tens de pensar no Jonah.

— Não o metas nisto.
— Mas é verdade. Tu és tudo o que lhe resta.
— E pensas que não sei isso? O que é tu pensas que me impediu de premir o gatilho? Tive essa possibilidade mas não o fiz, recordas-te?

Miles expirou com força e voltou-lhe as costas, como que arrependido de não ter disparado. — Sim, quis matá-lo. Penso que ele merece morrer por causa do que fez. «Olho por olho», não é? — Levantou o queixo e olhou para ela. — Só quero fazê-lo pagar. E ele vai pagar. De uma forma ou de outra.

Dizendo isto, Miles dirigiu-se abruptamente para a saída, batendo com a porta.

32

Sarah passou a noite acordada.
Ia ficar sem o irmão.
E ia ficar sem Miles Ryan.
Deitada na cama, recordou a primeira vez que tinha feito amor com Miles, naquele mesmo quarto. Recordava-se de tudo: da maneira como ele recebeu a revelação de que ela não podia ter filhos, a sua expressão quando lhe disse que a amava, os murmúrios que tinham trocado entre si nas horas seguintes e a paz que tinha encontrado nos seus braços.
Parecia tudo tão certo, tão perfeito.
Miles já tinha saído há várias horas, mas Sarah continuava a não ter respostas para as perguntas que a assaltavam. Parecia ainda mais confusa do que antes; agora, depois de passado o choque inicial e capaz de pensar com mais clareza, percebia que, qualquer que fosse a decisão que acabasse por tomar, nada voltaria a ser como dantes.
Tudo acabado.
Se não pusesse Miles ao corrente do que sabia, como é que poderia voltar a olhar para ele? Não conseguia imaginar-se ali em casa, com Miles e Jonah sentados à volta da árvore de Natal a abrirem as suas prendas, com ela e Brian a sorrirem, fingindo que não tinha acontecido nada. Não conseguia imaginar-se em casa de Miles, a ver fotografias de Missy ou a falar com Jonah, sabendo que Brian lhe tinha matado a mãe. Certamente, essa não seria uma maneira decente de proceder. E como continuar a ver Miles absolutamente convencido de que Otis tinha de pagar por um crime que não

cometeu? Tinha de lhe contar a verdade, quando mais não fosse para evitar que Otis Timson fosse castigado por algo que não tinha feito.

E havia mais. Miles tinha o direito de saber o que tinha acontecido com a esposa. Merecia isso.

Mas, se lhe contasse, ia acontecer o quê? Seria possível que Miles acreditasse na história de Brian e o deixasse em paz? Não, não era provável. Brian tinha infringido a lei, e uma vez que ela o denunciasse, tinha de ser preso, os pais ficariam arrasados, Miles nunca mais lhe falaria e ela perderia o homem que amava.

Fechou os olhos. A sua vida teria continuado, mesmo que Miles não tivesse aparecido.

Mas, apaixonar-se por ele, para depois o perder?

E o que é que iria acontecer a Brian?

Sentiu um peso no peito.

Levantou-se, enfiou os pés nos chinelos e foi para a sala, numa procura desesperada de encontrar qualquer outra coisa em que pensar. Mas, mesmo ali, as recordações de tudo o que tinha acontecido não a deixaram descontrair-se. De súbito, teve a certeza de que só tinha uma coisa a fazer. Por mais dolorosa que fosse, era a única maneira de agir.

Na manhã seguinte, ao ouvir o telefone tocar, Brian sabia que Sarah estava do outro lado da linha. Tinha estado à espera da chamada e levantou o auscultador antes de a mãe ter conseguido chegar ao pé do aparelho.

Sarah foi direita ao assunto; Brian ouviu calmamente. No final, disse que concordava. Minutos depois, a deixar marcas de pegadas na neve macia, dirigiu-se para o carro.

Nem pensava na condução; reflectia sobre o que dissera no dia anterior. Quando contou a história à irmã, sabia que ela não poderia manter o segredo. Apesar de preocupada com a sorte do irmão e com o seu futuro com Miles, pedir-lhe-ia que se entregasse. A irmã era assim mesmo; acima de tudo, sabia o que era ser traída e guardar um segredo daqueles, seria a pior das traições.

Essa fora a razão, pensou, que o levara a contar-lhe a história.

Brian avistou-a ainda antes de arrumar o carro no parque da igreja episcopal, aquela onde assistira ao funeral de Missy. Sarah estava sentada num banco, de onde se avistava um pequeno cemitério, tão velho que a maioria das inscrições nas lápides tinha sido apagada pelo tempo. Viu bem o estado em que a irmã se encontrava, mesmo antes de sair do carro. Parecia desconsolada, verdadeiramente perdida, como só a tinha visto uma vez.

Sarah ouviu-o arrumar o carro, voltou-se mas não lhe acenou. Momentos depois, Brian estava sentado ao lado da irmã.

Sabia que a Sarah tinha dado parte de doente. Na escola onde ensinava, as férias começavam só uma semana depois. Ao vê-la ali sentada, não podia deixar de pensar no que teria acontecido se não tivesse vindo a New Bern no dia de Acção de Graças e encontrado Miles e Jonah em casa dos pais, ou se Otis não tivesse sido preso.

Finalmente, a irmã murmurou: — Não sei o que hei-de fazer.

Brian respondeu com voz calma. — Estou desolado.

— Tens de estar.

O irmão não deixou de reparar no tom de amargura com que Sarah disse aquilo.

— Não quero ouvir a história toda outra vez, mas preciso de saber se me contaste a verdade.

Voltou-se para o olhar de frente. O frio provocava-lhe manchas róseas nas faces, como se alguém as tivesse beliscado.

— Contei.

— A verdade toda? Brian, tratou-se realmente de um acidente?

— Foi um acidente.

Sarah fez um aceno, mas a resposta não pareceu trazer-lhe grande conforto. — Não dormi na noite passada — disse —, e ao contrário do que se passa contigo, não posso ignorar isto.

Brian não respondeu. Não tinha nada a dizer.

— Por que é que não me disseste? — acabou por perguntar. — Que razão tiveste para não me dizer, quando aconteceu?

— Não podia — respondeu Brian. — A mesma pergunta que lhe fora feita na véspera e a mesma resposta.

Sarah manteve-se em silêncio durante muito tempo. — Tens de lhe contar — disse, com a vista a errar pelas lápides tumulares, numa voz que nem lhe parecia a sua.

— Eu sei — murmurou.

Viu a irmã baixar a cabeça, para esconder as lágrimas, segundo lhe pareceu. Estava preocupada com o destino dele, mas as lágrimas tinham outra razão de ser. Sentado ao lado dela, Brian sabia que ela chorava por si própria.

Sarah levou Brian a casa de Miles. Enquanto ela conduzia, Brian não deixava de olhar pela janela. O movimento do carro parecia roubar-lhe toda a energia, mas, por estranho que lhe parecesse, não sentia medo do que lhe ia suceder. Sabia que o medo fora transmitido à irmã.

Atravessaram a ponte e entraram na Madame Moore's Lane, percorrendo as suas curvas apertadas até chegarem junto da casa de Miles. Sarah arrumou ao lado carrinha dele e desligou o motor.

Não saiu do carro imediatamente. Ficou sentada, com as chaves pousadas no colo. Por fim, depois de inspirar profundamente, virou-se para o irmão. Os lábios apertados tentaram um sorriso forçado de apoio, que logo se desvaneceu. Guardou as chaves na mala e Brian abriu a porta. Um ao lado do outro, caminharam para a entrada da casa.

Sarah ainda hesitou no primeiro degrau e, por momentos, os olhos de Brian dirigiram-se para o canto do alpendre, onde tinha estado tantas vezes. Logo que aquilo aconteceu, soube exactamente o que tinha de dizer a Miles acerca do crime mas, tal como fizera com a irmã, estava decidido a manter silêncio sobre todas as restantes actividades.

Endireitando os ombros, Sarah caminhou para a porta e bateu. Momentos depois, Miles abriu.

— Sarah... Brian...

— Olá, Miles — respondeu Sarah. — Brian achou a voz da irmã surpreendentemente firme.

De início, ninguém se mexeu. Ainda aborrecidos com a cena do dia anterior, Miles e Sarah ficaram a olhar um para o outro, até que ele deu um pequeno passo atrás.

— Entrem — disse, conduzindo-os para dentro. Fechou a porta depois de eles passarem. — Querem beber alguma coisa?

— Não, obrigada.

— E você, Brian?

— Não, estou bem assim.

— Então, que se passa?

Com ar absorto, Sarah ajeitou a correia da mala. — Há uma coisa que eu... ou melhor, nós, temos de te contar — disse, de modo algo desajeitado. — Podemos sentar-nos?

— Com certeza — respondeu Miles. — Fez um gesto em direcção ao sofá.

Brian sentou-se junto de Sarah, em frente de Miles. Brian respirou fundo e ia começar, quando foi interrompido pela irmã.

— Miles... antes de começarmos, quero que saibas que preferia não estar aqui. Desejava isso mais do que tudo. Tenta não te esqueceres disso, está bem? Isto não é fácil para nenhum de nós.

— O que se passa? — perguntou de novo.

Sarah olhou para o irmão. Fez-lhe um aceno e, ao ver aquele gesto, Brian sentiu a garganta subitamente dura. Engoliu em seco.

— Foi um acidente — conseguiu dizer.

Depois deste começo, as palavras saíram em torrente, como no ensaio interior que ele tinha feito mais de uma centena de vezes. Brian contou-lhe tudo sobre a noite de dois anos antes, sem omitir nada. Mas não estava a prestar atenção às palavras.

Tentava, em vez disso, ver a reacção de Miles. A princípio, não houve nenhuma. Logo que Brian começou, tinha adoptado uma postura diferente, a de alguém que queria ouvir com objectividade, sem interrupções, segundo a formação que recebera como xerife. Sabia que Brian estava a fazer uma confissão e tinha aprendido que o silêncio era a melhor garantia de conseguir obter uma versão não censurada de tudo o que se passou. Até ao momento em que Brian mencionou o Rhett's Barbecue, Miles não se tinha apercebido muito bem daquilo que Brian lhe estava a contar.

Foi aquela referência que o fez entrar em choque. E ficou gelado, as faces sem cor, a ouvir a continuação do relato. Num gesto reflexo, as mãos apertaram os braços da cadeira. No entanto, o relato continuou. Brian ouviu a irmã inspirar profundamente quando ele descreveu o acidente, mas pareceu-lhe um som vindo de muito longe, não mais que um ruído de fundo. Ignorou o som, continuando a sua história, só parando depois de descrever o que se passou na manhã seguinte, na cozinha da sua casa, e a decisão de se manter em silêncio.

Miles ouviu tudo como se fosse uma estátua de sal. Quando Brian se calou, pareceu precisar de uns momentos para registar tudo o que tinha ouvido. Depois, finalmente, concentrou o olhar em Brian, como se o visse pela primeira vez, como se ele fosse um desconhecido.

De certo modo, Brian achava que era um desconhecido para ele.

— Um cão? — rouquejou. — A voz saiu-lhe baixa e grave, como se tivesse estado a conter a respiração enquanto durou a confissão. — Está a dizer-me que ela deu um salto para a frente do carro por causa de um cão?

— Estou — concordou Brian. — Um cão preto. Grande. Não pude fazer nada.

Miles semicerrou os olhos, a tentar controlar-se. — Então, por que é que fugiu?

— Não sei. Não consigo explicar o motivo da minha fuga naquela noite. Na imagem seguinte, vejo-me já dentro do carro.

— Porque não se recorda.

A fúria com que disse aquilo era inegável, via-se que mal conseguia reprimi-la. Um pormenor de mau agoiro.

— Na verdade, não me lembro de alguns pormenores.

— Mas recorda-se do resto. Lembra-se de todas as outras coisas passadas naquela noite.

— Lembro.

— Então diga-me qual foi o motivo da sua fuga naquela noite.

Sarah agarrou um braço de Miles. — Ele está a dizer a verdade, Miles. Acredita-me, ele nunca me mentiria acerca de uma coisas destas.

Miles afastou-lhe a mão.

— Deixa, Sarah. Ele pode fazer as perguntas que quiser. — disse Brian.

A voz de Miles baixou ainda um pouco mais de tom. — Pois posso e nunca se esqueça disso.

— Não de lembro da razão da fuga — respondeu Brian. — Como já lhe disse, nem me lembro de abandonar a cena. Lembro-me de estar dentro do carro, mas é tudo.

Miles levantou-se, de olhos faiscantes. — E espera que eu acredite nisso? Que a culpa foi da Missy?

— Espera lá! — exclamou Sarah, indo em defesa do irmão. — Ele contou-te como aconteceu! Ele está a dizer a verdade!

Miles rodou de forma a olhá-la de frente. — E por que diabo é que tenho de acreditar nele?

— Porque ele está aqui! Porque quis que soubesses a verdade!

— Dois anos depois ele quer que eu saiba a verdade? Como sabes que esta é a verdade?

Ficou à espera da resposta mas, antes que ele pudesse responder, deu um pequeno passo atrás. Desviou os olhos de Sarah para Brian e depois voltou a olhar para Sarah, como se estivesse a pensar no significado das respostas que ambos davam às suas perguntas.

Sarah já sabia exactamente tudo o que o irmão tinha a dizer... O que significava... que ela sabia que Otis estava inocente. Tinha tentado que ele não agisse. Que deixasse Charlie tratar do caso, como lhe disse na altura. E se Sims e Earl estivessem ambos de certa forma enganados?

Sarah tinha dito todas aquelas coisas porque sabia que o culpado era Brian.

Fazia sentido, não fazia?

Não tinha ela afirmado que se dava muito bem com o irmão? Não tinha ela dito que o irmão era a única pessoa que a ouvia, e vice-versa?

Os pensamentos de Miles, alimentados pela adrenalina e pela fúria, corriam de uma conclusão para outra.

Sabia mas não lhe disse. Sabia e... e...

Miles ficou a olhar Sarah, sem dizer nada.

Não fora ela quem se oferecera para ajudar Jonah, mesmo reconhecendo que não era normal fazer isso?

E não se tornara também amiga dele? Não tinha saído com ele? Não o tinha escutado, tentando ajudá-lo a encarar o futuro de forma diferente?

A cara dele começou a contorcer-se devido à fúria que mal conseguia reprimir.

Ela sempre soubera.

Tinha-o usado para aliviar a própria culpa. Toda a sua relação fora construída sobre uma mentira.

Tinha-o traído.

Deixou-se ficar de pé, sem se mexer, sem falar, como que petrificado. Naquele silêncio, Brian pressentiu a explosão que se seguiu. Ouviu a voz rouca de Miles. — Tu estavas ao corrente. Tu sabias que ele foi o responsável pela morte de Missy, não sabias?

Brian percebeu que, a partir daquele momento, não só estava tudo acabado entre Sarah e Miles, como também, no entender deste, nunca existira nada entre eles. Mas Sarah, estupefacta com aquele comportamento, entendeu que a resposta à pergunta que ele fizera era mais que evidente.

— É óbvio. Foi por isso que o trouxe aqui.

Miles levantou ambas as mãos para que ela se calasse, reforçando com o dedo estendido cada uma das suas conclusões.

— Não, não é isso... sabias que ele a matou e não me disseste... Por isso, sabias que Otis está inocente... Foi por isso que continuaste a aconselhar-me a agir de acordo com as ordens de Charlie...

Sarah acabou por perceber onde é que ele queria chegar e começou subitamente, ansiosamente, a negar com movimentos rápidos de cabeça.

— Não... espera. Não estás a perceber...

Miles interrompeu-a, sem querer ouvir mais, cada vez mais furioso.

— Tu sempre soubeste...

— Não!

— Soubeste desde o momento em que nos encontrámos.

— Não!

— Foi por isso que te ofereceste para ajudar o Jonah.

— Não!

Por instantes, pareceu que Miles lhe ia bater, mas não o fez. Em vez disso, arrancou para o lado contrário, desviou a mesa com um pontapé e fez o candeeiro estilhaçar-se. Sarah vacilou e Brian levantou-se do sofá para ir para junto da irmã; Miles agarrou-o antes que chegasse junto dela, e obrigou-o a rodar. Era mais forte e mais pesado, pelo que Brian não conseguiu evitar o golpe que ele lhe desferiu nas costas, entre as omoplatas. Antes de perceber o que estava a acontecer, Sarah afastou-se deles por instinto. Brian não resistiu, mas sentiu a dor que lhe trespassou o ombro. Dobrou-se, de olhos a fecharem-se e a cara a contorcer-se de dor.

— Pára! Estás a magoá-lo! — gritou Sarah.
Miles estendeu o punho na direcção dela. — Não te metas nisto!
— Como podes fazer isso? Não precisas de lhe bater!
— Ele está preso!
— Foi um acidente!
Mas Miles não estava em estado de ouvir a voz da razão; torceu o braço de Brian, forçando-o a afastar-se do sofá, a afastar-se de Sarah, em direcção à porta da frente. Brian esteve prestes a estatelar-se e Miles agarrou-o com mais força, sentindo os dedos a enterrarem-se nos músculos do rapaz. Obrigou-o a ficar encostado à parede, ao mesmo tempo que pegava nas algemas que estavam penduradas num prego, perto da porta. Ajustou uma e depois a outra, fechando-as.
— Miles! Espera! — implorou Sarah.
Miles abriu a porta e empurrou Brian, forçando-o a sair para o alpendre.
— Não estás a perceber!
Ignorou-a. Agarrou Brian por um braço e começou a arrastá-lo para o carro. Brian sentia dificuldades para manter o equilíbrio e seguia aos tropeções. Sarah corria atrás deles.
— Miles!
Ele acabou por se virar. — Quero-te fora da minha vida — sibilou.
O ódio que ressumava da voz dele obrigou Sarah a parar.
— Traíste-me — atirou-lhe Miles. — Usaste-me.
Não esperou que Sarah respondesse. — Quiseste melhorar as coisas, não por mim ou pelo Jonah, mas por Brian. Pensaste que ao agires assim, te sentirias melhor contigo mesma.
Ela empalideceu, incapaz de proferir palavra.
Miles continuou. — Soubeste tudo desde o início. Querias fazer o possível para que eu nunca soubesse a verdade, até que alguém foi preso.
— Não, não foi assim que aconteceu...
— Acaba com as mentiras! — berrou. — Como diabo é que consegues suportar-te a ti mesma?
O comentário atingiu-a profundamente, mas tentou defender-se.

— Percebeste tudo ao contrário e nem queres saber disso para nada.

— Não quero saber? De entre os presentes, não sou eu quem fez tudo ao contrário.

— Nem eu!

— E esperas que eu acredite?

— É a verdade! — atalhou Brian.

E então, viu que a irmã, apesar de furiosa, estava quase a chorar. Miles fez uma pausa, mas não mostrou quaisquer sinais de simpatia.

— Nenhum dos dois sabe o que é a verdade.

Dito isto, voltou-se a abriu a porta do carro. Atirou com Brian lá para dentro, bateu com a porta e procurou as chaves no bolso.

Sarah estava demasiado chocada para dizer o que quer que fosse. Ficou a ver Miles pôr o carro a trabalhar, a fazer o motor aumentar a rotação e engatar a mudança. Os pneus chiaram com o carro em marcha atrás, a dirigir-se para a estrada.

Miles nunca olhou na direcção dela; passados momentos, desapareceu da vista.

33

A condução de Miles era desordenada, ora esmagava o pedal do acelerador ora travava a fundo, como se estivesse a testar aqueles dois sistemas do veículo para ver qual deles estoirava primeiro. Com os braços presos atrás das costas, Brian esteve para cair em diversas ocasiões, das muitas em que o automóvel adornou nas curvas. Do seu ponto de observação, podia ver os movimentos alternados de tensão e relaxamento dos músculos do queixo de Miles, como se alguém estivesse a premir um interruptor. Miles segurava o volante com as duas mãos e embora parecesse concentrado na estrada, olhava constantemente pelo espelho retrovisor, onde apanhava Brian de quando em vez.

Brian via a fúria espelhada naqueles olhos, perfeitamente reflectida no espelho mas, ao mesmo tempo, viu ali mais qualquer coisa, algo que não esperava ver. Viu também a angústia que eles revelavam, o que o fez lembrar-se da expressão de Miles no funeral de Missy, como se estivesse a tentar perceber o que lhe tinha acontecido. Brian não conseguia perceber se aquela angústia era provocada pela Missy, pela Sarah, ou pelas duas. Mas sabia que não tinha nada a ver consigo.

Pelo canto do olho via as árvores aparecerem e desaparecerem rapidamente na janela. A estrada fez uma curvas mas, uma vez mais, Miles não se deu ao cuidado de abrandar. Fez força com os pés; apesar disso, não conseguiu segurar-se e o corpo deslizou-lhe de encontro à porta. Sabia que, dentro de alguns minutos, iriam passar pelo local do acidente de Missy.

A igreja da Comunidade do Bom Pastor, situada em Polocksville, tinha uma furgoneta, cujo condutor, Bennie Wiggins, nos seus cinquenta e quatro anos de condução nunca fora multado por excesso de velocidade. Embora fosse um motivo de orgulho para Bennie, o pastor ter-lhe-ia pedido para conduzir a furgoneta, mesmo que o seu cadastro não fosse tão exemplar. Os trabalhadores voluntários eram difíceis de encontrar, especialmente quando o tempo não estava muito bom, mas sabia que podia contar sempre com Bennie.

Naquela manhã, o pastor tinha-lhe pedido que fosse a New Bern buscar os donativos de géneros alimentícios e de roupas que haviam sido recolhidos durante o fim-de-semana. O velho motorista não se fez rogado. Depois de chegar a New Bern, foi comer dois *doughnuts*, enquanto lhe carregavam a furgoneta; após agradecer a ajuda de todos os presentes, pegou no volante para regressar à igreja.

Passava um pouco das 10 horas quando fez a curva para entrar na Madame Moore's Lane.

Ligou o rádio, na esperança de encontrar alguma música religiosa que o entretivesse durante a viagem de regresso. Embora o pavimento estivesse escorregadio, começou a rodar o botão do sintonizador.

Lá para diante e fora da vista, não sabia que vinha um carro a aproximar-se rapidamente.

— Tenho muita pena — acabou Brian por dizer —, não quis que nada disto acontecesse.

Ao ouvir a voz dele, Miles olhou-o uma vez mais no retrovisor. Contudo, em vez de lhe responder, abriu a janela.

O ar frio entrou subitamente. Segundos depois, Brian teve de se dobrar para diante, com as abas do blusão aberto a drapejarem ao vento.

Através do espelho, Miles olhou Brian com um ódio mortal.

* * *

Sarah acelerou na curva, como Miles tinha feito antes dela, na esperança de não perder o outro carro de vista. Ele levava algum avanço, não muito, uns poucos minutos, mas quanto seria isso medido em quilómetros? Um quilómetro? Dois? Não fazia ideia, pelo que quando se apanhou numa estrada direita acelerou ainda mais.

Tinha de os apanhar. Depois da fúria sem freio que tinha visto na cara de Miles, não podia deixar Brian sem apoio naquele carro, tendo em conta o que ele estivera para fazer ao Otis.

Queria estar presente quando Miles entrasse na sede com Brian, mas o seu problema era não saber a localização exacta do departamento do xerife. Sabia onde era a esquadra da polícia, o tribunal e até a Câmara Municipal, pois estavam situados no centro da cidade. Mas nunca tinha ido ao departamento do xerife. Segundo julgava saber, estava situado algures, já na zona rural.

Podia parar e pedir informações ou ver a lista do telefones, mas a própria angústia lhe fez abandonar a ideia, pois não queria atrasar-se ainda mais. Só pararia se fosse obrigada a isso. Mesmo que não o avistasse nos minutos seguintes...

Anúncios.

Bennie Wiggins abanou a cabeça. Anúncios e mais anúncios. Agora era tudo o que se podia ouvir na rádio. Aparelhos de purificação de água, agentes de automóveis, sistemas de alarme... depois de duas canções ouvia-se a mesma litania de empresas a publicitarem os seus produtos e serviços.

A luz solar estava a começar a iluminar o topo das árvores e o brilho da neve apanhou Bennie desprevenido. Piscou os olhos e baixou a pala, no preciso momento em que o rádio fez uma pausa.

Outro anúncio. Um que prometia ensinar as crianças a ler. Estendeu a mão para o botão.

Não reparou que, ao olhar para o mostrador do rádio, começou a desviar-se na direcção da linha divisória das faixas de rodagem...

* * *

Brian acabou por romper o silêncio. — A Sarah não sabia. Não sabia nada acerca da minha participação no acidente.

Com o barulho do vento, nem tinha a certeza de ser ouvido por Miles, mas tinha de tentar. Sabia que era a última oportunidade de falar com ele sem haver outras pessoas por perto. Qualquer advogado que o pai contratasse aconselharia a que não dissesse mais do que já tinha dito. E suspeitava de que Miles seria proibido de se aproximar dele.

Por isso, tinha de lhe contar a verdade acerca de Sarah. Não tanto pelo futuro —, na sua opinião, o casal não tinha hipóteses nenhumas — mas por não poder suportar a ideia de Miles acreditar que ela sabia de tudo. Não queria que Miles a odiasse. Sarah era a pessoa que menos merecia ser odiada por causa daquilo. Ao contrário dele e de Miles, Sarah não participara em nada.

— Nunca me contou com quem estava a sair. Eu estava longe, na universidade, e só descobri quando vos vi no dia de Acção de Graças. Mas só ontem é que lhe falei do acidente. Até ontem, ela não sabia de nada. Sei que não quer acreditar em mim...

— Pensa que devia acreditar? — retorquiu Miles.

— Ela não sabia de nada — repetiu Brian. — Não lhe iria mentir acerca de uma coisa dessas.

— E seria capaz de mentir sobre o quê?

Brian lamentou o que disse desde que as palavras lhe saíram da boca e sentiu-se trespassado pelo frio enquanto pensava o que havia de responder. *A ida ao funeral. Os sonhos. Observar Jonah na escola. Espiar Miles em sua casa...*

Abanou a cabeça ligeiramente, forçando-se a pensar em qualquer outra coisa.

Mas Miles persistiu. — Responda-me. Seria capaz de me mentir sobre o quê? Sobre o cão, talvez?

— Não.

— Missy não saltou para a frente do seu carro.

— Não foi essa a intenção. Não o pôde evitar. Ninguém teve culpa. Aconteceu, mais nada. Foi um acidente.

— *Não, não foi* — trovejou Miles, fazendo a curva. — Apesar do barulho do vento, devido à janela aberta, o som da voz dele pareceu ecoar por todo o carro. — Você não ia com atenção e atropelou-a.

— Nada disso — insistiu Brian. — Tinha menos medo de Miles do que julgaria possível. Sentia-se calmo, como um actor que debitasse o seu texto de forma rotineira. Sem medo. Apenas um sentimento de profunda exaustão. — Aconteceu exactamente da forma que lhe contei.

Miles apontou-lhe um dedo, agora meio virado no assento.
— Você matou-a e fugiu!
— Não; parei e fui ver como estava. E, quando a encontrei... Chegado ali, teve de parar.
Viu Missy, deitada na valeta, com o corpo dobrado daquela maneira esquisita. A olhar para ele.
A olhar para coisa nenhuma.
— Senti-me doente, como se fosse morrer também.
Brian fez nova pausa, desviando os olhos de Miles. — Cobri-a com uma manta — murmurou. — Não quis que alguém a visse como estava.

Bennie Wiggins acabou por encontrar a canção que pretendia. O brilho da neve era intenso, ia sentado muito direito mas percebeu que estava a pisar a faixa contrária. Corrigiu a trajectória, voltando à sua faixa.
O carro que se aproximava já estava perto.
Mas ele ainda não o tinha visto.

Miles vacilou quando Brian mencionou a manta e, pela primeira vez, o rapaz percebeu que ele estava a ouvi-lo, apesar dos gritos com que queria mostrar o contrário. Brian continuou a falar, esquecido de Miles, esquecido do frio.
Esquecido do facto de a atenção de Miles se concentrar nele e não na estrada.
— Devia ter entrado em contacto, nessa noite, logo que cheguei a casa. Fiz asneira. Não tenho desculpa e tenho muita pena. Lamento o que lhe fiz a si e ao Jonah.
Para Brian, aquela voz parecia pertencer a outra pessoa.
— Não sabia que guardar o segredo para mim ainda ia ser pior. Fui consumido por ele. Sei que não quer acreditar nisso, mas é verdade. Não conseguia dormir, não conseguia comer...
— Não me interessa!
— Não podia deixar de pensar naquilo. E nunca deixei de pensar. Até coloquei flores na sepultura de Missy...

Ao fazer uma curva, Bennie Wiggins viu finalmente o carro.

Estava a acontecer muito depressa, nem parecia ser verdade. O carro vinha direito a ele, passando da marcha lenta à velocidade máxima, terrível como tudo o que parece inevitável. O cérebro de Bennie aumentou de rotação, a tentar processar rapidamente toda a informação que estava a receber.

Não, não podia ser... Por que é que ele vem na minha faixa? Não faz sentido... Mas ele vem pela minha faixa. Não me vê? Tem de me ver... Vai rodar o volante e endireitar o carro.

Tudo aconteceu em segundos mas, por muito curto que fosse esse espaço de tempo, permitiu que Bennie percebesse que o outro condutor vinha com velocidade demasiada e não conseguiria desviar-se a tempo.

Iam direitos um ao outro.

Brian foi atingido pela reflexão da luz no pára-brisas da furgoneta que se aproximava, no preciso momento em que fizeram a curva. Deixou uma frase a meio e a primeira ideia que lhe ocorreu foi usar as mãos para absorver o impacto. Esforçou-se tanto que sentiu as algemas a dilacerarem-lhe os pulsos, arqueou as costas e gritou:

— *Cuidado!*

Com os dois carros a aproximarem-se em rota de colisão, Miles voltou-se para diante e imediatamente, por instinto, rodou o volante com toda a rapidez. Brian caiu para o lado, bateu com a cabeça contra a janela lateral e pensou no absurdo de toda a situação.

Tudo aquilo tinha começado com um carro que ele conduzia pela Madame Moore's Lane.

E era assim que ia acabar.

Tentou defender-se do terrível impacto que o ia atingir.

Mas não atingiu.

Ouviu um barulho surdo, mas mais na parte traseira do veículo, do seu lado. O carro entrou em derrapagem e começou a sair da estrada logo que Miles deu uma sapatada no pedal do travão. O automóvel saltou por cima da neve, mesmo ao lado da estrada, junto a uma placa de limite de velocidade. Miles lutou para conseguir dominar o carro, sentiu que as pneus agarravam no último instante. O carro saltou de novo e afocinhou subitamente, acabando por se imobilizar numa vala.

Brian caiu do banco e mergulhou para o fundo do carro; ficou preso entre os dois bancos, tonto e confuso; levou algum tempo para conseguir orientar-se. Tentou sorver ar, como quando se emerge do fundo de uma piscina. Não sentiu os golpes no pulso.

Nem viu o sangue que escorria pelo vidro da janela.

34

— Você está bem?
Brian pareceu ouvir sons que ora se aproximavam, ora se afastavam, e gemeu. Com os braços ainda algemados atrás das costas, fazia tentativas desesperadas para sair da posição em que tinha caído.
Miles abriu a porta do seu lado e depois foi abrir a de Brian. Puxou-o cautelosamente para fora do carro e ajudou a levantar-se. Um dos lados da cabeça de Brian estava coberta de sangue, que também lhe pingava de uma das faces. Tentou aguentar-se de pé mas vacilou e Miles teve de o agarrar novamente por um braço.
— Calma, tem a cabeça a sangrar. Tem a certeza de que se sente bem?
Brian oscilou um pouco, como se as coisas que os rodeavam se movessem em círculos. Levou algum tempo a perceber a pergunta. Um pouco mais longe, Miles viu o condutor da furgoneta a descer do veículo.
— Sim... acho que sim. Dói-me a cabeça...
Miles ainda estava a agarrá-lo pelo braço quando olhou a estrada de novo. O condutor da carrinha, um homem idoso, estava agora a atravessar a estrada, caminhando na direcção deles. Miles fez Brian inclinar-se para diante e observou a ferida com todo o cuidado; depois, fê-lo endireitar-se de novo, sentindo-se aliviado. Apesar das tonturas que sentia, e tendo em conta tudo o que se tinha passado na última meia hora, Brian considerou que Miles estava a fazer uma figura ridícula.

— Não parece fundo. É um golpe superficial — raciocinou. Depois, levantando dois dedos, perguntou: — Quantos?
Brian olhou-os, concentrando-se até os focar bem. — Dois.
Miles fez outra tentativa. — E agora, quantos são?
A mesma rotina. — Quatro.
— Como é que está o resto da sua visão? Vê algumas manchas? Círculos pretos?
Brian abanou a cabeça como um ébrio, de olhos semicerrados.
— Ossos partidos? Os braços estão bem? E as pernas?
Ainda com dificuldades para manter o equilíbrio, o rapaz levou algum tempo para começar a testar as pernas. Ao rodar os ombros, fez um esgar.
— Doem-me os pulsos.
— Espere um momento.
Procurou as chaves no bolso e tirou-lhe as algemas. Brian levou de imediato uma das mãos à cabeça. Um dos pulsos estava inchado e doloroso, o outro parecia duro e como que imobilizado. Ao pôr a mão na ferida, sentiu o sangue escorrer por entre os dedos.
— Aguenta-se sozinho de pé? — perguntou Miles.
Brian apercebia-se de que ainda oscilava um pouco, mas acenou que sim e Miles dirigiu-se novamente para a porta do carro. Encontrou uma *T-shirt*, de Jonah, de que o filho se esquecera no carro e trouxe-a para a pressionar de encontro ao golpe que Brian tinha na cabeça.
— Consegue segurar isto?
Brian acenou que sim e pegou no bocado de tecido, no momento em que o outro condutor, parecendo pálido e assustado, se chegou a eles.
— Vocês estão bem?
— Estamos óptimos — respondeu Miles, automaticamente.
O condutor, ainda enervado, virou-se de Miles para Brian. Viu o sangue que escorria pela face do rapaz.
— Ele está a sangrar muito.
— Não é tão mau como parece — decidiu Miles.
— Não acha que seria melhor chamar uma ambulância? Talvez eu deva ir chamá-la...

— Não é preciso — disse Miles, interrompendo-o. — Pertenço ao departamento do xerife. Já fiz uma observação e sei que está tudo bem.

Brian sentiu-se um mero espectador, apesar das dores que sentia na cabeça e nos pulsos.

— Você é xerife?

O outro condutor recuou um passo e olhou para Brian, à procura de apoio. — Ele vinha na faixa contrária. Eu não tive culpa...

Miles levantou as mãos. — Oiça...

Os olhos do homem fixaram-se nas algemas que Miles ainda tinha na mão e ficou confuso. — Eu tentei abrir-lhe caminho, mas você vinha pela minha faixa — disse, subitamente na defensiva.

— Calma, como é que se chama? — perguntou Miles, a tentar conseguir o domínio da situação.

— Bennie Wiggins. Eu não ia depressa. Você vinha pela minha faixa.

— Calma... — repetiu Miles.

— Vinha para cá da linha — repetia o outro condutor. — Não pode prender-me por uma coisa destas. Eu ia a guiar com cuidado.

— Não vou prendê-lo.

— Então, para que servem essas coisas? — perguntou, a apontar para as algemas.

Brian interveio, antes de Miles poder responder. — Estavam nos meus pulsos — esclareceu. — Ele levava-me preso.

Bennie olhou para os dois como se não entendesse nada daquilo mas, antes que ele pudesse dizer alguma coisa, um carro deslizou sobre o gelo e imobilizou-se perto deles. Todos se viraram para verem Sarah saltar do carro; parecia assustada, confusa e zangada, tudo ao mesmo tempo.

— Que aconteceu? — gritou. — Mediu-os de alto a baixo, antes de fixar os olhos em Brian. Quando viu o sangue, correu para ele. — Como é que estás? — perguntou, ao mesmo tempo que o afastava de Miles.

Ainda tonto, Brian acenou com a cabeça. — Não é nada, estou bem...

Sarah voltou-se para Miles, olhando-o com uma expressão de fúria. — Que diabo é que lhe fizeste? Tu bateste-lhe?

— Não — respondeu, com uma ligeira negação de cabeça. — Houve um acidente.

Bennie resolveu-se a intervir e apontou para Miles. — Ele ultrapassou a linha.

— Um acidente? — perguntou Sarah, voltando-se para ele.

— Eu ia a conduzir nas calmas — continuou Bennie — e quando fiz a curva vi este tipo vir direito a mim. Desviei-me, mas não consegui desimpedir-lhe o caminho. A culpa foi dele. Bati-lhe por não o poder evitar...

Miles interrompeu a explicação. — Mal me bateu. Raspou a traseira do meu carro e saí da estrada. Os carros mal se tocaram.

De súbito, sem saber o que acreditar, Sarah concentrou todas as atenções no irmão. — Tens a certeza de que estás bem?

Brian acenou que sim.

— O que é que, de facto, aconteceu? — perguntou.

Passados momentos, Brian afastou a mão da cabeça. — Foi um acidente — confirmou. — Ninguém teve a culpa. Aconteceu, mais nada.

Até certo ponto era verdade. Miles não tinha visto a furgoneta porque não ia voltado para a frente. Brian sabia que a intenção dele não fora feri-lo.

Do que Brian não se apercebeu foi de ter usado as mesmas palavras que tinha utilizado para descrever o acidente com Missy, as mesmas palavras que dissera a Miles no carro, as mesmas palavras que tinha repetido para si mesmo, até se sentir enjoado, durante os últimos dois anos.

Contudo, Miles não deixou de reparar no pormenor.

Sarah aproximou-se novamente do irmão, pondo-lhe um braço à volta da cintura. Brian fechou os olhos, sentindo-se subitamente muito fraco.

— Vou levá-lo ao hospital — anunciou. — Precisa de ser visto por um médico.

Com gestos carinhosos, começou a afastá-lo do carro sinistrado. Miles deu um passo na direcção deles. — Não podes fazer isso...

Sarah não o deixou continuar. — Então tenta deter-me. Nunca mais te tornas a aproximar dele.

— Calma — aconselhou Miles, mas Sarah voltou-se para ele, com um ar de desafio.
— Não precisas de te preocupar. Não te vamos mover um processo por causa disto.
— O que é que se passa? — perguntou Bennie, quase a entrar em pânico. — Por que é que eles se vão embora?
— Não tem nada com isso — foi tudo o que pôde ouvir de Miles.

Teve de se resignar a ficar, a vê-los partir.
Não podia encarcerar Brian no estado em que ele se encontrava, nem podia abandonar o local do acidente sem tudo estar resolvido. Pensou que talvez pudesse detê-los, mas Brian precisava de assistência médica e, se teimasse em não o deixar ir-se embora, teria de explicar em que tipo de investigação é que andava metido — coisa que, de momento, não se sentia capaz de fazer. Por isso, por não ver qualquer solução, não fez nada. Contudo, quando Brian olhou para trás, ouviu as palavras uma vez mais.
Foi um acidente. Ninguém teve a culpa.
Como Miles bem sabia, Brian não tinha razão ao dizer aquilo. Reconheceu que não vinha a olhar para a estrada — raios, nem vinha a olhar na direcção certa — por causa das coisas que Brian lhe vinha a dizer.
Sobre Sarah. Sobre a manta. Sobre as flores.
Não quisera acreditar nele na altura, nem queria acreditar nele agora. No entanto... sabia que Brian não estava a mentir acerca dessas coisas. Tinha visto a manta, tinha encontrado flores na sepultura, em todas as vezes que lá fora...
Miles fechou os olhos, como a querer afastar aqueles pensamentos.
São coisas sem nenhum interesse, sabes isso muito bem. É claro que Brian sentiu pena. Tinha matado uma pessoa. Quem não sentiria pena?
Era isso que vinha a berrar ao Brian quando aconteceu o acidente. Quando devia estar com atenção à estrada. Mas, em vez disso, ignorando tudo, excepto a fúria que o consumia, ia chocando de frente com o outro carro.
Quase os matava a todos.

Mas depois, mesmo que tivesse ficado ferido, Brian tinha-o defendido. Ao ver Sarah e Brian a arrastarem-se dali para fora, soube, por puro instinto, que o rapaz nunca deixaria de o defender.

Porquê?

Porque se sentia culpado e aquela era uma outra forma de pedir perdão? Para que Miles lhe ficasse a dever alguma coisa? Ou teria acreditado mesmo no que dissera?

Talvez que, no fundo de si mesmo, visse as coisas assim. Miles não procurara que aquilo acontecesse, o que, afinal, fazia do evento um acidente.

Como tinha acontecido com Missy!

Miles abanou a cabeça. *Não...*

São coisas diferentes, disse para consigo. Nem a culpa tinha sido da Missy.

A brisa aumentou de intensidade, fazendo girar os pequenos flocos de neve.

Ou seria?

Não interessa, voltou a dizer para si mesmo. Agora não. É demasiado tarde para dizer isso.

Olhou para a estrada, onde Sarah estava a abrir a porta para o irmão. Depois de o ajudar a entrar, virou-se para encarar Miles, não escondendo a fúria que sentia.

Sem tentar esconder quanto as palavras dele a tinham magoado.

Brian tinha dito que Sarah só soubera no dia anterior. *Nunca me contou com quem estava a sair.*

Lá em casa, apenas há minutos, parecia tão evidente que Sarah sempre tinha sabido da história. Mas agora, pela maneira como o olhou, a certeza desvaneceu-se de repente. A Sarah por quem se tinha apaixonado era incapaz de uma falsidade.

Sentiu os ombros descaírem um pouco.

Sabia que Brian não tinha mentido acerca dela. Nem tinha mentido quanto à manta e quanto às flores, nem sequer quanto à pena que sentia. E, se lhe tinha dito a verdade acerca dessas coisas...

Estaria também a dizer a verdade acerca do acidente?

Por mais que tentasse afastá-la, a pergunta não lhe saía da cabeça.

Depois de acomodar o irmão, Sarah sentou-se ao volante. Miles sabia que ainda podia obrigá-los a ficarem onde estavam. Se quisesse, podia, de facto, evitar que se fossem embora.

Mas não fez nada.

Precisava de tempo para pensar — acerca de tudo o que tinha ouvido naquele dia, sobre a confissão de Brian...

E, ainda mais do que isso, ao ver Sarah sentar-se por detrás do volante, decidiu que precisava de tempo para pensar a relação entre os dois.

Poucos minutos depois, chegou um agente da brigada de trânsito, que fora alertada por um residente do local, e começou a investigar o acidente. Quando Charlie apareceu, Bennie estava a contar a sua versão. O agente fez uma interrupção para falar com o xerife a sós. Charlie fez um aceno de aprovação e aproximou-se de Miles.

Este estava encostado ao carro, de braços cruzados, aparentemente absorto nos seus pensamentos. Com lentidão estudada, Charlie passou um dedo pela mossa e pela tinta raspada.

— Pareces-me demasiado preocupado para uma mossa tão pequena.

Miles não conseguiu esconder a surpresa de o ver ali. — Charlie? O que estás tu a fazer aqui?

— Ouvi dizer que tiveste um acidente.

— As notícias correm depressa.

Charlie encolheu os ombros. — Tu sabes como isto funciona. — Sacudiu os flocos de neve do blusão. — Estás bem?

Miles acenou que sim. — Estou. Só um pouco abalado.

— O que é que aconteceu?

Miles deu de ombros. — Perdi o domínio do carro. A estrada estava um pouco escorregadia.

O xerife esperou para ver se Miles acrescentava mais qualquer coisa.

— É tudo?

— Como disseste, não passa de uma pequena mossa.

Charlie olhou-o de alto a baixo. — Bom, pelo menos não estás ferido. O outro condutor também me parece óptimo.

Miles concordou e Charlie também se encostou ao carro, ao lado do seu ajudante.

— Tens mais alguma coisa para me dizer?

Como Miles não respondesse, Charlie pigarreou. — O agente disse-me que estava mais alguém dentro do carro, uma pessoa algemada, mas que apareceu uma senhora que o levou. Disse que o levava para o hospital. Ora bem... — Fez uma pausa, apertando o blusão um pouco mais. — Miles, o acidente é uma coisa. Mas neste caso há muitos mais dados a considerar. Quem é que estava no carro contigo?

— Não ficou assim muito ferido, se é isso que te preocupa. Observei-o e penso que não terá problemas nenhuns.

— Limita-te a responder à pergunta. Já estás metido em sarilhos suficientes. Ora, diz-me, quem é que tinhas prendido?

Miles mudou o peso do corpo de um pé para o outro. — Brian Andrews — respondeu —, o irmão de Sarah.

— Então, foi ela quem o levou para o hospital?

Miles acenou que sim.

— E estava algemado?

Não valia a pena mentir sobre aquilo. Fez um curto aceno de concordância.

— Será que, por qualquer razão, te esqueceste de que estás suspenso? — inquiriu Charlie. — De que oficialmente não podes prender ninguém?

— Eu sei.

— Se sabes, que diabo estavas a fazer? Qual foi o raio do pormenor assim tão importante que não te deixou avisar-nos?

Fez uma pausa, e ficou a olhar Miles de frente. — Quero saber a verdade, já. Talvez venha a aceitar o motivo, mas antes disso quero ouvi-lo da tua boca. O que é que ele fez? É traficante de drogas?

— Não.

— Apanhaste-o a roubar um carro?

— Não.

— Envolvido numa briga qualquer?

— Não.

— Então, fez o quê?

Embora, em parte, desejasse contar a Charlie toda aquela verdade louca, dizer-lhe que Brian tinha atropelado a Missy, parecia não conseguir encontrar as palavras ajustadas. Pelo menos, ainda não. Talvez depois de per pensado melhor no assunto.

— É complicado — acabou por responder.

Charlie enfiou as mãos nos bolsos. — Pode ser que eu consiga perceber.

Miles ficou a olhar para longe. — Preciso de algum tempo para pensar nestas coisas.

— Para pensar em quê? Miles, fiz-te uma pergunta simples.

Não há nada simples em toda esta história.

— Confias em mim? — perguntou subitamente.

— Sim, confio em ti. Mas não é isso que interessa.

— Antes de analisarmos o que aconteceu, tenho de pensar tudo de novo.

— Ora, deixa-te disso...

— Por favor, Charlie. Não me podes conceder algum tempo? Sei que te tenho metido a alma num inferno durante estes últimos dias e tenho-me portado como um louco, mas preciso mesmo que me faças este favor. E não tem nada a ver com Otis ou com Sims, ou com qualquer coisa do género. Juro que não vou aproximar-me de nenhum deles.

Charlie viu algo na sinceridade daquele pedido, o esgotamento e a confusão que lhe detectou nos olhos. Convenceu-se de que Miles precisava mesmo daquele favor.

Não estava a gostar daquilo. Nem um bocadinho. Ali havia mais qualquer coisa; e desagradava-lhe muito não saber de que se tratava.

Mas...

Mas, apesar de poder estar a agir mal, respirou fundo e afastou-se do carro. Não disse nada, nem olhou para trás, por saber que se o fizesse talvez mudasse de ideias.

Um minuto depois, foi-se embora. Foi como se nunca ali tivesse estado.

O agente da brigada de trânsito acabou o auto e retirou-se. O mesmo aconteceu com Bennie.

Mas Miles ficou por ali durante quase uma hora, a tentar pôr ordem no emaranhado de ideias que lhe enchiam a cabeça. Esquecido do frio, ficou sentado no carro, de janela aberta, sempre a afagar o volante com ar ausente.

Quando percebeu o que tinha a fazer, fechou a janela e ligou o motor, manobrando para voltar à estrada. O motor mal tivera tempo de aquecer quando Miles parou de novo na berma da estrada. A temperatura tinha subido um pouco e a neve estava a começar a derreter. Dos ramos das árvores caíam pingos de água que batiam no chão a intervalos regulares, com um som parecido ao tiquetique de um relógio.

Não deixou de reparar nos arbustos demasiado crescidos que ladeavam a estrada. Embora, antes desta manhã, tivesse passado por ali um milhar de vezes, nunca se preocupara com eles.

Agora, estava a olhá-los, sem conseguir pensar em mais nada. Não deixavam ver o que estava para lá da estrada; bastava olhá-los para perceber que tinham espessura suficiente para não permitirem que Missy visse o cão.

Demasiado espessos para permitir a passagem do animal?

Foi andando ao longo da sebe, abrandando quando chegou ao sítio onde pensaram que Missy tinha sido atingida. Ao debruçar-se para ver melhor, ficou como que petrificado. Havia um intervalo entre dois arbustos, parecia um buraco. Não se viam sinais de passagem, mas havia folhas negras agarradas ao chão e os ramos mostravam sinais de terem sido afastados para os lados. Era evidente que podia passar por ali qualquer coisa.

Um cão preto?

Ficou à escuta de latidos, olhou para os quintais.

Nada.

Demasiado frio para andar fora da casota?

Nunca tinha investigado um cão. Nunca ninguém fez isso.

Ficou a olhar a estrada, de mãos nos bolsos, a pensar. Os dedos estavam rígidos e difíceis de dobrar por causa do frio, sentia picadas à medida que aqueciam. Não ligou.

Sem saber o que fazer, dirigiu-se para o cemitério, com a esperança de desanuviar a cabeça. Viu-as ainda antes de chegar junto da sepultura. Um ramo de flores frescas, encostado à lápide.

Pensou em Charlie e na afirmação que fez a propósito da manta. *Foi como se o condutor estivesse a pedir desculpa.*
Miles rodou sobre os calcanhares e afastou-se.

As horas passaram. Já estava escuro. Do lado de fora da janela, o céu de Inverno estava negro e agoirento.
Sarah afastou-se da janela e voltou a percorrer o apartamento. Brian tinha ido do hospital para casa. O golpe não era grave, apenas três pontos, e não havia fracturas. Não passou mais de uma hora no hospital.
Apesar de quase lhe ter suplicado, Brian não quisera ficar em casa da irmã. Precisava de estar só. Voltou para casa. Vestiu um fato de treino com capuz para que os pais não vissem o ferimento.
— Sarah, não lhes contes nada do que aconteceu. Ainda não estou preparado para isso. Quero ser eu a dizer-lhes. Digo-lhes quando Miles vier à minha procura.
Sarah estava convencida de que Miles acabaria por ir prendê-lo. Tentava perceber as razões de ainda não o ter feito.
Nas últimas oito horas tinha navegado entre a fúria e a preocupação, entre a frustração e a amargura, para depois voltar ao início. Havia demasiadas emoções envolvidas para que conseguisse ordená-las.
Pensava nas palavras que lhe deveria ter dito quando Miles a tratara com tanta brutalidade. *Deveria ter-lhe perguntado: Então pensas que és o único magoado em todo este processo? Que mais ninguém tem sentimentos? Já te ocorreu pensar como me foi difícil trazer Brian aqui esta manhã? Entregar o meu próprio irmão à polícia? E a tua resposta; foi o máximo, não foi? Traí-te? Servi-me de ti?*
Frustrada, pegou no controlo remoto e ligou a televisão, passando de um canal para outro. Desligou o aparelho.
Não te preocupes, dizia para si mesma, a tentar acalmar-se. Ele acaba de descobrir quem lhe atropelou a mulher. Uma ideia difícil de aceitar, em especial pela maneira como pareceu cair do céu. Especialmente por ter partido de mim.
E Brian.
Não podia esquecer-se de lhe agradecer por ter arruinado a vida de todos.

Abanou a cabeça. Não estava a ser justa. Na altura não passava de um garoto. Foi um acidente. Sabia que ele daria tudo para que aquilo não tivesse acontecido.

As ideias iam e vinham. Voltou a percorrer a sala até se deter junto da janela. Ainda não havia sinais dele. Foi até ao telefone e levantou o auscultador para se assegurar de que o aparelho funcionava. Estava tudo bem. Brian tinha prometido telefonar logo que Miles aparecesse.

Então, onde estava e o que andaria a fazer o Miles? A pedir reforços?

Não sabia o que fazer. Não podia sair de casa, não podia usar o telefone. Tinha de esperar pela chamada do irmão.

Brian passou o resto do dia escondido no quarto.

Deitado de costas, a olhar o tecto, braços estendidos ao longo do corpo e pernas estendidas, mais parecia um cadáver estendido no caixão. Sabia que tinha adormecido por diversas vezes, pois as alterações da luminosidade faziam que a sala parecesse diferente. Com o passar das horas, as paredes tinham passado do branco a um cinzento desmaiado, as sombras acompanharam a curva descrita pelo Sol através do céu e desapareceram com o início do crepúsculo. Não almoçou nem jantou.

Numa altura que não podia precisar, a mãe bateu à porta e entrou; Brian fechou os olhos, fingindo que estava a dormir. Sabia que a mãe o julgava doente e ficou a ouvi-la a andar pelo quarto. Saiu passado um minuto, fechando a porta atrás de si. Ouviu-a falar em voz abafada com o pai.

— Não se deve estar a sentir bem — dizia a mãe. — Está profundamente adormecido.

Quando não dormia, pensava em Miles. Especulava onde é que ele poderia estar e sobre o momento em que o viria buscar. Também pensou em Jonah e no que ele diria quando o pai lhe dissesse o nome da pessoa que tinha atropelado a mãe. Pensava em Sarah e desejaria que ela nunca se tivesse relacionado com o caso.

Tentava imaginar como era a vida na prisão.

As prisões dos filmes eram mundos muito específicos, com as suas leis próprias, reis e peões; para não falar dos bandos organizados.

Imaginava a luz escassa das lâmpadas fluorescentes e a abundância de barras de ferro, as portas que rangiam ao serem fechadas. Na sua cabeça ouvia as descargas dos autoclismos, as pessoas que conversavam, murmuravam e gemiam; imaginava um lugar onde nunca havia silêncio, mesmo em plena noite. Imaginou-se a olhar para o arame farpado que cobria o cimo dos muros de betão; viu os guardas nas torres de vigia, de armas apontadas para o céu. Viu os outros presos, observou-os com interesse, a fazer apostas consigo mesmo sobre o tempo que conseguiria sobreviver. Acerca disso não tinha dúvidas: se acabasse por lá ir parar, seria um peão sem importância.

Não conseguiria sobreviver num lugar daqueles.

Mais tarde, quando os sons da casa começaram a diminuir, ouviu os pais irem para a cama. Viu a luz por debaixo da porta do quarto, que acabou também por desaparecer. Voltou a adormecer e, ainda mais tarde, ao acordar viu Miles dentro do quarto, de pé, junto do armário e empunhando uma arma. Brian pestanejou, dobrou-se, sentiu que um aperto no peito lhe dificultava a respiração. Sentou-se na cama e colocou as mãos em posição defensiva, mas acabou por compreender que tinha estado a sonhar.

O vulto que tinha tomado por Miles era apenas o seu casaco, que estava pendurado no cabide e se fundia com as sombras, pregando-lhe partidas.

Miles.

Tinha-o deixado vir embora. Depois do acidente, Miles tinha-o deixado vir embora. E ainda não tinha vindo buscá-lo.

Deitou-se de lado e enroscou-se nos cobertores.

Mas acabaria por vir.

Um pouco antes da meia-noite, Sarah ouvir bater à porta e espreitou pela janela quando se dirigia para a porta, sabendo que ele tinha chegado. Quando lhe abriu a porta, viu Miles no patamar sem sorrir, sem fazer má cara, imóvel. Tinha os olhos vermelhos e inchados de fadiga. Ficou à porta, como se não desejasse estar ali.

— Quando é que soubeste do Brian? — perguntou abruptamente.

Sarah nunca despegou os olhos dos dele. — Ontem — respondeu. — Ele disse-me ontem. E fiquei tão horrorizada como tu.

Os lábios secos e rachados de Miles contraíram-se. Disse apenas:
— Era o que queria saber.

Dizendo isto, voltou-se para se ir embora mas Sarah deu um passo para o fazer parar, agarrando-o por um braço. — Espera... por favor.

Ele voltou-se.

— Miles, foi um acidente. Um acidente terrível, monstruoso. Não devia ter acontecido e não foi justo que tivesse acontecido com Missy. Sei isso e lamento muito, por ti...

Parou, a pensar se ele estaria a dar-lhe atenção. Miles tinha uma expressão parada, impossível de entender.

— Mas? — disse-lhe. — A pergunta foi feita sem emoção.

— Não há nenhum mas. Só quero que nunca te esqueças disso. Brian não tem desculpa por ter fugido, mas tratou-se de um acidente.

Esperou pela resposta dele. Quando não houve nenhuma, soltou-lhe o braço. Miles não se moveu.

Ficou a olhar para diante. — Ele matou a minha mulher. Infringiu a lei.

Ela acenou. — Eu sei.

Miles abanou a cabeça sem lhe responder e começou a descer a escada. Um minuto depois, estava à janela, a vê-lo meter-se no carro e partir.

Voltou para o sofá. O telefone continuava na mesinha do chá e ela ficou à espera, sabendo que não tardaria a tocar.

35

Miles não sabia para onde ir, nem o que fazer. Como devia proceder, agora que sabia a verdade? Com Otis, a resposta tinha sido simples. Não havia nada a considerar, nada a debater. Pouco lhe tinha interessado que nem todos os factos se ajustassem ou que nem tudo se pudesse explicar facilmente. Conhecia o bastante de Otis para saber que o homem lhe votava um ódio profundo, um motivo suficiente para ele ter assassinado Missy; e esse conhecimento tinha sido suficiente. Aquele homem merecia qualquer castigo que a lei determinasse, excepto naquele caso.

Não tinha acontecido da maneira que pensava.

A investigação não tinha descoberto nada. O dossier que juntara laboriosamente durante dois anos não tinha qualquer valor. Sims, Earl e Otis não significavam nada. A resposta não estava nem no dossier nem em nenhum daqueles homens mas, de súbito e sem aviso, tinha-lhe aparecido à porta de casa, num rapaz vestido com um blusão e à beira das lágrimas.

E soube tudo o que tinha de saber.

Teria importância?

Tinha gasto dois anos da sua vida a pensar que sim. Tinha chorado durante as noites, tinha ficado a pé até altas horas, tinha começado a fumar e tinha lutado, com a certeza de que o conhecimento da verdade alteraria toda a situação. Tinha-se tornado a sua miragem, sempre presente no horizonte mas impossível de alcançar. E agora, neste momento, tinha a resposta ali à mão. Podia vingar-se com uma simples chamada telefónica.

Podia fazer isso. Mas se, numa análise mais cuidada, a resposta não fosse aquela de que andava à espera? Que fazer se o matador não estivesse bêbado, não fosse um inimigo? Que fazer se não se tratasse de um caso de comportamento criminoso? Que fazer se o causador fosse um rapaz com borbulhas, calças de saco e cabelo castanho, que tinha medo e lamentava o que tinha sucedido, que jurava que foi um acidente, que não houve maneira de evitar?

Continuaria a ter importância?

Como responder a uma pergunta destas? Deveria pegar na memória da esposa e na miséria que tinha vivido durante os últimos dois anos, somar-lhe a sua responsabilidade como marido e como pai, mais as obrigações que tinha como agente da autoridade, para chegar a um total quantificável? Ou devia pegar no total, subtrair-lhe a idade do rapaz, o seu medo e o remorso evidente pelo que tinha acontecido, mais o seu amor por Sarah, acabando por ficar com um resto igual a zero?

Não tinha a certeza. Só sabia que murmurar o nome de Brian lhe deixava um gosto amargo na boca. Tinha importância, pensava. Decerto que tinha. Sabia que nunca deixaria de ter importância e tinha de fazer qualquer coisa acerca do caso.

Pensando bem, não tinha escolha.

As luzes deixadas acesas por Mrs. Knowlson derramavam uma luz amarelada sobre o caminho de acesso à casa. Ao aproximar-se da entrada, notou o cheiro do fumo da lareira e bateu levemente, antes de inserir a chave na fechadura e abrir a porta.

Sentada na cadeira de baloiço, tapada com uma manta e a dormitar, parecia um pequeno gnomo de cabelos brancos. O televisor estava ligado mas o volume de som estava quase no mínimo, pelo que Miles deslizou para dentro de casa sem fazer ruído. A cabeça da idosa senhora inclinou-se para um lado, quando ela abriu aqueles olhos alegres que pareciam nunca perder o brilho.

— Peço desculpa por vir tão tarde — disse, mas ela acenou como a dizer que não tinha importância.

— Está a dormir no quarto das traseiras — explicou. — Tentou aguentar-se até que chegasse.

— Ainda bem que não conseguiu. Antes de o ir buscar, posso ajudá-la a ir para o seu quarto?
— Não. Não seja pateta. Estou velha mas ainda me mexo bem.
— Eu sei. Obrigado por ter ficado com ele hoje.
— Conseguiu resolver tudo?

Embora Miles não lhe tivesse contado o que estava a acontecer, ela apercebera-se de como ele estava perturbado quando lhe pediu para ficar com Jonah, depois de ele vir da escola.

— Ainda não.

A velha senhora sorriu. — Amanhã também é dia.

— Pois é — respondeu. — Eu sei. Como é que ele se portou hoje?

— Pareceu-me cansado. E também um pouco sossegado de mais. Como não quis ir lá para fora, fizemos bolinhos.

Mr. Knowlson não precisou de dizer que Jonah estava preocupado, pois Miles compreendeu o que ela quis dizer.

Depois de lhe agradecer de novo, foi até ao quarto e pegou no filho, de forma que a cabeça do miúdo lhe assentasse no ombro. Jonah não se mexeu e o pai percebeu que ele estava exausto.

Como o pai.

Miles receou que o filho voltasse a ter pesadelos.

Levou-o para casa e pô-lo na cama. Tapou-o, ligou a luz de noite e ficou sentado ao lado da cama. À luz da lâmpada fraca, parecia tão vulnerável. Miles virou-se para a janela.

Via-se o luar através da gelosia e estendeu a mão para a fechar. Sentiu o frio transmitido pela vidraça. Tapou-o melhor e passou a mão pela cabeça do filho.

— Sei quem fez aquilo — murmurou —, mas não sei se te devo contar.

Jonah respirava calmamente, mantendo as pestanas imóveis.

— Queres saber?

Na quietude do quarto, não se ouviu nenhuma resposta de Jonah.

Passado um bocado, Miles abandonou o quarto e foi buscar uma cerveja ao frigorífico. Pendurou o casaco no cabide. Viu no chão a caixa onde guardava os vídeos; depois de a olhar durante uns momentos, pegou-lhe. Levou-a para a sala, colocou-a em cima da mesinha e abriu-a.

Pegou numa cassete qualquer, levantou-se para a introduzir no leitor e voltou a sentar-se.

O ecrã começou por ficar negro, depois apareceram imagens desfocadas e, por último, imagens nítidas. Havia miúdos sentados à mesa da cozinha, todos a mexerem-se afanosamente, bracitos e pernas a agitarem-se como bandeiras em dia de vento. Os outros pais estavam por perto ou entravam e saíam do filme. Até reconheceu a sua própria voz.

Era um aniversário do Jonah, de quem a câmara fazia grandes planos frequentes. Fazia dois anos. Sentado numa cadeira de bebé, empunhava uma colher e batia com ela na mesa, rindo a cada pancada.

Missy entrou no campo de visão, trazendo uma bandeja de bolos acabados de sair do forno. Um deles tinha duas velas acesas e foi colocado em frente de Jonah. Missy começou a cantar os *Parabéns* e os outros pais juntaram-se-lhe. Momentos depois, só se viam mãos e caras cobertas de chocolate.

Houve um grande plano de Missy e ouviu-se a voz dele a chamá-la. Ela voltou-se e sorriu-lhe; tinha os olhos alegres, cheios de vida. Era esposa e mãe, amava a vida que tinha. A câmara mudou de direcção e apareceu uma nova cena, em que Jonah estava a abrir os presentes.

Depois a câmara deu um salto, para um mês depois, para o Dia dos Namorados. A mesa estava posta, muito romântica. Miles recordava-se bem desse dia. Tinha usado a loiça mais fina e a luz trémula das velas fazia brilhar o vinho nos copos. O jantar também foi feito por ele: linguado estufado com caranguejos e camarões, com um molho de creme de limão, arroz e salada de espinafres. Missy estava no quarto das traseiras, a vestir-se; Miles tinha-lhe pedido que ficasse lá até estar tudo pronto.

Tinha-a filmado ao entrar na sala de jantar e no momento em que viu a mesa. Nessa noite, ao contrário do que acontecera no dia do aniversário, não parecia nem mãe nem esposa; nessa noite poderia estar em Paris ou em Nova Iorque, preparada para uma estreia no teatro. Vestia um vestido preto comprido e pequenos brincos de argolas; usava o cabelo apanhado atrás, com alguns caracóis a emoldurarem-lhe a cara.

— Está linda! — exclamou. — Obrigado, meu amor.

— E tu também.

Miles lembrava-se de ela lhe ter pedido para desligar a câmara para se sentarem à mesa; também se recordou que depois do jantar tinham ido para o quarto e feito amor, perdidos entre os lençóis durante horas. A recordar o que se passou naquela noite, mal ouviu a voz fraca que vinha de trás.

— Aquela é a mamã?

Miles usou o controlo remoto para desligar o aparelho, voltou-se e viu Jonah à entrada do corredor. Sentiu-se culpado e sabia que tinha aspecto disso, mas tentou disfarçar com um sorriso.

— Que se passa, campeão? Não consegues dormir?

Jonah acenou que sim. — Ouvi uns ruídos. Acordaram-me.

— Desculpa. Se calhar, fui eu.

— Aquela era a mamã? — voltou a perguntar. — Encarava o pai, com olhos fixos e expressão calma. — Na televisão?

Miles detectou tristeza naquela voz, como se tivesse partido um brinquedo favorito, sem querer. O pai deu uma palmada no sofá, sem saber bem o que dizer. — Anda cá. Senta-te aqui ao pé de mim.

Depois de uma ligeira hesitação, saltou para o sofá. O pai apertou-lhe os ombros com um braço e Jonah olhou para cima, à espera, a coçar uma das faces.

Miles acabou por concordar. — Acertaste, era a tua mãe.

— Estava na televisão?

— É um vídeo. Lembras-te de os fazermos de vez em quando, com a nossa câmara? Quando eras muito pequeno?

Os olhos brilharam-lhe. — Ah! A caixa está cheia deles?

Miles acenou que sim.

— A mamã também está naqueles?

— Em alguns.

— Posso vê-los contigo?

O pai apertou-o um pouco mais. — Jonah, é muito tarde. De qualquer forma, eu estava quase a terminar. Fica para outro dia.

— Amanhã?
— Talvez.

Jonah pareceu ficar satisfeito, pelo menos de momento, e Miles estendeu a mão por detrás dele para desligar o candeeiro. Recostou-se no sofá, com o filho enroscado a seu lado, mas com as pestanas a fecharem-se. O pai sentiu que a respiração se tornava mais lenta. Jonah bocejou. — Papá?

— O que é?
— Viste os vídeos por estares outra vez triste?
— Não.

Penteou-lhe os cabelos com a mão aberta, lenta e metodicamente.

— Por que é que a mãe morreu?

Miles fechou os olhos. — Não sei.

O peito de Jonah subia e descia. Subia e descia. Inspirações profundas.

— Gostaria que ela ainda aqui estivesse.
— Também eu.
— Ela nunca mais volta.

Não foi uma pergunta, foi uma afirmação.

— Não.

Jonah calou-se e adormeceu. Miles amparou-o nos braços. Parecia tão pequeno, quase um bebé e o pai sentiu o odor suave do champô na cabeça dele. Beijou-o no alto da cabeça e encostou a face dele no seu ombro.

— Jonah, eu adoro-te.

Não houve resposta.

Foi difícil levantar-se do sofá sem acordar o filho, mas, pela segunda vez na mesma noite, teve de ir meter Jonah na cama. Quando saiu, deixou a porta do quarto entreaberta.

Por que é que a mãe morreu?
Não sei.

Voltou à sala e guardou a cassete na caixa; preferia que Jonah não a tivesse visto, preferia que não tivesse falado em Missy.

Ela nunca mais volta.
Não.

Voltou a pôr a caixa no armário do quarto, a sofrer com a vontade de fazer tudo o que pudesse para remediar a situação.

No alpendre das traseiras, no frio da noite, Miles puxou uma longa fumaça do cigarro, o seu terceiro daquela noite, e olhou para a água escura do rio.

Tinha estado ali fora desde que guardara os vídeos, a tentar esquecer-se da conversa com o filho. Estava exausto e zangado, não queria pensar em Jonah nem nas respostas que tinha de lhe dar. Não queria pensar em Sarah ou em Brian, em Charlie ou em Otis, nem tampouco num certo cão preto que sair disparado de entre os arbustos. Não queria pensar em mantas ou em flores, ou na curva da estrada onde tudo se iniciou.

Queria entorpecer-se. Esquecer tudo. Voltar à vida de antes do acidente. Queria a sua vida de volta.

Ao lado, provocada pela luz vinda de dentro de casa, viu a própria sombra que o seguia, tão tenaz como os pensamentos que não conseguia deixar para trás.

Partiu do princípio de que, mesmo que o prendesse, Brian seria posto em liberdade.

Teria uma pena suspensa, talvez a carta de condução apreendida durante algum tempo, mas nunca o poriam atrás das grades. Era menor quando aquilo acontecera; havia circunstâncias atenuantes, o juiz teria em conta o arrependimento dele e seria clemente.

E Missy não voltaria, nunca mais.

As horas passaram. Acendeu outro cigarro e fumou-o até ao fim. O céu por cima dele estava coberto de nuvens; ouvia a chuva que ia encharcando a terra. A Lua apareceu por cima do rio, conseguindo romper o manto de nuvens. O jardim foi iluminado por um luar suave. Desceu do alpendre para cima de uma placa lisa que colocara por cima da terra a servir de caminho. Este conduzia a um barracão coberto de zinco, onde guardava as ferramentas, a máquina de aparar a relva, o pulverizador, uma lata de gasolina. Antes de enviuvar, aquele tinha sido o seu cantinho, onde Missy raramente ia.

Mas foi; no último dia em que a viu viva...

Havia pequenas poças em cima da placa e sentiu a água esparrinhar debaixo dos pés. O caminho seguia à volta da casa, para lá de um salgueiro que tinha plantado para Missy. Ela sempre quisera ter um no jardim; achava-os simultaneamente românticos e tristes. Passou por um baloiço feito com um pneu, depois por um carrinho que Jonah tinha deixado cá fora. Mais uns passos e chegou ao barracão.

Estava fechado a cadeado e Miles levantou a mão e pegou na chave que estava escondida por cima da porta. O cadeado abriu-se com um clique. A porta rodou nas dobradiças e foi acolhido pelo cheiro a bafio. Havia uma lanterna na prateleira; encontrou-a e acendeu-a. Uma aranha que tinha começado a teia a um canto já tinha conseguido estendê-la até à janela.

Uns anos antes, quando o pai partiu, deu umas coisas a guardar a Miles. Tinha-as guardado todas numa grande caixa de metal, mas não lhe entregou a chave. Mas o cadeado era pequeno e Miles já empunhava o martelo que costumava estar pendurado na parede. Deu-lhe uma martelada e o cadeado abriu-se. Levantou a tampa.

Alguns álbuns, um diário com capa de couro, uma caixa de sapatos cheia de pontas de seta que o pai tinha achado perto de Tuscarora. Miles afastou tudo com a mão, até chegar ao fundo e encontrar aquilo que procurava. O pai tinha conservado a embalagem original e a arma estava bem acomodada no interior. A única arma existente naquela casa sem ser do conhecimento de Charlie.

Miles sabia que ia precisar dela. Nessa noite limpou-a e oleou-a, assegurando-se de que estava pronta para ser usada.

36

Miles não veio buscar-me naquela noite.

Na manhã seguinte, ainda exausto, recordo-me de me ter forçado a sair da cama para tomar um duche. Ainda estava dorido por causa do acidente; aberta a torneira, senti uma dor lancinante que ia do peito até às costas. Ao lavar o cabelo senti a cabeça dorida. Os pulsos doeram-me ao preparar o pequeno-almoço, mas consegui acabar antes de os meus pais chegarem à mesa; sabia que, ao verem-me naquele estado, começariam a fazer perguntas a que ainda não estava em condições de responder. O meu pai ia trabalhar; como estávamos próximo do Natal, sabia que a mãe também teria as suas voltas a dar.

Dir-lhes-ia quando Miles viesse buscar-me.

Sarah telefonou durante a manhã para saber como eu estava. As perguntas que tínhamos a fazer um ao outro eram as mesmas. Disse-me que Miles tinha passado lá por casa na noite anterior, que tinham falado cerca de um minuto, mas não sabia o que pensar da situação.

Respondi-lhe que também não sabia.

Mas esperei. Sarah esperou. Os meus pais saíram, para tratarem dos seus assuntos.

À tarde, Sarah voltou a telefonar.

— Não, continua a não aparecer — respondi-lhe. — Também não lhe tinha aparecido nem telefonado.

O dia passou e veio a noite. Miles continuou sem se mostrar.

Na quarta-feira, Sarah voltou à escola. Disse-lhe que fosse, que contactaria com ela se Miles aparecesse. Era a última semana de aulas antes das férias de Natal. A minha irmã tinha trabalhos a ultimar. Quanto a mim, fiquei em casa, à espera de Miles.

Esperei em vão.
Chegou a quinta-feira e soube o que tinha de fazer.

Sentado no carro, Miles estava a beberricar um copo de café que tinha comprado numa loja de conveniência. A arma estava no banco, a seu lado, escondida por umas folhas de jornais, carregada e pronta a disparar. A janela lateral começou a ficar embaciada devido à respiração; limpou-a com a mão. Precisava de ver bem o que se passava lá fora.

Sabia que se encontrava no local certo. Agora, só lhe restava estar bem atento; agiria na altura precisa.

Nessa tarde, mesmo antes do crepúsculo, quando o céu se tingia de vermelho e cor de laranja para o lado do ocidente, entrei no carro. Embora o tempo estivesse fresco, o frio intenso tinha desaparecido e a temperatura era normal para a época. A chuva dos últimos dias tinha derretido toda a neve; onde dias antes tinha visto relvados cobertos de branco, via-se agora o acastanhado familiar dos fetos, que se mantêm dormentes durante o Inverno. As janelas da vizinhança estavam decoradas com arcos vermelhos e grinaldas mas, de dentro do carro, senti-me desligado da quadra festiva, como se a tivesse passado a dormir e houvesse que esperar mais um ano.

Só parei uma vez no caminho, o meu trajecto habitual. Penso que o vendedor já me conhecia, pois a minha compra era sempre do mesmo estilo. Quando me viu chegar, esperou junto do balcão, fez um aceno quando lhe disse o que queria e regressou minutos depois. Desde que comecei a vir a esta loja nunca trocámos as habituais palavras de circunstância. Não me perguntava para quem eram; nunca o fez.

Não deixava, porém, de me dizer a mesma coisa, sempre que mas entregava:

— São as mais frescas que tenho.

Pegou no dinheiro e guardou-o na caixa registadora. De regresso ao carro, aspirei o cheiro, aquela fragrância suave como o mel, e concordei com o vendedor. As flores eram belas; como sempre.

Pousei-as no banco do passageiro. Segui por caminhos que conhecia bem, por estradas que gostaria de nunca ter percorrido e arrumei o carro perto do portão. Apelei a toda a minha coragem no momento em que saí do carro.

Não vi ninguém no cemitério. Agarrei a gola do blusão para a apertar melhor, caminhei, de olhos baixos. Não precisava de ver por onde caminhava. O chão estava húmido e a terra agarrava-se aos sapatos. Pouco tempo depois, estava junto da sepultura.

Como sempre, pareceu-me demasiado pequena.

Era um pensamento ridículo mas não conseguia evitá-lo sempre que me aproximava. Notei que a campa parecia bem cuidada. A relva estava bem aparada e havia uma pequena jarra à frente da lápide, onde tinha sido colocado um cravo. Era vermelho, como em quase todas as sepulturas que se avistavam dali. Sabia que tinham sido colocados pelo encarregado da manutenção do cemitério.

Debrucei-me e coloquei as flores junto à lápide de granito, tendo o cuidado de não tocar na pedra. Nunca lhe tinha tocado. Não era minha, nunca tinha sido.

Depois, deixei que o espírito se libertasse. Era habitual pensar em Missy e nas decisões erradas que tomei no dia fatal; contudo, daquela vez dei comigo a pensar em Miles.

Penso que foi por isso que só ouvi os passos de alguém que se aproximava quando a pessoa já estava mesmo junto de mim.

— Flores — disse Miles.

O som da voz obrigou Brian a voltar-se, meio surpreendido e meio aterrorizado.

Miles estava junto do carvalho cujas raízes afloravam à superfície. Vestia um casaco preto comprido e calças de ganga, com as mãos profundamente enfiadas nas algibeiras.

Brian sentiu-se prestes a desfalecer.

— Ela já não precisa de flores — disse Miles. — Pode deixar de vir cá trazê-las.

Não respondeu. O que é que poderia dizer?

Miles ficou a olhar para Brian. Com o Sol a mergulhar no horizonte, tinhas as feições parcialmente escondidas por sombras escuras. Brian não fazia ideia do que ele estaria a pensar. Miles abriu as abas do casado, como se tivesse alguma coisa no forro interior.

Alguma coisa escondida.

Não fez nenhum movimento para se aproximar e Brian, durante uma fracção de segundo, sentiu vontade de fugir. De se escapar.

Afinal, era mais novo, pelo menos quinze anos; uma corrida súbita talvez lhe permitisse alcançar a rua, onde haveria carros e pessoas a passar.

Mas a ideia morreu tão depressa como tinha nascido, queimando toda a energia que lhe restava. Tinham-se-lhe esgotado as reservas. Já não comia com regularidade há alguns dias. Desde que Miles estivesse mesmo disposto a apanhá-lo, nunca conseguiria fugir.

E, ainda mais importante, sabia que não tinha nenhum lugar para se esconder.

Sendo assim, voltou-se para ele. Miles estava a uns seis metros de distância e Brian viu-o levantar ligeiramente o queixo e ficar a olhar para ele. Esperou que ele fizesse alguma coisa, um simples gesto que fosse; pensou que talvez Miles estivesse à espera do mesmo. Brian surpreendeu-se a pensar que pareciam ter algumas semelhanças com dois pistoleiros do Velho Oeste, a prepararem-se para sacar dos revólveres.

Quando o silêncio se tornou insuportável, Brian desviou os olhos em direcção à rua. Notou que o carro de Miles estava arrumado ao lado do seu, os dois únicos automóveis que se avistavam dali. Estavam sozinhos, entre as lápides tumulares.

Brian acabou por se decidir a quebrar o silêncio.

— Como é que soube que eu estava aqui?

Miles não respondeu logo. — Segui-o. Pensei que acabaria por sair de casa e queria estar sozinho consigo.

Brian engoliu em seco, a tentar imaginar as razões que levaram Miles a observá-lo.

— Apesar de trazer flores, não faz ideia nenhuma de quem ela era, pois não?

A pergunta foi feita com voz calma. — Se a conhecesse, trazia túlipas. Seriam as flores que ela desejaria ter aqui. Eram as suas favoritas: amarelas, vermelhas, cor-de-rosa; gostava de todas. Plantava um canteiro de túlipas em cada Primavera. Sabia disso?

Não, pensou Brian, não sabia. Lá longe, ouviu um comboio apitar.

— Sabia que Missy costumava preocupar-se com os pés-de-galinha à volta dos olhos? Que o seu pequeno-almoço favorito eram

tostas? Que sempre desejara possuir um *Mustang* dos antigos, descapotável? Ou que, quando se ria, eu fazia um esforço enorme para não a agarrar? Sabia que ela foi a primeira mulher que amei?
Miles parou, à espera que Brian olhasse para ele.
«De tudo isso restam-me as recordações. E nunca haverá mais nada a não ser as recordações. Você tirou-me tudo o restante. E tirou-o também ao Jonah. Sabia que Jonah tem pesadelos desde que a mãe morreu? Que durante os sonhos continua a gritar pela mãe? Que tenho de lhe pegar e ficar com ele nos braços durante horas, até se acalmar? Sabe o que eu sinto nessas ocasiões?
Fulminou Brian com o olhar, fazendo-o ficar pregado ao chão.
«Passei dois anos à procura do homem que arruinou a minha vida. A vida do Jonah. Perdi dois anos porque não conseguia pensar em mais nada.
Olhou para o chão e abanou a cabeça.
«Queria encontrar a pessoa que a matou. Queria que essa pessoa soubesse tudo o que me tinha roubado naquela noite. E quis que o homem que matou Missy fosse punido pelo mal que fez. Não pode fazer ideia de como fui consumido por estes pensamentos. Parte de mim ainda quer matá-lo. Fazer à sua família o mesmo que ele fez à minha. E, neste momento, estou a olhar para o homem que o fez. E esse homem está a pôr as flores erradas na sepultura da minha mulher.
Brian sentiu um aperto na garganta.
— Você matou a minha mulher — continuou Miles. — Nunca lhe perdoarei e nunca me vou esquecer. Quero que se recorde disso sempre que se olhar ao espelho. Tirou-me a pessoa que eu mais amava no mundo, tirou-me a mãe do meu filho e tirou-me dois anos de vida.
Passados momentos, Brian acenou que compreendia.
«E quero que perceba uma outra coisa. Sarah pode saber o que aconteceu aqui, mas só ela. Vai levar esta conversa, e toda a história, para a sepultura. Não conte a ninguém, nem o mais pequeno pormenor. Nunca. Nem aos seus pais, à sua mulher, aos seus filhos, ao seu pároco ou a qualquer amigo. E não se esqueça de fazer qualquer coisa da sua vida, alguma coisa que me leve a não lamentar o que estou a fazer. Prometa-me tudo isto.

Miles ficou a olhá-lo, a ver se tinha sido bem entendido, até que Brian acenou de novo. Então, rodou sobre os calcanhares e foi-se embora. Um minuto depois, tinha desaparecido dali.

Só então é que Brian percebeu que Miles o deixava em liberdade.

Nessa noite, quando Miles apareceu à porta, Sarah limitou-se a ficar no patamar, a olhar para ele mas sem dizer nada, até que ele saiu e encostou a porta por detrás de si.

— Jonah está lá dentro — informou. — Podemos falar aqui fora.

Sarah cruzou os braços e olhou o jardim. Miles acompanhou-lhe o olhar.

— Não sei bem qual é o motivo da minha vinda aqui — disse ela. — Agradecer-te não me parece muito apropriado, mas também não posso ignorar o que fizeste.

Miles acenou de forma quase imperceptível.

— Lamento tudo o que aconteceu. Não consigo, nem de perto, imaginar tudo o que passaste.

— Não — respondeu Miles. — Não consegues.

— Não sabia o que Brian tinha feito. Não sabia de nada.

— Eu sei. — Olhou-a de relance. — Nem teria acreditado noutra coisa. E peço perdão por te ter acusado disso.

Sarah abanou a cabeça. — Não tens de que pedir perdão.

Ele ficou a olhar em frente, parecendo ter dificuldade em encontrar as palavras certas. — Acho que tenho de te agradecer por me teres informado de como as coisas aconteceram na realidade.

— Tive de o fazer. Não podia tomar outra decisão.

Então, depois de ele ter ficado novamente calado, Sarah juntou as mãos. — E o Jonah, como é que está?

— Está bem. Não se pode dizer que esteja óptimo. Não sabe de nada mas penso que, pela maneira como eu agi, pressentiu que havia qualquer coisa que não estava bem. Nos últimos dias, teve dois pesadelos. Como é que ele vai na escola?

— Até agora vai muito bem. Não notei nada de anormal durante estes dois últimos dias.

— Isso é bom.

Sarah passou a mão pelo cabelo. — Posso fazer-te uma pergunta? Só me respondes se quiseres.

Miles virou-se. — Por que é que não arranjei maneira de o Brian ser preso?

Ela acenou que sim.

A resposta tardou um pouco. — Eu vi o cão.

Incrédula, Sarah voltou-se para ele.

— Um grande cão preto, exactamente como Brian o descreveu. Encontrei-o a correr à volta das casas, no sítio onde ocorreu o acidente.

— Ias a passar e viste o cão, por acaso?

— Não foi bem assim. Fui lá à procura dele.

— Para confirmares se Brian estava a dizer a verdade?

Ele negou com a cabeça. — Não foi bem isso. Na altura em que lá fui já estava praticamente convencido da verdade. Mas tinha aquela ideia louca na cabeça e não sabia como ver-me livre dela.

— Que ideia?

— Como disse, era uma ideia louca.

Ficou a olhá-lo com curiosidade, à espera.

— Quando cheguei a casa naquele dia, isto é, no dia em que Brian me contou, comecei a pensar que tinha de fazer qualquer coisa. Alguém tinha de pagar pelo sucedido, mas levei tempo a encontrar a solução. Assim, fui buscar a arma do meu pai e, na noite seguinte, saí para caçar o maldito do cão.

— Mas não ias matar o cão?

Miles deu de ombros. — Nem sequer pensava que podia ter a oportunidade de o fazer mas, logo que parei o carro, lá estava ele. Corria pelo quintal em perseguição de um esquilo.

— Então mataste-o?

— Não. Estive muito perto de o fazer, mas quando o tinha na mira comecei a pensar na loucura em que estava metido. A insanidade de andar por ali a atirar ao cachorro de algum desconhecido. Só alguém seriamente doente da cabeça é que poderia fazer uma coisa daquelas. Por isso, voltei para o carro. Deixei-o ir.

Ela sorriu. — Como o Brian.

— Pois. Como o Brian.

Sarah procurou-lhe a mão e passados uns momentos Miles deixou que ela lhe pegasse e dissesse: — Estou contente.
— Eu não. Uma parte de mim mandava-me que disparasse. Desse modo, ficaria com a certeza de ter feito qualquer coisa.
— Tu fizeste qualquer coisa.
Miles pressionou-lhe um pouco a mão, antes de a largar.
— Também o fiz por mim. E pelo Jonah. Era tempo de acabar com aquilo. Já tinha perdido dois anos da minha vida e não conseguia ver razões para prolongar o pesadelo. Uma vez que me apercebi de que... Não sei... pareceu-me ser a única coisa que podia fazer. Mesmo que Brian fosse parar à cadeia, a Missy não ia voltar.
Levou as mãos à cara e esfregou os olhos. Ambos se calaram durante algum tempo. No céu, as estrelas brilhavam em toda a sua glória. Miles deu consigo à procura da Polar, a Estrela do Norte.
— Vou precisar de algum tempo — acabou por dizer, em voz baixa.
Sarah acenou que sim, sabendo que ele estava agora a falar deles.
— Eu sei.
— Nem te posso dizer se preciso de muito ou de pouco.
Ela olhou-o. — Queres que eu espere?
Levou bastante tempo a responder.
— Sarah, eu não posso prometer nada. Sobre nós, quero dizer. Não é que tenha deixado de te amar, porque continuo a amar-te. Estes dois últimos dias têm sido uma agonia, não consigo deixar de pensar nisso. És a melhor coisa que me sucedeu desde que Missy morreu. Com os diabos, és a única coisa boa que me sucedeu. E também ao Jonah. Já me perguntou a razão de não nos termos visto estes dias; sei que tem saudades de ti. Mas, apesar de toda a minha vontade de continuar, uma parte do meu eu não imagina como o posso fazer. O problema está em conseguir esquecer o que aconteceu. E tu és irmã dele.
Sarah apertou os lábios. Não disse nada.
«Não sei se vou conseguir viver com isso, mesmo que não tenhas tido culpa nenhuma; porque viver contigo significa, de certa forma, que tenho de viver também com ele. Ele faz parte da tua família... E ainda não estou preparado para isso. Não conseguiria saber como dominar-me. E não sei se alguma vez conseguirei.

— Podíamos sair daqui — sugeriu Sarah. — Podíamos começar de novo noutro sítio qualquer.

Ele acenou que não. — Por mais longe que vá, este sentimento vai comigo. Sabes isso muito bem...

Calou-se e depois olhou para ela. — Não sei o que fazer.

Sarah mostrou um sorriso triste, para admitir: — Nem eu.

— Lamento.

— Também eu.

Tentou esquecer o nó da garganta e encostou-se mais a ele, a sentir o corpo dele junto ao seu, a pensar que aquela poderia ser a última vez que ele a abraçava daquela maneira.

— Miles, eu amo-te.

Depois de ele a largar, Sarah recuou, a tentar conter as lágrimas. Miles ficou imóvel, enquanto ela procurava as chaves no bolso do casaco. Tentou falar ao afastar-se dele. Não conseguiu dizer a palavra adeus, sabendo que esta poderia ser a sua última despedida.

— Deves voltar para junto de Jonah.

Na luz baça do alpendre, Sarah pensou ver-lhe lágrimas nos olhos.

Sarah reprimiu as lágrimas. — Comprei um presente de Natal para o Jonah. Será que posso passar por cá para o entregar?

Miles desviou o olhar. — Talvez não estejamos cá. Estou a pensar em ir para Nags Head na semana que vem. Charlie tem lá uma casa e disse-me que posso utilizá-la. Preciso de sair daqui durante algum tempo, percebes?

Ela acenou que sim. — Fico por aí para o caso de me quereres contactar pelo telefone.

— Está bem.

Nada de promessas, pensou Sarah.

Deu um passo para trás, sentindo-se vazia, a desejar encontrar a palavra que pudesse mudar toda a situação. Com um sorriso forçado, voltou-se e dirigiu-se para o carro, fazendo o possível para manter a compostura. Ao abrir a porta notou que as mãos lhe tremiam um pouco; olhou para trás. Miles não se tinha mexido; a boca formava uma linha recta.

Deslizou para o assento.

Miles ficou a olhá-la, com vontade de pronunciar o nome dela, de lhe pedir que ficasse, para lhe dizer que haviam de encontrar uma forma de esquecerem o que se interpunha entre eles. De lhe dizer que a amava e que iria amá-la para sempre.

Mas não disse.

Sarah rodou a chave e o motor pegou. Miles dirigiu-se para a escada e o coração dela deu um salto, antes de perceber que ele se dirigia para a porta. Não parecia disposto a retê-la. Engatou a marcha atrás e começou a recuar para entrar na rua.

A cara dele estava agora no escuro, a tornar-se mais pequena à medida que o carro recuava. Sarah apercebeu-se de que tinha as faces molhadas.

Quando ele abriu a porta, Sarah pareceu perceber que aquela seria a derradeira imagem que iria reter de Miles. Com as coisas naquele pé, não poderia ficar em New Bern. Seria muito duro viver na mesma cidade, poder encontrar Miles em qualquer altura. Teria de procurar um novo emprego. Começar de novo, noutra cidade qualquer.

Uma vez mais.

Já na rua, acelerou lentamente na escuridão, forçando-se a não olhar para trás.

Vou ficar óptima, disse para si própria. Aconteça o que acontecer, vou sobreviver, como já tive de fazer uma vez. Posso fazê-lo, com ou sem Miles.

Não, não podes, gritou-lhe subitamente uma voz dentro de si.

Foi-se abaixo. Com as lágrimas a correrem em fio, encostou na berma. Com o carro parado e o vapor de água a condensar-se nos vidros, Sarah chorou como nunca tinha chorado.

37

— Onde é que estiveste? — perguntou Jonah. — Olhei para todo o lado e não te vi.

Sarah tinha partido meia hora antes, mas Miles deixara-se ficar no alpendre. Só voltou a entrar quando Jonah o descobriu e ficou parado a olhar para ele. Apontou o alpendre com um movimento do ombro.

— Estava no alpendre.
— O que é que estiveste a fazer lá fora?
— Sarah passou por cá.

A cara do miúdo iluminou-se. — Passou. Onde é que ela está?
— Não, não está cá. Não podia ficar.
— Oh!...

Jonah olhou para cima, para ver a cara do pai. — Está bem — disse, sem conseguir esconder o desapontamento que sentiu. — Só queria mostrar-lhe a torre que construí com o *Lego*.

Miles foi até junto do filho e baixou-se até os olhos de ambos ficarem ao mesmo nível. — Podes mostrar-me a mim.

— Já a viste.
— Eu sei. Mas posso vê-la outra vez.
— Não é preciso. Gostava que Miss Andrews a visse.
— Bom, sobre isso não posso fazer nada. Talvez amanhã a possas levar para a escola, para lha mostrares.

Jonah encolheu os ombros. — Não faz mal.

Miles olhou-o bem de perto. — O que é que se passa, campeão?
— Nada.

— Tens a certeza?

O filho não respondeu logo. — Acho que tenho saudades dela, mais nada.

— De quem? De Miss Andrews?

— Sim.

— Mas todos os dias a vês, na escola.

— Eu sei. Mas não é a mesma coisa.

— Como quando ela está aqui, queres tu dizer?

Ele acenou que sim, parecendo perdido. — Vocês brigaram?

— Não.

— Mas já não são amigos.

— Com certeza que sim. Ainda somos amigos.

— Então, por que é que ela já não vem cá?

Miles pigarreou. — Bem, neste momento as coisas estão um bocado complicadas. Quando fores crescido, vais perceber estas coisas.

— Ah! — respondeu. — Pareceu pensar no assunto. — Não quero ser crescido — acabou por afirmar.

— Porquê?

— Porque os crescidos estão sempre a dizer que as coisas são complicadas.

— Por vezes, são.

— Ainda gostas de Miss Andrews?

— Gosto.

— E ela gosta de ti.

— Penso que sim.

— Então, o que é complicado?

Havia uma súplica naqueles olhos, pelo que Miles ficou a saber não só que Jonah sentia a falta de Sarah, mas também que ele a amava.

— Chega aqui — disse, puxando o filho mais para si, não sabendo o que mais podia fazer.

* * *

Dois dias depois, Charlie parou em frente da casa de Miles, que estava a carregar umas coisas no carro.

— Já de partida?

Miles virou-se. — Olá, Charlie. Pensei que seria melhor sair um pouco mais cedo. Não quero ficar preso nos engarrafamentos.

Fechou a mala do carro mas deixou-se ficar onde estava. — Obrigado mais uma vez por me deixares usar a tua casa.

— Não há problema. Precisas de ajuda?

— Não. Estou quase pronto.

— Quanto tempo vais ficar por lá?

— Não sei. Talvez umas duas semanas, até passar o dia de Ano Novo. Não há problema, pois não?

— Não te preocupes com isso. Tens muitos dias de férias por gozar. Os suficientes para ficares por lá um mês.

Miles encolheu os ombros. — Quem sabe? Talvez aproveite.

Charlie arqueou uma sobrancelha. — A propósito disso, vim dizer-te que o Harvey não vai deduzir nenhuma acusação. Parece que o Otis lhe pediu para não fazer nada. Portanto, oficialmente a tua suspensão acabou e podes retomar o teu posto logo que regressares.

— Óptimo.

Jonah veio a correr até à porta e ambos se voltaram para o lado de onde vinha o som. Cumprimentou Charlie, voltou-se e correu de novo para dentro de casa, como que esquecido de qualquer coisa.

— E a Sarah vai lá ficar contigo durante uns dias? Também é mais do que bem-vinda.

Miles ainda estava a olhar para a porta, mas virou-se para o amigo. — Acho que não. Tem cá a família e, num período de festas, não penso que consiga ir.

— É pena. Mas vão encontrar-se quando voltares, não vão?

Miles olhou para o chão e Charlie soube o que o olhar significava.

— As coisas não vão lá muito bem?

— Sabes como são estas coisas.

— De facto, não sei. Já não namoro há mais de quarenta anos. Mas é uma pena.

— Charlie, tu nem a conheces.

— Nem tenho de conhecer. Disse que era uma pena para ti.

Charlie enfiou as mãos nas algibeiras. — Ouve, não vim aqui para te dar conselhos. O assunto só a ti diz respeito. De facto, tenho outro motivo para estar aqui. Uma coisa de que ainda não tenho a certeza.

— E que é?

— Tenho andado a pensar naquele telefonema, sabes, aquele em que me informaste de que Otis estava inocente e sugeriste que parássemos a investigação.

Miles não disse nada e Charlie ficou a olhá-lo por debaixo da aba do chapéu. — Penso que continuas convencido do mesmo.

Passados momentos, Miles disse: — Ele está inocente.

— Apesar do que Sims e Earl disseram.

— Sim.

— Não me estás apenas a dizer que podes tratar do caso sozinho, pois não?

— Charlie, dei-te a minha palavra de honra.

O xerife estudou-lhe a expressão, sentindo que ele estava a dizer a verdade. — Muito bem — disse, a esfregar as mãos na camisa, como para as limpar, e acabando por dar um piparote na aba do chapéu. — Muito bem. Diverte-te em Nags Head. Tenta apanhar uns peixes por mim.

Miles riu-se. — Está combinado.

Charlie deu uns passos, mas parou de repente e voltou-se para trás.

— Ó, espera, há mais uma coisa.

— O que é?

— Brian Andrews. Ainda estou um pouco confuso sobre o motivo de o levares preso, há uns dias. Há alguma coisa que eu deva fazer enquanto estiveres fora daqui? Alguma coisa que eu deva saber?

— Não.

— Aquilo foi... o quê? Acabaste por nunca me esclarecer.

— Charlie, pode dizer-se que foi um erro.

Miles ficou a observar a mala do carro. — Apenas um erro.

Charlie deu uma gargalhada de espanto. — Queres saber uma coisa engraçada?

— O que é?

323

— As palavras que escolheste. Brian disse-me exactamente a mesma coisa.

— Falaste com Brian?

— Tinha de o visitar, como sabes. Ele teve um acidente quando estava à guarda de um dos meus ajudantes. Tive de ter a certeza de que se encontrava bem.

Miles empalideceu.

— Não te preocupes, assegurei-me de que ele estava sozinho em casa.

Deixou que a ideia assentasse e levou a mão ao cabelo, dando a impressão de que andava à procura das palavras certas. — Sabes — acabou por dizer —, tinha de pensar naqueles dois elementos, pelo que o investigador que há em mim teve a sensação de que, talvez, eles estivessem de certo modo relacionados.

A resposta de Miles foi peremptória. — Não estavam.

Charlie acenou em concordância. — Pensei que a tua resposta seria essa mas, como eu disse, tinha de ter a certeza. Só quero que tudo fique bem esclarecido. Não há nada que eu deva saber acerca de Brian Andrews?

Miles deveria ter sabido que Charlie acabaria por adivinhar tudo. A sua resposta foi simples. — Não.

— Muito bem — disse Charlie. — Então, deixa que te dê um conselho.

Miles ficou à espera.

— Se me estás a dizer que está tudo acabado, então segue o teu próprio conselho, está bem?

Charlie quis ter a certeza de que o subordinado compreendia a gravidade do que lhe estava a dizer.

— E isso quer dizer o quê? — perguntou Miles.

— Se acabou, se acabou mesmo, então não deixes que isso te lixe o resto da vida.

— Não estou a perceber.

Charlie abanou a cabeça e suspirou.

— Tu percebeste perfeitamente.

Epílogo

Aproxima-se a alvorada e a minha história está quase a terminar. Penso que é chegado o momento de lhes contar o resto.
Tenho agora 33 anos de idade. Casei-me há três anos com uma mulher chamada Janice, que conheci numa padaria. É professora, como a Sarah, embora ensine inglês numa escola secundária. Vivemos na Califórnia, onde frequentei a Faculdade de Medicina e fixei residência. Acabei o curso há um ano, sou médico e trabalho no serviço de urgência. Nas três últimas semanas, com a ajuda de muitos outros profissionais, salvei a vida a seis pessoas. Não quero estar a gabar-me. Estou a contar-vos isto para que saibam como me tenho esforçado para honrar as palavras que Miles me disse no cemitério.
Também tenho mantido a minha promessa de não contar a história a ninguém.
É que não foi para me beneficiar que Miles me obrigou a prometer que mantinha o silêncio. Como me convenci na altura, o meu silêncio destinava--se a protegê-lo.
Acreditem ou não, o facto de não me prender constituiu um crime. Um xerife que tenha a certeza absoluta de que uma pessoa cometeu um crime é obrigado a prendê-la. Embora os nossos crimes estivessem bem longe de ser iguais, a lei é bem explícita neste ponto; Miles infringiu a lei.
Pelo menos, foi o que acreditei na altura. Contudo, depois de anos de reflexão, acabei por perceber que estava enganado.
Agora sei que ele me pediu aquilo por causa de Jonah.
Se começasse a espalhar-se a notícia de que eu era o condutor do carro, os habitantes da cidade nunca mais deixariam de mexericar sobre o passado

de Miles. O facto passaria a fazer parte do currículo dele. As pessoas diriam: «Foi vítima de um acontecimento horrível», pelo que Jonah teria de crescer a ouvir constantemente aquelas palavras. Até que ponto é que isso poderia afectar uma criança? Quem sabe? Eu não sabia e Miles também não. Mas não quis correr o risco.

Não estou a arriscar nada, nem mesmo agora. Quando acabar, penso queimar estas folhas na lareira. Mas precisava de as escrever.

A situação continua a ser difícil, para todos nós. Falo poucas vezes pelo telefone com a minha irmã, habitualmente a horas mortas, e as visitas são ainda mais raras. Uso a distância como desculpa — entre ela e a minha família interpõe-se um continente — mas ambos sabemos qual é a verdadeira razão do meu afastamento. Contudo, ela já veio visitar-me algumas vezes. Vem sempre sozinha.

Quanto ao desfecho do romance de Miles e Sarah, penso que já terão adivinhado o que sucedeu...

Aconteceu na véspera de Natal, seis dias depois de se terem despedido no alpendre da casa de Miles. Por essa altura, Sarah tinha finalmente, embora com relutância, chegado à conclusão de que estava tudo acabado. Não tinha tido mais notícias de Miles, nem esperava vir a tê-las.

Mas, naquela noite, ao chegar a casa depois de ter estado com os pais, Sarah desceu do carro, olhou para o apartamento onde vivia e ficou estupefacta. Não queria acreditar no que estava a ver. Fechou os olhos e depois abriu-os lentamente, a rezar, à espera de que fosse verdade.

Era.

Não conseguiu deixar de sorrir.

Brilhando como duas estrelas pequeninas, havia duas velas acesas na janela do apartamento.

E Miles, e Jonah, estavam lá dentro, à sua espera.

GRANDES NARRATIVAS

1. O Mundo de Sofia,
   JOSTEIN GAARDER
2. Os Filhos do Graal,
   PETER BERLING
3. Outrora Agora,
   AUGUSTO ABELAIRA
4. O Riso de Deus,
   ANTÓNIO ALÇADA BAPTISTA
5. O Xangô de Baker Street,
   JÔ SOARES
6. Crónica Esquecida d'El Rei D. João II,
   SEOMARA DA VEIGA FERREIRA
7. Prisão Maior,
   GUILHERME PEREIRA
8. Vai Aonde Te Leva o Coração,
   SUSANNA TAMARO
9. O Mistério do Jogo das Paciências,
   JOSTEIN GAARDER
10. Os Nós e os Laços,
    ANTÓNIO ALÇADA BAPTISTA
11. Não É o Fim do Mundo,
    ANA NOBRE DE GUSMÃO
12. O Perfume,
    PATRICK SÜSKIND
13. Um Amor Feliz,
    DAVID MOURÃO-FERREIRA
14. A Desordem do Teu Nome,
    JUAN JOSÉ MILLÁS
15. Com a Cabeça nas Nuvens,
    SUSANNA TAMARO
16. Os Cem Sentidos Secretos,
    AMY TAN
17. A História Interminável,
    MICHAEL ENDE
18. A Pele do Tambor,
    ARTURO PÉREZ-REVERTE
19. Concerto no Fim da Viagem,
    ERIK FOSNES HANSEN
20. Persuasão,
    JANE AUSTEN
21. Neandertal,
    JOHN DARNTON
22. Cidadela,
    ANTOINE DE SAINT-EXUPÉRY
23. Gaivotas em Terra,
    DAVID MOURÃO-FERREIRA
24. A Voz de Lila,
    CHIMO
25. A Alma do Mundo,
    SUSANNA TAMARO
26. Higiene do Assassino,
    AMÉLIE NOTHOMB
27. Enseada Amena,
    AUGUSTO ABELAIRA
28. Mr. Vertigo,
    PAUL AUSTER
29. A República dos Sonhos,
    NÉLIDA PIÑON
30. Os Pioneiros,
    LUÍSA BELTRÃO
31. O Enigma e o Espelho,
    JOSTEIN GAARDER
32. Benjamim,
    CHICO BUARQUE
33. Os Impetuosos,
    LUÍSA BELTRÃO
34. Os Bem-Aventurados,
    LUÍSA BELTRÃO
35. Os Mal-Amados,
    LUÍSA BELTRÃO
36. Território Comanche,
    ARTURO PÉREZ-REVERTE
37. O Grande Gatsby,
    F. SCOTT FITZGERALD
38. A Música do Acaso,
    PAUL AUSTER
39. Para Uma Voz Só,
    SUSANNA TAMARO
40. A Homenagem a Vénus,
    AMADEU LOPES SABINO
41. Malena É Um Nome de Tango,
    ALMUDENA GRANDES
42. As Cinzas de Angela,
    FRANK McCOURT
43. O Sangue dos Reis,
    PETER BERLING
44. Peças em Fuga,
    ANNE MICHAELS
45. Crónicas de Um Portuense Arrependido,
    ALBANO ESTRELA
46. Leviathan,
    PAUL AUSTER
47. A Filha do Canibal,
    ROSA MONTERO
48. A Pesca à Linha – Algumas Memórias,
    ANTÓNIO ALÇADA BAPTISTA
49. O Fogo Interior,
    CARLOS CASTANEDA
50. Pedro e Paula,
    HELDER MACEDO
51. Dia da Independência,
    RICHARD FORD
52. A Memória das Pedras,
    CAROL SHIELDS
53. Querida Mathilda,
    SUSANNA TAMARO
54. Palácio da Lua,
    PAUL AUSTER
55. A Tragédia do Titanic,
    WALTER LORD
56. A Carta de Amor,
    CATHLEEN SCHINE
57. Profundo como o Mar,
    JACQUELYN MITCHARD
58. O Diário de Bridget Jones,
    HELEN FIELDING
59. As Filhas de Hanna,
    MARIANNE FREDRIKSSON
60. Leonor Teles ou o Canto da Salamandra,
    SEOMARA DA VEIGA FERREIRA
61. Uma Longa História,
    GÜNTER GRASS
62. Educação para a Tristeza,
    LUÍSA COSTA GOMES
63. Histórias do Paranormal – I Volume,
    Direcção de RIC ALEXANDER
64. Sete Mulheres,
    ALMUDENA GRANDES
65. O Anatomista,
    FEDERICO ANDAHAZI
66. A Vida É Breve,
    JOSTEIN GAARDER
67. Memórias de Uma Gueixa,
    ARTHUR GOLDEN
68. As Contadoras de Histórias,
    FERNANDA BOTELHO
69. O Diário da Nossa Paixão,
    NICHOLAS SPARKS
70. Histórias do Paranormal – II Volume,
    Direcção de RIC ALEXANDER
71. Peregrinação Interior – I Volume,
    ANTÓNIO ALÇADA BAPTISTA
72. O Jogo de Morte,
    PAOLO MAURENSIG
73. Amantes e Inimigos,
    ROSA MONTERO
74. As Palavras Que Nunca Te Direi,
    NICHOLAS SPARKS
75. Alexandre, O Grande – O Filho do Sonho,
    VALERIO MASSIMO MANFREDI
76. Peregrinação Interior – II Volume
    ANTÓNIO ALÇADA BAPTISTA
77. Este É o Teu Reino,
    ABILIO ESTÉVEZ
78. O Homem Que Matou Getúlio Vargas,
    JÔ SOARES
79. As Piedosas,
    FEDERICO ANDAHAZI
80. A Evolução de Jane,
    CATHLEEN SCHINE
81. Alexandre, O Grande – O Segredo do Oráculo,
    VALERIO MASSIMO MANFREDI
82. Um Mês com Montalbano,
    ANDREA CAMILLERI
83. O Tecido do Outono,
    ANTÓNIO ALÇADA BAPTISTA
84. O Violinista,
    PAOLO MAURENSIG
85. As Visões de Simão,
    MARIANNE FREDRIKSSON
86. As Desventuras de Margaret,
    CATHLEEN SCHINE
87. Terra de Lobos,
    NICHOLAS EVANS
88. Manual de Caça e Pesca para Raparigas,
    MELISSA BANK
89. Alexandre, O Grande – No Fim do Mundo,
    VALERIO MASSIMO MANFREDI
90. Atlas de Geografia Humana,
    ALMUDENA GRANDES
91. Um Momento Inesquecível,
    NICHOLAS SPARKS
92. O Último Dia,
    GLENN KLEIER
93. O Círculo Mágico,
    KATHERINE NEVILLE
94. Receitas de Amor para Mulheres Tristes,
    HÉCTOR ABAD FACIOLINCE
95. Todos Vulneráveis,
    LUÍSA BELTRÃO
96. A Concessão do Telefone,
    ANDREA CAMILLERI
97. Doce Companhia,
    LAURA RESTREPO
98. A Namorada dos Meus Sonhos,
    MIKE GAYLE
99. A Mais Amada,
    JACQUELYN MITCHARD
100. Ricos, Famosos e Beneméritos,
     HELEN FIELDING
101. As Bailarinas Mortas,
     ANTONIO SOLER
102. Paixões,
     ROSA MONTERO
103. As Casas da Celeste,
     THERESA SCHEDEL
104. A Cidadela Branca,
     ORHAN PAMUK
105. Esta É a Minha Terra,
     FRANK McCOURT
106. Simplesmente Divina,
     WENDY HOLDEN
107. Uma Proposta de Casamento,
     MIKE GAYLE
108. O Novo Diário de Bridget Jones,
     HELEN FIELDING
109. Crazy – A História de Um Jovem,
     BENJAMIN LEBERT
110. Finalmente Juntos,
     JOSIE LLOYD E EMLYN REES
111. Os Pássaros da Morte,
     MO HAYDER

GRANDES NARRATIVAS

112. A Papisa Joana,
 DONNA WOOLFOLK CROSS
113. O Aloendro Branco,
 JANET FITCH
114. O Terceiro Servo,
 JOEL NETO
115. O Tempo nas Palavras,
 ANTÓNIO ALÇADA BAPTISTA
116. Vícios e Virtudes,
 HELDER MACEDO
117. Uma História de Família,
 SOFIA MARRECAS FERREIRA
118. Almas à Deriva,
 RICHARD MASON
119. Corações em Silêncio,
 NICHOLAS SPARKS
120. O Casamento de Amanda,
 JENNY COLGAN
121. Enquanto Estiveres Aí,
 MARC LEVY
122. Um Olhar Mil Abismos,
 MARIA TERESA LOUREIRO
123. A Marca do Anjo,
 NANCY HUSTON
124. O Quarto do Pólen,
 ZOË JENNY
125. Responde-me,
 SUSANNA TAMARO
126. O Convidado de Alberta,
 BIRGIT VANDERBEKE
127. A Outra Metade da Laranja,
 JOANA MIRANDA
128. Uma Viagem Espiritual,
 BILLY MILLS e NICHOLAS SPARKS
129. Fragmentos de Amor Furtivo,
 HÉCTOR ABAD FACIOLINCE
130. Os Homens São como Chocolate,
 TINA GRUBE
131. Para Ti, Uma Vida Nova,
 TIAGO REBELO
132. Manuela,
 PHILIPPE LABRO
133. A Ilha Décima,
 MARIA LUÍSA SOARES
134. Maya,
 JOSTEIN GAARDER
135. Amor É Uma Palavra de Quatro Letras,
 CLAIRE CALMAN
136. Em Memória de Mary,
 JULIE PARSONS
137. Lua-de-Mel,
 AMY JENKINS
138. Novamente Juntos,
 JOSIE LLOYD E EMLYN REES
139. Ao Virar dos Trinta,
 MIKE GAYLE
140. O Marido Infiel,
 BRIAN GALLAGHER
141. O Que Significa Amar,
 DAVID BADDIEL
142. A Casa da Loucura,
 PATRICK McGRATH
143. Quatro Amigos,
 DAVID TRUEBA
144. Estou-me nas Tintas para os Homens Bonitos,
 TINA GRUBE
145. Eu até Sei Voar,
 PAOLA MASTROCOLA
146. O Homem Que Sabia Contar,
 MALBA TAHAN
147. A Época da Caça,
 ANDREA CAMILLERI
148. Não Vou Chorar o Passado,
 TIAGO REBELO
149. Vida Amorosa de Uma Mulher,
 ZERUYA SHALEV
150. Danny Boy,
 JO-ANN GOODWIN
151. Uma Promessa para Toda a Vida,
 NICHOLAS SPARKS
152. O Romance de Nostradamus – O Presságio,
 VALERIO EVANGELISTI
153. Cenas da Vida de Um Pai Solteiro,
 TONY PARSONS
154. Aquele Momento,
 ANDREA DE CARLO
155. Renascimento Privado,
 MARIA BELLONCI
156. A Morte de Uma Senhora,
 THERESA SCHEDEL
157. O Leopardo ao Sol,
 LAURA RESTREPO
158. Os Rapazes da Minha Vida,
 BEVERLY DONOFRIO
159. O Romance de Nostradamus – O Engano,
 VALERIO EVANGELISTI
160. Uma Mulher Desobediente,
 JANE HAMILTON
161. Duas Mulheres, Um Destino,
 MARIANNE FREDRIKSSON
162. Sem Lágrimas Nem Risos,
 JOANA MIRANDA
163. Uma Promessa de Amor,
 TIAGO REBELO
164. O Jovem da Porta ao Lado,
 JOSIE LLOYD & EMLYN REES
165. € 14,99 – A Outra Face da Moeda,
 FRÉDÉRIC BEIGBEDER
166. Precisa-se de Homem Nu,
 TINA GRUBE
167. O Príncipe Siddharta – Fuga do Palácio,
 PATRICIA CHENDI
168. O Romance de Nostradamus – O Abismo,
 VALERIO EVANGELISTI
169. O Citroën Que Escrevia Novelas Mexicanas,
 JOEL NETO
170. António Vieira – O Fogo e a Rosa,
 SEOMARA DA VEIGA FERREIRA
171. Jantar a Dois,
 MIKE GAYLE
172. Um Bom Partido – I Volume,
 VIKRAM SETH
173. Um Encontro Inesperado,
 RAMIRO MARQUES
174. Não Me Esquecerei de Ti,
 TONY PARSONS
175. O Príncipe Siddharta – As Quatro Verdades,
 PATRICIA CHENDI
176. O Claustro do Silêncio,
 LUÍS ROSA
177. Um Bom Partido – II Volume,
 VIKRAM SETH
178. As Confissões de Uma Adolescente,
 CAMILLA GIBB
179. Bons na Cama,
 JENNIFER WEINER
180. Spider,
 PATRICK McGRATH
181. O Príncipe Siddharta – O Sorriso do Buda,
 PATRICIA CHENDI
182. O Palácio das Lágrimas,
 ALEV LYTLE CROUTIER
183. Apenas Amigos,
 ROBYN SISMAN
184. O Fogo e o Vento,
 SUSANNA TAMARO
185. Henry & June,
 ANAÏS NIN
186. Um Bom Partido – III Volume,
 VIKRAM SETH
187. Um Olhar à Nossa Volta,
 ANTÓNIO ALÇADA BAPTISTA
188. O Sorriso das Estrelas,
 NICHOLAS SPARKS
189. O Espelho da Lua,
 JOANA MIRANDA
190. Quatro Amigas e Um Par de Calçaś,
 ANN BRASHARES
191. O Pianista,
 WLADYSLAW SZPILMAN
192. A Rosa de Alexandria,
 MARIA LUCÍLIA MELEIRO
193. Um Pai muito Especial,
 JACQUELYN MITCHARD
194. A Filha do Curandeiro,
 AMY TAN
195. Começar de Novo,
 ANDREW MARK
196. A Casa das Velas,
 K. C. McKINNON
197. Últimas Notícias do Paraíso,
 CLARA SÁNCHEZ
198. O Coração do Tártaro,
 ROSA MONTERO
199. Um País para Lá do Azul do Céu,
 SUSANNA TAMARO
200. As Ligações Culinárias,
 ANDREAS STAÏKOS
201. De Mãos Dadas com a Perfeição,
 SOFIA BRAGANÇA BUCHHOLZ
202. O Vendedor de Histórias,
 JOSTEIN GAARDER